丰子恺
译文集

第十卷

丰陈宝 丰一吟
杨朝婴 杨子耘
丰睿

编

ZHEJIANG UNIVERSITY PRESS
浙江大学出版社

本卷说明

    本卷收录丰子恺先生翻译的柯罗连科著《我的同时代人的故事》（Ⅰ）（与丰一吟合译），该译本最早由人民文学出版社于一九五七年五月出版，本卷即根据此版本并参照上海译文出版社二〇二〇年二月的版本校订刊出。

本卷目录

译者前记

柯罗连科是诞生于一百多年前的一位俄罗斯古典文学作家，是一位英勇地反抗沙皇专制而热诚地保护人民利益的文学战士。他的生活很多样；他的著作很丰富，其中有几个短篇曾经译为中文，但是他这部篇幅最大的长篇自传小说《我的同时代人的故事》还是初次介绍到中国来。现在我们把他的生涯、著作及此书的内容略述如下。

符拉季米尔·加拉克齐昂诺维奇·柯罗连科于一八五三年七月二十七日生于乌克兰沃伦省的日托米尔城，于一九二一年十二月二十五日死于波尔塔瓦。他的童年时代在乌克兰度过。他的父亲是一位生活俭朴而心地公正的县法官，家里从来不曾拥有世袭的领地和农奴，全靠自己的微薄的薪俸来维持生活。柯罗连科最初在本乡私办的学馆里读书，后来转入日托米尔中学。十三岁上随父亲迁居到罗夫诺城，一八七一年夏天在罗夫诺的实科中学毕业。他曾经希望将来做语文学家，想学习语言学、文学史和文学理论。但是因为当时的学制规定，实科中学毕业生不能进大学，只能进高等技术学校。因此他只得到彼得堡去进了工艺专科学校，在那里读了三年书。这时候他的父亲已经逝世，家庭经济困难，他的学生生活非常艰苦。他曾经一面求学，一面当校对员，替出版社画地图，为植物图解着色，借以维持生活。一八七四年，他从彼得堡转莫斯科，进了彼得农林学院，学自然科学。彼得农林学院是当时很进步的学校,教授中有优秀的俄罗斯学者季米梁节夫,学生中颇多思想进步的青年。柯罗连科在这里接近许多革命青年,参加生气蓬勃的社会生活。他曾经加入秘密的学生集团,在会议上热烈地讨论祖国俄罗斯的未来。沙皇的官吏们企图由警察局严密监视彼得农林学院的学生生活,柯罗连科和许多同学一齐起来反对。他代表学生向校长递呈书面抗议。因此当局就把他逮捕,开除学籍,并且逐出莫斯科。后来他又曾在彼得堡进矿山学院,但也没有毕业。这期间警察当局严密地监视这个"不良分子"的一举一动,常常把他逮捕。终于在一八七九年夏天,无故地把他流放到维亚特卡省的边区。他在那里度过了漫长的五年。一八八一年三月一日,业历山大二世被民意党人刺死。三世登位,命令一部分流放犯宣誓,表示效忠新皇。柯罗连科也在其内,但他拒绝宣誓。因此又被流放到西伯利亚。一八八一年十二月,他被押送到雅库茨克省的阿姆加村。他在这地方住了三年,夏天做农作,冬天替人缝制皮靴,借以糊口。同时他在各方面采集材料,从事小说创作。一八八五年流放期满,准许离开阿姆加。他就迁居到下诺夫戈罗德城,在这里居住了十一年。这期间的生活较为安定。这是他的文学事业和社会活动的最盛期。九十年代中期,他来到彼得堡,想住在这全国文学生活的中心地。但住得不久,因为他喜爱内地生活,终于离开彼得堡,卜居于幽静的绿色的波尔塔瓦,就在这里终老,享年六十九岁。

柯罗连科少年时代就有锐敏的观察力和深刻的思想。入专科学校后即从事文学工作,流放期中还是不断地创作。他常常在流放的旅途上和牢狱中作简要的札记,后来根据这些札记写成作品。他的第一批用西伯利亚题材写成的短篇小说和随笔,都是这样地产生的。他初次发表作品是在一八七八年。他最初出版的书就受到契诃夫的热烈赞赏。车尔尼雪夫斯基长年流放归来，看见文坛上出现了柯罗连科，曾经说："这是一个大天才，这是屠格涅夫一类的天才。"他的文学活动的最盛期是十九世纪八十年代的后半期。他的最初的成功作品是短篇小说《马加尔的梦》。这作品使这青年作家获得了进步作家地位。在他的四十年的文学活动中，卓绝的作品不下数十种。其中文艺随笔有《严寒》《奇女子》《在阴暗的日子里》《奇物》《嬉闹的河》。短篇小说除《马加尔的梦》之外，有《萨哈连岛上的人》《阿特-达凡》《瞬间》，以及富有诗意的波列谢传说《林啸》。中篇小说有《在坏伙伴中》《盲音乐家》《哑口无言》。长篇有自传小说《我的同时代人的故事》。

　　柯罗连科的作品都取材于俄罗斯现实生活。他常常在夏天背着行囊，徘徊于俄罗斯各地的乡村中，到处采访材料。他曾经航行于伏尔加河、多瑙河等处。他到过克里米亚、高加索、南乌拉尔。每次返家，一定带回许多札记及速写图。他又曾经到外国旅行：罗马尼亚、瑞典、英国、法国。一八九三年夏天他到芝加哥去参观国际博览会。他以为海洋的彼岸是一个自由幸福的民主国家，然而到了美国完全失望。他在那边看到了资产阶级现实生活中的黑暗的一面，曾经在日记和书牍中愤慨地叙述美国报章杂志的卖淫式作风、失业者的众多、对黑人的虐待，以及惨杀印第安人等情况。美国的特务曾经被沙皇政府收买，不断地监视这位俄罗斯作家的一举一动。地方报纸歪曲地报道他的言论和意图。后来他侥幸地安然回到祖国。柯罗连科认为祖国最宝贵的优点，是劳动人民的爱自由和刚勇。他少年时代曾经受到俄罗斯伟大的革命民主主义批评家别林斯基、车尔尼雪夫斯基、杜勃罗留波夫等人的作品的影响，所以他的爱国主义和这些人有直接的关联。他认为他的爱国主义的责任便是同反动势力作斗争,同阻碍俄罗斯向前发展的一切恶势力作斗争。他曾经说:"我只要手头有笔,就不知道怜悯。"他的政论文章获得全国的热烈的响应,人们称他为"俄罗斯的良心"。伟大的俄罗斯无产阶级作家高尔基极口称赞他的创作的社会意义和艺术价值,曾经把一八八六至一八九六年称为"柯罗连科时代"。柯罗连科不是革命作家,他没有看到斗争的革命道路,他对于阶级斗争的规律没有明确的概念,他的目的只是要"唤醒社会和人民中间的公民意识"。但他对于专制政体的英勇的反抗,他的竭力避免民粹派的虚伪理论,以及他的社会意识的真实性,在十九世纪末和二十世纪初的俄罗斯生活中起了特别巨大的作用。所以列宁在一九〇七年说:柯罗连科是"进步作家"。苏联的评论家都确认他是"民主作家",说他的作品中最强烈地表现民主倾向的,是他对资本家和地主的统治权的抨击和他的坚持为人类自由而斗争。他初次认真地注意到"下层社会"的人,注意到住在俄罗斯最荒僻的、无人管的角落里的西伯利亚农人。柯罗连科能够通过他们的由受苦和被剥削所造成的表面的愚昧而看出这些人民的长处和美点。柯罗连科一向热心地主张文学应该有社会意义,坚决反对艺术中的资产阶级的客观论。他称文学为"生活的镜子",他说:"除了反映生活以外,文学又须破坏旧的,而从它的废墟中创造出新的。文学一方面拒绝,一方面要求。艺术和文学帮助人类从过去向未来进行,好比一个人的两只脚载他离开寒冷而黑暗的地方,走向光明而温暖的地方去。"

　　上面已经说过柯罗连科的文学思想和作风。现在再就他最后作的巨幅长篇自传小说《我的同时代人的故事》略述如下:

　　一九〇六年一月,《现代纪事》杂志上最初登出了《我的同时代人的故事》开头的几节。三年之后,这部作品的第一卷的单行本出版。《我的同时代人的故事》共分四卷。柯罗连科于一九〇五年开始写作此书,前后经过十七年,中间常常间断,第四卷没有写完,他就逝世了。所以这部书终于是未完成的。全书中所叙述的,是他的童年时代、中学生时代、专科学生时代、维亚特卡边区流放时代、雅库茨克省流放时代的生活,即从十九世纪五十年代中叶至八十年代中叶的情况。书中的主角是作者自己。这是一部自传小说。为甚么称为"我的同时代人的故事"呢?因为在这书中,他向读者显明地表示他是十九世纪六七十年代俄罗斯民主主义青年的典型人物,而在他的形象中所表现出的特性,不仅是他自己一人所独有,而是当时其他许多俄罗斯进步人士所共有的。因此作者把这书称为"我的同时代人的故事"。

《我的同时代人的故事》无论在篇幅上或艺术技巧上说来,都是柯罗连科的首要作品。而全书四卷之中,第一卷最为完美,最富有艺术价值。从第二卷开始,叙述的笔调就显著地变更;尤其是第三、四卷,渐渐减少艺术性的描述风格,而偏重于单纯的回忆记录。他在一九二〇年所写的一封信里说:"记事家和艺术家在我心中作斗争。结果我宁愿做记事家……"但是这第一卷并无浓烈的"记事家"作风,而是一个鲜明的艺术品。这是俄罗斯知识分子整个时代的历史。其中最优秀的部分,是十九世纪五六十年代俄罗斯现实社会的生动的描写。例如在加尔诺路格的乡村中,退职上尉(柯罗连科的姨夫,是一个残酷无情的农奴主)如何在隆冬用冷水浇农奴卡罗尔,乌良尼茨基老爷如何虐待农奴孩子玛美利克等,都是很动人的描写。关于波兰起义和农奴解放,在这第一卷里占有很多的篇幅。其中活跃地写出波兰爱国者的壮烈,形式的解放,强迫农奴进城去参加庆典的可笑与可恶。还有中学校里专制、体罚、禁闭等种种非人道的措施,以及中学校教师中可笑、可恶、可尊、可敬的种种类型,革命民主主义思想对中学生的巨大影响,都描写得非常活跃。然而这些都是事实,并无夸张或虚构。柯罗连科曾经说:"我在这部书里力求描写完善的历史真实,往往为此而牺牲艺术真实的美的或鲜明的特征。"又说:"这里完全没有我在现实中不曾遇见过的、不曾经历过的、不曾感觉到的、不曾看到的东西。"总之,这是包含极多的历史材料的一册史诗或一幅历史图。

柯罗连科的作品现今在苏联已经广泛流行。他的书大都刊印过数千百版,被翻译为苏联各种语言。他的作品具有丰富的内容、崇高的思想、完美的艺术形式,是俄罗斯古典文学中主要的一部分。

我的同时代人的故事（Ⅰ）

[俄] 柯罗连科 著

丰子恺 丰一吟 译

著者序言

在这部书里，我打算把过去半世纪中的一连串情景回忆起来，并且使它们复活起来，描写它们起初怎样反映在一个儿童的心中，后来怎样反映在一个青年的心中，再后来怎样反映在一个成人的心中。我的童年时代和少年时代正值农奴解放时期。我的生涯的中段是在黑暗的反动时期度过，——起初是政府的反动时期，后来是社会的反动时期，——并且在斗争的初期运动中度过。我那时代人曾经有一种理想，并且为此而作斗争，他们所理想的，现在我看到有许多已经汹涌澎湃地闯入生活舞台上来了。我想，我流放时期中的许多插话，以及当时那环境中的人们的许多事件、交游、思想和感情，在现在仍不失却其最生动的现实意义。我但愿它们在将来也还有意义。我们的生活由于新和旧的尖锐冲突而波动着，震栗着；我现在就希望阐明这斗争中的某些要素，即使是一部分也好。

但是我首先要让读者注意在我心中发生并成长起来的意识的初期活动。我知道，在预告着即将来临的暴风雨的、现代的轰轰烈烈声中，我要集中注意在这些遥远的回忆上，一定是很困难的；但是我不能想象这困难将达到什么程度。

我所写的不是我的时代的历史，而只是这时代中一个人的生活的历史；并且我希望读者预先要认识反映这时代的那个三棱镜……而这只有在顺次的叙述中方才可能。童年时代和少年时代便是这第一卷的内容。

　　还有一点要说明。这些记录不是传记,因为我并不特别注重传记材料的完整;这也不是自白,因为我既不相信公开自白的可能性,也不相信其效用:这又不是肖像,因为画自己的肖像,要保证肖似是很困难的。这些记录中所反映的一切和现实不同,其不同之处就在于它只是反映;何况这反映显然是不完全的。其中常常更浓厚地——如果可以这样说的话——反映出所选定的主题,因此虽然全是事实,却往往比现实更为动人,更有趣味,而且也许更纯净。

　　我在这部书里力求描写完善的历史真实,往往为此而牺牲艺术真实的美的或鲜明的特征。这里完全没有我在现实中不曾遇见过的、不曾经历过的、不曾感觉到的、不曾看到的东西。然而我还要重复说一句:我并不打算描写自己的肖像。在这里,读者只能看到"我的同时代人的故事"中的特点;我对这同时代人比对我这时代中一切其他的人更加熟悉……〔1〕

――――――――――――

　　〔1〕　这篇序文是在一九〇五年末写的,附在《我的同时代人的故事》最初几节前面,这最初几节于一九〇六年发表在《现代纪事》的一月号中。——原编者注(下面脚注如无特殊说明,皆为原编者注)

目　录

第一章　童年时代

1　生活的最初印象

　　我记得我很小时候的事，可是我最初的印象已经支离破碎，仿佛在苍茫的虚空和烟雾中闪闪发光的许多小岛一般。

　　这些回忆中最早的一次，是火灾的强烈的视觉印象。我那时还不满两岁[1]，但是我现在还能够十分清楚地想见院子里仓房屋顶上的火焰、在夜间异样地被照亮着的石造大屋的墙壁和它的映着火焰的窗子。我记得我被裹得暖暖的，由一个人抱着，挤在台阶上站着的一群人中间。我记不清这一群是哪些人，只记得有母亲在内，同时还记得父亲跛着脚，挂着拐杖，正从院子对面石造房屋的扶梯上走上去，在我看来他好像是在走进火里去。但是这并不使我害怕。我所最注目的，是像火把一般在院子里闪闪发光的消防队员的头盔，以及大门口的一只消防水桶和跑进大门来的一个中学生，他的一条腿较短，装着一个很高的后跟。我似乎既不感到恐怖，又不感到畏惧，我没有懂得这现象的利害关系。我有生

　　[1]　符拉季米尔·加拉克齐昂诺维奇·柯罗连科于一八五三年七月十五日（旧历）生在沃伦省日托米尔。

以来还是第一次看到这么多的火、消防队员的头盔和一条腿较短的中学生,于是我就在暗夜的深沉的背景上仔细地观察这一切东西。我记不起那时候的声音,我觉得整个情景只是默默地浮现在记忆中,但见深红色火焰的飘摇的反光。

以后我又回想起一些极琐屑的情状:我被人抱在手里,他们哄我不要哭,或者逗我玩笑。我似乎记得我开始学步时的情况,然而很模糊……我小时候头长得很大,跌跤的时候我常常把头撞在地上。有一次我在扶梯上跌了一跤。我觉得很痛,就放声大哭,直到父亲用一种特殊的方法来安慰我,方才停止。他用手杖来打扶梯磴,这使得我很满意。我当时大概还在拜物教时代,因此能在木板中想象出凶恶的敌意。现在父亲为了我打它,而它竟不能逃跑……用这些话来表达我当时的感觉,当然是很笨拙的,然而我清楚地记得那块板和它挨打时的那种驯服的表情。

后来这种同样的感觉曾经在更复杂的形式之下反复过一次。我那时候已经稍微大些了。有一个特别明亮而暖和的月夜。这是我一生中所记得的第一个黄昏。我的父母亲出门去了,我的兄弟们大概都睡了,保姆到厨房里去了,只有我和一个仆人在一起,他有一个很难听的绰号叫做戆头老。穿堂通向院子的门开着,在月光照亮的远处某地方,有车轮在石板路上滚动的声音传进门来。车轮滚动的声音也是第一次作为一种特殊现象浮现在我的意识中,而且我也是第一次这么长久地睡不着……我很害怕,大概是因为白天讲过贼的缘故。我觉得我们的院子在月光之下显得很奇怪,在开开的门里一定会从院子里走进"贼"来。我仿佛知道贼是一个人,但同时又觉得他不完全是一个人,而是一个具有人形的神秘的东西,单是他的突然出现就会给我危害。因此我突然大声地哭起来。

我真不知道是根据什么逻辑,仆人戆头老又把父亲的手杖拿来,带我到台阶上,我就在那里——也许是联想到了以前的同类的事件——重重地敲打扶梯磴。这一次又使得我很满意;我的胆怯完全消失了,我竟不用戆头老陪伴,独自大胆地又到门外去了两次;我热中于我的特殊的勇武气概,又在扶梯磴上敲打那想象的"贼"。第二天早上,我热心地讲给母亲听:昨天她不在家的时候,我们家里来了一个"贼",我和戆头老把他狠狠地打了一顿。母亲和颜悦色地对我表示信任。其实我知道并没有"贼",而且知道母亲也明白这一点。但是我在这时候很喜欢母亲,因为她不反对我。如果否认了这个想象的东西,我一定会感到痛苦。我对于这个想象的东西起初很害怕,后来在奇怪的月光之下,在我的手杖和扶梯磴之间确实地"感到"了它。这并不是视觉的幻像,却是由战胜恐怖而来的一种狂喜……

我的记忆中还有一个"小岛",这便是到基希涅夫去探望祖父[1]时的旅途情况……在这旅途中我记得渡河(好像是普卢特河)时的光景,那时候我们的马车被载在木筏上了,平稳地摇荡着,离开了河岸,或许是河岸离开了马车,——这一点我那时还分不清楚。同时渡过河去的还有一队兵士,我记得他们两三个一群地乘在方形的小木筏上;军队这样地渡河,似乎是不大有的……我好奇地对他们看,他们也看我们的马车,并且说了些我所听不懂的话……这些兵士的渡河似乎和塞瓦斯托波尔战争

----

〔1〕 是作者的祖父,叫做阿法纳西·雅科夫列维奇·柯罗连科。他生于一七八七年,大约在一八六〇年死于别萨拉比亚,曾在关税局供职。他的妻子是波兰人,叫做叶娃·玛尔斯卡雅。

有关〔1〕……

就在这一天的傍晚,刚刚渡过河,我初次体验到了剧烈的失望和屈辱……宽敞的旅行马车内部很黑暗。我被一个人抱着坐在前面,忽然我注意到了父亲坐着的那个角落里有一点微红的光,一会儿旺盛了,一会儿熄灭了。我笑起来,就向这方向扑过去。母亲说了些警诫的话,但是我很想仔细看着这个有趣的物件或生命,因此就哭起来。于是父亲就把那个可爱的隐藏在灰底下的小红星移近我来。我把右手的食指伸向它去;有一会儿我捉摸不到它,但是后来它忽然发出亮光,猛烈地咬我一口,我突然被烫伤了。我觉得就印象的强烈说来,现在唯有把它比作给毒蛇——例如隐藏在花丛中的毒蛇——猛烈而突然地咬了一口。在我看来这火是有意这样狡狯而恶毒的。过了两三年之后,我记起了这件事,就跑到母亲那里,把这事讲给她听,并且哭起来。这又是屈辱的眼泪……

第一次洗澡也唤起了我同样的失望。河水使我发生魅惑的印象:绿油油的微波钻到浴场的墙壁底下去,它们发出闪光,映射出碧空的碎块和仿佛破碎了的浴场的明亮的断片,这光景在我觉得很新鲜,很奇怪而且很美丽。我觉得这一切都很愉快、生动、蓬勃、动人而可亲,我就恳求母亲赶快把我带到水里去。忽然,一种想不到的剧烈的感觉,既不像冷,又不像烫……我大声地哭起来,就在母亲的手里挣扎,使得她几乎抱不住我。我这次洗澡终于没有成功。当母亲带着我所不了解的一种快感在水里哗啦哗啦地游泳的时候,我坐在凳子上,鼓起了脸,望着那照旧诱惑地映射出天空和浴场的碎块的狡狯的波浪,在那里生气……跟谁生气

_____

〔1〕　这是一八五三年至一八五六年的东方战争,或称克里米亚战争。

呢？大概是跟河水生气。

这些是我最初的失望：我怀着无知的信任向自然迎过去，它却用本能的冷酷来回答我，这在我觉得是故意的敌视……

在那些初期的感觉中还有这样的一种，即我初次意识到自然现象，觉得它是脱离了世界而孤立着的，仿佛是一种独特而十分完整的、具有它的基本特性的现象。这便是关于初次在松林中散步的回忆。在这里，树梢的绵延不断的喧嚣声完全魅惑了我，于是我就呆若木鸡地站定在路上。谁也没有注意到这一点，和我同来的那些人都往前走了。道路在我前面几丈的地方陡峭地下降，我眺望着：我们那伙人怎样在道路折断的地方逐渐消失，起初脚不见了，后来身体不见了，最后头不见了。我怀着恐怖的感觉，眼看着根利赫舅舅[1]——我母亲的兄弟中个子最高的一个——的雪白的帽子最后消失了，终于只剩下我一个人……我似乎觉得"独自在林中"实在是可怕的，然而我仿佛着了魔，既不能行动，又不能叫喊，只是倾听着树林的低啸声、轰鸣声、含糊的话声和叹声，这些声音融合而成为一个悠长、深沉、延绵不绝而含有意义的和音，在这和音中可以同时听到许多活的巨人齐声喧噪和个别叫喊，赭红色树干发出摇摆声和轻微的吱吱声……这一切像袭击过来的巨浪一般侵入我的心中……我不再感觉到自己孤立在尘寰之外，而且这种心情非常强烈，当他们觉察到我而舅舅回来找我的时候，我竟兀自站在原地方，并不答应……我看见穿着淡色服装、戴着草帽、向我走近来的舅舅，仿佛在梦里看见一个不相识的陌生人……

---

〔1〕　根利赫·约瑟福维奇·斯库列维奇，是一个法律家、一个预审推事（即《夜晚》这篇小说中的"根利赫舅舅"）。他死于七十年代初期。

　　后来,特别是在疲倦的时候,这瞬间也常常出现在我的心头,犹如深沉而又生动的安宁境地的最初形态……大自然用它的无尽藏而不可解的神秘来亲昵地逗引正在生活初期的儿童,仿佛允许他在无止境的某处获得知识的奥义和悟解的幸福……

　　然而,用我们的言词来表达我们的感觉,是多么笨拙……在人的心里,也有像大自然的语声一般不可解的许多话语,这些话语是不能用笨拙的言词来表达的……这正是心灵和大自然合一的地方……

　　……

　　这一切都是半意识存在的零星的、个别的印象,除了个人的感觉之外,仿佛是毫无联系的。其中最后一次印象是迁居到新房子里……这其实不能称为迁居(因为迁居这件事我已经记不起来,正像记不起老房子一样),而也只能说是从"新屋"、从"新院子和新花园"所得的第一个印象。这一切在我看来是一个新世界,但是很奇怪:后来这回忆在我记忆中消失了。过了几年之后我才记起它来,而当我记起它的时候,甚至感到惊奇,因为在那时我似乎觉得我们是一向住在这房子里的,而且觉得世界上是根本没有任何大变化的。我童年时代数年间的印象的主要背景,是一种无意识的信念,即相信我周围的一切都是十分完整而永远不变的。假使我对造物有明确的概念,我那时也许会说:我的父亲(我记得他的时候他就是一个跛子)是生来手里拿拐杖的;外祖母生来是个外祖母;我的母亲一向是一个有淡黄发辫和淡蓝眼睛的美貌女子;甚至房子后面的仓房也生来是歪斜而屋顶上有绿苔的。这是生命力的徐缓而稳步的生长,它带着我和环境世界一起平稳地进行,而那个广大无边的世界的彼岸,那个可以瞧见人群活动的地方,我那时并没有看到……我自己似乎永远是一个头很大的男孩子，而哥哥[1]总是比我高些，弟弟[2]总是比我矮些……这种相互关系应该是永远保持着的……我们有时说"我们将来长大了"，或者说"我们将来死了"，但是这些都是蠢话，是空洞的，没有生动的内

---

　　[1]　即尤里安·加拉克齐昂诺维奇·柯罗连科。他生于一八五一年二月十六日，死于一九〇四年十一月二十五日。他起初在日托米尔的中学校，后来在罗夫诺的中学校念书，但是没有毕业。七十年代的中期，他迁居到彼得堡，在那里从事校对工作。他和民粹运动的参加者相识，并且曾经为他们效劳。一八七九年三月四日，他和他的两个弟弟一同被捕，被拘禁在立陶宛要塞中；但同年五月十一日就被释放，逗留在彼得堡，受警察局秘密监视。后来他住在莫斯科，多年当《俄罗斯时报》的校对，并且替该报的莫斯科记事栏写短评。尤里安·加拉克齐昂诺维奇秉有文学才能。他在早期青年时代就热中于作诗、翻译和新闻记者工作（见本卷第二十九节"我的哥哥成了作家"）。他和符拉季米尔·加拉克齐昂诺维奇合译（共同署名 Kop-o）了密什雷的作品"L'oiseau"（《鸟》，一八七八年彼得堡韦尔纳茨基出版）。符拉季米尔·加拉克齐昂诺维奇重视哥哥的文学才能，后来竭力鼓励他从事更正式的文学工作。符拉季米尔·加拉克齐昂诺维奇在一八八六年给哥哥的一封信里说："我有一个问题：为什么你不把文学列入自己的事业中……""我永远不能忘记，使我走上这条路的最初的思想推动力，我是从你那里获得的；你很久就在我之前朝这方向走；我清楚地记得，你的某些思想、你在热烈的'哈拉路格'争论中所发表的论见，曾经在我心中引起一连串的新观念。你的文学才能是无可疑议的，我认为现在还可以利用它们。"但是尤里安·加拉克齐昂诺维奇早就放弃他的文学兴趣，不再从事于此了。
　　[2]　即伊拉利昂·加拉克齐昂诺维奇·柯罗连科（他在家庭里的绰号叫做"胡椒"或"胡椒儿"）。他生于一八五四年十月二十一日，死于一九一五年十一月二十五日；起初进罗夫诺的实科中学，后来进彼得堡的建筑学校。他在青年时代从事校对工作。他准备"深入民间"，为此学习钳工手艺。一八七九年他和符拉季米尔·加拉克齐昂诺维奇同时被捕，并放逐到维亚特卡省的格拉佐夫地方，在那里待满了五年的行政流放。他住在格拉佐夫的时候操钳工业，在和朋友合办的一个工场里工作（关于此事，见《我的同时代人的故事》第二卷"在格拉佐夫时的生活"一节）。一八八四年末流放回来，他住在下诺夫戈罗德，在轮船码头当账房。后来当北方保险公司的监察员，因这工作的关系，游历了许多地方。有一次住在阿斯特拉罕，他认识了车尔尼雪夫斯基，曾经帮助他编制他所译的韦柏的《经济通史》的索引。符·加·柯罗连科是通过伊拉利昂·加拉克齐昂诺维奇的介绍而认识车尔尼雪夫斯基的。伊拉利昂也曾经住在西伯利亚，在那里和那些政治流放犯有许多联系。他的晚年在高加索格连吉克附近的詹霍泰地方度过。符拉季米尔·加拉克齐昂诺维奇在很小的时候就和弟弟伊拉利昂特别亲近；后来他努力把他弟弟的形象反映在他为童年时代回忆而作的两篇小说中，即《夜晚》和《奇物》。

容……

有一天早晨,我的弟弟(他睡觉和起身都比我早)走到我的床前来,用特殊的语气对我说:

"赶快起来……我带你去看!"

"看什么?"

"你就会看见的。快些,我不等你了。"

他又跑到院子里去了,好像一个不愿浪费时间的、一本正经的人的样子。我连忙穿好衣服,跟着他走出去。原来有几个我们所不认识的农人把我们的正门台阶完全拆毁了。台阶只剩下一堆木板和各种腐烂的木料,正门高高地挂在地面上,样子很奇怪。最触目的是门底下张开着一个很深的窟窿,里面都是破损的灰泥、黑黝黝的木料和桩子……这印象很强烈,带有几分病态,而尤其使人惊骇。弟弟对这光景深感兴味,一动不动地站着,眼睛跟着木工们的每一个动作而转移。我就和他一起默默地观察,不久妹妹[1]也来看了。我们这样地站了很久,一句话也不说,一动也不动。过了三四天,新的台阶在旧台阶的地方造成了;我确实

_____

〔1〕　符·加·柯罗连科有两个妹妹。大的一个叫做玛利亚·加拉克齐昂诺夫娜〔符拉季米尔·加拉克齐昂诺维奇称她为"玛欣卡"(玛利亚的小名是玛仙卡〔Máшeньa〕),符拉季米尔故意称她为"玛欣卡"(Máшйньa),按原文有"小机器"的意思。——译者注〕,生于一八五六年十月七日,死于一九一七年四月八日。她在莫斯科的叶卡捷琳娜学院毕业,后来在彼得堡的产科训练班学习。她和军事外科医学院的学生尼古拉·亚历山大罗维奇·洛希卡辽夫结婚,一八七九年跟着他被流放到克拉斯诺雅尔斯克。流放回来以后,洛希卡辽夫一家曾经在下诺夫戈罗德住过几年。

符·加·柯罗连科的第二个妹妹叫做爱薇里娜·加拉克齐昂诺夫娜,生于一八六一年一月二十日,死于一九〇五年九月。她起初进中学,后来毕业于彼得堡的产科训练班。当一八七九年柯罗连科一家几乎全被流放的时候,爱薇里娜·加拉克齐昂诺夫娜生活困难,便做校对工作(这是柯罗连科家惯做的工作);一八八二年她和她的同事米哈伊尔·叶菲莫维奇·尼基青结了婚。

地感觉到,我们的房子的面貌完全改变了。新台阶显然是"凑上去的",而原来的旧台阶却仿佛是我们那所堂皇而完整的房子的有机部分,正像人的鼻子或者眉毛一样。

主要的是心中留下了"内幕"的第一印象,并且初次看到,在这刨光的、油漆的表面之下,原来隐藏着潮湿腐烂的木桩和空洞的窟窿……

2　我的父亲[1]

据家庭传说,我们的一族出自密尔戈罗德的一位哥萨克上校[2],这位上校曾经从波兰国王受得纹章贵族级位。我的祖父死后,父亲去送葬,带回来一个精巧的图章,上面雕着一只大船,船头和船尾上各有一个狗头,中间有一个锯齿形的塔。有一次我们孩子们问这是什么,父亲回答说:这是我们的"纹章",我们有权利把它盖在信件上,别人就没有这权利。这东西的波兰语名称很奇怪,叫"Korabl i Lodzia"[3],但是这有什么意义,父亲自己也不能给我们解释;也许根本是没有什么意义的……可是另外有一种纹章,它的名称就比较容易懂,叫做"Pchła na bęnbenku hopki tnie"[4],并且较有意义,因为哥萨克人和波兰小贵族在

---

〔1〕 即加拉克齐昂・阿法纳西耶维奇・柯罗连科。他在一八一〇年十二月二十六日生于波多尔斯克省的列齐契夫城,一八六八年七月三十一日死于罗夫诺城。符拉季米尔・加拉克齐昂诺维奇在《在坏伙伴中》这部小说里法官的形象中表现着他父亲的某些特点。

〔2〕 在柯罗连科氏的家谱中保存着一宗古代文献的副本,从这里面可以知道,这里所说的密尔戈罗德的哥萨克上校叫做伊凡・柯罗尔,生在十七世纪。

〔3〕 波兰语:约柜和大船。——译者注

〔4〕 波兰语:跳蚤在鼓上跳舞。——原注

出征的时候被跳蚤咬得厉害……父亲就拿起铅笔,在纸上敏捷地描出在鼓上跳舞的跳蚤的样子,并且在跳蚤的周围描一个盾牌、一把剑和所有的纹章装饰。他画得很好,我们都笑了。这样,父亲在我们对我家的贵族"宝器"的第一观念上就添上了讥讽的意味,我觉得他这是故意的。据父亲说,我的曾祖父是军团的文牍员,祖父是俄罗斯官吏,同父亲一样。他们似乎从来不曾有过农奴和土地……父亲从来不打算恢复他的世袭贵族的权利,他死了之后,我们成了"七等文官的后裔",享有无土地的贵族官吏的权利,但是和贵族阶层全无实际联系,而且似乎和任何别的阶层都没有实际联系。

父亲的姿态十分清楚地保留在我的记忆中:他是一个中等身材的人,身体略微肥胖。他是那时代的官吏,所以胡须剃得很光;他的容貌很秀丽:鹰鼻、褐色大眼睛,上嘴唇的线纹弯曲得很厉害[1]。据说他年轻的时候很像拿破仑一世,尤其是戴拿破仑式三角官帽的时候。但是我很难想象一个跛脚的拿破仑,因为父亲常常拄着拐杖走路,左脚略微有些拖曳的样子……

他的脸上经常有一种隐藏的悲哀和忧虑的表情,很难得豁然开朗。有时他叫我们都到他的书房里去,让我们玩耍,爬到他身上去;他画画给我们看,讲笑话和故事给我们听。大概这个人心里贮藏着大量的愉快和欢笑,他的教训也取半幽默的形式,在这种时候我们很喜欢他。然而这些笑颜一年一年地少起来,天生的愉快越来越甚地被阴郁和忧虑所侵蚀了。直到后来他只能勉强顾到我们的教养,在我们略懂人事的时候,我

―――――――――――

〔1〕 加拉克齐昂·阿法纳西耶维奇的肖像一张也没有;据家庭传说,他是从来不拍照的。

们和父亲之间已经没有任何内心联系了……他终于没有充分地被我们孩子们所理解，就此与世长辞了。只是过了多年，当我的无思无虑的青年时代过去了之后，我尽我所能地收集了关于他的生活的种种材料，这个命运坎坷的人的形象才复活在我的心头——比以前更加可亲，更加熟悉了。

　　他是官吏，因此他的生活的史实记载在履历表里。他生于一八一〇年，一八二六年开始当文牍员……一八六八年以七等文官的官衔逝世……这是一块简陋的十字布，然而在这上面绣着全部人生的纹样……这里有希望、期待、幸福的闪光、失望……在发黄了的文件里有一份文件，其实后来是毫无用处的，但是父亲当作纪念品保存它。这是瓦西尔契科夫公爵〔1〕任命父亲为日托米尔城的县法官时写给他的一封半公文式的信。瓦西尔契科夫公爵的信上写着："此法院因有市政局参加，其所处理事件范围较广，因而较为重要；为此需要主席一位，务求其能深谙任务，而为司法奠定妥善之基础。"〔2〕公爵根据这标准而选定了我的父亲。在信的末了，这位"显宦"十分关怀地体谅这清贫的官吏，顾念他这有家眷的人迁职有很多不方便，但同时又指出，这新的任命能为他展开广大的前程，因此要求他尽早到任……最后的几行是发信人亲笔附加的，语气非常客气。这虽然是一种简陋的、早被遗忘了的、未成功的改革，然而总算是一种革新；这位显赫的贵人像当时所有的贵人一样顽固而暴戾，然而还没有"丧尽天良"，因此他召唤这个清贫的官吏来共事，他认为这

---

　　〔1〕　是基辅、沃伦、波多尔斯克的总督，在职时期为一八五二年至一八六二年。

　　〔2〕　市政局是一种司法行政机关，商界和小市民阶层中所发生的一切刑事和民事案件都归这种机关的法院管辖。瓦西尔契科夫公爵当总督的时候，除基辅以外西南区一切城市的市政局都和县法院合在一起。

是一个可以做新事业的新人……

　　这是……一八四九年的事,父亲就在省城里担任了县法官的职务。二十年之后,他就以这职位死在一个荒僻的小县城里……

　　这样,他在职场上显然是一个失意的人……

　　在我看来,这无疑是由于他具有唐吉诃德[1]的热情之故。

　　世人不很重视独特行为,他们不了解它,因此很不放心……在父亲服务的每一个新地方,都会演出同样的一套花样:城里各界人士的代表都"照老规矩"带着礼物来拜访父亲。父亲起初很客气地辞谢。第二天代表们带着更多的礼物又来拜访,这回父亲对付他们的态度就粗暴起来。第三次他竟毫不客气地用拐杖把代表们赶出去,那些人就带着惊骇的表情挤在门口……后来,人们认识了父亲的行为,就都对他怀着深切的敬意。从小商人起直到省府首长,大家都承认,没有一种力量可以使这法官违背良心和法律;然而……他们又认为,假使这法官能够接受适度的"谢意",那么在他们看来就更容易理解,更普通,而且"更近人情"……

　　在我已经很懂事了的时候,发生了这类事件中很鲜明的一个例子。县法院里有一件讼事,是一个富裕的地主叶某伯爵同一个贫穷的亲戚——似乎是他的寡嫂——打官司。这地主是一个豪绅,交际极广,家产宏富,势力很大,他就大肆应用他这些手腕。那寡妇"按贫民权"来打官司,没有缴印花税,大家都预言她要失败,因为这案件毕竟是很纠葛的,而且法院方面受着压迫。在案件结束之前,那个伯爵亲自到我们家

---

　　[1]　唐吉诃德是西班牙小说家塞万提斯(1547—1616)所著小说的主人公,这人是个不明时势的幻想家。——译者注

里来:他那辆有纹章的马车曾经两三次停在我们的简陋的小屋前面,一个穿制服的瘦长的亲随矗立在我们的歪斜了的台阶上。最初两次伯爵的态度很威严,然而很谨慎,父亲只是冷淡而严正地撇开他的话头。但是到了第三次,他大概直接提出了。父亲勃然大怒,用一些很不客气的话来把这贵族骂了一顿,并且敲击着拐杖。伯爵满面通红,大为愤怒,带着威胁的态度离开父亲,立刻钻进自己的马车里去了……

那寡妇也来拜访父亲,虽然父亲并不特别喜欢这种访问。这个被压迫而懦怯的穷妇人穿着丧服,哭丧着脸,走到我母亲那里,对她讲了些话,哭起来。这个可怜的人总觉得她还应该向法官诉说些话;这大概都是些不必要的空话,父亲只是对她挥挥手,说出他在这种时候惯说的一句话:

"唉! 病人请教庸医[1]……一切都照法律办……"

这官司被那寡妇打赢了,并且大家都知道,她的胜诉全仗父亲的铁面无私……参议院不知怎的意外迅速地批准了这判决,于是这个贫寒的寡妇立刻变成了一个最富裕的女地主,不但在县里,而且恐怕在省里也是最富裕的。

当她再一次来到我们家里的时候,是坐着马车来的,大家都很难辨认出她是从前那个贫寒的请愿者。她的丧服期满了,她竟仿佛年轻了些,满面是欢乐和幸福的光彩。父亲很殷勤地接见她,怀着我们对于受到我们许多恩惠的人通常发生的那种好感。但是在她请求"密谈"之后,她也立刻红着脸、淌着眼泪从书房里走出来。这个善良的女人知道,她

---

　　[1] 此句照原文是"病人请教助医",意思是说:助医医道浅薄,病人向他请教,不能得益。此谚语表示对方所说的是废话。现在为容易了解起见,把"助医"改为"庸医"。——译者注

的境况的变更全仗这位贫穷的跛子的铁面无私,或者竟有赖于他在公务上的一种英勇行为⋯⋯但是她毫无办法用实物来对他表示感谢⋯⋯

这使她悲伤,甚至感到委屈。第二天她来到我们家里,这时候父亲办公去了,母亲偶然出门去了,她带来了各种衣料和物品,堆满了客堂里的家具。她又叫我的妹妹过来,送给她一个大洋娃娃,这洋娃娃穿得很漂亮,有一双淡蓝色的大眼睛,让它躺下来睡觉的时候,它的眼睛会闭拢来⋯⋯

母亲回来看见了这许多礼物,大吃一惊。当父亲从法院回来的时候,我们家里发生了一种骚乱状况,这是我所记得的最激烈的骚乱状况之一。父亲骂那寡妇,把衣料丢在地上,埋怨母亲,直到门口出现了一辆车子,所有的礼物都被堆在车子上送回去了的时候,他才安静下来。

然而这时候发生了意外的困难。轮到要退回洋娃娃的时候,妹妹坚决地抗议,她的抗议异常动人,因此父亲几次试图未遂,终于让了步,虽然很不满意。

"为了你们,我终于贪污受贿。"他忿怒地说着,走进自己的房间去。

那时候大家都把这看作一种无理的古怪行为。

"喂,请你说说看,哪一个会从感谢受到害处,"有一个"不受贿赂"的心地善良的陪审官对他说,"你想,案件已经结束了,那个人知道一切全仗你,就怀着感谢的心来拜访⋯⋯可是你几乎把她当作狗⋯⋯为什么呢?"

我几乎确信,父亲从来没有从直接的利害观点来判断这问题。我猜想,他为人在世,怀着很大的,而且也许是当时不很普通的期望。但是生活在卑鄙龌龊的环境里挤得他动弹不得。他就珍视他这种特性,像珍视最后的圣地一样;这种特性不但使他卓异于那群出名的"贪污受贿之徒"，又使他在当时合乎中庸之道的善良人物环境中出类拔萃……他越是由于家庭日渐增大而生活困难起来，就越是坚决不移地维护他这种精神上的独立和骄傲……

他有一个特性，后来我觉得是一种心理上的哑谜。那时候四周凝集着（正像烂泥沼一般凝集着）普遍的贪污舞弊。父亲所服务的那个法院里的"官吏们"，无疑地都东取西攫，不但接受谢礼，又接受公开的"外快"。我记得，有一个"德高望重"的绅士，他是我家很熟悉的一个灵敏而机警的人，有一次在我家的晚会上，他在稠人广众中有声有色地叙述他怎样帮助一个走私的犹太人逃避责任，救出了被扣留的大宗货物……走私的人允许使这个初出茅庐的小官吏致富，但是……小官吏执行了走私的人的请求，走私的人却不履行诺言……小官吏被约定夜间在某处静僻的地方会面，以便结账；他就在那地方等到了天亮……我很清楚地记得关于这一夜的生动的描写：那官吏等候那犹太人，仿佛"情郎等候情妇"。他仔细地倾听夜间的声音，热情地起来迎接每一次沙沙声……所有在场的人都凝神地听他描写这出贿赂剧中从希望到失望的经过……等到大家知道这官吏受了骗的时候，这戏剧就以哄堂大笑来结束；然而在这笑声中可以听出对犹太人的愤慨和对受骗者的同情。父亲那时也在场，我清楚地记得这样的情景：一张被蜡烛照亮的纸牌桌子，周围坐着四个玩牌的人。其中有我的父亲，他对面坐着那个走私故事中的主角，这人每次打出牌来的时候都要说些俏皮话。父亲愉快地笑着……

他对付环境中的人一般地说来很宽大，只有对于他所直接影响的那一小部分人，才严防他们舞弊。我记得有几次他从法院回家来，非常懊恼。有一次，母亲惶恐而同情地看着他那颓丧的脸，给他端上一盘汤，他试喝一下，喝了两三调羹，就把盘子推开了。

"我喝不下。"他说。

"案件结束了吗?"母亲低声问。

"是的……判苦役刑……"

"天哪!"母亲吃惊地说,"那么你怎么办呢?"

"唉!病人请教庸医,"父亲激怒地回答,"我!我!……我有什么办法!"

可是后来他又用较柔和的声音说:

"我已经尽了我的力……法律昭彰。"

这一天他没有吃午饭,也没有照常睡午觉,却老是在书房里走来走去,用拐杖敲着地板。过了两小时光景,母亲叫我到书房里去看看,他有没有睡着,如果没有睡,就叫他来喝茶。我走去一看,看见他跪在床前。他在圣像面前虔诚地祷告,他的略有些胖的身子全部在那里发抖……他悲戚地哭着。

但是我确信,这是为怜悯"法律牺牲者"而流的眼泪,而不是一个法律执行者的痛心的悔过。在这种时候,他的良心常常是泰然自若的;现在我想起了这一点,我就明白了那时代的正人君子的心情和我们这时代的人的心情之间的基本差别。他认为他只有对自己个人的行为才有责任。为社会的不平而发生的辛辣的罪恶之感,他完全没有认识到。上帝、沙皇和法律,在他看来高高在上,是批评所达不到的。上帝是全能而正直的,但是世间还有许多得意的恶徒和受苦的善人。这属于最高主宰的神秘的范畴——没有话可说。沙皇和法律,也是人间的裁判所达不到的;如果间或在应用法律的时候良心违反了怜悯和同情,那么这也是天然的不幸,不属于任何原则问题。有的人死于伤寒病,有的人死于法律。这是命苦!法官的责任,是奉行法律,务求它一旦宣布之后就正确地应用。如果连这一点也做不到，如果受贿的官僚为趋奉权势而枉法，那么父亲身为法官，就要在裁判的范围之内用他能力所及的一切方法来和他们斗争。假使这样做会吃苦，他情愿吃苦，但是这宗案件里他亲手所写的批语，一定是完全公正的。这样一来，案件会越出了县法院的范围而上诉到参议院，也许到更高的机关。如果参议院同意他的判断，他就替正确的方面真心地高兴。如果参议员们也被权势和金钱所收买，那么这是他们的良心问题，他们总有一天会为此而得到报应，不是在沙皇面前，就是在上帝面前……法律可能不正确，而这又属于沙皇对上帝的责任；他做法官的，对此也没有责任，这就好比有时雷从高高的天上打下来，打死了一个无辜的孩子……

　　是的，这是一种完整的信念，是良心的安宁。这种人的内部基础是不为分析所动摇的；那时代的正人君子不懂得个人对"万物公理"的责任感所产生的那种深刻的心绪不宁……我不知道现在是否还有一个官员心中存着那么不可侵犯而充分的完整性。我想是没有的了。这样想法的时代一去不复返了，我们这辈人的自觉的青年时代已经充满着对共同责任的伤心的、苦痛的，然而有创造性的意识了……父亲很早就去世，假使他寿长些，那么我们这些富有批评精神的青年无疑地将不止一次听到他那常说的定理：

　　"病人请教庸医！"

　　而那个高高在上的、发号施令的即他所谓应该超乎批评之外的东西，正是一个尊严的庸医。

　　这种冲突到底怎样解决，到现在还是一个谜；我每逢想起这一点，常常感觉到一种悲哀的遗憾……

3　父亲和母亲

在我所知道的、父亲的全部生活中,笼罩着一种深切的悲哀和忏悔,这是有原因的……

他年轻时候很漂亮,在与女性的交际上获得很大的成功。他显然曾经把青春的、也许是非凡的力量的过剩部分都消磨在这方面的种种企图和事件上,这种生活继续了三十年之久。他亲身的实际经验使他对女性的德行深深地感到不可信任;因此,他要结婚的时候,就想出一种特殊的办法,借以保持家庭的安宁……

他那时候在沃伦省罗夫诺县当警察局长,那地方住着一个中等的波兰小贵族[1],是别人的领地的租户。关于这个人,大家都知道他有一时曾经是符伯爵家的一块大领地的合法所有者和实际管理者。老伯爵病重了,这时候他那个在波兰王国的近卫军中服务的儿子正为了某事故而受到军事裁判。老伯爵恐怕丧失权利,领地被别人所得,就把他所熟悉的那个波兰小贵族叫来,取得了他的同意,立了一张对他有利的遗嘱。此后老伯爵就死了,他的儿子被流放到高加索去当兵,而这位波兰小贵族就变成了大领地的合法所有者……过了几年,那个青年伯爵因为在跟高加索人战斗的时候表现了奋不顾身的勇气,就被赦罪,放还故乡,于是那位波兰小贵族就邀请街坊邻居,当他们面前像一个普通的管家一样把领地的极正确的账目和他在管理期间积攒起来的一笔巨款交了出来。

---

[1]　符·加·柯罗连科的外祖父,叫做约瑟夫·卡齐米罗维奇·斯库列维奇(1798—1853)。他青年时代当骠骑兵,退休时的职衔是陆军中尉。

那个青年贵族拥抱他,称他为恩人,立誓永远和他亲爱;但是他很快就忘记了一切誓言,对他恩人的家庭有了一种不诚实而卤莽的侵犯行为。外祖父把这贵公子侮辱了一场,就离开了他,变成了一个乞丐,因为在他管理领地的整个时期中,他没有"擅自"替自己规定薪水的数目。关于这一点,那个大地主在和他吵架之后根本就不去想它了……

　　这就是关于我外祖父的家庭传说。

　　他的家庭人口很多(四个女儿和两个儿子[1])。其中一个女儿还是少女,十三岁,完全是一个小姑娘,穿短衣服,玩洋娃娃。父亲正选中了她。他显然是怀着无意识的利己主义,就用这样的办法来维护他未来的家庭:他预料那人家一向被公认的正直一定有传统,因此他就选定那人家的一个未成年的幼女作为妻子,他想教养她,避免她的少女娇媚的时期……外祖父反对这太早的结婚,但是由于他妻子[2]的坚持,便让步了。新娘年龄不合格的那种形式上的障碍,由于"居民十五人"的证明而消除了;于是我未来的母亲房间里的玩具就被拿出,短衣服换了结婚礼服,就举行婚礼[3]。

---

　　[1]　第一个女儿卡罗里娜(1819—1894)是嫁给屠采维奇的。第二个女儿爱薇里娜(即叶娃),是作者的母亲,于一八三三年生在沃伦省罗夫诺县的斯捷潘村,于一九〇三年四月三十日死在波尔塔瓦符·加·柯罗连科家里。第三个女儿安瑞里卡生于一九三五年左右,死于第一次世界大战期间;她嫁给日托米尔中学的教师扎勃洛茨基(在《我的同时代人的故事》中用洛托茨基这名字);后来她带着孩子们住在尔沃夫,有一个时期曾经在那里办一个波兰文的儿童杂志。第四个女儿伊丽莎白生于一八四〇年,从九十年代初期起,住在符拉季米尔·加拉克齐昂诺维奇家里,于一九二七年死在波尔塔瓦。两个儿子是布鲁依(从事农业,死于九十年代)和根利赫。

　　[2]　即作者的外祖母,叫做阿格尼雅·斯库列维奇(母家姓雷赫林斯卡雅),死于八十年代末期,高龄九十四岁。

　　[3]　加拉克齐昂·阿法纳西耶维奇·柯罗连科和爱薇里娜·约瑟福夫娜·斯库列维奇的婚礼于一八四七年举行。因为新娘年纪太小,丈夫叫她在娘家再住一年。

　　为生活作总结,是一件很难的事。幸福和欢乐中常常交混着不幸和悲哀,因此我现在不知道我父母的婚姻是幸福的,还是不幸的……

　　总之,在结婚初期,母亲是很痛苦的……

　　在将近结婚的时候,她是一个虚弱的女孩子,她的身体消瘦而没有充分成熟,梳着一根淡金色的大辫子,一双灰蓝色的眼睛明亮而美丽[1]。结婚后两年,她生了一个女孩子,这女孩子过了一星期就死了,这件事在她的还很幼稚的心头留下了深刻的创痕。父亲嫉妒得很厉害。他的嫉妒心表现得蛮横而粗暴:凡是有男人对他的年轻妻子看了一眼,在他总觉得是不怀好意的;他的妻子在社交中听见一个笑话而发出孩子气的笑声,他便认为是不可饶恕的风骚。甚至还有更严重的情况:他出门的时候,把妻子锁闭起来,这个几近于孩子的青年女子被禁闭着,感到一种稚气的悲哀和女性的屈辱,就伤心地哭泣……

　　结婚后三四年,父亲公出到一个县城里,在一个充满炭气的小屋子里过夜。早上人们把他抬出来,他已经不省人事,只穿一件衬衫,他们就把他放在雪地上。他终于苏醒过来,然而他的半个身子麻木不仁了。他被送回到我母亲那里的时候,几乎不能动弹;虽然用尽一切方法来治疗,他终于毕生残废了……

　　这样,我母亲的生活一开始就碰上了一个年纪比她大一倍多的人——她还不能爱这个人,因为她那时完全是个孩子;这个人一开始就折磨她,侮辱她,后来终于变成了残废……

---

　　〔1〕　爱薇里娜·约瑟福夫娜年轻时候的肖像没有被保留下来。所有保存的照片都是晚年的。

但是我仍然不能断定她是否不幸……

在我已经有记忆的时候,由于某人的告发,这婚姻几乎解散,父亲因此极其恐怖。有几个从来不曾见过的、穿铜钮扣制服的人常常到我们家里来,父亲招待他们,请他们吃饭,晚上和他们玩纸牌。在这群正教管区监督局的官吏中,我特别清楚地记得一个秘书,这人身材矮小,穿着一件长襟制服,后襟几乎拖到地,他的脸不清不楚,使人想起一张有墨水迹的红吸墨纸。他的一双眼睛很小,炯炯发光,转动得很快。他在坐到食桌上去之前,总要在客堂里环行一周,察看其中摆设着的东西,并且用手摸摸它们。我注意到,他的尖锐的眼睛特别留心地察看的那些东西,不久就都失踪了。就中还失窃了我们家里的一件贵重物品——一个大望远镜,父亲曾经让我们在这望远镜里看过月亮……我们很可惜这个望远镜,但是父亲带着悲哀的诙谐说:这个穿长襟衣服的官吏可以使得他和妈妈离婚,去做和尚或尼姑。父亲接着又说:不结婚而且做了和尚或尼姑的人,不应该有孩子,因此你们也不应该有。我们当然知道这是开玩笑,但是我们不能不感觉到:现在我们全家不知怎的都被掌握在那个穿铜钮扣制服而面孔像吸墨纸的人手里了。

这期间有一次我跑进母亲的卧室里,看见父亲和母亲都哭丧着脸。父亲弯下身子去吻她的手,她亲切地抚摸他的头,仿佛为了某事在那里安慰他,像安慰小孩子一样。我以前从来没有看见过父亲和母亲之间有这种情况,我的小小的心由于一种预感而受到压迫。

幸而这危机平安地过去了,不久,使我们恐怖的那些正教管区监督局的人就不再出现。

但是我直到现在还记得我看到父亲和母亲那么感动而彼此满怀怜爱的情况。可知那时候他们已经心心相印,并且默默地、深切地相爱了。

　　我所回想起的这种互相敬爱的情景,正发生在我认为世界是固定不易的那个时期。

　　父亲是一个虔信宗教的人,大概他把自己的不幸看作青年时代的罪恶的应得的报应。此外他又觉得孩子们也要为他的罪恶而受到报应,他们的身体一定会虚弱,而且他来不及把他们"抚养成人"。因此,他的主要操心之一是调养他自己和我们。他是一个富于幻想的人,并且相信奇效万应药,因此我们不得不忍受各种善意的治疗法,例如手上涂油、耳朵后面抽毒,吃掺着面包和盐的鱼肝油、清血的玛泰糖浆和莫利松丸药,甚至应用一个叫做彭帅特的人的针灸法,这办法是在我们身上刺一千针,用以加强血液循环。后来我们家里来了一个同种疗法[1]医生车尔文斯基,这人身体肥胖,手里拿一根雕着蛇形花纹的粗拐杖。这期间我的贪吃的哥哥当父母亲不在家的时候不知怎的找到了同种疗法的药箱,把里面的砒素药丸一下子吃光了。父亲起初大吃一惊,后来看见哥哥照旧很健康,于是他就……怀疑同种疗法……

　　此后,加涅曼·萨木艾尔[2]的深奥的著作就不再出现在父亲的桌子上,在那地方却出现了一本封面朴素的黑色的新书。在这本书的第一页上就有一个装饰图和两句诗(波兰文):

　　　　倘要健康活百岁,

　　　　洗澡,淋浴,喝冷水……

---

　　〔1〕 同种疗法,是用极少量的某种药品来治某种疾病;这种药品倘用了大量,就能使健康人患同样的病。——译者注

　　〔2〕 加涅曼·萨木艾尔(1755—1843)是德国医生,同种疗法的创始者。

　　为了要确证这一点,装饰画里画着三个体格强壮的裸体人,其中一个人站着洗淋浴,另一个人坐在浴盆里,第三个人带着非常得意的表情把一大杯水倒进喉咙里去……

　　我们孩子们漠不关心地看看这个装饰图;到了第二天早晨,父亲叫人催我们起床,把我们带到他房间里去,那时候我们才懂得了这装饰图的真正的意义。父亲房间里放着一只大桶,里面盛着冷水,父亲自己先把全部手续做一遍,然后叫我们轮流走到这只桶里去,他用一个洋铁罐子舀起冰冷的水来,就从我们头上浇到脚上。这是一种很野蛮的办法,但是没有给我们带来害处;不久我们就被"锻炼"到这种地步:早上我和弟弟单穿一件衬衫,赤着脚,逃到旧马车里,在那里冷得发抖(那时候是秋天,正是早晨降霜的时期),直等到父亲出去办公才走出来。母亲每次都答应父亲,说等我们回来的时候一定忠实地给我们洗淋浴,然而……上帝当然会原谅她的吧——有时她是欺骗父亲的……但是因为那时候我们不管什么天气,几乎完全不受监视地整天在外面玩耍,所以父亲看见我们照旧壮健而并无损害,他的猜疑不久也就消失了……

　　这种对"书本和科学"的信仰,是父亲性格中显著而动人的特征,虽然有时会造成意外的结果。例如,有一次他不知在什么地方买了一本小册子,这小册子的作者肯定地说:把硼砂、硝石,还有一种好像是硫黄华加入在极简陋的一份普通马料里,就可以把马养得极肥。我家那时候有一对高大的阉马,父亲就拿它们来实验。那两匹可怜的马瘦弱起来,但是父亲非常相信科学方法的效果,竟完全没有注意到这一点;当母亲惊惶地指出,这两匹马恐怕要被这种科学害死了,父亲就回答说:

　　"病人请教庸医! 在胖起来呢,你胡说八道。菲里普,在胖起来,是吗?"

"的确胖了。"那个狡猾的马夫回答……

"法官的马"以异常瘦弱和贪食驰名于全城了;它们贪婪地咬系马桩和篱笆,但是父亲只管说是会"恢复"的,直到其中一匹马毫无显著的原因而死去。我还记得父亲站在那个可怜的殉难者的尸体前面时那种惊悼而后悔的表情。他立刻吩咐用燕麦和干草来喂另一匹马,不再加那种科学的调味品;以后似乎把这匹马卖掉了……然而后来发现:这失败不仅是那种科学之故,也和马夫有关,他把本来就很少的一份燕麦换酒吃了,却让那两匹马光是吃硼砂和硝石……无论怎样,后来这种实验不再施行了……

父亲心里显然还有以前的某些计划长久地盘旋着,他努力想摆脱枯燥的官场惯例的严酷的拘束。有时他置备一架望远镜和一些天文书,有时开始研究数学,有时买些意大利文书,并且购办辞典……晚上,不须写公文和判决书而空闲的时候,他就读书,有时在房间里踱来踱去,深深地考虑他所读的东西。有时他把自己所想到的讲给母亲听,如果母亲不在近旁,他竟会带着动人的、儿童似的天真态度跟我们孩子中间的一个人谈话……

记得有一次,只有我和他两个人在他的书房里,他放下了书,沉思地在房间里踱了一会,突然在我面前站定了,对我说:

"哲学家告诉我们,一个人想的时候不能不用言语……人一开始想,就一定………你懂吗?头脑里一定有言语……嗯……这话你觉得怎么样?……"

他没有等我回答,就开始从这个角落走到那个角落,敲着拐杖,微微地拖着左脚,显然是在那里专心一志地体验这个心理学问题。后来又站定在我面前,对我说:

"如果这样，那么狗是不想的，因为它不懂得话……"

"松鸡懂得话。"我确信地回答。

"这算得了什么！谈不上。"

我那时候完全是一个小孩子，还没有上学，可是父亲提出问题时那种直率的态度和他的深刻的思想感染了我。当他踱来踱去的时候，我也坐着体验自己的思想……我什么也没有体验出来，可是后来我又不止一次地努力捉摸语言的无定形的活动和模糊的形象，它们像影子一般在意识的背景上通过，没有完全表出固定的形状。

还有一次在吃饭的时候，我们大家会聚在一起，父亲说："有些英国人提出，如果有人能发明一个新的词，他们就送他一大笔钱。"

"这有什么了不起！"哥哥自以为是地说，"我马上就可以发明。"

他就不假思索地喊出一个完全没有意思的词来。我们都笑了。

"嘿！傻瓜！"父亲说，他显然是为了哥哥对英国学者的问题的这种轻率态度而感到懊恼。但是我们都站在哥哥这一面。

"他的确是发明的，为什么说他是傻瓜呢？"

"这叫做发明?！这个词是什么意思呢？"

"这个词吗？……"哥哥略觉为难，然而立刻就回答，"并没有意思，可是它是新的……"

"喏，喏，所以说你是傻瓜！一定要有意义，一定要有内容，而且不可以有另外一个意义正好相同的词……照你这样，尽管是发明的也没有用处！……那些学者不会比你们笨，他们并不是开玩笑……"

"可是，"后来他又说，"也许是可以发明的……"

又有一次，也是在吃饭的时候，他说："有些哲学家认为上帝是没有的。"

"嗳！胡说，"母亲说，"你为什么又说这些蠢话……"

"病人请教庸医！"父亲回答，"这不是呆子说的，是有学问的人说的……

"那么谁创造世界和人类呢?"

"有一个英国人说，人是从猴子变来的。"

"那么猴子是从哪儿来的呢?"

我们大家——包括父亲在内——都笑了。

"这当然是荒谬之谈，"父亲说，接着他又确信地、略带庄严地说，"孩子们，上帝是有的，他一切都看得见……一切都看得见。并且严重地惩罚罪恶……"

我不记得是这一次还是另一次，他带着特殊的表情说:

"圣书里说，父亲母亲如果犯了罪过，他们的子孙要受惩罚，直到第七十七代为止……这似乎有点不公正，可是……也许是我们不懂的缘故……上帝总是慈悲的。"

直到现在我才懂得，这个格言在他看来具有多么重大的意义……他恐怕我们将要为了他的罪过而受到惩罚。他的良心反抗这种不公正的惩罚，可是他的信仰要求顺从，并且使他怀着希望……

父亲的履历表里载明着，他在基希涅夫城的"非特权阶级的学馆"里受过教育……这种教育显然等于"家庭教育"。但是他几乎终身保持着精神的要求;我们孩子们就从这个诚朴的半受教育的人那里得到了一种最初的概念，这种概念是超越我当时所理解的世界范围的，那就是:上帝是有的，同时还有一种研究心灵本质和世界起源的科学。这种概念幼稚而简单，然而也许正是由于这种近于孩子气的天真，所以它们深深地印入我们心中，永远保留着，作为未来的思想的最初莳下的种子……

4　院子和街道

我所认为我们"永远"居住着的那所房子，坐落在一条小胡同里，这条小胡同通向一个小的广场[1]。有好几条路汇集到这广场上；其中两条是通向墓地的。

这两条路里面有一条叫做"公路"。在这公路上常常走着邮政马车，车子上的铃是扎住的；但是因为城市的最繁华部分到这里已经告终，所以有时邮递员们在这里停了马车，把铃放开。邮车再往前走的时候便响出铃声，这铃声越来越轻，越来越远，逐渐消失，直到那马车也越来越小，终于变成一个小点为止。这条路又长又直。两旁的房屋之间隔着围墙、空地或者陷在泥土里的茅屋；这条路的远处消失在从围墙里挂下来的重重绿叶中间。路的这边是"正教"墓地，另一边是某一所住宅的花园。从这条公路上向城郊走远去的一切，都在这重重绿叶之间作最后的闪现，然后消失在渺茫无边的远方了……我和弟弟常常在我们的胡同的角上或者爬在围墙上眺望邮车、高大的犹太马车、笨拙的驿马车和农家运货马车向远处消失的光景。如果有人出殡，我们就一直在胡同角上看，直到送殡的行列走到这消失点为止。这时候那团无定形的人群仿佛又一次清楚地闪现出来。旗幡招展着，在大门和树枝底下倾侧下去，柩车横过来向着门口，于是一切都进入墓地的围墙里去了。这时候我们就知道"一切都完了"……我对于远方的最鲜明而深刻的第一印象，关联着"公路"的这种漫长的远景；也许，这种对于殡葬和死亡的联系，使这些印象

---

〔1〕　这里所指的是日托米尔地方，柯罗连科的家庭在这里住到一八六六年为止。

更加深刻，并且促进了一种大致类似远方观念的幻想……

这条路渐渐远去，就渐渐地高起来；因此，从这条路上向市中心走近来的一切，都好像是滚下来的……我现在还记得我在很早的童年时代所体验到的一种惊讶的感觉：有一次，一小块方形的东西从这条路远处的地平线下爬上来，越来越大，越来越近，过了不久，整条路上都填满了兵士的纵队，充满了千万只脚的踏步声和震耳的乐队演奏声。兵士们都戴着没有帽檐的圆帽子，穿着短小破旧的外衣。军官们都戴着有羽饰或金属帽顶的坚实的军帽。他们的步调很整齐，在这匀称的动作中有一种严肃的气氛……

旁边的人都说，他们是从"塞瓦斯托波尔附近"的战地上回来的……

公路上还有囚犯走过，铿锵地发出手铐脚镣的声音；有一次载过一个垂头丧气的人，是去受"商场鞭刑"[1]的……前面走着一排兵，四个鼓手敲出严肃、均匀而急速的鼓声……鼓手们每跨一步，鼓就在他们的左腿上耸一下，鼓声继续不断地响出，照旧是匀称而可怕的……他们后面开着一辆马车，马车上耸起一只高椅子，上面坐着一个人，他的两只手被反绑在椅背上。他的光秃秃的头低低地挂下，跟着车子的震动而摇摆；他的胸前斜挂着一块板，板上写着白字……这个垂头丧气的人全身高高地浮出在人群上面，仿佛支配着这人群的急流……马车后面走着一排兵，大群的人跟着跑……广场上当然是不准我们去的，但是仆人戆头老曾经跟着人群到那里去看，后来他在厨房里津津有味地讲给我们听，在刑场上刽子手怎样把这"杀人犯"安放到"拷问台"上，怎样准备鞭子，同

---

〔1〕　"商场鞭刑"是一八四五年以前在俄罗斯对囚犯施行的一种公开鞭刑，通常在商业广场举行，所以叫做"商场鞭刑"。——译者注

时好像在对他说：

"你的爹娘没有把你教训好，现在我来教训你。"

后来他大喝一声："着打！"于是整个广场上传遍了鞭子的嗖嗖声和挨打的人的凄惨的叫喊……我们那些女仆们听到这里也叫喊起来，并且划十字……

这似乎是我们城里的最后一次"商场鞭刑"……

总之，有许多有趣味的、新鲜的或者可怕的东西，从这条长而直的公路上进城或出城……

走出我们的胡同向左急转，便是另一条通墓地的路。这条路通向天主教和新教的墓地，很广阔，人烟稀少，路上没有铺砌，盖着很厚的砂。灵柩车在这条路上开动时声音很轻，纯净的黄砂没到车毂上，除此以外就很少有人走这条路。

在这条路和我们的胡同相交叉的尖角上有一个警察岗亭，里面住着一个年老的看守人（他带着一把戟，可是不久就取消了）；岗亭后面，在某人家的花园的绿荫中间，耸立着一个大"神像"，这是一个老式的波兰十字架，上面有一个顶棚，遮盖着钉在十字架上的基督像。有一个虔诚的人把这像建立在这交叉路口，它扩展着两肩，仿佛在目送从公路上远去的人，以及柩车的马踏着黄砂悄悄地拉向"波兰墓地"去的那些人，送他们到长眠的地方。"神像"对面有一家年代久远的酒店，是一所坍损而阴暗的房子，歪斜得厉害，用大木头从街上支撑着。这里面几乎不停地拉着提琴，响着铃鼓。有时送丧的女人的响亮而尖锐的号哭声跟这种粗野的响声和醉人的叫喊声混杂在一起。

那时正是清闲的时代。

我们的院子舒适而幽静。院子和大路之间隔着两幢石造房屋，即土话所谓"石房子"。其中一幢石房子里住着我们的房东,他们的房间和家具在我看来奢华富丽到极点。大门开向胡同,上面低低地挂着老白杨树的繁茂的枝条。房东家的马车夫穿着灰色制服,样子很神气;他每次驾着车子开进大门的时候,总要低下头去,免得树枝掠下他那有带子和饰结的高帽子……

我们的旁屋位于院子深处,一面靠着石屋,另一面靠着一个茂盛的花园。这旁屋的后面还有一所小旁屋,里面住着一个军医杜达辽夫,也是从古以来就住在这里的。

我们的房东是一个波兰人,人们尊称他为"测量师老爷"[1]他是一个年纪很老的人,高个子,体格端正(虽然略微胖些),胡须是灰色的,头发也是灰色的,剪成环形。平日他一清早就穿着蓝色的外衣在院子里走来走去,像一个热心的管家一样忙着家务。每逢星期天,他就穿上蓝色或深红色的、有折袖的、华丽的波兰外套,淡色的马裤,天鹅绒的宽裤和出角的波兰方帽,腰里束着华丽的腰带,挂着弯刀,和一个祈祷者一同到天主堂去。他的妻子(比他年轻得多)和女仆们都坐马车,驾着极漂亮的马,但是他总是步行的。他一生病,就吩咐把厨房里的暖炉生得很旺,里面铺些稻草,然后脱下衣服,爬进炉炕里。后来他满身大汗地从炉炕里走出来,喝些菩提花茶,第二天早晨照旧在院子里和马厩里忙碌奔走。

这一切我都是后来听人家说的;至于这位柯良诺夫斯基本人,我只有在他的生涯的最后几天内才十分清楚地记得。有一次他觉得身体不

---

[1] 这里是著者弄错了,应该是"法庭执行员"。——译者根据苏联儿童出版社版本列托夫注

舒服,就照例采用那种治疗法,但是没有效用。

于是他就对妻子说:

"现在我要死了……"

他的妻子请了好几位医生来看。在我们的院子里有时出现带着那条蛇的同种疗法医生车尔文斯基,有时出现一个异常肥胖的韦采霍夫斯基……这位老"测量师"对这一切奔忙都表示很怀疑,他再三确定地说他不久要死了。

我清楚地记得那时候我正在病人的房间里。我坐在椅子旁边的地板上,玩着一串流苏,一连待了几个钟头。我现在不能明确地说出,那时我心中怀着怎样的念头,只记得有一个客人看见我坐在椅子旁边,就问我:"小弟弟,你在这儿做什么?"我就一本正经地回答:

"我在看守柯良诺夫斯基公公。"

病人的肚子动起来,他惨然地微笑着,说:

"看守不了的(nie dopilnujesz)。"

的确,我没有把他看守住:此后过了两三天,老柯良诺夫斯基就威严而庄重地躺在灵柩里了。人们像星期天一样给他穿上淡黄色的马褂和蓝色的外套,把弯刀放在他身旁,把那顶有羽毛的出角波兰方帽放在他旁边的椅子上。他的脸生前是红润的,现在像他的胡须一样白了……第二天,我们院子里来了许多人,拿来了旗幡;可是那辆庞大的灵柩车不能从胡同里开进来。于是有一个仆人就爬到白杨树的干子上,把一大丛低垂的树枝砍下了。当这丛树枝横在地上的时候,我对它看看,又对大门上面因此而显出来的空隙看看,心里发生一种感觉,就同看到柯良诺夫斯基的奇怪的身体时的感觉一样。我也许知道这是死,但是那时候我对于死既不觉得可怕,也不觉得可悲……我只觉得树枝带着叶异样地倒卧在地上,这是从来没有的事。而柯良诺夫斯基呢,穿好了衣服不到天主堂去,却整天躺在尸床上。

出殡之后,有一个时期院子里有人说,他们夜里看见老"测量师"像生前一样奔忙着家务。这又是他的一种奇怪的行径,因为以前他总是在白天奔走忙碌地管家务……但是在那时候,假使我在院子里、花园里或马厩旁边遇见这位老人家,我大概不会很惊奇,我只是想问问他,为什么自从我"不看守"他以后,他有这种奇怪而荒唐的行径……

在那几年,老式波兰服装已经不入时,或者竟可说是被禁止了。但是这位富裕而顽固的"测量师"对新习惯不肯让步,他生前和入土之后,都忠实于自己和自己的时代。我现在回想起这个特殊的、与众不同的、倏忽闪现在我眼前的人物,就发生这样的印象:这仿佛正是我母亲的祖国波兰的史迹,特殊、巩固而有独得的美,它退避到世界的一扇神秘的门里,正在这时候,我替自己打开了另一扇门,用明亮锐利的儿童眼光来目送它……

我们院子里的生活很安静,保持着向来固定的习惯。我的哥哥比我大两岁半,弟弟比我小一岁。因此我和弟弟自然比较亲近。我们起身很早,那时候两所石房子里的人都还在酣睡。只有马夫们在马厩里洗马,并且带它们到井边去。有时他们让我们牵着马缰绳,这种信任使我们觉得很兴奋。

在马夫们之后,厨娘们也起身,到仓房里去取柴。

在八点半的时候,仆人们替父亲准备一辆小马车,他就坐着去办公。这情况每天都一样,在我们看来是自然的规律;同样,在三点钟左右,母亲一定忙着准备食桌。三点钟的时候,又响出车轮子声,父亲走进屋里,厨房里就端出汤钵来……

在白天这一段时间里,我们的院子里很岑寂。马夫们没有事情可做,就躺下来睡觉:我和弟弟在院子里和花园里玩耍,从围墙上眺望胡同或公路的远景,探听新闻,互相谈论……太阳越升越高,灼热了院子里铺砌的石板,使我们这座庄园充满了一种十分萎靡的困倦和沉闷……[1]

我回想起了这些炎热而困疲的无聊时间内所发生的一件奇怪的事……我们的院子里跑来了一只猫,它的一条腿是受伤的。我们喂养它,它就住在我们家里了。有时在炎热的中午,我把这只猫找来,带它到后面的院子里,那儿放着我家的几个旧雪橇的车身,我就带着猫躺在一个车身里,开始抚爱它。这只猫感激地发出呼呼声,舔我的脸,看我的眼睛,似乎完全有意识地在那里报答我的好意和怜爱。这种对动物友爱的感情有好几分钟,有时甚至好几个钟头充满在我的心里……

但是后来它的腿渐渐地好起来,它吃得很饱,养得很胖,越来越健康了,它的感激心也就渐渐地消失了。以前每逢我唤它一声,它就立刻不知从哪个角落里跑到我跟前来,可是现在它看见了我,常常溜走,显然是"假装"没有听见。

有一个炎热的日子,我和弟弟吵了架,觉得特别需要这只猫的友爱,那时候它也采取这种行径。它从花园的围墙旁边走过,听见我唤它,便狡猾地想钻进围墙的隙缝里去。但是我终于把它抓住了……

这一次它很冷淡地对付我的抚爱。它的眼睛里没有以前那种互爱的表情,它找到一个机会,就想逃走。我动怒了,因为我觉得它的行为忘恩负义之极,而且我渴望着恢复我们从前的友爱关系。突然我心里闪现

---

〔1〕　关于太阳灼热的院子的午后光景,以及两个孩子想出的娱乐和游戏的回忆,是《奇物》这篇小说里的材料。

出一种粗暴的念头:原来它只在自己不幸而我怜爱它的时候才爱我……我就抓住了它的尾巴,把它抛过我的肩膀。

那只猫尖声地叫起来,用脚爪拼命地抓住我的背。我放了它,它像箭一般飞奔而去,我独自站着,只感觉到自己的罪过和剧烈的惭愧……此后我再要引诱它来,就很困难;当我捉住了它的时候,我就用尽种种方法来向它表示:我已经承认自己的错误,现在捉住它,只是为了要跟它讲和……以后我们之间的关系虽然十分冷淡,倒还算和睦;但是我到现在还记得:在灼热而看厌了的院子里,在困倦无聊的影响之下,我这种做作的怜爱这么奇怪地爆发……

这是毫无办法的! 任何感情只有在自然的时候才有价值。同样,硬要在人类关系中恢复这种感情,其结果也大都是搔伤而已……

5 "那个世界"。神秘的恐怖

我很难记起,什么时候我第一次听到"那个世界"这句话。这大概是因为我很早就听见人家这样说,所以我知道这句话比知道它的意义早得多。

我在很小的时候就知道,我们曾经有一个小姐姐叫做索尼雅,她已经死了,现在住在"那个世界"里,在上帝那儿。我觉得这件事有点可悲(母亲说起她,有时眼睛里涌出眼泪来),但同时又是可喜的,因为她是天使,这就是说她是幸福的。我完全不认识她,所以她这个人、她在"那个世界"里当天使的情况,在我看来只是光明而朦胧的一团,完全没有神秘性,也没有给我特殊的印象……

后来柯良诺夫斯基老爷也到"那个世界"里去了,据说他每天夜里从那儿回来。这就有点奇怪了。他跟我说过"看守不了的"，可见他仿佛躲起来了，后来却又瞒着家里的人和仆人们而偷偷地回来。这是一件不可解的事，并且有些狡诈；如果这是有意的，那么在不可解之中还有恐怖的成分……

过了两三年之后，"那个世界"又闪现到我们面前来，仿佛电光从乌云中闪现出来一样，凶恶而明显……

我们有一个熟识的、同年的小朋友，叫做斯拉维克·李索夫斯基。我不知道他的名字为什么这样[1]，但是人家都这样称呼他，而且我们也喜欢这名字，像喜欢他这个人一样。他穿着一件短上衣，露出白的衣领来，身体瘦长，和年龄不相称。当他第一次到我家来的时候，起初我们觉得他这个人、他的步态、他的短小的上衣、他的白衣领和硬袖都非常可笑。但是我们初次相识之后过了半个钟头，这个瘦长的男孩子就毫无掩饰地表现出许多愉快活泼的样子来，使得我们完全入迷了。每次他来到我们家里，我们就兴高采烈地做种种异想天开的把戏，往往比我们平日的淘气厉害得多。

有一次他几乎在我家住了一整天，我们玩得特别高兴。我们爬到围墙上和屋顶上，互相丢石子，钻进别人家的花园里去，折断树木。他在一棵野梨树上刮破了自己的上衣。总之，我们闯了许多祸，因此在过后两天之内大家都还很担心，怕引起什么后患。

我们大家都觉得良心上过不去。

到了第三天，下午三点钟的时候，院子里响起了父亲的马车声之后，我们立刻就被叫进去，不是去吃饭，而是到父亲书房里去。

---

〔1〕　斯拉维克不是俄罗斯人所惯用的名字，所以这样说。——译者注

我们以为一定要受惩罚了,就带着颓丧的心情走进去。我们看见母亲在书房里,脸上带着惊惶的神色,眼睛里噙着眼泪。父亲的脸色很悲哀。

他看见了我们,说:"孩子们,我要告诉你们一个悲哀而可怕的消息:斯拉维克昨天晚上死了。"

我记得我们听到了这消息谁也没有说一句话;我想,大人们可能以为这消息对我们孩子们完全没有什么影响。我们默默地走出书房,坐在食桌旁边了。然而我们之中没有一个人由于避免了父亲的威胁而感到高兴。我们感觉到另外一种威胁,不可思议而阴惨的……

第二天,我们被带去参加斯拉维克的葬仪。他们住在通墓地的砂路上,几乎就在墓地旁边;那时候我第一次感觉到什么叫做死……斯拉维克的身体照旧很瘦,似乎比以前更长了,他还是穿着那件有白衣领的墨绿色上衣,像柯良诺夫斯基老爷一样脸色惨白而一动不动地躺在尸床上。周围的灵烛发出黄色的火焰,空气很沉闷,充满着一种特别的气味,屋子里有轻轻的说话声和叹息声。当人们把斯拉维克和棺材一起从屋子里抬到院子里的时候,他的母亲号啕大哭起来,在扶着她的人们手里挣扎,要求他们把她和儿子一起葬在地里,因为他是由于她的罪过而死的。

晚上,在我们的厨房里仆人们低声地传述着,说斯拉维克的父母为了他刮破上衣和淘气而把他打了一顿。起初他吻他们的手,保证以后决不再犯,请求他们饶了他这一次,宁可以后再打重些,因为现在打他,他一定会死的。"可见他的灵魂是知道的。"最后他们意味深长地这样说。然而父母不相信他,终于把他打了。就在这天夜里他发起高烧来,请医生来看……第二天晚上他就死了,似乎是患"喉咙病"死的……

　　我们家里整天只谈着关于他死的事。母亲的样子很惊慌，她替我们担心(虽然那时候人们还不大相信"传染")，又为别人的悲哀而哭泣。似乎就在这天晚上，斯卡尔斯基老爷到我们家里来，他是父亲的好朋友，是我的教父。他的儿子一年前在基辅的军事学校里死去。他的悲哀还没有完全消失，现在又复活起来，他就把得悉儿子死耗的情况讲给我们听。他接到校长通知说他儿子病重，他就来到基辅，可是那时候已经是晚上，来不及到军事学校里去了。他就住在附近的一个旅馆里，在开着的窗子旁边坐了很久。这天晚上暖和、明朗而沉静……他心中老是挂念着他的生病的儿子。他终于关了窗，熄灭了蜡烛……

　　这时候斯卡尔斯基用悲哀、沉静而坚定的声音说，他的话大致是这样："突然，我听见有人在敲窗子……这样敲：一，二，三……我从床上起身，走近窗边……一看，并没有人，况且这窗子是在二层楼上的……我又躺下了，可是又听见：笃笃，笃笃……声音很轻，好像有人要求走进房间来。月亮很明，照亮着一切……我又起身，走近窗边，一看，下面一块玻璃上有一样东西在那里撞……很小的一团，撞着又敲着……我又走开了，忽然我的心沉下去了……我奔向窗子去，开了窗……"

　　"你看见什么?"父亲问。

　　"一只甲虫……"斯卡尔斯基悲哀而严肃地回答。

　　"一只甲虫?"

　　"是的，一只甲虫……很大，黑黑的……它离开窗子飞去了……飞向军事学校那一面。月亮很大! 一切都看得见，像白天一样。我盯着这甲虫，有一会儿听见……嗡嗡嗡的声音……仿佛在呻吟。这时候钟楼上的钟敲响了。我数一下，十一点钟。"

　　"这有什么呢?"父亲又淡然地说，"一只甲虫飞来，就不过这样罢了。"

"慢来，"斯卡尔斯基回答，"第二天早上我到军事学校去。我问门房，怎样可以会见我的儿子。他说：'先生，请你到停尸室里去。'……后来……人家告诉我：正是昨天晚上十一点钟死的……原来，我不放进房间里来的就是他。他的灵魂飞来告别……"

"嘿！病人请教庸医！"父亲说，"你这种是无稽之谈。你的孩子是生病死的，跟甲虫有什么关系。飞来飞去的甲虫不是很多吗？"

"不，你不要这样说……它敲的声音很特别。后来飞去的时候还呻吟呢。我看着它，我的心跟着它去了……"

父亲是一个虔信宗教的人，但是完全不迷信：他对于恐怖的故事常常作冷静的解释，有时作幽默的解释，这种解释很可以驱除我们的惊骇和恐怖。但是这一次，斯卡尔斯基讲到儿子和甲虫时的每一句话，都充满着深刻的信心，因此铭记在我的心头。我似乎觉得有人在我们的窗玻璃上敲撞……

这一天晚上我们睡得比平常略微迟些，半夜里我哭醒来。我做了一个可怕的梦，详细情形我不能十分清楚地记得，可是在许多模糊混乱的形象中我仿佛看见斯拉维克，听见他的请求、哀怨和哭声……由于深刻的同情，同时又由于恐怖，我的心紧缩了。隔壁房间里地板上点着蜡烛，听得见哥哥和弟妹们的打鼾声，风在窗外呼呼地响……我知道窗外是我们的院子、花园里的小路、林荫道尽头的旧亭子……然而一想起在这一带熟悉的地方，也许老柯良诺夫斯基和斯拉维克正在走来走去，恐怖和怜悯就刺痛了我的心……我哭起来了。

母亲是常常把我带在身边一起睡的，她听见了我的轻轻的哭声，就醒过来，开始抚慰我。我抓住了她的手，挨近去吻它。我接触到她的温暖而有生气的身体,受到她的慈爱的抚慰,便安静下来,不久就睡着了。但是即使在睡着的时候,我也感觉到在附近的地方,在关好的百叶窗外面,在黑暗的花园里,在房间的暗角落里,有一种特殊的、悲哀的、阴惨的、不可解的、警惕而可怕的东西——充满着"那个世界"的神秘生活的东西……而"那个世界"的生活不知为什么对我们的生活怀有敌意……

可知神秘的恐怖早就存在于我们童年的心灵中,而我们四周的环境当然只不过是把它更加扩大了些。我的妹妹比我小两岁半,她有一个年老的保姆,这保姆也要照看我们[1]。她是一个瘦小的人,脸上多皱纹,头上戴着一个大头巾,因此头显得很大。她知道许多可怕的故事,不过大都是关于强盗的。有一个关于母亲和女儿的故事给了我们特殊的印象。有一个强盗半夜里闯进一家人家,这人家只有一个母亲和一个女儿,他要她们拿出钱来。母亲说,钱在地窖里,便带这强盗到那里去。女儿拿着油盏走在前面,强盗跟着她,母亲走在最后。等到强盗走进地窖之后,母亲就把门关上……女儿和强盗一起被关住了。

以后便是一首苦难和死亡的短诗。女儿在地窖里恳求母亲开门……"啊,妈妈,妈妈! 快开门,他要杀我了……"母亲回答她:"啊,阿囡,阿囡,我们真命苦……要是我开门,他会杀死我们两个人……"女儿又恳求:"啊,妈妈,妈妈……"在这对话中,关好的门里逐步展现出一种残暴的凌辱的光景,结果是女儿发出最后的叫声:"不要开了,妈妈,我的肚肠已经被他挖出了……"于是黑暗的地窖里一切都静寂了……

这老婆婆讲这些故事的时候自己很兴奋。白天她老是瞌睡朦胧地拔羽毛,拔了好几大堆……可是到了晚上,在半明半暗的房间里,她就扮

---

〔1〕　这保姆的形象描写在《夜晚》这篇故事中。

演这故事中的角色,用低钝的声音来模仿强盗说话,用哀哭的宣叙调来模仿母亲说话。当那女儿最后一次向母亲告别的时候,老婆婆的声音就凄惨地颤抖而消沉下去,好像的确是从紧闭的门里传出来的……

她想这样来逗我们睡觉,但是不消说,睡意像受惊的鸟一般飞走了;我们由于这种可怕的印象,都拿被蒙着头,直到深夜才睡着……

漫长的冬夜里,我们在厨房里领略到了神秘的恐怖的真正的诗趣,那时候父亲母亲都出门去做客了,我们和仆人们往往坐到很夜深。厨房里很暖和,有一种特殊的、使人感到吃饱的气味,蟑螂在墙壁上慢慢地爬,蟋蟀叫着,纺锤发出咝咝的声音,我们的厨娘"布静斯卡雅太太"把她小时候的种种事情讲给我们听,她年纪也老了,可是样子还很爽健而神气。她的父亲当年曾经"走单帮",这就是赶货车到克里米亚去贩鱼和盐;她的母亲死得很早,所以父亲带她在身边……因此她的童年时代度送在鱼盐贩子群中,常常乘着嘎吱嘎吱的货车在草原上漂泊,有时在草原上过夜。这期间她曾经亲眼看见过许多神奇的东西。

有一次她的父亲落在队伍后面了……这夜晚像白天一样明亮(她的可怕的故事大都发生在明亮的夜晚)。月亮高高地照着,草原上每一根草都看得清楚。她在货车上睡着了,但是忽然醒过来。父亲在货车旁边走着,一边赶牛,一边咕哝着什么。这女孩子向草原上一望,看见远处峡谷上一个小树林下面有一个白色的人。"爹,"她对父亲说,"瞧,那边有一个白色的人在树林下面走。""别作声,女儿,"父亲悄悄地回答她,"快念《主之祈祷》。"她就念出她所知道的祷告词,可是那个白色的人很快地转着圈子,起初在草原的边上,后来逐渐向货车这边近起来,近起来。当这人近起来的时候,就渐渐看得清楚这是一个女人,她的眼睛闭着,她的身体越来越高,高过了树林,碰到天空了。"女儿,祷告得使劲些，"父亲要求她，"你的祷告比较有力。"他们两个人就在荒僻的草原上大声地念遍了他们所知道的一切祷告词，越念越响，越念越响……于是那个闭着眼睛的人就仿佛有人推她似的又转着圈子离开，最后在树林底下变成了一个小小的白点。这时候已经看得见鱼盐贩子集中地的火光了……

　　还有一次，他们又落在队伍后面了，必须在夜间走长堤通过一片沼地，长堤的尽头是一个磨坊。这夜晚当然又是像白天一样明亮的，而且在磨坊里和池塘上，大家都知道常常有魔鬼出现……这女孩子在货车里又没有睡着，货车赶上长堤之后，她看见车子后面一旁跑着一个小东西，好像一只老鼠。"爹，"她对正在打瞌睡的父亲说，"车子后面有一只老鼠跑着呢。"父亲回头一看，立刻就划十字。"女儿，快念《主之祈祷》。"……两个人又开始祷告，而那只老鼠渐渐地大起来，起初像猫一样大，后来像狐狸一样大，后来像狼一样大，最后像小熊一样大了。小熊又变成大熊，并且还在继续大起来，当他们走完长堤，到达磨坊旁边的时候，这东西已经比磨坊的屋顶还高了。但在这时候，也是这两个旅客运气好，他们又发现鱼盐贩子的队伍在磨坊后面的草地上过夜，已经从那里传来说话声、歌声和喊声了。魔鬼看见火光和那么多受过洗礼的人，突然用后脚站起来，发出像风一般的啸声，这只熊就掉进深渊里去了……

　　父亲加入了队伍，请求他们让他的车子停在中央。鱼盐贩子们知道他碰到了这样的事故，认为他的要求是正当的，就把车子移开些，给他腾出一个空位来。父亲又是一个"内行人"，因此他在睡觉之前，用鞭子柄在他的车子周围画了一个圈子，替它划了十字，并且念了咒语。半夜里显然有一个人到睡着的人群中间来找寻他和他的女儿。早上，整个人群全部都混乱了,仿佛有一种无形的力量把这群人杂乱无章地搅了一番,搅得那些货车都改换了位置,这辆车子的主人忽然出现在那辆车子上,有几个人竟被抛到人群外面很远的草原上去了……

这是布静斯卡雅太太的两个最出色的故事,但是此外还有许多别的故事——关于人鱼的,关于巫女的和关于从坟墓里走出来的死人的。这些大都是过去的事。布静斯卡雅太太认为现在的人狡猾起来了,所以魔鬼也少了。然而还是有的……

有一次,正在讲这种故事的时候,母亲到厨房里来了,她注意地听完了一个故事,就说:

"喂,布静斯卡雅,你是一个老婆婆了,怎么还说这种蠢话……你怎么不怕难为情?你那些鱼盐贩子都喝醉了,就是这么一回事……"

布静斯卡雅很生气:

"我从来没有撒过谎,"她一本正经地回答,"老爷太太们自然是什么都不相信的。"

我对这件事很怀疑。这些可怕的故事的确使我们孩子们的心感到压抑,晚上我们从厨房里回来,经过走廊中间那只炉子的黑洞口的时候,常常怀着极大的恐怖,这炉子的门不知为什么从来不关好的。我们仿佛觉得这里面会突然伸出一只手来,或者是毛茸茸的,黑的,像熊掌一样,或者相反,是白的,像柯良诺夫斯基和斯拉维克的一样……有时我们走到这个洞口,就发狂似的拼命跑,跑到卧室里的时候,脸色发白,喘不过气来……母亲认为这些都是荒唐的,她这信念使我们安心下来。我现在回想起我的年轻美丽的母亲,当她在点着烟气弥漫的油盏的幽暗的厨房里,在充满着提心吊胆的恐怖的气氛中的时候,我就觉得她真是一个光明的天使,单是她的一个驱除迷信的、优越的微笑,就能驱除这些恐怖[1]。

　　但同时我又觉得，布静斯卡雅不是一个撒谎的人，她的故事里并没有存心捏造的地方。

　　因此我们越来越甚地受到"那个世界"的影响，我们觉得这里面充满着敌意和警惕……有一次哥哥在半夜里惊慌地叫起来，他说有一个鬼从隔壁的暗房间里向他走来，走近他的床前，很文雅地、讥讽似的向他鞠一个躬。

　　此后我们常常发生幻觉。我在几个兄弟之间大约是最神经质的，因此受到的痛苦最多。他们都很早就睡着了，我却长久地在床里翻来覆去，听见一个声息就发抖……父亲母亲出门去了的时候，尤其觉得可怕，而这种情形偏偏是很常有的。父亲在他的嫉妒心发作过去了之后，仿佛竭力要慰藉母亲，就常常带她去参加晚会，母亲在晚会上跳舞，父亲就和别人下棋……在这些晚上，女仆们都到厨房里去了，或者竟跑到邻家去了，只有一个老保姆陪着我们，而她也睡着了。我生怕一个人留在房间里，又怕通过黑暗的走廊到厨房里去，又怕躺在床里。有时我坐在屋角里的一个箱子上，注视着黑暗的房间，由于心情紧张，竟就这样睡着了。在黑暗中群集着许多模糊不清的、交互错综的形象，有时它们浮现到面前来。最常见的是一个衣服华丽的高个子的绅士，其实这个人并没有什么可怕，只不过他偷偷摸摸地在黑暗中走路而已。这个人形显然是

---

　　[1]　符拉季米尔·加拉克齐昂诺维奇的年轻的母亲的形象，表现在小说《奇物》中，这篇小说是在《我的同时代人的故事》以前写的。爱薇里娜·约瑟福夫娜的个性和一部分命运也表现在《盲音乐家》里爱薇里娜的形象中。作者用自己母亲的外貌来描写这女主角，连名字也就用他母亲的；他这样描写她："有一种性格，仿佛是预先注定来完成一段结合悲哀和关怀的恋爱因缘的；关怀别人的悲哀，仿佛是这种性格的本分和自然要求。"

由于眼睛疲劳而产生的,因为他总是依着弧线而移行,就像有时你眼前所看见的那种网状花纹一样,你想要仔细地看一看,它们就像滚一般立刻跑走了。这个绅士也在噩梦中出现,但是我最感到恐怖的,是在噩梦中出现的一个军官。他往往从黑暗中走出来,一时间站着不动。他的脸并不奇特,竟仿佛很漂亮,但是面貌我记不清楚,只感觉到一个苍白的印象……他站了一会儿之后,便弯下身子,向我走近来,这是最可怕的……他越走越快,后来有一阵旋风把我们两个人卷了去,于是我们就在一种特殊的骚扰声中又顺着那条滚下去的弧线而飞驰,掉在一个无底的深渊中了……

我醒来满身大汗,心怦怦地跳。房间里听得见打鼾声,但是这种惯听的声音仿佛被那个世界里闯进来的一种怪异的东西遮盖住了。隔壁卧室里响着钟摆声,点残的蜡烛发出爆裂声。老保姆在睡梦中叫喊着,说着呓语。她也显得异样而可怕……风吹动百叶窗,仿佛有一个活人在外面拉它。窗玻璃震响……有一个人在呼吸,无形地走来走去,眼睛模糊地张望……这个人盲目地苦恼,并且用阴惨的、盲目的痛苦来威吓人。

关于上帝,我们几乎是一生下来就听人说的,但是我们"相信"魔鬼似乎比相信上帝更早。在我们童年生活的这段痛苦的时期中,关于上帝的记忆是很模糊的。说起上帝两个字,在我们的意识深处就发生一个广大无边的、充满光明的然而没有个性的观念。说得更确实些,我觉得上帝仿佛是遥远而巨大的一团阳光。可是阳光在夜里是不发生作用的,于是整个夜晚就被有敌意的另一个世界所掌握,这世界和黑暗一起闯进了日常生活的范围里。

这里必须说明,鬼本身在我们的观念中实在很少起作用。它自从在哥哥面前出现之后,几乎不再在我们面前出现,即使出现,也不很可怕。

其中一部分原因，也许是由于在小俄罗斯[1]人和波兰人的观念中，鬼常常以一个矮小的德国人的姿态出现。但是在这里起更大的作用的，是一部皮封面的很大的古书（《山洞修道院圣徒传》[2]），这部书是父亲从基辅带来的。

这部著作里充满着极度的愚昧和迷信，但同时又充满着深刻的真挚，每一页上都画着出现在山洞里苦行者面前的大鬼和小鬼。在简陋的木版画中，这些鬼被描成矮小而可笑的半似猴子的形状，尾巴像钩子，脚像鸟脚。它们到处都被描写成淘气的样子：有时躲在洗手盆里，修道士们就在那里替它们划十字，把它们关闭起来；有时它们化作女郎的模样；有时变成猪、大壁虎、蛇或狗的形状。它们用种种诡计来打扰修道士们，可是有时修道士们也能捉住它们；那时候他们就惩罚这些鬼，要它们搬运木料，后来又异常宽宏大量，把它们释放了。我觉得这部神圣的书（后来我曾经根据它学习斯拉夫文）在我们心目中大大地降低了鬼的威名，我们虽然相信鬼是存在的，但是对它已经失去一切尊敬和恐怖了。

可怕的倒不是有尾巴、有角，甚至嘴巴里喷出火来的鬼。可怕的却是有这些鬼暧昧地、神秘地、威胁地参与着的另一个世界的感觉。每逢邻近有一个人死了，尤其是这个人"不忏悔"而"唐突地"忽然死了，我们就觉得晚上的黑暗很可怕，在这黑暗中，窗外夜风的呼啸、百叶窗的震

---

〔1〕　小俄罗斯即乌克兰。——译者注

〔2〕　《圣徒传》（即《圣徒》所著述的或关于"圣徒"的书）是叙述修道院的苦行者们的生活或记述这些苦行者的说教的书。《山洞修道院圣徒传》是根据它的出处（基辅山洞修道院）而命名的。这是古代宗教文献最著名的纪念物之一。《圣徒传》这种书于一六三五年在基辅初次刊印。

响、花园里树木的喧噪、老保姆在梦中的叫喊,甚至带着含糊的嗡嗡声磕碰窗玻璃的一只普通的甲虫,也都可怕……

生死的神秘是可怕的;对于这神秘,我们在那时候真仿佛是异教徒。

6　星夜的祈祷

我们很早就学会两篇祷告词:《主之祈祷》和《圣母》。我的记忆力很好,我很快就机械地记熟了两种文字的念法:波兰文的和斯拉夫小俄罗斯文的;但是完全根据听觉学会,仿佛是许多音的结合。《主之祈祷》起初我是这样念的:"Отче наш, иже сына небесы…"[1]后来有一次我检查一下我的几个朋友是怎样了解这句话的。其中有一个比我大几岁的高个子青年这样念:"Очте наш, нже сына не дасы"。"не дасы"在小俄罗斯话里是"你不给"的意思……

有一次,父亲听了我们的完全是鹦鹉式的晨祷,就召集我们到他的书房里去,教我们这晨祷的正确的发音和意义。此后我们就不再歪曲字眼,并且懂得它们的意思了。但是这篇祷告词很呆板,不能引起想象。

有一次,父亲认为我和弟弟应该去忏悔了,就带我们到教堂去。我们站在那里参加了一次晚祷。教堂里差不多是空的,只有在几个祈祷的人中间有时发出一种小心谨慎而虔敬的轻微声音。在乌丛丛的一群忏悔者中间走出某一个人来,他跪下了,神甫用帕子遮盖了这忏悔者的头,自己郑重其事地弯下身子……于是发出轻微、严肃而动人的细语声。

---

〔1〕　这一段祈祷文原来应该是"Очте наш, иже еси на небеси"(大意是:我们的主啊,你在天上),作者把它念错了,里面有一个像"儿子"(сына)的字眼。——译者注

我觉得害怕起来,本能地向父亲看看……他是跛子,不能长久地站着,所以坐在椅子上祈祷。他脸上流露出一种特殊的表情。这表情是悲哀的,专心一志的,感伤的。悲哀多于感伤,而且还可看出一种内心的努力。他的眼睛仿佛在高高的圆屋顶底下找寻什么东西,那地方凝集着神香的灰蓝色的轻烟,烟气中还弥漫着暮天的最后的光。

他的嘴唇老是低声地反复着同一个词:

"主啊……主啊……主啊……"

他好像不能掌握了这第一个词而继续祈祷下去。他瞧见我带着不自主的惊异对他看,就略微表示懊恼而转过头去,然后费力地跪下去,几乎伏在地上,祷告了一些时候。当他重新站起来的时候,他的脸色已经安详了,嘴唇里平静地低声念着些词句,一双润湿的眼睛发出光辉,仿佛凝视着圆屋顶底下薄暗的微光下的某种东西。

后来他在家里祷告的时候,我也常常看到同样的情况。有时他把准备划十字的手举到额上,又放下来,再用力地按在额上,仿佛要把一种东西压进头脑里去,或者仿佛有一种东西妨碍他完成已经开始的祷告词。然后他划了十字,又低声地念许多遍"主啊……主啊……主啊……",直到这祷告词顺利地念出为止。有时他不能做到这一点……他就疲劳地站起来,长久地在房间里走来走去,焦灼而悲哀。后来他又重新开始祈祷。

有一次,我不记得由于什么机缘,父亲说出了他的一条箴言:

"孩子们,祈祷的时候,必须直接对上帝说话……仿佛他就在你们面前。好比你们向我或者向母亲要求什么。"

过了些时候他又说:

"福音书里说:无论你向天父要求什么,只要诚心,他都会给你。如果你要山移动,山就会移动……"

他说的时候带着悲哀的沉思。他常常祷告,而且很虔诚,他的生活却受到了损害。但是这两条箴言突然在我的意识中互相融合了,就像火柴的火焰和灯芯的火焰互相融合一样。我懂得了父亲祈祷时的心情:原来他要感觉到上帝在他面前,感觉到他正是向上帝说话,而上帝听得到他。要是这样请求上帝,上帝就不能拒绝,即使你要求把山移动……

我们这里没有山,而且也不需要移动它们。然而不久我碰到了一个机会,想在另一种企图上试试我的祈祷的效力……

有一次哥哥想飞。他的想法很简单,譬如只要爬到高的围墙上,从那里跳下来,然后在空中一跳一跳地高起来。他确信,只要第一次在没有着地之前跳得起来,以后就毫无困难,他就可以一跳一跳地在空中飞行了……

他怀着这念头,用木片和纸做了两把很不像样的桨,拿在手里当作翅膀,就爬上围墙去,拍着这两个翅膀跳下来,当然,他就跌倒在地上了。他像许多发明家一样,不立刻放弃自己的念头;照他的意见,围墙还不够高。他从围墙上跳下来,还来不及缩起两只脚来跳,就已经躺倒在地上了。要再高一些,譬如从屋顶上跳下来才好……但是他的受伤的脚痛了几天,后来又因为决心不够……这理想就终于没有实现。

但是这理想深深地印入了我的想象中,有一次我就信任了它……我竟飞了。我当着哥哥弟弟和妹妹面前从仓房的屋顶上跳下来,还没有着地的时候就跳了起来,然后在空中飞行,起初接连地跳,仿佛在一架无形的梯子上步步上升,后来平稳起来,几乎像一只鸟。我在空中辗转反侧,仰卧,打圈子。起初我在院子上空飞行,后来飞远去,飞到某处的田野上面和磨坊上面。这磨坊我不认识,大概是幼年旅行时保留在记忆中的……磨坊的轮子转着,轧轧地响,溅出眩目的白泡沫和闪亮的水滴,我大胆地在这上面飞翔,在蓬勃的浪花和太阳光之间飞翔。

我醒过来,很久不愿意相信这不是真实的生活,而真实的生活却是这卧室、床铺和睡着的人的打鼾声……

我的梦中飞行重复了好几次,而且每次我都记得以前的飞行,我常常得意地对自己说:那时候只是做梦……现在我才是真真地飞行了……这种感觉很生动,很鲜明,又很多样,竟同现实一样……

最成功的飞行是飞到浪花耀目、轮声轧轧的磨坊上……但是即使我只飞到院子上面,或者飞到某一个人士济济的大厅的天花板下面,醒来的时候也感觉到非常痛心的悲哀……又是做梦!……我还是那样笨重而不幸……

我就考虑,怎样才能使这件事不是做梦……

父亲关于祈祷的解释在我心中燃起了意外的希望。如果这是真的,那么事情就很简单:只要虔诚地、真心诚意地恳求上帝给我一对翅膀……不是像哥哥用纸和木片做成的那样寒酸的,而是有羽毛的真正的翅膀,就像鸟和天使长着的那样。于是我就会飞了!

我没有把这个念头告诉任何人,连弟弟也不告诉。不知怎的我认为这应该是我和上帝之间的秘密。而且我知道,如果这可以成功的话,那么当然不会在喧嚣的白天,也不会在昏倦欲睡的正午,因为那时候从天上掉下翅膀来,会引起闲人的注意。这显然只能在晚上实现。翅膀会出现在高处,在夜空的银色的薄暗中,然后悄悄地掉落在我的脚边……以后这对翅膀如果还保留着,我当然要给弟弟妹妹用……但是这对翅膀是否可以永远保留下来,这个我不知道,连想也不大想它……

晚上很暖和,我喝过茶走到院子里的时候,到处都有明晃晃的、敞开的窗子向我张望。墙阴里门槛旁边坐着些人,但是这些对我都没有妨碍。这些敞开而里面不见人影的窗子、墙阴里的神秘的絮语声、院子里的雪白的铺石、石房子旁边高高的白杨上的树叶的萧萧声——这一切都使我体验到一种特殊的心情。我准备和另一个世界发生关系，但是并不恐怖。也许是因为这关系中含有事务性的缘故。

我在院子里走了几转之后，就开始低声地念《主之祈祷》和《圣母》这两篇祷告词，可是我觉得这还不对，这里面并没有讲到翅膀。我只是努力设法要把《主之祈祷》里的这番话讲给一个活的、有意识的人听。起初觉得很困难，我不过是一篇一篇地念祷告词，仿佛只是对某一件事的准备。(我听人说过，有重大事情的时候，必须念十遍《主之祈祷》和十遍《圣母》)……终于我觉得心绪安定了，就站定在院子的一个角里，仰望天空。

明澄的苍穹的伟大，第一次使我感到惊奇……月亮高照在石屋顶上，但是它的光辉并不使星星减色。这些星星庄严而静穆地发光，闪耀，幻化出各种色彩，整个苍穹仿佛是有生命而呼吸着的。我年纪大了些之后，视力衰弱，因此这种非凡的美现在在我心中只留下这一晚的一个鲜明的回忆。但是那时候我清楚地看见所有这些星星，识别它们的变化无穷的色彩，而主要的是用我的兴奋的童心来感受这苍穹的深邃和罗列在这神秘莫测的青空中的无数活的火球……

当我再念《主之祈祷》的时候，我的祈祷情绪使我心中涌起了一种特殊的感觉：在我面前仿佛显示出这充满火球的太空的活跃的生命，这整个生命带着无底的苍穹和无数的火球，和颜悦色地从高处眺望这个傻孩子，这孩子站在院子的暗角落里仰望着天空，向上帝请求一对翅膀……在闪闪发光的苍穹的生动的表情中，我感觉到一种默许、一种鼓励和亲爱……

我撇开了熟读的祷告词，陈述了自己的愿望——要两只翅膀，好的，真的，像鸟的或者天使的一样。永远给我也好，或者暂时给我，让我实际地向这奇妙动人的高空中飞升一次也好……用过之后，我会把这对翅膀放在原地方。关于以后的情形我没有想；我全神贯注在一个愿望上：飞到城市上空，俯瞰万家灯火，人们坐在屋子里喝茶，闲谈，完全没有想到我飞行在他们上面的明澄而神秘的青空中，正在从那里眺望他们的可怜的屋顶。

我欢喜之余，就仰望天空，等候从那里出现像羽毛一样薄薄的两片，然后越来越大，掉下一对翅膀来。天空照旧发光，呼吸着，亲切地对我看。然而天上空空如也。

于是我想，不须向天上张望，神秘现象的发生是很简捷的，翅膀自会出现在我祈祷的地方。因此我决心在院子里走来走去，再念十遍《主之祈祷》和十遍《圣母》。主要的工作既然已经做过，现在我念起祷告词来就又很机械了，我一遍又一遍地屈指计算着。后来我数错了，就把每一个祷告词再念两遍，以防万一没有足数……然而翅膀并没有在预期的地方出现……

我又在院子里走来走去，祈祷着，重新指定别的地方：在最黑暗的角落里——白杨树底下、花园的便门旁边、井边……我走过这些角落，毫无一点恐怖，虽然这些地方都是黑暗而空洞的。

这时候院子里已经没有人，在墙阴里谈话的那些人都走了；过了一会儿，马夫们吃过晚饭，都到马厩里去睡觉了。这天晚上到我家来的那些客人也开始散去，最后的一群客人还站在台阶上谈笑了一会儿。后来他们也穿过院子，走出胡同去了。我家的明亮的窗子里出现了一个女仆，她把窗子一扇一扇地关好。最后，仆人戆头老出来关百叶窗。他从外面把铁栓插进去，叫一声"好！"有时那女仆没有立刻在里面把铁栓加上小的铁楔子，他就生气……然后他伸个懒腰，张大了嘴巴，长久而津津有味地打个哈欠。

我的心情颓丧了。我料想母亲立刻就会发觉我不在屋里，派人来找我，因为哥哥、弟弟和妹妹们大概已经睡了。我应该再祷告，可是……我立刻感到全身疲劳，两只脚走痛了，而主要的，我觉得我对这件事已经有点怀疑。看来是没有希望的了。

台阶上出现一个女仆，她果真来叫我去睡觉了。

"就来了。"我回答之后，又热狂地在院子里走了一遍。瞧，在那边……啊呀不是，瞧，在这里— 我脑筋中闪现出这样的想头，热狂地从这个角落奔到那个角落。

我终于大失所望，筋疲力尽地走进自己的房间里，无精打采地脱了衣服。然而睡意刚刚澄清了兴奋的头脑，我突然在床上坐起来，仿佛有人推我一把。我想，我离开院子的时候……恐怕正是院子里阒然无人，一切神秘都可能出现的时候。翅膀一定已经掉下来了。我甚至知道它掉在什么地方。无论这是多么奇怪的事，我竟仿佛看见它掉在仓房和围墙之间的一个十分醒龊的角落里。于是我就跳起身来，光穿一件衬衫，跑到走廊上。仆人们还没有睡觉。女仆们正在收拾客人走后的房间。戆头老在厨房里吃晚饭，两片厚嘴唇啪嚓啪嚓地发出很响的声音。门开着，我走到台阶上。

月亮已经落在石屋的屋顶后面，整个院子变了样，又暗又冷，一片朦胧，仿佛在打瞌睡了。天空的样子也不同了：星星照旧闪闪发光，变幻着，但是现在已经不再注意到我这个穿着一件衬衫站在后门台阶上的孩子，而仿佛在互相谈论与我毫无关系的事。我感到这样的印象：仿佛这是一个大会议，曾经在短期间讨论过我的事件，现在已经转移目标，正在讨论更加重要而神秘莫测的别的事件了……现在已经没有希望使它重新回过来注意我的事件了。这星夜开始冷酷、庄重、傲慢而严肃起来。寒风无情地吹我那双赤裸裸的脚。

我疲劳而灰心地回到房间里，跪在自己的床里念日常的祷告。我无精打采地、机械地、潦草地念……在某一个新祷的中间，仿佛有人在我耳边低声说话，我的疲倦的脑筋里分明地出现了一句完全不相干的句子"上帝……"。这个句子的末了是孩子们通常骂人的话，就像平常我和弟弟闹意见的时候互相对骂的话。我害怕起来，哆嗦了一下。现在我显然变成了一个堕落的坏孩子，骂起上帝来了……

在这心绪混乱的状态中我沉沉地睡着了。

我记不得第二天我从这失败中作出怎样的结论。很可能并没有什么结论，只不过为了昨夜的疲劳而休息一下，就又醉心于新日子的新印象了。但是从那时候起，我也像父亲一样，开始祈祷的时候常常困苦地重复说"主啊……主啊……主啊……"，直到我的想象融合在热情的潮流中为止。这往往做不到，因为对上帝本人的生动的感觉容易消失，有时我煞费苦心，弄得额上流汗，眼睛里淌眼泪。我集中想象力，然而眼前依旧是一片模糊而无穷的空虚，不能在心中唤起任何反应。在含糊不清的祷告词里又清晰地、明显地、响亮地出现了那句渎神的句子……我想起，这是魔鬼的恶作剧。然而这念头并不使我害怕。也许反而使我高兴，因为这样，过失就从我身上卸下，转移到《圣徒传》中见过的一个淘气的小鬼身上了。我内心意识到这是我自己的过失，就感到痛苦。为了要避免这种意识，我有时努力使祈祷突然地开始，快快地结束，有时完全停止祈祷。

在我的每一次宗教热情时期中，我都要在渺茫的空虚中反复作这种痛苦的斗争……

7　乌良尼茨基和"买来的孩子"

每天早晨,在房东家石房子的地窖的边间里,在一定的时候必然发生同样的现象。起初百叶窗的铁闩震动了,有人从里面拔去了晚上锁百叶窗用的栓。铁闩就像活的一样离开了,后来掉下去,发出响亮的声音;那时候就有一只手从气窗里伸出来,把百叶窗完全打开。以后,和地面一样高的玻璃窗也开开了,里面出现一个戴睡帽的人头。

这是一个房客,一个独身的老头儿,叫做乌良尼茨基老爷。他探出他那长着西班牙式胡子和老鹰鼻子的突兀的侧面来,仿佛在装拿破仑三世的腔调,向我们的旁屋的窗子惊慌地看一眼。那时候我们的百叶窗大概都还关着。乌良尼茨基老爷看到了这光景,又缩进自己的房间里,不久,窗台上就出现了他的整个瘦小的身体,戴着睡帽,穿着有花纹的睡衣,睡衣里面露出内衣和赤脚拖鞋来。他又向周围迅速地看一眼,用睡衣的前襟遮盖了一件东西,倏忽地走到屋角后面,走向后院子去,不久就用同样的方式从那里回来。

我们知道他的惊慌的眼色主要和我们的屋子有关,因为他不愿意让我的一个阿姨看见他穿睡衣的样子,这个阿姨就是他有时陪着到礼拜堂去的那个。人们取笑阿姨,恭喜她有了求婚者;也嘲笑乌良尼茨基,用波兰话称他为"三月情郎",又说他曾经送给阿姨装在纸袋袋里的十个烂梨子和两颗廉价的小糖。乌良尼茨基的样子在早晨的确常常是很不体面的:他的睡衣穿得又旧又破,拖鞋也穿坏了,衬衫很脏,胡须是蓬蓬松松的。

乌良尼茨基老爷钻进自己的房间里去之后,就开始打扮。这是一种长久而复杂的手续,尤其是刮胡子的过程,活像举行宗教仪式。在这时候,我们就利用习惯所造成的权利站在打开的窗子外面看,而且有时候我的妹妹也把小脸从我们后面探出来张望。乌良尼茨基对于这件事绝不反对,只是在开始刮胡子的时候预先警诫我们,叫我们乖乖的,因为在这重要关头,极小的一个差错就有威胁他的生命的危险。

我们严格地履行这协定;当乌良尼茨基老爷抓住自己的鼻尖,用舌头来顶起面颊,小心地用剃刀来刮口髭或者在咽喉附近剃胡须的时候,在这千钧一发的当口,我们竟努力屏住气息,直到他最后一次把剃刀揩干净,收拾好那套用具为止。以后他就洗脸,使劲地用毛巾来擦脖子和面颊,搽上香粉,涂上发油,捻好髭须的尖端,然后消失在屏风后面了。过了一刻钟,他从那里出来,我们几乎不认识他了:他穿着一条紫丁香色的短小的裤子、一双擦亮的皮鞋、淡色的背心和圆后襟的深蓝色礼服。他的脸也仿佛穿上了衣服:皱纹完全消失了。他以这样焕然一新的姿态出现,常常使我们感到非常强烈的印象,这一点他觉得很高兴。有时他一边扣着自己的整洁的礼服上的最后一个钮扣,一边显然很得意地看看我们,说:

"啊? 唔? 怎么样? 好吗?"

我们与乌良尼茨基老爷的关系这时候搞得最好。我们知道他是一个"老鳏夫",又是一个"三月情郎";我们知道这是可笑的,尤其是后面这个名称,因为这名称使人想起三月里在屋顶上怨慕地号叫的猫。乌良尼茨基老爷对于他所认识的每一个姑娘几乎都要追求,可是到处都被拒绝。他长着山羊胡子,两条瘦小的腿上穿着短小的裤子,这样子本身也显得可笑。然而这一切都是无害于人的;至于每天早上焕然一新的过程,不但引起我们的自然的好奇心,又引起一些含有敬意的惊讶。这在我们看来每次都是一个小奇迹,后来当我初次读到奥齐利斯神[1]变幻的时候,我的想象中突然复活了关于乌良尼茨基的早晨蜕化的回忆。

可是后来我们和"三月情郎"的关系剧烈地恶化了⋯⋯

有一天,他觉得有一件事对于他的求婚声誉颇有不便,那就是他没有仆人,因此他必须亲自打扫房间,并且必须每天用睡衣的前襟遮盖着一件神秘的东西去旅行一次。

为此,他雇用了一个男孩子彼特利克——房东家的厨娘的儿子——来侍候他。厨娘"雷玛舍夫斯卡雅太太"绰号叫做柳巴妈妈,是一个很肥胖而尖声怪气的女人。人家都说这不是一个女人,而是一个暴君。可是她的儿子是一个温顺的孩子,脸色苍白而有麻点,并且患着亏损的热病。乌良尼茨基像卡舍[2]一样吝啬,他和那厨娘讲定了便宜的代价,于是这个男孩子就到地窖的边间里去工作了。

这件事的结局是一场大出丑:有一天,柳巴妈妈两手撑着腰,把乌良尼茨基骂得满院子都听见,她嚷着,说她决不让自己的"小囡"受欺侮,又说教训当然是可以的,可是不应该这样⋯⋯"喂,你们大家来瞧瞧:这孩子的背脊都给打伤了。"于是柳巴妈妈使劲地扯开彼特利克的衬衫,使他痛得尖声叫起来;她手里拉着的仿佛不是她的儿子,而是乌良尼茨基。

乌良尼茨基坐在自己的房间里,并不出来理睬那个愤怒的女人的叫骂;第二天早上他又出现在窗台上,衣襟底下藏着那个神秘的东西。他在穿衣服的时候向我们解释,说彼特利克是一个极坏极坏的坏孩子。他

---

〔1〕 奥齐利斯神是古埃及神话中水和植物的神的名字,这神秋天死了,春天复活。——译者注

〔2〕 卡舍是俄罗斯民间神话中的一个骨瘦如柴而长生不死的、凶恶而巨富的吝啬老人。——译者注

的母亲也是一个下流女人……又说她是个傻瓜,他——乌良尼茨基——"会另外找一个更好的孩子"。他怒气冲冲地重复这些话,他的山羊胡子神气活现地颤抖着。

不久他到乡下去了几天,他有一个老父亲住在乡下;当他回来的时候,后面跟着一辆货车,满满地装着各种乡下产物,货车上坐着一个十来岁的男孩子,身上穿着短上衣,面孔黑黝黝的,眼睛圆圆的,恐怖地望着陌生的环境……从这一天起,这孩子就住在乌良尼茨基的房间里,打扫,提水,拿了饭盒到馆子里去买午餐。他的名字叫做玛美尔特,小名叫做玛美利克;不久院子里的人都知道这是一个孤儿,而且是一个农奴家的孩子,这孩子也许是乌良尼茨基的父亲送给他的,也许是他自己从某一个地主那儿买来的。

我完全记不起可以"买孩子"这个概念当时在我心中曾经唤起一些自觉的反感或愤怒。我那时候对于生活现象的理解十分模糊。我看见人有年老的和年轻的,健康的和生病的,富的和穷的;这一切,正像我前面已经说过,在我觉得似乎是"古已有之"的。这些都只是生来如此的事实,是天然的现象。世界上有可以买卖的孩子,也是一种生来如此的事实。然而无论如何,这种情况使得这个新来的孩子变成了引人注目的对象,因为我们看到过各种各样的孩子,却从来没有见过买来的孩子。因此当时我心中终究发生了一种模模糊糊的感觉。

要结交这个买来的孩子是很困难的。即使当乌良尼茨基老爷出去办公的时候,他这个孩子也关闭在屋子里,只有在最必要的时候才走出来,例如倒垃圾,提水,拿着饭盒去买午餐。当我们有机会走近他去和他谈话的时候,他就惊慌地对我们看看,胆怯地挂下了他那双乌黑的圆眼睛,并且竭力想早些跑开,在他看来跟我们谈话仿佛是一种危险。

　　然而我们渐渐地接近起来了。这孩子不再低下眼睛，他停留下来，仿佛想跟我们谈话，或者微笑着从我们旁边经过。终于有一次，他在屋角上遇见了我们，把一只肮脏的桶放在地上了，我们就开始谈话。起初当然是问他"叫什么名字""你几岁""从哪儿来的"之类。这孩子也问我们叫什么名字，然后……跟我们要了一块面包。

　　不久我们就做了朋友。乌良尼茨基常常在一定的时间回家，像一架上了发条的机器一样，因此我们竟可以走到他房间里去，不怕他碰见我们。这时候我们才知道，我们这个每天焕然一新的邻居其实是一个很吝啬而暴虐的坏人。他没有好好地给玛美利克吃饭，只是让他舔盘子，啃面包皮，并且已经无端地把他痛打了两顿。他为了不让这孩子闲着，不让他和那些"宝贝"（我们猜想，乌良尼茨基是用这个好听的名称来指说我们）玩耍，就给他一种功课，叫他拔羽毛，把他拔下来的羽毛卖给犹太人做枕头用。我们把面包送来给玛美利克，他狼吞虎咽地把它吃了。

　　他那双悲哀的黑眼睛的胆怯的神色、他那黝黑的脸上的忧愁的表情、他所讲的事、他抓住我们拿给他的食物时的那种贪馋相——这一切引起了我们对买来的孩子的一种热烈而深刻的同情，又引起了对他的所有者的忿恨，这种忿恨有一天早晨发泄出来了。

　　可怜的玛美利克犯了一次过失，上一夜他就有一种痛苦的预感：老爷一定要打他了。早上乌良尼茨基从屏风背后走出来，并不像平日一样得意扬扬，却带着一种不可捉摸的表情。他不穿礼服，两只手反剪在背后。他站定在屏风旁边，叫玛美利克，命令他拿一样东西给他。但是当这孩子胆怯地走近去的时候，乌良尼茨基立刻像猫一样迅速地抓住了他，把他的头捺下来，夹在自己的两个膝盖中间，扯下他的短裤，空中就响起鞭子的嗖嗖声。玛美利克拼命地叫喊，挣扎。

　　我们家里的人性格大都是温和的，我们从来没有见过这样残酷的惩罚。我觉得，就印象的强烈而论，现在能够使我发生和那时同样的感觉的，除非是突然亲眼看见杀人。我们也在窗外叫喊，跺脚，并且骂乌良尼茨基，要求他停止鞭打玛美利克。但是乌良尼茨基反而越来越凶；他的脸相变得很难看，眼睛突出，胡须凶狠地翘起，鞭子不绝地在空中发出嗖嗖声。

　　我们很可能哭得神志昏迷，但是在这时候发生了一种我们所想不到的情形。乌良尼茨基家的窗子上有几盆花，他平日很热心地照料它们。最靠近我们的是他所心爱的一盆木犀草。我们的小妹妹忽然灵机一动，抓住了木犀草，把它连盆抛在地上了。花盆打破了，泥和花都掉了出来。乌良尼茨基老爷一时呆若木鸡了，后来他放了玛美利克，我们还没有提防，他的怒气冲冲的脸已经出现在窗台上了。我们搀着小妹妹逃到自己的台阶上，就在那里坐了下来，觉得我们已经进入自己的范围内，没有危险了。乌良尼茨基老爷果然在离开自己窗子不远的地方站定了，把鞭子藏在背后，开始用甜蜜的声音唤我们过去，答应给我们每人一颗糖，表示和解……可是他的狡猾太显明了，所以我们坐着不动，若无其事地看着他这种狡猾的行径……

　　就在这一天，也许是在这事件发生后最近的几天内，总之是一个节日，我们跟母亲和阿姨在街上走，乌良尼茨基老爷向我们迎面走来。他像平日一样穿得很华丽，他的皮鞋亮得令人眼睛发花，髭须尖头翘起，好像两根铁丝，礼服的钮扣洞里插着一朵花。我看见了他，心里有些害怕，因为我相信他一定要把我们的胡闹告诉母亲。可是我们大吃一惊：他不但不告诉，竟用手托着我们之中一个人的下巴，假意用甜蜜的声音在母亲面前称赞我们是"乖孩子"，又说他和我们非常亲爱。

　　这种失败的手腕首先使我们非常看轻他,其次使我们确信,乌良尼茨基为了某种原因,在母亲面前隐瞒他和我们之间所发生的冲突。这隐瞒就表示他承认自己的过失。这样一来,我们就觉得自己有充分的保障,于是我们就对乌良尼茨基开始正式的斗争。

　　儿童有时表现出可惊的观察力,并且能够可惊地利用它。乌良尼茨基老爷有许多怪癖:他异常吝啬,他房间里和桌子上的东西绝对不许人家挪动,他又怕锐利的器具。

　　有一次,当他抓住了鼻尖,用舌头顶起了面颊而专心一志地刮胡子的时候,哥哥从气窗里伸进手去拔开了窗闩,悄悄地爬进他的房间里,打开了通院子的门。他这样地替自己安排好了出路,就在房间中央跳起一种野蛮的舞蹈来。他蹦蹦跳跳,装腔作势,把脚踢得比头还高,又用粗野的声音叫:"咿呀呀得儿喂……"

　　我们站在窗子外面,提心吊胆地等候着情况的发展。可是我们大吃一惊:这不幸的情郎竟照旧待在原地方。他脸上一根筋肉也不动,他照旧小心地抓着鼻尖刮胡子,照旧用舌头顶起面颊。我们看见刮胡子的手续还刚刚开始,而乌良尼茨基又不打算半途中止这工作,我和弟弟就也爬到房间里,去参加这热狂的舞蹈。这是孩子们的一种疯狂行径:椅子都翻倒,衣服从衣挂上飞下来,大大小小的刷子都掉在地上。吃惊的玛美尔特莫名其妙地鼓出了一双圆眼睛,看着这般无法无天的光景……只有乌良尼茨基老爷丝毫不动声色,脖子上围着一块布,手拿着剃刀,眼睛斜看着一面小镜子……直到他像平常一样仔细地刮完了胡子,小心地把剃刀放在盒子里了,方才突如其来地离开座位,赶过去拿鞭子。哥哥一缕烟地从打开的门里跑了出去,我和弟弟两人像受惊的猫一般奔向窗口。当鞭子在我耳边发出声音的时候,我已经爬到窗台上,只觉得鞭子在我背上轻轻地掠过……

从此以后,乌良尼茨基老爷每逢刮胡子的时候,总要仔细地把窗子关好。然而窗框子已经旧了,窗闩不能紧密地插上。我们看见乌良尼茨基动手刮胡子了,就大胆地走近窗子,推动气窗,用细木条插进缝里去,把钩子拨开。我不知道是为了什么缘故,也许是为了害怕锐利的器具吧,所以乌良尼茨基一拿住剃刀,就不能半途停止,必须一口气做完这艰难的工作。当我们像强盗一般想要闯进他的圣地去的时候,他只是斜过一只眼睛来看看,他那板起的脸上显出一种惊惶的烦恼。我们拨开了窗闩,窗子就哗的一声敞开了,于是这个老情郎的房间里就开始了野蛮人的舞蹈。

有一天早上,乌良尼茨基老爷又用睡衣的前襟来遮着那件神秘的东西而出现在窗台上;后来他走近我们的台阶,似乎有点异样地注视我们的脸,开始向我们保证,说他实在非常喜欢我们,也非常喜欢他的可爱的玛美利克,他竟想替他缝一件新的有铜钮扣的蓝色上衣,又说,如果我们偶然在什么地方碰见他,要我们把这个消息告诉他,让他欢喜一下。

原来那个买来的孩子不见了。

就在这天晚上,弟弟悄悄地把我唤出房间去,带我到仓房里。仓房里很黑暗,可是弟弟大胆地向前走,然后在屋子的中央站定了,打起口哨来。起初一切都肃静,后来屋角里木柴中间有什么东西蠢动,玛美利克就从那里向我们走出来。原来他在柴堆和墙壁之间替自己布置了一块地方,形似一个洞,已经在这里住了两昼夜。他说,住在这里"没有什么,还可以",只是想吃东西,并且起初在夜里觉得害怕。但是他现在已经习惯了。我们告诉他,说乌良尼茨基喜欢他,要替他缝一件上衣,他听了坚决地说:

"我不去。我宁可跳井。"

　　从这时候起,我们有了一件秘密。每天晚上我们拿东西去给玛美利克吃,并且和他一起到院子里冷僻的角落里去散步……我们规定了各种信号和秘密活动的全部制度。这情况又继续了好几天,终于母亲注意到了我们的含意深长的窃窃私语。她向我们盘问出了全部情况,告诉了父亲。大人们参与了关于这孩子的事件,乌良尼茨基老爷竟被叫到"上头"去,到房东太太柯良诺夫斯卡雅那儿去谈判。我们院子里颇有族长制的风气,大家都认为房东太太叫房客去谈判,或者竟开导他,是很自然的事。我们严守秘密,绝不说出那隐蔽所来,因为我们曾经坚决地起誓,不把这地方告诉"世界上任何人"。因此,"上头"和乌良尼茨基订立了悔过条约之后,谈判就轮到我们身上。玛美利克终于答应让步,而乌良尼茨基的权势也受到了公论的限制。整个院子里的人都知道,柯良诺夫斯卡雅太太曾经威胁乌良尼茨基,要"驱逐他出屋"。

　　然而过了不久,他突然自动地迁走了。这个买来的孩子就永远消失在茫茫尘世中,他以后的命运我们不得而知了。

　　只有一次,我们似乎曾经遇见他——如果不是他本人,就是跟他相像的人。

　　有一个夏天,小胡同里出现了一个新人物。这是一个和玛美利克一样大的男孩子,也有一张黑黝黝的脸和一双乌黑的圆眼睛。但是仔细看看,无论是他的步态,还是他的一切举动,都一点也不像我们那个谦虚而胆怯的朋友。他穿着一件新的蓝色短上衣,上面有两行圆球形的钢钮扣,一条狭小的蓝裤子,下面镶着饰带,脚上穿着一双擦得很亮的大靴子。他头上戴着一顶没有帽檐的圆帽子,完全歪戴着,像哥萨克人一样。

　　这个陌生人看见我们把脸钻在栅栏柱中间十分好奇地看着他,他就突然装出一些奇怪的走相来。他跨步的时候,仿佛膝盖完全不弯曲的;

两只手臂拱起来,像两只弧形面包;他的头昂起,带着十分轻蔑的态度扭转来看我们;他显然是在夸耀他那套新衣服,也许是在模仿某一个穿制服的成年仆人的态度。他满面光彩,得意扬扬,并且确信我们完全被他的威势所压倒而正在妒火中烧。因此,他在马厩里做完了一件事之后,又别着两条腿,扭着腰身,从我们面前走过,后来仿佛忘记了什么东西似的又回转来,再从我们面前走过。这一切在我们看来都是侮辱,我们里面就有一个人说:

"傻瓜!"

这孩子啐了一口,回答说:

"猪猡!"

我的哥哥把声调提高一些说:

"流氓!"

但是这孩子显然懂得一切高雅的应对方式,他立刻反驳:

"我是流氓,替沙皇帮忙;你是个犯人。"

我们觉得这个陌生孩子胜利了。但是在这时候,有一个穿着后襟长大的燕尾服的成年人快步走向这孩子来。这人的步态也有些疏懒而异样,我猜想这个陌生的孩子正是模仿他的动作的:他的腿也不会弯曲,他的手臂的肘部也是拱起的。他叫这孩子,这孩子刚回过头去,他就突然辣辣地打他一个嘴巴。这孩子痛得叫起来,用手按住了面颊,那人又打他另一个面颊,对他说:

"走! 叫你来干什么的?……"说着就用力地在他的脖子上推一把。

我们对这陌生孩子的一切不快之感突然消失了,却换了一种深切的怜悯。我们把这件事告诉了母亲和父亲,以为这一回他们又会像对玛美利克的事件一样出来干涉。可是父亲对我们说,这个哥萨克孩子是属于不相识的人的,他们是到我们的邻家来做客的,因此对于这件事毫无办法……

以后我们等候这孩子重新出现,打算把他当作朋友看待。但是他不走出来,不久我们最后一次看见他坐在马车的高高的驾车台上,一个高贵绅士的家属正在坐进马车里去……其中也有服装整洁华丽的孩子,但是我们最注意的是我们所认识的那个孩子。他照旧穿着那件上衣,照旧歪戴着帽子,然而已经没有以前的威势了。他仿佛竭力避免看我们;但是当那辆大马车开动的时候,他向我们转过那双黑眼睛来,这双眼睛又使我们活龙活现地想起玛美利克;他仿佛在偷偷地、亲切地向我们点头。

我们长久地目送这辆开走的马车,直到它最后一次闪现在公路的顶点上为止。坐在马车里的那些服装华丽的孩子,我觉得有一种不快而冷酷的感觉,而这个陌生的哥萨克孩子,我们虽然只跟他相骂过一场,却有一种热烈的同情和亲切之感随着他驰往渺茫的远方去了。

我还记得农奴制时代的一件事。

有一个时期,父亲有一个马车夫叫做约希姆[1],这人身材不高大,面孔黝黑,长着颜色很淡的须髯。他有一双含蕴而和善的蓝眼睛,他吹笛吹得很好。他是一个幸运儿,院子里所有的人都喜欢他,我们孩子们更是常常缠着他,尤其是在黄昏,当他坐在马厩里自己的简陋的床铺上拿起笛来吹的时候。

柯良诺夫斯卡雅有一个宠爱的青年女仆,叫做玛利亚。我那时候不大懂得女性的美,只记得玛利亚有一对乌黑的浓眉毛,像画出来的一样,

---

〔1〕　在柯罗连科的中篇小说《盲音乐家》中有约希姆的形象。

还有一双同样乌黑的热情的眼睛。约希姆爱上了这姑娘,她也爱上了他;可是当我母亲受了约希姆的请托去向柯良诺夫斯卡雅要求把玛利亚嫁给他的时候,这个专横的太太非常动怒,几乎哭出来,因为她和她的两个女儿都"很喜欢玛利亚",她们把她从乡下带出来,曾经给她种种恩惠,现在她们认为她是忘恩负义……这件事拖延了大约两三个月。我们厨房里的人都说:约希姆情愿"卖身为奴",但求她们准许他和他所爱的姑娘结婚;关于玛利亚,据说她一天天地瘦损而憔悴起来,说不定要寻短见。

有一次,我爬到了一棵高大而茂密的梨树上。在梨树下面,花园里阴暗的地方,有一条凳子,我看见玛利亚走过来坐在凳子上了。她哭起来,又像是自言自语,又像是唱歌,我听到了非常吃惊。后来约希姆来了,他又胆怯又亲昵地想抱住这女孩子的腰。她坚决地推开了他,哭得更厉害了。他就开始安慰她,说他相信他的"太太"(我的母亲)总会请得柯良诺夫斯卡雅的允许,一切都会圆满解决。可是玛利亚还是哭,她有时突然抱住了约希姆,有时又埋怨他,赶走他,说她要寻死,上吊,自刎,跳井,总之,要想尽方法来结果自己的性命。我躲在浓密的枝叶中间,怀着儿童的天真的好奇心,倾听着这种我所不能了解的热狂情怀的申诉。

后来这件事十分顺利地解决了。柯良诺夫斯卡雅虽然是一个本性专横的女人,然而很慈悲,终于答应放弃自己心爱的人,给她妆奁,并且自己出钱给她办婚事。秋天,这一对新人带着"乐司"来到我们的院子里,约希姆领着"媒婆和傧相"在院子里撒沙的平台上跳了一个哥萨克舞,这种舞蹈我从此之后一直没有再看见过。结婚以后,这对新人迁居在捷捷列夫河上自己的小屋里,我们到那里去洗澡的时候,常常到他们家里去玩。这小屋位于一个斜坡上,四周都是绿荫,到处点缀着高高的锦葵树的鲜艳的花;关于这一隅和这对幸福的夫妇的回忆,在我心中留下一个充满特殊的诗趣的光明印象。

直到后来,我才看出了这种农奴人家的安乐生活原来有一种内幕的意义和残酷的不平作为背景和基础;他们这种安乐生活在那时很可能发生完全相反的结果。

8　"要出事了"

我所写的不是我那时代的历史。我只是回顾依稀仿佛的往事,记述一连串的形象和情景,这些形象和情景自然地浮现出来,牵连并显示出许多亲切的回忆。我但求做到这一点,即清楚明白地用文字来表达这种直接出自记忆的材料,竭力限止想象的矫饰……

一八五八年十月,即当我五岁的时候,年轻的沙皇亚历山大二世来到日托米尔城[1]。

城中隆重地准备接驾,在贝纳金僧团[2]的天主堂旁边的广场上,建造了一个高大的凯旋门。我们上一天去看,这个木造建筑物的高大和奇异使我吃惊,似乎和这广场很不相称。以后,我隐约地记得堆山塞海的人、震天动地的叫声和在这人海深处疾驰而过的一种看不见的东西;此后人群仿佛突然发狂,一齐涌向城中心去。大家说,沙皇经过了。

晚上的灯彩在我心中留下特别明显的印象。我记得很长的一串一串的灯集中到广场里,广场中间高高地耸立着巨大的凯旋门,像营火一般辉煌。人群在下面推移,好像许多黑的潮流上面则是更黑的天空。某

---

〔1〕 亚历山大二世那时候从外国回来,到基辅去,路过日托米尔城。

〔2〕 贝纳金僧团是十五世纪到十九世纪间波兰的一个天主教集团,曾经进行宗教宣传,支持罗马教皇的反动政权。——译者注

些地方时时发出"万岁"的呼声，这呼声被承接下去，加强起来，沿着街道传到远处，融成了一片鼎沸声。我紧紧地抓住一个人的裙子，被人们拥挤着，女仆好容易把我们带出了人群。母亲看见了我们很吃惊，就埋怨女仆。后来父亲穿了制服，带着宝剑，母亲穿了华丽的衣服，上车出门去了……

父亲和母亲临走时吩咐我们去睡，可是我们睡不着。我家住在一条冷僻的死胡同里，尽管如此，还是有一片模糊的隆隆声从城里传到我们这里来，一种兴奋之感侵入我们的卧室。老保姆把我们的蜡烛拿走，去放在隔壁房间里了，这时候我们似乎在百叶窗的缝隙里看得见红光。我们大家都爬到靠近窗子的一张床上，把脸贴在玻璃窗上，从这些缝隙里窥探，倾听嘈杂的声音，互相交换所得的印象。正像辉煌的凯旋门雄峙在这城市上面一样，这些印象上面也雄峙着一个重要的名称：沙皇！

哥哥在我们中间当然见识最广。他首先会唱关于这事件的一首歌：

俄罗斯沙皇，
正教徒大帝，
远游到他邦，
获得荣名归……

我们喜欢这首歌，可是它告诉我们的意义很少。哥哥又说，沙皇穿的衣服都是金的，吃饭的时候用金调羹和金盘子，而主要的是他可以"随心所欲"。他可以走进我们房间里来，要什么拿什么，没有人敢对他说一个"不"字。这还不算稀奇：他又能使任何人做将军，用宝刀杀任何人的头,或者命令别人去杀,他们就立刻杀⋯⋯因为沙皇"有权柄"⋯⋯

后来沙皇走了,但是他的驾临的余波长久地成为我们生活中的重要内容。

我们有一个远亲彼得伯伯,他是一个中年人,个子高高的,身体很胖,一双眼睛特别生动,面孔刮得很光,长着两绺尖头髭须。当他捻髭须尖头的时候,我们都笑出眼泪;当他说话的时候,成人们也常常哈哈大笑;总之,他是一个有名的滑稽家。沙皇来过之后,他讲了几件有趣的事给我们听。我特别清楚地记得其中的一件:在沙皇即将来到的时候,警察看见横街里有一头牛。岗警向它赶过去,它怕得要死,等到喊"万岁!"的时候,这头牛完全发疯了,它冲向人群,用两只角来把人们撞开。它就用这方法来替自己开辟了一条路,通到留给沙皇走的空路上;当它闯到这地方的时候,正好沙皇的马车驶过。这头牛紧跟着车子奔跑,堂皇地跑到了省长公馆门口,它后面跟着两个跑得气喘而且吓得要死的哨兵。

这故事给我异样的印象⋯⋯讲沙皇突然讲到一头牛⋯⋯晚上我们在儿童室里讲起这件事,大家猜想这两个可怜的哨兵和牛的主人的命运。有人说这三个人大概都已经被杀头,我们认为这推测是很符合事实的。至于这件事好不好,是否残忍,是否正当——这种问题我们就不想了。当时这光景像暴风雨一般奔腾澎湃,而它的中心是一个"随心所欲"的沙皇⋯⋯那么两个哨兵的命运在这面前还值得什么呢? 虽然这原是可怜的⋯⋯

这时候大概已经有了关于农奴解放的传闻。彼得伯伯和另一个朋友有一次都表示怀疑:"沙皇本人"究竟是否能随心所欲。

"尼古拉曾经是多么威风的沙皇⋯⋯在他面前什么都发抖⋯⋯可是

结果怎么样?"〔1〕

父亲用他所惯说的那句口头禅来回答：

"病人请教庸医……他要做，就会做到……"

过了一年，两年，这种传闻越来越广了。安静的生活里仿佛有针刺进来，引起了一种混乱的恐慌，一切事件都蒙上了一种特殊的色彩。这时候发出了一个预兆：天雷打倒了"老神像"。

我曾经说起过这个"神像"。这是一个基督磔刑的大十字架，建立在我们邻家陀勃罗沃尔斯基老爷的花园里，位于我们的胡同和另外两条路的交叉点上，它的台基周围繁茂地长着一丛丛的金合欢、接骨木和红莓花。听说，几乎每天运往波兰墓地和新教墓地的那些死者不让这庄院的主人安眠；为了防御他们的吵扰，他就建造了这座"神像"。这是很久以前的事；后来主人自己也被从这条沙路上运往墓地去了；这"神像"被风吹雨打，发黑了，碎裂了，周身长着各种颜色的苔藓，显出古色苍然的老相……凡是曾经参加过亲友的葬仪的人，一定永远记得威严地高耸在通墓地的转角上的这个发黑的磔刑像；附近一带地方因而得名，譬如人们说起我们，就说我们住在柯良诺夫斯基的屋子里，"老神像附近"。

有一天夜里雷雨大作。傍晚时候就阴霾四起，乌云险恶地在空中奔腾盘旋，发出闪电。天黑了之后，闪电并不停止，接连地发光，把房屋、花园里的树木和"老神像"都照得同白天一样。麻雀被这种光线所欺骗，都醒来了，发出怀疑的吱吱喳喳的叫声，加强了天空中的恐怖；我们的房子

---

〔1〕　尼古拉一世(1796—1855)是一八二五至一八五五年间的俄罗斯沙皇。他是农奴制赞成者的贵族阶级的代表，领导贵族阶级实行恐怖政策。后来克里米亚战争失败，农民骚动不断发生，证明了农奴制专制政体的腐朽和必遭灭亡。——译者注

的墙壁常常在霹雳声中颤抖，雷声过去之后，窗玻璃发出轻微而凄婉的铮铮声……

我们被叫去睡觉了，可是我们睡不着，胆怯地倾听雷雨的喧嚣声和麻雀的惊慌的叫声，向闪现着电火的青光的百叶窗缝隙里张望。到了深夜，雷雨才仿佛驯服了，霹雳声退往远方去了，只有连绵的倾盆大雨在屋顶上喧噪着……突然在很近的地方轰隆一声雷响，地面震动了……屋子里的人都恐慌起来，母亲从床上起身，他们从圣像后面拿下一枝很大的、祷祝雷神用的白蜡烛来，把它点着了。大家很久不去睡觉，怀着恐怖的心情等候神明这次特别的愤怒的平息……第二天早晨，我们起得很迟，我们听到的第一个消息，是昨夜最后的一个雷打坏了"老神像"……

我们的整个院子里和厨房里当然到处都是关于这重要事件的谈话。这件事的目击者只有住在"神像"近旁的一个岗警。他看见从天上飞下一条火蛇来，一直飞到"神像"上，"神像"全部迸出火光。后来发出可怕的爆裂声，那条火蛇飞到了一个老树桩上，"神像"就慢慢地倒在树木丛中了……

当我和哥哥弟弟们跑到胡同尽头的时候，那里已经聚集了一大群人。"神像"坍倒了。破裂了的台基还是高高地矗立在空中，被压得紊乱了的浓密的树木丛中露出碟刑像的烧焦的肩膀来。这光景充满了一种特殊的意义。被重压着的树丛有时让步了，树枝发出格格的声音，"神像"的顶端就像活的一样颤抖起来，沉下去。这时候不但我们小孩子，似乎整个人群都由于迷信的恐怖而肃静无声了……

那一年我家所雇用的马车夫叫做彼特罗，这个人年纪已经老了，无论冬夏都穿着一件羊皮外套。他的脸上全是皱纹，小髭须下面的薄嘴唇上有一种难言之痛的表情。他说话非常少，从来不参加仆人们的说长道短，嘴里老是衔着一只陶制的短烟斗，有时候就用他的生茧的小指来搅拌烟斗里燃着的烟叶。我似乎记得那时候正是他望着这个坍倒的"神像"而首先说出：

"嗯……要出事了……"

从那时候起，这句话有一时成了我当时的印象的背景，也许多半是由于"神像"坍倒之后又发生了另一起同类的事件。

有一个村子里出现了妖怪……离开我们的城市大约四十俄里[1]的地方，在一片几乎延绵不断的树林后面（不过现在这树林恐怕只剩下可怜的遗迹了），有一个村庄叫做丘德诺夫。树林里散布着岗亭和守林人的小屋，而在林中的河岸上还有许多村落。

我记不起我家仆人中的哪一个——大概是彼特罗吧——有几个亲戚住在那一带地方，他们有时来到我们的城里。大概正是他们带来了一个消息，说丘德诺夫附近有一个林区村落里，从有一个时候起，出现了幽灵……这幽灵当然是在夜晚出现的，出现在村落对面的河岸上，样子很高大，颜色雪白。巨大的头上两只眼睛里发出火光，嘴巴里喷出火焰来。这妖怪突然出现在峭壁上，站在村落对岸，恐吓所有的人，并且用阴惨的声音喊：

"唉，要出事了，唉——"

喊过之后，眼睛里的火光熄灭了，这妖怪就不见了。

父亲那时候似乎在当预审推事，往返于县城所属的各地方；有一次他公出回家，把这件事的结局讲给我们听。据他说，有一个退伍兵经过这村落，他决心要为人民驱除这妖怪。人们拿一顿烧酒作为微薄的报

---

[1]　一俄里等于一点零六七公里。——译者注

酬,他就在黄昏时候渡过河去,躲在峭壁底下了。当那个长着一对火眼睛的高大的妖怪在一定的时间出现在一定的地方的时候,大家认为这个冒险的兵一定已经遭殃了。但是,第一声凶恶的咆哮响出之后,忽然发生了一种喧噪,妖怪的头里撒下一堆火花来,这妖怪就不见了;而过了一些时候,那个兵若无其事地在那里喊船了……然而他对那些惊慌的居民什么也没有说,只是告诉他们:"不会再有什么事了。"……

父亲把他自己对这桩神秘事件的解释讲给我们听。据他说,那地方有一个"二流子"——神甫的侄儿——在恐吓那些愚笨的居民;这个人踩着高跷,身上披着被单,头上戴一个盛炭火的钵,钵上开三个洞,形似眼睛和嘴巴。那个兵大概是从下面拉住了他的高跷,因此那个钵翻了下来,里面就撒出炭火来。这顽皮家伙送些钱给这个兵,叫他不要声张……

我们很喜欢这个幽默的解释,因为这解释消除了关于那个咆哮的幽灵的恐怖概念;后来我们常常请求父亲把这个故事再讲一遍给我们听。听过之后,大家总是愉快地哈哈大笑……但是这种理智的解释对于厨房里的人丝毫没有影响。厨娘布静斯卡雅和其他的人把这件事解释得还要简单,他们说这个兵和鬼魅有交往,他跟那妖怪情商,妖怪就到别处去了。

因此这件事的含义照旧有一种魔力:

"到底是要出事了……"

后来人们又纷纷议论关于"金文书"的事,这些金文书不知道是从哪里来的,出现在路上、田野里和围墙上,据说是"沙皇御笔"。农人们都相信这些金文书,可是老爷们都不相信;农人们都壮胆了,而老爷们都害怕了……后来,关于"出角神甫"的惊人的故事又哄传一时……

　　这故事的情节是这样的:有一个农人垦地,垦出一只盛着金元的铁锅子来。他悄悄地把金元拿回家去,埋在园地里了,不告诉任何人。但是后来他耐不住了,把这秘密告诉了他的妻子,要她起誓决不泄漏出去。这女人当然拿出全副心肝来起了誓,可是她忍受不住保守秘密的痛苦。因此她跑到神甫那里,神甫替她解除了誓约之后,她就一五一十地说了出来。

　　这神甫原来是一个贪婪而狡猾的人。他杀了一头小牛,把它的皮剥下来,连牛角披在自己身上了,叫他的妻子用线缝一缝,然后在半夜里走到农人的小屋旁边,用牛角来敲窗子。农人向外面一看,就吓昏了。第二天夜里又是这样,只是这一次那鬼明白地说出了他的要求:"还我钱来……"

　　农人非常害怕,到了第三夜,他预先把锅子掘出来,拿进屋子里。当那鬼又出现而提出要求的时候,农人就依照他的命令,打开窗子,把锅子的铁耳环挂在这位可怕的客人的角上了……

　　神甫欢天喜地地跑到自己的妻子那里,低下他的角来,对她说:"把钱拿下来。"但是当神甫太太想把锅子拿下来的时候,岂知这锅子已经和牛角黏合在一起,拿不下来了。"那么把缝线剪破,连皮一起拿下来吧。"但是当神甫太太刚刚开始用剪刀来剪缝线的时候,神甫尖声怪气地叫起来,说她剪了他的筋肉。原来金钱已经熔化,粘住在锅子里了,锅子粘住在角上了,而牛皮粘住在神甫身上了……

　　这件事自然像其他一切奇闻一样"奏闻沙皇"。沙皇和元老们咨议,决定把这神甫带往全国各城乡游行,在各地的广场上展览,并且让所有的人走近他去,试把这锅子拿下来。因为这财宝想必是强盗或符术者所埋藏的。大概是强盗杀了人,把钱埋在地里;或者是一个"未卜仙子"念了咒语埋藏着的。如果能够碰到这财宝的真正的承受者,那么这锅子就会服从这个人而从角上被拿下来,而牛皮也就会从神甫身上褪下来。

父亲一边笑,一边把这故事讲给我们听,随后他说:只有傻瓜才相信这件事,因为这不过是一个旧时的神话。可是愚昧无知的民众相信它,有几个地方竟有人听信了"出角神甫"将要来到的谣言,聚拢来纷纷议论,警察把他们赶走。我们厨房里的人都关心这神甫的行踪,他们十分确实地传达消息,说神甫已经到过彼得堡、莫斯科、基辅,甚至到过别尔迪契夫,现在他就要到我们这里来了……

我和弟弟对于这件事半信半疑,可是现在我们有了一种新的工作。我们爬到胡同角上的围墙的高柱上,向公路的远处眺望。我们有时在身上贮备几片面包,这样一动不动地一连坐上几小时,向尘沙扑扑的远处眺望,注视着那里出现的每一个点子。有一种依依不舍的期待的惯性把我们留住在这个不舒服的地方,强烈的太阳光晒得我们头痛。有时我们想走开了,可是在公路远处地平线上的缺口里,在墓地旁边,不时地出现一些点子,这些点子近起来,大起来,却原来是一些平淡无奇的东西;可是后面又来了别种东西,我们又似乎觉得:这莫非就是大家所等待的东西!

有一次有一个人在院子里喊:"来了!……"一阵骚乱,仆人们都从厨房里跑出来,女仆们和马夫们也跑出来,邻居们也从胡同里跑出来;交叉路口响着鼓声和嘈杂声。我和弟弟也跑过去……可是一看,原来是一辆高车子载着一个犯人去服刑……

这个愚蠢的传说跟"神像"的坍倒和妖怪混合起来,正好碰到人们心中发生一种期待:"要出事了!"究竟要出什么事呢,大家都不知道……金文书、农民暴动、谋杀、出角神甫……总之都是异乎寻常的,惊心动魄的,见所未见的，不成样子的……有些人相信这样，另一些人相信那样，然而大家都觉得有一种新的东西将要出现在沉滞的生活中，逢到一切微小的事件都惊慌、恐怖而敏感……我小时候认为整个现实世界永远不变的那种看法在这时候已经影迹全无。相反的，我觉得不但在我们这小小的世界里，就是在院子、城市以外的一切远方，甚至在"莫斯科和彼得堡"，人们都在那里等候什么东西，并且为此而提心吊胆……

那时候在偏僻的内地还很少有报纸，传闻、谣言、臆测等种种曲解代替了报导。上头正在准备改革，未来投射出它的影子来，这影子浸入到社会和民众的深处；有一种幻像在这影子里显现出来并且活动着，怀疑变成了生活的背景。未来的重要情况不得而知，琐事却扩展成为大事件。

那时候国内正在装置电报线，路线通过我们的城市。起初运来许多一样粗细的新柱子，隔着一定的距离一堆一堆地放在街道旁。后来掘了许多地坑，其中一个地坑正好位于我们的胡同和维林大街的交叉角上……后来把柱子立在地坑里，然后由载货车运来大捆的电线。穿着崭新的电报局制服的一个官员在那里监工，工人们从梯子上爬到柱子上，两只脚和一只手攀住了钉在柱子上的钩子，然后装置电线。他们装好了一个地方，就把车子推向前面，去装第二个地方；到了傍晚，空中已经横着三四根平行的电线，那些电线杆把它们带往漫长的公路的远处。工人们赶得很紧张，晚上也不停止工作。第二天早上，他们已经远在关外了；过了几天，据说电线已经装到布罗迪，和外国的电线相接通了……城里留下了一个尸体：一个工人从电线杆上掉下来，他的下巴挂在钩子上，头被钩破了……

我记得，我后来再也不曾听见过像初装时那样响亮的电线声，我特别清楚地记得一个爽朗的黄昏,那时候我们的胡同里特别沉静,城里石板路上的车轮子声也肃静了,因此这种没有听惯的声音显得更加清楚了……从"沙皇御居"的神秘的京都里由室中通过来的这些无生命的铁丝,发出绵延不断的、均匀的、神秘的声响,使人听了有些恐怖……太阳完全落山了,只有波兰墓地方面远处的屋顶之间,天空中还有一抹幽暗的红光。这时候电线似乎怕冷,叫得越来越响,空气中充满了呻吟的号泣声。

后来,大概是电线张紧了些,声音没有以前那么响了:在平常没有风的日子,电线只是微微地鸣响,仿佛喊声变成了含糊的话声。

在初装电线的那个时期,常常可以看见一些好奇的人把耳朵贴在电线杆上用心倾听。那时候电话还没有发明,人们的谣传却早就把电报说得像电话一样了:他们说有人通过了电线在谈话;而电线是通向外国的,因此自然地推想到我们的沙皇将要跟外国皇帝谈判事件。

我和弟弟也长久地站在电线杆底下。当我初次把耳朵贴在电线杆上的时候,这些千变万化的流动的声音使我吃惊。这不仅是一种均匀而浮面的金属声;似乎有一条音响的河流经过这根木头,发出复杂、模糊而动人的声音。有时在想象中的确能够听出一种像远处谈话的声音。

有一天,这种谈话终于被翻成了普通的话。我们厨房里有人带来一个消息,说退职官员波普科夫已经懂得了"电报里的谈话"。波普科夫是一个见闻非常广博的人。他不知什么缘故被撤了职,但是为了表示他过去的身分,他穿着有官衔钮扣的旧制服,而他的脚上有时穿草鞋,这标志着他现在的穷困。他身材很矮,头大得很奇怪,额角长得很特别。他替人写申请书和状纸,胡乱度日。当局认为他是"恶讼棍",禁止他干这勾当;然而他的"状纸"在一般愚民之间获得了更大的信任。因为他们认为当局禁止他写状纸，正是为了他的每一张状纸都非常有力，最高当局也对他无可奈何。然而他的生活穷困，当其他生活源泉都已断绝而到了山穷水尽的时候，他就靠装滑稽和耍把戏来维持生活。其中有一种把戏是他用额角来敲碎胡桃。

据说，就是这个由于见识太多而竟被撤职的人，能够偷听我们的沙皇和外国皇帝——多半是法国皇帝拿破仑——的秘密谈话。外国皇帝要求我们的沙皇，要他……释放一切农奴。这时候拿破仑讲话声音响亮而高傲，我们的沙皇回答他的声音温和而轻微。[1]

关于当前的农奴解放，我似乎第一次在这充分明了的形式中听到。丘德诺夫地方的妖怪的可怕而不可捉摸的预言"要出事了"，表明了一种明确的意义：沙皇要从地主那里夺取农奴而释放他们……

这件事是好的还是不好的呢？

如果我现在是写小说，那么我将很得意地把这个问题跟上述的两个"买来的孩子"的命运联系起来……我会这样写：我还是一个小孩子，为了同情于我那个在乌良尼茨基老爷那里当奴隶的朋友，我全心全意地呼吁改革，并且祝福这位善良的沙皇，因为他要从一切凶恶的乌良尼茨基那里救出所有的买来的孩子……这很可以表露我的年轻的心，并且会给我一个自然的机会来描写精彩的情景：在一个偏僻的县城里，有一种纯洁无瑕的儿童的感情向往着善良的沙皇和人民解放……

然而真可惜！我回顾一下从渺茫的过去中显现在我眼前的那种现实情景，我确然地感到我不得不拒绝这个精彩的主题。我实在不知道这

---

〔1〕　关于外国干涉我国农奴解放事件的传说，多年之后我又在尼日戈罗德省阿尔查马斯县听到。——原注

是为了什么缘故……也许只是由于儿童过分关心于直接印象,因此不能在这些印象之间建立某种广泛的联系。沙皇对一切农奴和一切地主的意图,玛美利克和另一个不知名的朋友等人的当前的命运,——这两者之间的联系,我完全记不起了,因此我当时不能感觉到即将来临的农奴解放的好处……

况且那些印象,也是混乱而模糊的。就我所记得的,我们厨房里的人并不期待什么好消息,这也许是由于他们的成分含有若干贵族性之故。厨娘是布静斯卡雅"太太";收拾房间的女仆是胡莫娃"太太",这女人的面貌细致而文雅, 口波兰话;至于仆人懋头老呢,如果有人把他称为农奴,他一定很生气。在我家当时的仆人之中,只有老保姆和布静斯卡雅还穿着乡下服装,头上缠着头巾,然而她们的模样也已经不是乡下的了。只有马车夫彼特罗,穿着那件永不替换的外套和那双统子翻落的笨重的靴子,样子像个真正的农奴。然而他是一个非常沉默的人,老是抽烟,吐唾沫,从来不发表一般的见解。他的脸相经常是严肃、神秘而阴郁的……

人们大都是用比较来衡量自己的地位的。我家这批人在母亲的温和的治家制度下生活过得不坏;每天晚上,我们的厨房里炉子生得暖暖的,弥漫着肉菜汤和热面包的浓烈的香气,聚集着一群对命运相当满意的人……蟋蟀唧唧地叫着,油盏在火炉台上发出幽暗的光,纺锤唑唑地响,有趣的故事源源不绝而来,直到一个饱暖得昏疲了的人从凳子上站起来说:

"时候不早了……该睡觉了……"

在晚上的谈话中,也有关于地主的残暴行为的故事,然而不作结论。世界上有善良的地主和不良的地主。上帝惩罚不良的地主,有时惩罚得很严厉。但是农人也必须安分守己，因为这一切都是上帝安排的。上帝分配给这些人比较轻松的工作，使他们充分地温饱，并且在暖和的厨房里有不少的余闲……因此，降临到生活上来的那种不可知的变化，在他们觉得有些可怕。"要出事了"，但这是好的还是不好的，他们不知道。总之他们觉得不安……

然而，不仅我家厨房里的人有这样的心情。

有一天清早，我们的院子里来了一大群穿长外衣、戴羊皮帽子的农人。他们刚才从乡下赶出来，有许多人背着桦树皮编的筐子或者肩上挑着麻布袋。这群人发出轻微的嘈杂声，聚集在大房子的宽阔的扶梯旁边，在相当距离之外竟闻得出一股浓重的农人气息——汗气、柏油气和羊皮气。不久，从房东家的楼上走下两个不戴帽子的老人来，对惊慌地向他们拥集拢来的这群人讲了几句话。农人们之间发出一片轻微的、仿佛满足似的话声，后来大家都跪下来，因为女主人柯良诺夫斯卡雅由丫环们搀着出现在扶梯头顶了。这是一个体格丰伟、态度威严的夫人，有一双很生动的黑眼睛、老鹰鼻子和很显著的黑髭须。她站在扶梯头顶，高高地显出在屈膝长跪的一群人上面，左右簇拥着她的侍者，很像一个女王站在群臣中间。她对这群人说了几句恩宠的话，这群人用一阵特别欢喜感激的呼声来回答。

中午，院子里摆了几张桌子，女主人在农人们回家之前招待他们吃饭……

我从大人们的谈话中知道，这些人是柯良诺夫斯卡雅的农奴，他们从很远的斯科路波瓦村来到这里，请求女主人照旧管辖他们，他们说："我们是您的，您是我们的主人。"柯良诺夫斯卡雅是一个善良的女主人。她的农人有很多地皮，每年冬天他们几乎都可以自由地去做别的工作。

他们的生活显然也比邻近的人好,因此"要出事了"使他们感到恐怖,他们希望这未来的不可知的变化不要把他们"耙平"才好。

同年夏天,柯良诺夫斯卡雅家的人带我们到他们的领地里去。这一次旅行在我的记忆中仿佛是神奇的梦境里的一种情景:这里有主人家的大房子,附近有许多农家小屋,山坡后面露出着盖草的屋顶和白色的泥墙。到了晚上,主人家的大窗子里灯烛辉煌,许多小屋则在黑暗中参差地闪耀着亲切而温和的星星灯火。这情景显得多么和平、亲睦而谐调……小屋里住着农人们,就是有一次来拆去了我们的旧台阶而重新建造的那些人,都是又聪明又有力量的人。大房子里则住着善良而亲切的主人们。吃饭的时候,柯良诺夫斯卡雅家里聚集了一些远亲和办事人,他们都是驯良、殷勤而温和的人。一切都具有一种稳定妥帖的生活的特殊痕迹,毫无一点矛盾和冲突。记得有一次,吃晚饭的时候来了一个外乡的绅士,这人穿着华丽的礼服和浆硬的衬衣,戴着金边眼镜,他那种跟这乡村的一般作风完全不同的神气使人感到刺目。谈话之中,他有一次肯定地说:农人是"畜生",是懒虫,是醉汉,什么都不会做。柯良诺夫斯卡雅沉着地反驳,她说我们所住的这所房子,以及其中一切东西,甚至一把椅子,都是她的农人造的。城里的房子也是他们造的,一切都由一个聪明的老农来支配……试问:哪一个外国建筑家能够造得比他们的更坚牢、更美观呢?那些贫苦的亲戚和办事人都坚决地表示赞同,这位外乡绅士的意见在这种理由充足而坚定不移的信念中就仿佛无地可容了。

我也觉得柯良诺夫斯卡雅是正确的。这个陌生的乡村世界,有力量的、有本领的、性格温顺的人的世界,和平而亲睦,我觉得是善良而美丽的。每天傍晚,有许多年轻小伙子和姑娘从田里做工回来,经过主人家的花园，他们头上戴着矢车菊花冠，肩上扛着铁耙和镰刀，嘴里唱着愉快的歌曲……他们从田里割下第一束麦穗来，就郑重地把它送到主人家里。这束麦穗在戴羊皮帽的小伙子和戴矢车菊花冠的姑娘们头上摇晃。它似乎有意识地、默默地参与着这种劳动的欢乐。这叫做"始刈式"。当他们在"终刈式"上送最后一束麦穗来的时候，仪式更加隆重；这时候主人家在院子里办酒款待他们，小伙子们和姑娘们在台阶前跳舞，直到深夜，台阶上坐着主人的全体家属，个个都欢乐、仁慈而善良。后来这群人唱着歌离开主人家的灯烛辉煌的屋子，回到山坡后面许多温和的星星灯火那里去；当唱歌者各自纷纷回进小屋里去的时候，歌声就逐渐地沉静而消散，终于在村庄尽头看不见的地方完全平息了。一切都显得那么和平、美丽、完整而不可破坏……一切都使我回想起映着落日余光的农奴田园生活的一角。

　　然而在遥远的都城里，农奴制的命运已成悬案，城里到处是惊慌的逆料。"要出事了"，丘德诺夫的妖怪这样叫喊。千年万古的"老神像"突然坍倒了……出角神甫周游各地——也许世界末日即将来到……"要出事了"，电线里恐怖地咆哮着。我家厨房里不再讲关于幽灵的故事，每天晚上反复地谈论着："金文书"出现了；农人们不愿再做地主的人了；卡尔梅留克[1]已经从西伯利亚回来，他将要把各村庄里的地主统统杀光，带了农人进城去。有了这些故事之后，这县城以外的不可知的地方都显得暧昧而可怕，仿佛映着火灾的红光。像险恶的电光从乌云中闪现出一

---

〔1〕　卡尔梅留克(1784—1835)是十九世纪三十年代波多尔斯克省农奴反地主斗争中的优秀的领导者。他本来是一个农奴(生于波多尔斯克省里津县)，为了"秉性不驯"，被地主派去当兵。卡尔梅留克从军队里逃走，又被流放西伯利亚；他又从西伯利亚逃走，当了他所组织的游击队的首领，攻击地主、富豪以及人民所痛恨的官僚。

样,有时在我们儿童的心中闪现出不可名状的恐慌;然而这种恐慌很快就随着即将来临的光天化日的印象而消失了……[1]

9 《桑道米尔的福玛》和地主杰舍尔特

在这期间我读完了第一册厚书,认识了农奴制的一个显著的代表者。

我们学会念书都仿佛是不知不觉的。大人们买些波兰字母的方块字给我们,我们一边玩耍,一边学习字母。渐渐地更进一步阅读那本非读不可的《肮脏的斯交普卡》;后来我偶然得到一本很厚的小说,似乎是波兰作家柯瑞涅夫斯基写的[2],书名叫做《桑道米尔的福玛》。我起初读这本书的时候,差不多是按照音节拼出来的,后来逐渐感到兴味,读到书的末了,我竟能很流畅地阅读了。我觉得我开始读书也许太早了,因此后来我的视力有些衰弱,而关于社会和乡村的观念却大大地扩展了。

我第一次读的这部书非常有趣:其中叙述着一个农家的男孩子的故事,他是一个孤儿,起初曾经当牧童。他偶然遇见一个教士的侄女,这姑娘和他年龄相仿,她开始教他识字,并且激起了他的求知欲。那位善良的教士请求地主释放了这个少年,他就到世间去找求知识了。这部小说

---

[1] 在柯罗连科的文献中保存着一篇未完成的中篇小说《黎明》的原稿,这稿子是一八八七年写的,作者用小说体裁在其中叙述自己童年时代的回忆。柯罗连科只刊印了这篇稿子里的一章《要出事了》,标上副题"摘自未完成小说《黎明》"(见《基辅荒年赈灾集》,一八九二年基辅版)。

[2] 《桑道米尔的福玛》不是柯瑞涅夫斯基写的,是另一个波兰作家杨·格列果罗维奇(1818—1891)写的。

中既没有神秘的冒险行为，也没有复杂的情节纠纷。作者率直、真挚而亲切地叙述：桑道米尔的福玛怎样艰苦地替自己打开一条生活之路；怎样被教会学校里的教师所雇佣；后来怎样获得许可而和别的学生一起读书，同时继续擦皮鞋并且打扫教师的房间；那些骄傲的少爷们起初怎样嘲笑他；后来他怎样一步一步地赶上他们而在学校里以第一名毕业。他眼前有辉煌的前程，然而这位有学问的农人却回到了乡下，去当乡村教师。在这里他又碰到了他儿童时代的女朋友。这小说的结尾大概是有点多情善感的，我所记得的是慈祥幸福的光明的欢乐。

我对于这部书和当时的波兰文学，到现在还保留着感谢的回忆。在这部书里，那时候已经涌现着早期的、也许是过于天真的民粹主义潮流，这种民粹主义还没有直接涉及当时社会制度的尖锐问题，只是坚持着人类平等思想……

我曾经接连好几天坐着读这本小说，有时晚上也读，在脂油烛光底下（硬脂烛在那时候算是奢侈的）一页一页地仔细研读。我还记得，大人们不止一次地带着和蔼而蔑视的态度向我断言，说我是一点也不会了解的；我觉得很奇怪：这里有什么要了解呢？我明明能够看到作者所描写的一切：田野里的小牧童；紫丁香树丛中的教士的小屋；校舍里的长廊——在这里桑道米尔的福玛匆忙地奔走着，把擦亮的皮靴送去给教师，然后跑进教室去上课；以及那个已经长大了的姑娘，她羞答答地会见那个也已经长大了的、"有学问的"福玛——她从前的学生。

我由于读这本书而得到的对乡村的认识，当然是很幼稚而不合实际的。甚至关于柯良诺夫斯卡雅的村庄的回忆也不能使我这种认识更现实化。假使我那时一直住在农奴的杂沓的环境中，我这种认识是否能够更加确实，也很难说……不过认识得更加具体些，但是不见得更加合理、更加广泛。我甚至认为,乡村里的人倘不看看别人对他们的或多或少唯心的(并不常常是"理想的")描写,他们也不见得能认识自己。

不论怎样,除了黑暗的、怀敌意的、行将发生不可知的风暴的乡村之外,我的想象中早就存在着另一个乡村。而虚构的福玛的形象在我看来竟是可爱而亲切的。

有一次,父亲去办公了,母亲和阿姨们及其他几个朋友一面做着某种工作,一面愉快地谈天,这时候院子里响出车轮子的轧轧声。一个阿姨向窗子里一望,用颓丧的声音说:

"杰舍尔特! ……"

母亲站起身来,不知为什么匆忙地把桌子上的活计收拾了,慌张地说:

"啊呀,我的天……真糟糕……我的丈夫又不在家。"

杰舍尔特是一个地主,似乎是我们的一个远亲[1]。我们家里关于这个人有许多传说,这些传说使他的名字充满了威胁和阴郁。人们常常说起他对农奴的可怕的虐待。他有许多孩子,这些孩子分为两种,一种是他所喜欢的,另一种是他所不喜欢的。他所不喜欢的孩子住在仆人室里,如果被他撞见了,他就像踢狗一样把他们踢开。他的妻子是一个永不翻身的被压迫者,只会偷偷地哭。他有一个女儿,是一个美貌的姑娘,有一双悲哀的眼睛,但是她已经逃走了。有一个儿子自杀了……

这一切对杰舍尔特显然没有丝毫影响。他是一个彻头彻尾的农奴

----

〔1〕 在这一章的初版中(见《现代人》杂志一九〇六年第一期),关于杰舍尔特(在那里改称为杰格尔特)的外表有如下的描写:"这人身材很高,很瘦,脸上长着长髭须和一对阴郁的大眼睛。他的衣服宽荡荡的,好像穿在枯骨上一样;他的眉毛几乎常常蹙紧,脸上经常有一种不满意的表情,仿佛看不起某一个人,而且容易激起暴怒。"

制拥护者,除了自己和自己的意志之外什么都不承认……他不喜欢城市,因为他在城市里感到一种束缚,使他心中怀着郁结的愤懑,时时刻刻准备迸发出来……这一点使得他所寄寓的主人家觉得特别不快,甚至可怕。

这一次他走下马车来,开口就断然地对母亲说:他要死了。他异常多疑,稍微有一点不舒服就大闹,弄得大家都不得安宁。他毫不客气地占据了父亲的书房,在里面呻吟,叫喊,发命令,骂人,吵得满屋子都听得见。父亲办公回来,看见他的房间里堆满了盆子、湿布、药水和药瓶,他的床上躺着一个“要死”的人,这人有时含糊地呻吟,有时大声地骂人,竟像指挥官教练军队一样……父亲耸耸肩膀,忍受了……

这个奇怪的病人住在我家的那几天,我回忆起来仿佛是一个噩梦。家里所有的人时时刻刻不能忘记:父亲的书房里躺着一个高大、可怕而“要死”的杰舍尔特。母亲听见了他的粗暴的叫喊声就发抖,拼命地跑开去。有时喊声和呻吟声静息了,就觉得更加可怕,因为从关好的门里传出威严的打鼾声来。大家都踮着脚尖走路,母亲把我们打发到院子里去……

他这场病结束得十分出人意外。有一次,父亲办公回家,带着滑稽家彼得伯伯同来。彼得伯伯跟母亲招呼的时候,眼睛里含笑,髭须翘动。

他用我们家里好几天不曾听到过的一种爽朗的声音问:

“唔,你们的病人在哪里?”

母亲惊慌地看看彼得伯伯,用恳求的声音说:

“我的天哪……你要做什么?……不要,不要,请你不要到那边去。”

父亲对这一切已经感觉厌烦,他就把门打开,两人走进书房里去。彼得伯伯毫无顾忌地走近床前,用波兰话大声地说:

"我听说你要死了！我来和你道别……"

病人呻吟起来，开始诉苦，说他胁腹刺痛，说他"胃没有了"，总之感觉很不舒服。

"唉，有什么办法，"彼得伯伯说，"我也看得出你是要死了……大家迟早都要死的。你今天死，我明天死……去请个神甫来，叫他照一个善良的基督教徒所应有的方式作准备吧。"

杰舍尔特呻吟起来。彼得伯伯退后两步，把这病人从头到脚打量一番……

"你为什么这样看我？"杰舍尔特愁苦而抱怨地问。

"没有什么，没有什么……"彼得伯伯安慰他，然后撇开了他，一本正经地对父亲说："我告诉你，棺材必须是……啊唷唷唷！……"

杰舍尔特听了这些话突然从床上坐起身来。

"准备马！"他喊得很响。因此他的马车夫立刻从厨房里跑出来执行他的命令。

杰舍尔特开始穿衣服，同时嚷着，说他情愿死在路上，却一刻也不愿意再留在嘲笑将死的亲戚的人家。不久杰舍尔特的马车已经停在台阶前了，他扎着绷带，裹着身子，跟谁也不告别，就坐上马车回家去。整个屋子仿佛明朗了。晚上厨房里的人说，这地主家的仆人们真倒霉，他们就讲出这地主的许多非人道的行为……

此后杰舍尔特很久不再到我们家里来，只是时时传来他在家庭里和乡村里继续作出的种种残酷行为的消息。

大概过了一年光景。"要出事了"这句话盛传了，扩展了，明确了。父亲已经在"新委员会"里工作，但是关于这种工作的实际情况还是很少谈起，谈的时候也很谨慎。

　　有一次,我坐在客堂里读一本书,父亲坐在一张沙发椅子里读《祖国之子》。时间大概是在午饭之后,因为父亲穿着便服和拖鞋。他在某一册新书里读到,说睡午觉是有害的,因此他勉强振作,努力要戒除这种习惯;然而有时那可恶的睡魔还是要在椅子里突然抓住他。现在也正是这样:我们的客堂里肃静无声,只是有时听到报纸的窸窣声,有时听到父亲的轻微的打鼾声。

　　忽然隔壁房间里传来一阵沉重而匆忙的脚步声,有一个人不好好地开门,却用力地把门冲开,门槛上出现了杰舍尔特的瘦长的身体。

　　他像幽灵一般出现。他的脸色苍白,髭须乱蓬蓬的,头发像刺猬,眼睛阴沉地发光。他大踏步走进房间,站定了一会,然后从这个角落到那个角落地走来走去,仿佛竭力要抑制胸中沸腾着的愤怒。

　　我缩紧身子坐在角落里,竭力不让他看见,但同时有一种力阻止我溜出房间去。这就是我替父亲担心,因为杰舍尔特身材高大而凶狠,跛脚的父亲在他面前显得力量薄弱而没有保障。

　　杰舍尔特快步地来回走了几趟之后,突然站定在房间中央,说:

　　"我问你! 这到底是不是正当的?"

　　"什么?"父亲问,他的一双眼睛含着笑注视他。

　　杰舍尔特暴躁地闯上前来,回答说:

　　"呸,见你们的鬼! 喂,你该知道现在到处哄传着什么事。连那些下贱坯都公然地嚷着这件事了……"

　　父亲老是用他那双愉快的眼睛好奇地注视他,默默地点头。

　　杰舍尔特又像呻吟又像咆哮地重新在房间里乱窜起来,后来突然站定了,说:

　　"啊……原来如此! ……好,让我告诉你们……趁他们还是我的人的时候……趁你们还在那里拟订你们那种卑鄙龌龊的计划的时候……我要……我要……"

他顿住了,仿佛怒气阻碍了他说话。房间里恐怖而肃静。后来他转过身子去向着了门,但是这时候,父亲的椅子那里发出拐杖敲打油漆地板的笃笃声。杰舍尔特回过头来一看;我也不由得向父亲看看。他的脸色似乎很安详,然而我看得出他那双富有表情的大眼睛的这种光辉。他已经准备站起身来,可是重新又坐定在椅子里了,他正视着杰舍尔特的脸,显然是抑制着愤怒,用波兰话对他说:

"你听我说……你当心!……要是你……现在……敢碰　碰你村了里的任何一个人,那么,我对天立誓,你一定会被拘押到城里。"

杰舍尔特的眼睛睁得滚圆了,好像受伤的猛禽的眼睛。这显然表示他大吃一惊。

"谁?……谁敢拘押我?"他发出嘶哑的声音,几乎透不过气来。

"你等着瞧吧。"父亲说,这时候他已经从容地拿出鼻烟盒子来。杰舍尔特又对他呆呆地看了一会,然后回转身,走出房间去了。衣服仿佛在他的瘦瘦的身子上飘荡。他连门都不碰一碰,异常肃静地溜走了……

父亲还是坐在他的椅子里。他的敞开的便衣里面那件撒满鼻烟的衬衫微微地震动。他正在发出他所常有的腹内的笑声,就像身体略胖的人的笑声一样;我用狂喜的眼光望着他,一种特别欢喜而骄矜的感情在我的幼年的心中颤动着……

母亲跑进房间来,慌张地问:

"他来做什么?已经走了吗?快告诉我:结果怎么样?"

父亲简单地把这件事的始末告诉了她,她拍着手说:

"我的老天爷!……这回可糟糕了……那些可怜的农人!……"

"他不敢,"父亲确信地说,"不比从前了……"

讲到上面所描写的情景,我回想起了一个晚上,那时我坐在我家的台阶上,望着天空,"不用言语地想"一切发生过的事件……没有可用言语表达的思想,没有综合的概念,没有明确的结论……"要出事了"这句话在我心中展开了一连串的形象……坍倒的"神像"……柯良诺夫斯卡雅的农人们,杰舍尔特的农人们……他的无可奈何的愤怒……父亲的沉着的信心。所有这一切,结果按照事象的一种奇怪的逻辑而融合起来,变成了一种有力的感觉,这种感觉非常明确而显著,直到现在还保留在我的记忆中。

不久以前,柯良诺夫斯卡雅家运来了一架装在木箱里的大钢琴。六个工人把它从货车上卸下来,卸下来的的时候,箱子里面发出轰隆轰隆的声音。工人们把它搁在车子边上,正要扛到肩上去,这时候发生了一种故障。压到人身上来的这件重东西摇晃一下,几乎倒塌在他们头上了……真是千钧一发……全靠许多有力的手把它挽回了过来,于是这件笨重的家伙就顺从地听凭他们抬上扶梯去了……

就在那个静悄悄的晚上,我突然感觉到:在高高的上空,在朦胧的夜色中,在我们的院子上面,在这个城市上面,在远处的乡村上面,以及在想象得到的整个世界上面,悬挂着一件无形而庞大的重物,它正在轰隆轰隆地响,动荡着,摇摇欲坠……有一个强有力的人抓住它,掌握它,想要把它摆在一个地方。他是否成功?是否抓得住?是否拿得起,摆得上?……或者,"要出事了"这个神秘的预言是否会轰然一声地爆发在我所知道的这个世界上?……

不管怎样,那时代终于解决了它的问题。那件重物已经被安置好了,人们的坚强意志把生活移转到了新的方向……差不多过了半世纪……现在,当我写这些回忆的时候,我们的国土上面又悬挂着新时代的重大问题,又有一种东西在那里轰响并动荡,这东西已经被抬起来了,然而还没有安放好。我心中不禁又发生了一些担心的问题:力量够不够?……是否抬得起?……是否转得过来?……是否摆得稳?……哪里有善良的意志?哪里有清楚的自觉?哪里有齐心的努力和强壮的手臂?……

　　……

　　描写这时代的小说家通常都以农奴解放的大团圆来结束他的作品:人民群众欢喜若狂,馨香祷祝,满怀希望……我却一点也没有看到这种情况,也许是因为我住在城里……我只记得一个官方举办的庆祝会——也不知是为了庆祝农奴解放还是为了宣布征服高加索。为了听"宣言",农民代表被"赶"进城来,上一天,街上就到处是粗布衣服。有许多挂着勋章的农人,还有许多农妇和小孩。

　　农妇和小孩的来到,是因为民间发生了一种恐怖的谣言,据说地主在沙皇那里得了势,不再解放农奴了。又说把农人赶进城来,是要用大炮来打死他们……在地主方面则相反,他们说在这时候把这么一大群人召集到城里来很不妥当。庆祝会的上一天,我们家里也谈论这件事。父亲照例挥一挥手说:"病人请教庸医!"

　　在庆祝会那天[1],城市中心的广场上有军队排成方阵。广场的一边有一排铜炮闪闪发光,对面站着"自由"农民的行列。他们表露出垂头丧气地顺从命运的样子;那些女人们被警察赶到兵士队伍的后面,她们

————————

　　[1]　关于农奴"解放"的宣言,在彼得堡和莫斯科是一八六一年三月五日发布的,在其他的城市里则较迟——从三月七日到四月二日。在日托米尔,这宣言是三月十一日发布的。

有时愁眉苦脸地叹气，有时号啕大哭。读完了一篇文告之后，空炮隆隆地响起来，人群里就发出疯狂的叫声，一时秩序大乱……女人们以为已经在开始炮打农民了……

　　旧时代把它的悲惨的遗产的一部分留传给了新时代……

第二章　上学——起义

10　学　馆

大约当我六岁的时候,父亲和母亲把我送进奥克拉舍夫斯卡雅太太所办的一个小小的波兰学馆里。

奥克拉舍夫斯卡雅是一个善良的女人,她从事教育是出于无奈,因为她的丈夫遗弃了她,并且把两个女儿留给她,置之不问了。她拿她所懂得的东西来教人:我从她那里学会了法文的读音和"生字卡",后来她要我用波兰话硬记《涅姆采维奇史诗》[1]。我很喜欢这些史诗,我的智力由于这册波兰纹章书中的诗歌知识而增长了。但是当这位善良的女人得陇望蜀地要我用法文教科书来学习地理的时候,我的小脑筋就坚决地反抗了。她就减少这种有益的知识的分量,减到半页,再减到四分之一页,五行,一行……然而都没有用。我对着书本,眼睛里噙着眼泪,这实验的结果,我竟连并列的两个词都记不牢了……

不久之后,我患了间日疟疾;病后我就转入"雷赫林斯基老爷"所办

---

〔1〕　尤里安-乌尔辛·涅姆采维奇(1758—1841)是波兰的作家、诗人、政治家,是柯斯丘希科的战友。

的一个大的学馆里，我的哥哥已经先在那里念书了。

这是我生活中一个重要的转折点……

在奥克拉舍夫斯卡雅的学馆里念书的都是小孩子，所以我在那边觉得自己是个小孩子。每天早上家里用车子送我上学，课毕之后，我坐着等候马车夫开车子来接我，或者女仆来领我。在雷赫林斯基的学馆里念书的不仅是小孩子，还有年纪很大的青年人，他们有时竟会捻弄很像样的髭须了。他们之中有一部分人就在学馆[1]里念书，其余的人又进中学。因此我骄傲地感觉到，我初次变成了某个团体的一员。

接送了两三次之后，我熟悉了路头，母亲就允许我独自上学。

我清楚地记得那时候的初次独自出门。我左手拿着一束书和练习本，右手拿着一根防狗用的短短的鞭子。那时候我家已经从城中心迁居到郊区，我们的房屋的窗子朝着一片空地，这空地上常常有许多半野生的狗成群地跑着……我独自出门的时候有一种感觉，就好比猎人走进荒林时的感觉一样。我紧握着鞭子，机警地向各方面张望，以防危险。我看见一个犹太孩子跑向工艺学校里去；一个脸上很脏的鞋匠学徒赤脚走着，手里却拿着一只大靴子；一个大汉手里拿着鞭子，走在一辆载泥的车子旁边；还有一条野狗低着头跑过我身旁——我似乎觉得他们都知道：我这个小孩子是母亲初次许可独自出门的，并且衣袋里还带着三个铜币（一个半戈比）的一大笔款子。我准备着抵抗犹太孩子和拿靴子的孩子的侵犯。只是那个大汉，我认为要抢劫我是很容易的，而那条狗可能是疯狗……然而大汉和狗都没有注意我。

----

〔1〕 学馆（пнсион）是革命前俄罗斯的一种私办的教育机关，其中像学校一样教育儿童，同时又供给中学生作宿舍。——译者注

　　我终于走到了学馆的大门口,站定了……我之所以站定,只是为了要延长充满我全身的那种特别快适而骄傲的感觉。我可以像浮士德那样对这一分钟说:"你真美呀:停留一下!"我回顾一下自己的还很短促的生涯,觉得我已经长得很大了,而且可说是已经在这世界上占有重要的地位,因为我能够独自跑过两条街和一个广场,全世界会承认我这种独立的权利了……

　　也许这瞬间中有一种特殊的东西,因为无论是那时候的内心感觉或外表细节都永远铭刻在我的记忆中。我心里仿佛有一个人正在从旁观察我这个站在大门口的孩子,倘用言语来传达这观察的结果,那么人致是这样:

　　"请看我! 我就是有一天夜里抱在保姆手里看火烧的那个人;我就是在一个有月亮的晚上用拐杖敲打想象的贼的那个人;我就是烫痛了手指一回想起这件事就哭的那个人;我就是初次听到树林的喧噪声而呆若木鸡地站在林中的那个人;我就是不久以前由六人牵着手送到奥克拉舍夫斯卡雅那里去的人……而现在我竟能大胆地通过这么许多危险,走到了学馆的大门口,而且在这学馆里我已经有了'门徒'这个高贵的称号。"于是我望望四周和上面。四周是街道和房屋,上面是大门的旧横梁,横梁上有两只鸽子。一只安静地停着,另一只在横梁上走来走去,特别愉快而清楚地发出咕咕声。四周一切都清楚而愉快:房屋,街道,大门,尤其是高高的青天——天空中有白云慢慢地移行着,仿佛有人在那里轻轻地推它。

　　这一切都是我的,这一切都特别深刻地侵入我的心中,变成了我的财产。

　　我喜欢得几乎叫了出来,用力把书包一甩,就跨着和我的年龄不相称的大步走过了院子……我来到雷赫林斯基的学馆里,自己觉得仿佛是一个特别有名而重要的人物……然而我对于比我先进学馆的同学们,并不因此而失却崇高的敬仰,对老师们自不必说了……

在这学馆里谈不到实行新教育法。雷赫林斯基自己已经是一个上了年纪的人,拄着两根拐杖走路。他的头发剃得很短,头是方的;面孔宽广而肥胖;两个肩膀由于经常拄在拐杖上,变得异常宽阔而耸起;因此他的全身显成方形,似乎很笨重[1]。有时候他坐在椅手里,把两只青筋暴露的手臂伸向前面,瞪出两只眼睛,用有力的声音叫喊:"我要打断你们的骨头! ……全身的骨头……"这时候我们这些小孩子就吓得魂不附体……但是这不是常有的事。这位善良的老人节省这种措施,只有万不得已时才用到它。

这里的语言教学法很特别:我在进学馆的第一天就知道,我必须一天说法国话,一天说德国话。我既不会说法国话,也不会说德国话;我一开始说波兰话,我的脖子上就出现了一根绳子,绳子上挂着一根相当粗的戒尺。这戒尺的形状好像一把狭的铲子,上面写着法文"la règle"(戒尺),另一面写着波兰文"dla bicia"(罚打)。吃早饭的时候,全体学生坐了五六桌,雷赫林斯基自己坐在中央一桌上,别的桌上坐着他的妻子、女儿和教师们,这时候雷赫林斯基用法国话问:

"戒尺在谁身上?"

"去吧! 去吧!"同学们说着,就推我去。

我胆怯地走近中央一桌,把戒尺呈上去。

---

〔1〕 瓦连青·雷赫林斯基的外貌的某特点曾经被用以描写《盲音乐家》中马克西姆舅父的形象。

雷赫林斯基是我母亲的一个远亲,常常到我家来,跟父亲下棋,对我总是非常亲切。但是这时候他一声不响地拿起戒尺,命令我伸出手来,手掌向上,然后……过了一瞬间,我的手掌上就留下一个打红的痕迹……我小时候是神经质而爱哭的,但是身体上疼痛的时候我不大哭;这一次我也不哭,而且竟不免骄傲地想:瞧,我已经像真正的学生一样给"打手心"了……

"好,"雷赫林斯基说,"你再把戒尺拿去,去给别人。喂,你们这些顽皮家伙,教教这个小孩子:拿了这戒尺去应该怎么办。要不然他就一辈子拌着了。"

的确,我把戒尺挂出在身上,却不懂得应该先把它藏起来,然后把它挂到偶尔讲波兰话或俄国话的人的脖子上去……这办法有些近于鼓励暗探行为,但是照这学馆的惯例,它已经变成了一种特殊的滑稽游戏。学生们高兴地把戒尺挂来挂去,而拿了戒尺走近桌子去的人,也勇敢地接受重重的一下手心。

但是在其他一切事件上,任何暗探行为和互相告发完全是不能忍受的。凡是有一个新生去申诉或告发的时候,雷赫林斯基立刻叫出那个犯错误的人来,严格地审讯他。如果这告发是正确的,就执行惩罚:用那根戒尺来打,或者罚跪。但是在执行惩罚的时候,告发者也必须在场。有时雷赫林斯基问他:

"喂,怎么样? 现在你开心了吗?"

大家都觉得,凡是有人告发一个同学,这同学所受的惩罚往往比他的过失更重。大群学生同情地看那个受罚者,而轻蔑地看那个告发者。过后有好些时候大家用山羊叫似的声音来嘲笑那个告发者,并且称呼他为"山羊"……

一般说来,这学馆里有一种特殊的风气,这一切我都很喜欢,除了数学教师巴希科夫斯基老爷以外。

这个人大约三十多岁,个子很高,身材瘦削,可是体格强壮,相貌非常漂亮。然而我那时候还不大会赏识大家公认他的美。他那双像鸟眼睛一般又大又圆的眼睛,他那个像鹰喙一般隆起而尖锐的鼻子,我觉得都讨厌极了。他的髭须很长,是染过的,两端像线一样细;手上留着指甲,洗刷得很清洁……他的指甲长,而且头上都是尖的……总之他这个人养尊处优,华丽奢侈,衣冠楚楚;他穿着花背心,手上戴着戒指,身上挂着有坠子的链条,在他周围散布出香油、衣浆和浓烈的烟草的气味。上课的时候,他有时用一种骨器来剔指甲,有时热心地用他的瘦长而被烟气熏黄了的手指尖来整理髭须……据说他正在找求一个富裕的情人,并且已经遭逢了好几次失败;就在这期间,我被注定着跟这"美男子"学习数学的基本知识……

这件事立刻不正常起来。我觉得这个高个子的人对身材矮小的孩子怀着不能遏制的轻视;而我和另一个同学苏林却是全学馆中身材最矮小的。我们两人不知怎的都不能从巴希科夫斯基那里学会什么,既不能学会一个"法则",尤其不能学会一个"验算"……

巴希科夫斯基老爷的教授法是特殊的:他往往搂着一个孩子的腰,把他拉到身旁,和蔼地把左手放在他的头上。这小孩子立刻觉得有五个像针一般尖锐的指甲碰到他的短发的头皮,数学的智慧显然是必须通过这五个指甲钻进头脑里去的。

"喂,好孩子,你懂了吗?"

在他那双凸出的大眼睛里(谁能认为这双眼睛是美的呢!)开始发出一种绿油油的闪光。我的全部注意力集中在头顶的五根针上了。我就低声地回答：

"懂了。"

"你讲讲看。"

我就胡乱地讲了一些。五个尖锐的指甲越来越紧地抓进我的头皮里去,我的最后一点理解力也消失了……只剩下那双讨厌的眼睛里的绿油油的闪光和头上的热辣辣的五点。此外一无所有……

"苏林,你讲给他听!"于是苏林也开始演出同样的一套。

他也把我们两人一同叫到黑板旁边去。我们顺从着命运走过去,踮起脚尖在黑板上写了一些,互相解说了几句。苏林的圆面孔上的那双温良的眼睛带着一种毫无根据的希望盯住我看,以为我会懂得什么;我也带着同样的希望向他看。同学们都愁闷地默不作声。巴希科夫斯基得意扬扬,然而他眼睛里的闪光越来越凶恶了。他突然挺身而起,于是就有一种意外的发作降临到我们的头上。他往往从一张床铺上抓起一个大枕头,准确地向我们打过来,把我们两个人打倒在地。然后他跑遍公共寝室,把所有的枕头都收集拢来推在我们的倒霉的身子上,黑板旁边就出现了一个枕头山。

"你气闷吗?"和善的苏林问我。

"我不气闷。你呢?"

"没有什么,还可以……"

我们听见巴希科夫斯基的叫声越来越模糊了,我们准备就这样躺着直到下课。然而不久这枕头又一个一个地各自飞回到床里去,我们的活埋就此平安无事地告终,我们又复活过来迎接新的灾难了。

有一次这个阎罗王走近我来,抓住了我的衣领,用他那只有力的手把我提到空中。

"哪里？……哪里有钉子？"他用喉头挤出来的声音说，他那双凸出的眼睛就向墙壁上扫射。

"我要把这个坏蛋挂起来！"

墙上没有钉子。于是他叫喊：

"把窗子打开！"

窗子就打开了。巴希科夫斯基面对窗子站着，开始把我身体像钟摆一样甩来甩去，一面配合这动作的拍子而念着：

> 我要把你这个坏蛋
>
> 丢进捷捷列夫河里……

这是我生活中鲜明的瞬息之一。巴希科夫斯基拿来威吓我的那条河，在窗子里是望不见的；但是可以想见山的缺口那面有一个斜坡，远处还有峭立的对岸……窗外这些风景摇荡着，闪现在我的悲哀的目光面前；这时候巴希科夫斯基又用一种特别残酷而放肆的口吻来描写以后的情况，他说：母亲等候儿子……儿子不回来。她派马车夫菲里普去找。菲里普就来找少爷。少爷躺在河里，两只脚向着河岸。头浸在水里，两个鼻孔里……有两只龙虾……我一面在空中摇荡，一面听他说；我同情这个可怜的孩子……我设想那两只龙虾的实际情况，尤其觉得可怕……

这些强烈而非常多样的感觉，变成了我和算术之间的一种牢不可破的障碍物。甚至过了若干时，巴希科夫斯基被解职（或许是他找到了情人）之后，我还是确信我只有在上帝的特别恩惠之下才能懂得除法验算，而这种恩惠我是生来就无份的……

其余的功课我都学得很好，我做一切都不须特别费力；我对这时期的回忆的主要背景是：蓬勃发展的生活的欢喜、热闹而和谐的友谊、虽然严格而并不难以遵守的校规、新鲜空气中的奔跑、高飞的皮球。

这教育制度中的最优点，是对导师们的一种特别亲近而几近于友谊的感情。上课的时候常常很肃静，只有在各个房间里讲课的教师们的声音传遍了整个学馆。然而这些青年教师也到宽广的空地上去参加我们玩皮球，或者在冬天参加击木块和打雪仗的游戏。这时候我们对老师们完全不必让步和宽容。我们可以照样用力地用皮球去打他们；把水淋淋的雪球打到导师兼法文教师许格涅特先生的脸上，也被认为是完全许可的一件乐事……

许格涅特是一个灵敏活泼的、多血质的青年法国人，性情愉快而特别急躁。凡是他的指示，我们都绝对听从；我们很喜欢他当值，因为那时候特别愉快热闹。他也很高兴和我们在一起；洗澡的时候，每次都由他陪我们去……

我们去洗澡的时候，必须经过处女广场的大片空地，这广场通向一所古老的处女修道院。这修道院里有一个孤女收容所。每次当我们这群人兴高采烈地经过这地方到捷捷列夫河去洗澡或者回来的时候，总是看见许多孤女戴着完全遮住脸部的、长而白的浆硬的风帽，规规矩矩、肃静无声地排成行列在广场上兜圈子……行列前面和后面走着监督的修道尼；有一个老妇人，大概是修道院的院长，坐在凳子上织袜子或者数念珠，她不时地望望正在散步的孤女的行列，宛如老母鸡望它的一群小鸡一样。

走过这广场之后，我们就兴高采烈地跑下长满千金榆的斜坡，于是捷捷列夫河岸上就响彻了我们的叫喊声和泼水声，河里麇集着许多沉浮出没的孩子的身体。

这时候许格涅特先生脱了衣服坐在沙岸的斜坡上，用心注视着我们所有的人，有时鼓励学习游泳的小孩子，有时制止年纪较大的孩子的过分淘气。后来他命令所有的人都走出水来，这时候他自己才跳到水里。跳进水的时候，他从岸上翻几个姿势绝妙的筋斗，喷几口水，然后鼓动四肢，顺着河流向远处游去了。

有一次，当他还坐在岸上的时候，他捉弄我的哥哥和小雷赫林斯基，他们两人是最后走出水来的。岸上没有凳子，要穿靴子的时候，必须一只脚跳着，把另一只脚伸进河里去洗。许格涅特先生这一天闹得特别厉害，他们两人刚刚走出水来，他就向他们撒一把沙。他们只得再爬到水里去洗。他把这恶戏反复了好几次，同时哈哈大笑地嘲弄他们，终于使他们不得不抓住了靴子和衬衣向两旁远远地逃开去。

这一场恶戏结束之后，许格涅特先生自己逍遥自在地跳进水里去，开始像鸭子一般潜水并游泳。后来他十分气喘而疲倦了，就走上岸来；他刚要穿衬衫的时候，那两个孩子也来向他撒沙了。

许格涅特笑起来，又爬进水里去；可是后来他走出水来，刚刚走近衣服，他们就又撒沙子了。

他装出 la bonne mine[1]，可是他的脸涨红了。他站定了，简截地说：

"Assez![2]…"

说过之后他重新穿衬衫，但是两个顽皮孩子中的一个抑制不住，又向他撒了一把沙子。

---

〔1〕 法语：和颜悦色。——原注
〔2〕 法语：够了！——原注

　　这个法国人勃然大怒。那件浆硬的衬衫飞落在沙地上;他的脸色发紫,眼神凶狠起来了。两个顽皮孩子知道闹得太过分,就惊慌地顺着山路逃上去;许格涅特光着身子去追赶,不久这三个人就都从我们的视野中消失了。

　　以后所发生的事,在那阴森的修道院里一定被当作一种魔鬼作怪的事件而长久地讨论。她们首先看见山的缺口地方闪现出两个惊慌的学生,这两个学生冲过正在散步的孤女队伍,就向修道院的菜园中间的大路飞奔而去。这两个飞奔的人所引起的一场混乱刚刚安静下来,山口突然闪出一个情急气喘而完全裸体的许格涅特。前面还望得见两个逃跑的人,这发狂的法国人就也冲过广场去……那些吃惊的修道尼划着十字,念着祈祷,连忙把她们的孤女集成一堆,像赶一群小鸡似的赶进修道院去;许格涅特向远处奔跑去了……

　　两个孩子在修道院的大菜园里茂密的豌豆和扁豆丛中躲藏起来。许格涅特追到栅栏旁边,方才相信再追过去是徒劳的了。同时他就像亚当犯罪之后一样,发现自己裸着身子,觉得羞耻了。两块园地之间一片广阔的空地的中央,通向园地的路径的旁边,正好有一丛美丽入画的树木,树根上繁茂地长着许多嫩枝。这可怜的法国人就躲进这里面,探出头来等待着,希望他的学生们会想到替他拿衣服来。

　　但是我们没有想到。这位裸体导师的突然失踪,使我们觉得为难。我们想不到他会跑得这么远;我们一边等他,一边向河里丢石子,在河岸上跑来跑去……

　　修道院的广场上也完全安静了,生活开始进入常轨。几个年老的修道尼出现在宽广的台阶上,她们看见魔鬼作怪的痕迹全部没有了,就决定来完成这散步运动。过了几分钟,戴白风帽的孤女的行列又由庄严的圣勃利吉塔尼僧团〔1〕员伴着，规规矩矩地在那里兜圈子了。拿着念珠的老妇人也在她的凳子上坐得很安稳了。

这时候太阳已经西斜。那个可怜的法国人在树丛中白白地等候，不耐烦起来；他看见没有人来救他，就突然决心冒一次险：他从他的隐蔽所里跳出来，又不顾死活地冲向河边去……正当我们上山去探察的时候，忽然那个法国人在女人们的神经质的叫喊和全体的骚乱声中像暴风雨一般从我们旁边闪过，他无暇选择路径，就穿过丛林奔跑下去了。

当我们回到学馆里的时候，两个闯祸的人已经先在那里，他们惊慌地探问许格涅特在哪里，又问我们看见他神色怎么样。这法国人在快要喝晚茶的时候回来了；他的眼色很愉快，但是板起面孔。晚上，我们照例大家并坐在长桌子旁边，包住了耳朵大声地念书。这时候声音嘈杂得不可名状，许格涅特先生严肃而干练地在桌子中间走来走去视察，防止有人淘气。

直到夜里，大家就寝而灯火熄了的时候，许格涅特所睡的"舍监床"里突然发出笑声。他坐在床上捧腹大笑，几乎滚倒在床里……

我在这学馆里求学的最后一个时期中，这个善良的法国人不知怎的不见了。据说他到某地方去应试了。后来我在中学三年级的时候，有两次学年刚开始，我突然在一个狭小的走廊上碰见一个人，这人极像许格涅特，不过已经穿着蓝色的教师制服。我和另一个也是从雷赫林斯基学馆转入中学的同学一起走着，我们两人都很欢喜地向这个老朋友迎上去。

"许格涅特先生！……许格涅特先生！……"

---

〔1〕　圣勃利吉塔尼僧团建立于十九世纪中叶，是一个反动组织。——**译者注**

这人站定了,一本正经地把我们打量一下。我们两人狼狈而胆怯了。

"啊?……怎么?有什么事?"他问,又用冷淡的眼光向我们一瞥,这新教师就摆动着手里的一本点名册,头也不回地从走廊上跑远去了。

"不是他?"我的同学问我。可是后来我们知道这位新教师的姓氏确是许格涅特,但是这里已经是中学,是官立学校,所以愉快的许格涅特在这里也变得带官腔了。

又有一次我们在街上碰到了。我的心跳得很厉害。我以为许格涅特在中学里才严肃而倨傲,现在在街上,他一定又会像一个愉快的老朋友一般照旧和我说笑。我走近他的时候,脱下制帽,怀着期待和希望向他看着。我相信他已经认出我了。可是他的眼光在我脸上一扫,冷淡地向我点点头,就眯着眼睛转过头去了。我的心剧烈地紧缩起来,我仿佛失去了一个亲近的人……

我在雷赫林斯基学馆里念了一年书,有了很大的变化和发展。我回想起第一次独自出门的情况来,已经觉得很奇怪。我现在已经十分熟悉那块空地、所有的草丛、附近的街道和胡同、到河边去的路……

有一天晚上,母亲因为忙碌,忘记派人来接我了。我不愿意留在学馆里过夜。独自步行回家觉得可怕,但同时又觉得有一种诱惑力。我决心回去,就把书本捆扎好,走出公共寝室,这时候同学们已经就寝了。

"来接你了吗?"导师问我。

"来接我了。"我问答了一声,就像避免诱惑似的匆忙地跑到台阶上,走到院子里。

那时候是秋天,下过一场雪,然而差不多已经在白天完全融化了;只剩下几堆残雪,在有几处黑暗中隐约发白。乌云在天空中推移,院子里伸手不见五指。

我走出大门，心惊肉跳地走向那片黑暗的空地，仿佛走到海里去一样。我一边走去，一边回顾学馆的明亮的窗子，这些窗子越来越远，越来越小。我觉得在能够清楚地看见这些窗子的期间，我还在安全地带……但是后来我走到了空地的中心，那里横着一条深壕，也不知是标示这城的旧界的沟渠还是溪谷。

我觉得我在这里离开学馆和离开家里一样远近，家里的灯火已经在前面潮湿的黑暗中闪闪发光了。

忽然在我后面稍偏右的地方传来强烈而尖锐的啸声，我听到了就本能地蹲伏在地上。前面左方传来回答的哨声，我立刻猜想到这是两个人正在面对面走到一个地方去相会，这地方也是我所必须经过的。在黑暗中仿佛已经看得出模糊的人影，听得见沉重的脚步声。我迅速地俯伏在地上，爬进溪谷里……

这时候又传来第三次哨声，立刻有三个人会集在空地上离开我的隐避处几丈远之处。我的心怦怦地跳起来，我生怕这三个陌生人由于这跳声而发现了我……他们离开我那么近，我从溪谷里望去，竟可以在朦胧的天空的背景上看出他们的模糊的侧影。他们谈了些话，声音轻得使人怀疑……后来他们走向空地的远处去了，我就差不多一口气跑到了家里……我的幼稚的心中又充满了一种欢乐的情绪，我觉得这"大概一定"是真正的贼了，这样看来，我已经体验过——并且十分勇敢地体验过——真正的危险了。

这恐怕是确实的，因为在我们这个荒凉地带几乎没有一夜不发生抢劫和偷窃的事件。我家的百叶窗一到晚上总是紧紧地锁闭。夜间，尤其是父亲因公出门了的时候，我们家里常常发生惊慌。那时候大家起床，女人们手里拿着拨火棍和铁叉站在窗子旁边。等到完全肃静之后,就可清楚地听见有人在外面悄悄地试探:窗闩有没有忘记插上,是否还有百叶窗可以撬开。这时候女人们就在里面敲打窗框并且叫喊。在她们的声音里可以听出一种极度的恐怖。

11　第一出戏剧

我平生第一次看到的戏剧是一出波兰戏,并且是充满着民族历史的浪漫思想的。

在以前的几篇笔记中,读者已经可以知道我们的家庭不能称为纯粹俄罗斯的。我们住在沃伦省,即德聂伯河右岸的小俄罗斯地区,这地区比别的地方更长久地受波兰管辖。叶列米亚·维希涅威茨基公爵[1]的铁臂达到这地方比别处都近。在维希涅威茨、波隆奈、柯列茨、奥斯特罗格、杜布诺,以及沃伦省的一般城市甚至某些村镇里,现在还到处都有波兰巨头的城堡和修道院的废墟……这些建筑物的墙壁坍塌了,残缺的地方长着茂密的常春藤,这些常春藤还继续在那里侵蚀古旧的石块……村庄里的地主和城市里的中产阶级都是波兰人,或者至少都是讲波兰话的人。在乡村里通行着一种特殊的小俄罗斯方言,这种方言同时受到俄罗斯话和波兰话的影响。官吏(少数人)和军人都讲俄罗斯话……

同时也有三种信仰(犹太人不在内):天主教、正教和这两者之间的合同派[2],后者最为式微而受压迫。波兰人在当时把合同派认为是最

---

〔1〕　叶列米亚·维希涅威茨基公爵(1612—1651)是波兰的巨头,鲍格丹·赫美尔尼茨基的敌人,是天主教的热心的传播者。

〔2〕　同时信奉正教和天主教的一派。——译者注

低级的信仰:从乌克兰来的哥萨克人和"盖达玛克人"〔1〕曾经屠杀合同派的信徒,后来俄罗斯人又排斥他们,迫害他们……因此,这种由于懦弱的妥协而产生的宗教在几代人的心中扎根以后,变成了一种受迫害的宗教而要求它的承继者具有忠忱和自我牺牲的精神。我记得一个合同派的僧侣,他是一个高个子的老人,长着一脸灰白色的大胡子,他的头不住地颤动,手里拿着一根很粗的飞锡。他向我父亲深深地鞠躬,一只手碰到地,然后向他诉说了一些话,这时候他的灰白色的长须不绝地颤抖,脸上老泪纵横。他讲了些我所听不懂的话,讲到他所不愿意出卖的上帝,又讲到他们的祖先的信仰。当这老人要俯伏到地上去的时候,我的父亲带着显著的恭敬态度扶他起来,并且答应尽力替他帮忙。老人走了之后,父亲沉思地在房间里徘徊了很久,后来站定了,说出一句格言来:

"世间有一种正当的信仰……可是没有人能够知道这是哪一种信仰。祖先遗教必须遵从,即使为此忍受苦痛〔2〕……"

至于"沙皇和法律"关于这件事有什么表示,他这一次没有谈到;大概他认为他们和这问题是无关的。

我的母亲是天主教徒。在我童年的初期,我们家里通行波兰话,但同时我还听到两种语言:俄罗斯话和小俄罗斯话。我学第一篇祈祷词的时候用波兰话和斯拉夫话,但是常常念错,念成小俄罗斯话腔调。纯粹的俄罗斯话我是从姑母们那里听来的〔3〕,但是她们难得到我家来。

---

〔1〕 "盖达玛克人"(гайдамаки)是十八世纪时期乌克兰的哥萨克起义者,他们为了反抗波兰统治而起义。——译者注

〔2〕 关于这一段插话,柯罗连科记录在《祖先遗教》这篇文章中(见《俄罗斯纪事》,一九一六年,第九期)。

〔3〕 从姑母们那里听来的——在阿法纳西·雅科夫列维奇·柯罗连科的履历表里,注明他只有一个女儿亚历山德拉和两个儿子——加拉克齐昂和尼克托波列昂。

　　大概在我七岁的时候,有一次父亲和母亲在戏院里订了一个包厢,母亲吩咐给我穿得漂亮些。我不知道是怎么一回事,只看见哥哥很生气,为了他们不带他去而带我去。

　　"他会在那里打瞌睡的!……他懂得什么呢? 这个傻瓜!"他对母亲说。

　　"这倒是真的。"大人们中有人这样附和,但是我向他们保证不打瞌睡;终于大家坐在马车里开走了,这时候我觉得很幸福。

　　我的确没有打瞌睡。城里有一个石造的戏院,这一次一个波兰剧团把它租赁了。这剧团演出一出历史剧,剧本的作者是我所不知道的,剧名是《乌尔苏拉》,又名《西吉兹蒙德三世》……

　　我们走进包厢的时候,第一幕已经开场,我立刻目不转睛地望着舞台……

　　戏剧的内容我不大懂得。所演出的是关于西吉兹蒙德三世[1]时代宫廷中的阴谋事件,其中心人物是一个高级私娼乌尔苏拉。我记得这女人并不特别漂亮,我分明地看得出她的眼睛底下画着青色的眼圈,她脸上的粉搽得很难看,她的脖子枯瘦而青筋暴露。但是这一切在我竟全不觉得荒谬! 乌尔苏拉是一个恶劣的女人,一个可爱的少女和一个漂亮的青年都为她受苦。这个下流的女阴谋家的相貌的难看越发加深了我对她的憎恨……

　　舞台上绚焕灿烂,充满着靴距的叮当声和军刀的铿锵声,还有决斗、呼"万岁"、激烈的冲突和危机——这一切都给了我强烈的印象。这出戏

　　　〔1〕　西吉兹蒙德三世(1566—1632)在他的统治期间曾经发生波兰小贵族反对国王的暴动。

是好的还是不好的，我现在不能判断。我只知道剧中充满着特殊的色调，我一看就感觉到一种浪漫的历史气氛，这种气氛曾经生气蓬勃地显赫一时，然而已经退避到一个地方，也就是我亲眼看见那个最后的"老波兰人"测量师柯良诺夫斯基老爷所去的地方。舞台上有一个年老的波兰贵族，身材高大，髭须雪白，他和柯良诺夫斯基非常相像，我竟好像觉得他是我的一个亲近的朋友。他所演的角色也跟他相称：他叙述永远消逝了的英勇的过去时代……他的声音里流露出深切的悲哀，我对他满怀热烈的同情……

我特别清楚地记得其中两三个场面。有一个身材高大而相貌阴险的坏蛋——乌尔苏拉的帮凶——差一点杀死了那个漂亮的青年，幸而那个像柯良诺夫斯基的老人（也许是别人，我记不清楚了）用拳头打落了他手里的军刀……明晃晃的军刀铿锵地掉在地上了。我吓得呼吸喘急起来，母亲弯下身子来对我说：

"不要怕……这不是真的……他们不过是装装样子。"

在另一幕里有兹包罗夫斯基兄弟两人，他们是哥萨克人的领导者，曾经为了国王和波兰的光荣而在鞑靼草原上作战，后来昏庸的西吉兹蒙德给他们一种不应得的侮辱，他们就在他的御座前面说了些激昂的话，结果每人都解下弯刀，表示不再用它，傲慢地把它丢在国王的脚边……这时候又发出铿锵的声音，群臣之中起了一阵恐慌和愤慨，两个庄严的哥萨克领袖骄傲地站在中央。我的童心受到感染，也燃烧起一种义侠、刚勇而无畏的情绪，虽然我还没有了解其意义……

这出戏的结局是国王逝世。他的富丽的龙床旁边聚集着军队的使者，要他委任王室的主将……这些风尘满面的、严肃的使者挤近国王身边去，为了祖国而要求他作出决定。垂死的国王的胸脯一起一伏，他痉挛地喘着气说：

"给他们委任……柯涅茨波尔斯基〔1〕……"

接着群臣就说："国王驾崩！"大厅里响彻了热狂的叫声："柯涅茨波尔斯基万岁！……"

我不知道戏剧的作者在这最后的喊声里有否赋予双关的意义〔2〕，只觉得这喊声给整个戏剧蒙上了一阵特别悲哀的烟雾，直到现在我还能在心目中通过这悲哀的烟雾而看到这戏剧……我母亲的祖国的过去，曾经是辉煌、繁华而令人神往的，现在已经轰轰烈烈地放出了光荣的最后反照而永远消逝了。

这戏剧像烈酒一般在我脑海中灌注了一种浪漫的陶醉性。我把这出戏讲给哥哥弟弟和妹妹听了，使他们也感染了我的热烈兴趣。我们做了几把木头的刀，又把褥单当作想象的斗篷。哥哥扮作国王，庄严地坐在一只铺花被的高椅子上，或者躺在灵床上；妹妹对这一切还一点也不懂得，我们叫她坐在哥哥的脚边，扮作那个恶婆娘乌尔苏拉；我和弟弟两人挥着木刀，轻蔑地把它们丢在地上，或者用粗野的声音叫喊：

"柯涅茨波尔斯基万岁！……"

这时候如果有人揭开我童年的心来鉴别我的民族性特征，他大概会这样确定：我是十八世纪波兰贵族的幼芽，是充满着豪侠气概、英勇性格、冒险精神以及刀光剑影的浪漫的旧波兰的一个公民。

他的判断大概是正确的……

此后不久，波兰服装的戏剧就被禁止；又过了些时，波兰剧在我们这

〔1〕 斯塔尼斯拉夫·柯涅茨波尔斯基(1596—1646)是波兰主将。
〔2〕 柯涅茨波尔斯基(Конеппольский)的意义是"波兰的结局"。——译者注

带地方有很久时间一概销声绝迹。然而过去时代的浪漫主义精神已经披挂着旧波兰的服装而盘踞在我的心里了。

12　波兰起义时期

大家都知道，波兰的起义是在一八六三年初爆发的。然而暗藏的骚动和示威早就发生了。

大约在一八六〇年，有一次父亲办公回来，态度严肃而忧虑。他和母亲商谈了一会，就把我们召集拢来，对我们说：

"孩子们，大家听我说，你们是俄罗斯人，从今天起你们应该讲俄罗斯话。"

此后，我们的"波兰化"家庭里开始通用俄罗斯话了。我们实行这改革毫不费事，也许还觉得有趣，这件事使我们觉得有点新鲜，然而引起这种改革的原因，我们是不知道的。我们那里已经听到一种传闻，是关于华沙的某些事件的，后来又是关于维尔诺的某些事件的（维尔诺在一八六一年已经有过很严肃的示威运动）。然而这一切都发生在远地方，在不可知的、差不多抽象的世界里，我们对它并不关心。我们的世界里还是一向太平无事……

雷赫林斯基学馆里主要的语言是波兰话，然而我们同学之间其实毫无一点民族的敌意。雷赫林斯基能够长久地维持互相宽容的风气。我们的学馆里有几个纯粹的大俄罗斯人，其中有苏哈诺夫兄弟两人，哥哥常常考第一……有一次，这个人——也许是另一个俄罗斯学生——发生了这样的一件事：有一个年轻的波兰人知道这个俄罗斯同学昨天受圣餐，就嘲笑正教的仪式。他用纸做了一个像杯子的东西，在它上面装腔作势了一番,最后吐一口唾液在这里面。这俄罗斯人忍耐了一会儿,但是后来伸起手来,把那个侮辱他的人打了一个耳光,打得很响,整个礼堂里都听见,雷赫林斯基也听到了。他知道了这情形,就叫两个人过来,当全体学生面前问那个波兰人:

"假使他也这样地嘲笑天主教圣餐,那你怎么办呢?"

这波兰人狼狈起来,可是后来低下头说:

"我要打他。"

"喏,所以他打你。去,你还得罚跪。"

这孩子满面通红地跪在犀角甲里了,而且跪得很长久。我们猜测到雷赫林斯基老先生对我们的期待。我们商量了一番之后,选出一个以苏哈诺夫为首的代表团,去请求饶赦这个犯过失的人。雷赫林斯基用严肃的态度接见了代表团,然后拄着拐杖走进礼堂里。他坐在他通常惯坐的地方了,命令犯过失的人站起来,然后叫两个对敌的人互相握手。

"好,现在事情结束了,"他说,"大家忘记了这件事吧。可是如果,"他突然凶暴地瞪出一双眼睛,把那双指头短而叉开的、青筋暴露的手伸向前面,继续说,"如果我再听到有人敢嘲笑别人的信仰……我要打断你们的骨头……全身的骨头……"

于是我们又亲睦地过日子,全不注意到民族的界限……

这期间远地方发生的事件日益炽盛,热烈的气息像阵头风一般从那里传到我们这里。我们所听到的关于华沙和维尔诺的事端、关于某些人"牺牲"的消息,越来越多了;然而大人们还是竭力希望"不要当孩子们面前谈这种事"……

有一次,父亲和母亲在雷赫林斯基家里坐得很夜深。后来我瞌睡蒙眬地听见院子里响出我们的马车声。过了一会,我由于一种特殊的感觉而完全醒过来了；父亲和母亲都还穿着衣服站在卧室里，正在热烈地争论一件事，他们显然忘记了夜深，又忘记了孩子们睡着。他们的谈话大致是这样：

"无论如何……"母亲说，"你总得同意，因为本来是有的，而且在尼古拉时代还是有的……记得这件事的人还活着呢……"

"嗯，那又怎么样，"父亲反驳道，"从前有，现在没有了。亚历山大时代是有的，尼古拉把它剥夺了……当初不该暴动〔1〕……"

"可是请你自己判断……难道这是正当的吗？"

"病人请教庸医！什么叫做正当，什么叫做不正当……没有人来问你。你们宣过誓的，还有什么话说！"

"不，听我说……"

"不，你听我说。"

"咳，让我说话呀……"

我从来没有听见他们之间有这样热烈的争论，况且在这样夜深的时候；我吃惊之余，就在床里坐起来。他们看见了我这个意想不到的听者，就都来对我讲话。

"喏，喏，让孩子说吧。"母亲说。

"好，让他说。孩子，你听我说：假定你答应母亲永远听她的话……那么你是不是应该履行这句诺言？……"

"应该。"我十分确信地回答。

"慢来，"母亲插嘴说，"现在你听我讲。你看，你身边有一件新衣服（我身边的确有一件新衣服，是我就寝的时候仔细地折叠起来放在椅子

---

〔1〕　波兰自从一八三〇至一八三一年起义以后，就被剥夺了一八一五年的宪法。

上的)。如果有一个不相识的人从外面进来把它抢了去……你要夺回来吗？……"

"我要夺回来。"我更加确信地回答。

"病人请教庸医！"父亲觉得我这审判官偏袒了对方，就愤怒地说，"他才不会还给你呢！如果他气力比你大……"

"喏，你瞧，你瞧……"母亲激烈地抢着说……"气力大就可以夺。你听这种话！你听见吗？"

"嘿，胡说！"父亲眼见得自己更理缺了，就冒起火来，"那么，如果是你自动给他的呢？……如果你答应过以后永不收回呢？难道后来可以嚷着'还我'吗？……"

"给他的，给他的！"母亲悲哀地打断了他的话……"喂，你说：难道是你自动给他的吗？你想，要是一把刀架在脖子上……"

这时候小妹妹在梦中哭起来。他们这才想起吵醒了她，就停止争论，互相很不满意。父亲满面通红，态度激昂，拄着拐杖走进自己的房间里去了；母亲把妹妹抱在膝上，开始抚慰她。母亲的脸上流着眼泪……

我吃惊于这种从来未有的光景，很久睡不着……我觉得这场争论并非为了私人意见。他们吵了一次架，但是母亲的哭泣并非为了个人受屈，却是为了一种从前曾经有过而现在没有了的东西：为了她的祖国——那里曾经有戴冠冕的国王，有大将军，有华丽的服装，有兹包罗夫斯基兄弟所说的一种不可解而令人神往的"意志"，有桑道米尔的福玛念过书的学校……现在这些全都没有了。父亲的族人把它们夺了去，因为他们气力大。母亲哭泣，因为这是不正当的……是欺侮他们……

下一天早晨我最初想起的是一件重要的事情。是关于新衣服的吗？……不，它像昨天一样放在原来的地方。但是有许多别的东西不在原来的地方了。我心中长出了一些新问题和新情绪的萌芽，像针刺一般。

"要出事了"这句话又以新的形式出现了……空气照旧在紧张起来。我们所认识的夫人们和小姐们现在都穿上了黑色的丧服。警察就开始追究：他们把穿黑衣服的，尤其是戴标记（心、锚和十字架）的参加示威游行的女人抓进警察局里去，并且记录她们的姓氏。另一方面，淡色的衣服被人洒镪水，在教堂里被人用小刀割破……教士们热情地说教。

一八六一年九月，城里发生了惊人的意外事件。早上，在市中心的广场上，在贝纳金僧团的天主堂旁边，在围着短篱的空地上，赶集的群众看见一个巨大的黑色的十字架，大家很惊奇；这十字架的角上镶着缟素的边，套着一个鲜花编成的花环，上面写着"纪念华沙被难的波兰人"。这十字架有一丈多高，立在警察岗亭的旁边。

这消息风驰电掣般地传遍全城。民众汇集到十字架出现的地方来。当局无可奈何，只得把十字架拔起来，搬到警察局里。

城里哄传着一个消息，说这十字架被关进牢狱里了。警察局门口整天聚集着成群结队的民众。妇女们在天主堂里集会，不放警察局长进来；到了下午，一群妇女全体穿着重孝，向省长公馆蜂拥前进。基辅街上省长公馆的小平屋被包围了。父亲坐着马车经过省长公馆门口，看见这一群妇女和那个白发的老警察局长，他站在台阶的踏步上，正在劝告他们散去。

军队开到了。这群人到傍晚还没有散去，薄暮的时候才被赶走了……这件事使城里的人感到一种爆发的印象。据说被迫害的妇女莽撞地冲进人家的院子里和大门里去，逃进店铺里去。而"十字架被捕入警察局"这件事，竟也唤起了正教徒居民的愤慨，因为他们和天主教徒向来是供奉共同的圣物的……

从这时候起,爱国热情和示威运动像洪水般泛滥起来。城里鼓声喧天,变成了战时状态。有一天,我们这胡同里驻了一队兵。他们挨户搜查武器。我家也不例外:父亲床头的壁毯上挂着一把老式土耳其手枪和一把弯刀。这两件东西也被搜了去……这是我第一次看到挨户搜查。这种方式我觉得严肃可怕。

这种种情况加强了群众的愤慨,当然也影响到儿童的心头……可是我当时既非俄罗斯人,又非波兰人,或者更正确地说,又是俄罗斯人,又是波兰人,因此这些影响波及我的心头,就像在狂风中飞驰的乱云的影子一般。

有一次母亲带我到天主堂里去。我以前常常跟父亲到正教堂里去,有时也跟母亲到天主堂里去。这一次我和母亲站在旁边的副祭坛上,祭器坛的附近。教堂里肃静无声,大家似乎在等待什么……一个脸色苍白、眼光热烈的青年神甫大声昂奋地用天主文喊了几声……以后,可怕的肃静笼了这贝纳金僧团的拉丁堂的哥德式穹窿,在这静默中响出了爱国歌的声音:"Boże, Coś Polske przez tak długie wieki..."[1]

在挤满人群的殿堂的各个地方,起初轻轻地、参差不齐地响出几个个别的声音,这些声音像小溪一般渐渐地汇合起来……歌声越来越近,越来越强,越来越响,越来越和谐,终于在教堂的穹窿下面怒涛一般地响出了协调的千人大合唱,而在高处,在合唱声上面,轰鸣着管风琴的沉着的咆哮声……母亲跪着,用手帕遮住了脸而哭泣。

---

〔1〕 这是无名氏诗人所作的歌曲的第一行,这歌曲在一八六三年波兰起义的时期特别流行。这第一行的意思是:"上帝,数百年来你的威严和荣誉的光芒笼罩着波兰……"

把全体群众联合在一股像海一般广阔的狂涛中的这种号泣声,在我心中引起了极强烈的印象。我觉得有一种东西把我抓住了提高到空中,把我摇荡着,向我展示许多奇怪的幻影……

"哥萨克人来了。"附近有人这样说。这句话被用清楚的絮语声传向远处,突然受到阻绝,沉没在声音的海里了。然而这句话使我的热狂的想象力所产生的模糊的幻觉获得了确定的内容。

……哥萨克人来了! 他们闯进了天主堂。神甫站在祭坛的高处,他的脚边跪着许多妇女,其中有我的母亲。哥萨克人站成一排,举枪瞄准了……但是这个时候有一个小孩子挺身跃出在祭坛的踏步上,解开他的上衣,露出胸脯来,大声地说:

"你们打死我吧……我是正教徒,可是我不愿意让人家侮辱我母亲的信仰……"

哥萨克人开枪了……烟气、火光、响声……我倒下去……我被打死了,可是……多么幸福:后来大家来握我的手,男男女女的波兰人都说:"这是法官的儿子,他的母亲是波兰人。他真是一个高贵的少年。"……

"这孩子说得对……"俄罗斯的绅士们也说,"在天主堂里不可以开枪,不可以侮辱别人的信仰……"

……

早年的阅读,看波兰戏剧,以及炽烈的爱国热情气氛中逐次发生的许多事件——这一切显然已经把我造成了一个幼年的浪漫家。如果一切都像戏剧一样演出,这就是说,哥萨克人先对着神甫排成一行,神甫庄严地站着,手里拿着圣杯,脚边拥着一群妇女,然后大家等我出场表演,那么我很可能会完成我的节目。然而真实生活是粗暴而紊乱的,因此在这纷纭杂沓的扰攘中,我更可能会胆怯起来,像最胆怯的市井小儿一样……

父亲知道了这次"示威运动",很不满意。过了几天,他对母亲说:

"警察局长对我说,你的名字也被登记了……"

"叫我怎么办呢?"母亲说,"我自己并没有唱,而且也不知道要唱这歌……"

"假使你知道呢?"父亲问。

"那么……我不会带孩子去,"她回答,"我自己总不能不到天主堂里去呀。"

后来她一直采取这样的态度:她不参加热情的爱国者和"伪圣人"们的骚动,但是照旧到天主堂里去,并不顾虑到有否被人注意。父亲为了她,同时又为了自己的地位而焦灼不安,然而他是一个真正的教徒,所以他承认别的宗教信仰的权利……

城里经过了一队兵。有一次传来消息,说巴什基里亚人要到我们这里来了……据说这些人很野蛮,波兰话和俄罗斯话都一句也不懂,只是喋喋地讲自己的话,并且要打人……这引起了近于迷信的恐怖。过了几天,果然街上经过一队奇怪的骑兵,他们都骑着小马,戴着尖顶帽,衣服上都镶着毛茸茸的羊皮边。他们的颧骨很高,眼睛很小,骑马姿势特别怪异。有一个人看见一群好奇的旁观者,而且其中有女人,他突然把马扯转头来,挥一下鞭子。人群中发出神经质的叫声,然而这个巴什基里亚人的黝黑的脸上露一露雪白的牙齿,他就走过去了;接着别的巴什基里亚人也在灰尘中鼓着马蹄走过,他们也笑了。我觉得奇怪:他们笑起来跟普通人一样。我又想象这些脸色黝黑的野蛮人的袭击,觉得可怕。

他们经过城里,走出西关,向波兰的方面去了;据说在波兰"已经流血"。而我们城里又来了其他的兵队……

我们的马厩里也来了三四匹哥萨克马。哥萨克人自己也住在这些马旁边;厨房里和仓房里安顿着步兵……人们对付这些租客不很客气;房东和住户都跟"宿营员"长久地争论,不愿意让出房间来,并且到某处去控诉。可是我们小孩子不久就和他们熟悉了。哥萨克人有时让我们坐在马上,带我们到河边去饮马。兵士们谦虚地让我们用布片和白粉来替他们擦制服上的钮扣;他们从连队的厨房里用提锅拿来的淡薄的菜汤,我们觉得滋味特别好。

我特别清楚地记得一个兵。这人已经年老,脸上都是皱纹,髭须灰白而刚硬,左耳朵上戴着一个耳环。他的态度冷淡而严肃。他是住在仓房里的,他把各种"军用品"挂在钉上、把枪仔细地安放在墙角里之后,就把肩膀靠在门框上,长久地、默默地、认真地看我和邻家的孩子们在院子里用木枪来玩"演习"的游戏。过了一会,他不耐烦当旁观者了,就走到我们的阵地上,拿起"枪"来,开始教我们真正的操法,他的动作清楚而有弹性,使我们吃惊。他做每一个动作的时候,似乎身体里面总有一些弹簧在那里振动而发出声音。

"我教会了你们这些波兰鬼子,你们会暴动,把我也打死。"最后他半开玩笑半愤怒地说。

过了一些时候,我们和他的关系搞得很好了。夏天的傍晚,我们和阿法纳西在他的行军床上一同消磨许多时光,后来他的床上充满了军用品的皮革气味和兵士吃的菜汤的酸味。最后他的连队开到某县城里去追击起义的兵队了。跟他分别的时候,我们觉得很不愉快,而这个老兵士显然也很不自在。为尼古拉的长期服务已经剥夺了他的终生,断绝了他的一切家庭关系,宿营地的暂时的依恋也使这个老兵士的心得到安慰……

　　哥萨克人中特别突出在我的记忆中的，是一个头发黑色而蜷曲的下士。他的脸上有麻点，然而这并不妨碍他的真正美男子的声望。他能够完全不需准备、像变戏法一般飞跃上马；我们看他这种表演，最为饶有趣味。有时他喝醉了，就两眼闪闪发光，喊得满院子都听见：

　　"嗨，你们这些波兰鬼子！你们暴动有什么用！你们等着：总有一天顿河会搅翻莫斯科母亲……搅得惊天动地……不像你们那样。"

　　他紧握拳头，把它高举在头上摇晃着，仿佛拳头里面已经握住了莫斯科母亲。我们的朋友——那个老兵士阿法纳西——带着责备的神气摇摇头说：

　　"哥萨克人都是狂徒，都是盗贼：一有机会，他们就要转念头。他们的差使也跟我们不同……是轻便差使……我们犯了事要'穿棍阵'〔1〕，他们却没有什么。长官抽一下鞭子就完事了。而且打他也并不是为了偷窃。意思是说：不该让人知道！"

　　哥萨克兵士们听了阿法纳西这番严肃的话，只是笑笑。

　　有一次这个黑发美男子闯了一点祸，他们就来抓他。这时候他已经完全喝醉，他挣脱了同僚们的手，跳上他那匹没有解鞍的马，奔出院子去了。他在鞍子上摇晃得很厉害，似乎就要掉在石板路上，跌得粉身碎骨的样子。但是我们跑出大门去一看，他已经远远地奔向街道的尽头了。他像鸟一般飞向基辅关，追的人隔着一段距离在他后面奔跑。到了第二天早上，他又若无其事，仔细地洗刷着他那匹快马，跟那些追不上他的同僚互相揶揄起来了。

---

　　〔1〕 "穿棍阵"是军队里的一种刑罚：两排兵士每人手里都拿棍子，犯过失的人必须从这中间走过，这时候每个兵士都用棍子打他一下。——译者注

　　我们这带地方也有起义的党人出现了。城市生活的上面悬挂着一种不祥的阴影。我们时常听到相识的青年人中有人失踪——"到森林里"去了。波兰姑娘们常常讥讽地问那些逗留着的人:"你还在这里吗?"雷赫林斯基学馆里也有几个青年到森林里去……

　　有一次午饭的时候母亲对父亲说:

　　"斯塔西克回来了。他们叫我们今天晚上去。"

　　父亲吃惊地向她看看,后来问:

　　"三个人都回来了?"

　　"是的,三个人都回来了。"母亲带着沉默的悲哀回答。

　　"你们这些人都发疯了!"父亲愤怒地搁下羹匙说,"都发疯了,连年纪大的也这样! ……"

　　原来这是雷赫林斯基家的三个儿子[1],是基辅大学的学生,他们要去参加起义,现在来向家里人告别,并请求祝福。一个是医科毕业班学生,另一个似乎是三年级学生。最小的一个叫做斯塔西克,今年十八岁,去年刚刚从中学毕业。这是一个脸色红润、眼睛乌黑而有光彩的活泼的孩子,大家都喜欢他。

---

　　[1]　第一个叫做费里克斯·瓦连青诺维奇,是医科学生,波兰起义的参加者。他在被流放的路上,由于受伤而死在克拉斯诺雅尔斯克附近的驿站上。第二个叫做克萨威利·瓦连青诺维奇,他为了参加起义而被流放到涅尔琴斯克去服苦役。七十年代末,他获得了还乡的权利。他死于一九〇四年。第三个叫做斯塔尼斯拉夫·连瓦青诺维奇(柯罗连科家里的人称他为斯塔西克。——译者注),他为了参加起义而被流放出去,和别的波兰人一同在涅尔琴斯克地区(亚历山大工厂)服苦役;后来尼·加·车尔尼雪夫斯基也被送到这地方来。当斯塔尼斯拉夫于一六八一年和柯罗连科在伊尔库茨克相见的时候,他把自己关于车尔尼雪夫斯基的回忆讲给柯罗连科听(关于这一节,见《我的同时代人的故事》第三卷"斯塔西克·雷赫林斯基及其回忆"一节)。他于一九〇四年死在伊尔库茨克。

　　他们三个人在亲友之间度过了这个黄昏之后,就跪下来,老夫妇替他们祝福,夜里他们就动身了……

　　"要是换了我,我要把这个斯塔西克打一顿,关起来。"第二天父亲愤怒地说。

　　"连孩子们也都为祖国去作战了,"母亲沉思地说,她的眼睛里噙着眼泪,"会发生什么事吧?"

　　"发生什么事呢? 还不是像捉小鸡一样统统给捉去,"父亲悲哀地回答,"你们都发疯了……"

　　在最初一个时期,波兰人的情绪都很高涨而兴奋。他们谈到胜利,谈到沃伦省队伍的首领鲁瑞茨基[1],又谈到拿破仑将派兵来援助。学馆里的波兰学生传说着这些新闻,这都是雷赫林斯基家的独生女玛蕾娘给他们带来的。她那双像斯塔西克一样的大眼睛里闪耀着欢喜的兴奋。我也相信波兰人这一切都会成功,然而它们在我心中所唤起的感情是很复杂的。

　　有一天夜里我做了一个清楚而苦痛的梦。事情仿佛是从玩"波兰人和俄罗斯人"的游戏开始的,这游戏在那时候代替了我们其他一切游戏。我们玩的时候,通常不依照民族来划分队伍,却由抽签来划分,因此俄罗斯人往往参加在波兰方面,而波兰人往往参加在俄罗斯方面。我这次在梦中参加哪一方面,现在已经记不起了;我只记得这游戏立刻变成了真的战争。有一片广阔的原野,其中蜿蜒地流着一条小河,河岸上长着芦

────────────

　　〔1〕 艾德蒙德·鲁瑞茨基以前曾经当参谋总部的上校。他从高加索被迁调到日托米尔之后,就参加波兰起义的准备工作。一八六三年四月,鲁瑞茨基在沃伦省的一个小地方波隆奈招集了一大队起义的兵士。一八六三年五月,鲁瑞茨基的兵队为俄罗斯军所击溃。

苇。有的地方在起火,有的地方有戴尖顶帽的骑士在烟尘中奔驰,有的地方发出枪声,风把白烟吹走,仿佛兵士的射击场上一般。有人追我,我逃走了,躲在河的峭岸底下……

忽然发现躲着的并不是我,却是一排俄罗斯兵。他们恐怖而可怜地躲在峭岸下的芦苇后面,水没到膝盖上。在所有的人的前面,最靠近我的地方,站着那个老头儿阿法纳西,他头上戴着没有帽檐的圆帽子,左耳朵上戴着一个耳坏。他用庄重而略带严肃的、责备的眼光向我看看,我的心就由于痛苦和恐怖而紧缩了。在那边广阔的原野上,得胜的波兰人在烟气中奔驰着……忽然峭岸上面出现了骑着马的斯塔西克·雷赫林斯基……他那双愉快的黑眼睛炯炯发光,嘴上露出孩子气的热情的微笑。我屏住气息等待着,我觉得世界上没有比这可爱的青年更可怕的了,因为他马上就会发现躲在芦苇里的阿法纳西和兵士们……况且这些人我现在觉得很亲近,我像对亲人一样替他们担忧。我醒来的时候满身大汗,心头笃笃地跳,我想:"这是因为他们是俄罗斯人,而我也是俄罗斯人。"但是我想错了,这只是因为他们都是人……不久我的同情心就转移方向了。

过了两三个星期之后,传来了关于基辅附近的一些小接触的消息。这是一些很可怜的企图,立刻就被哥萨克兵和农民所消弭了。雷赫林斯基家里笼罩着苦闷的恐慌。有一次我们正在玛蕾娘的房间里上课(她是教小学生法语的),有人来叫她到她父亲的书房里去。她回来的时候满面通红,脸上带着泪痕,想继续上课。但是她突然跳起来,扑到自己的床铺上,号啕大哭了……我连忙去拿水来,可是她用手推开杯子,号啕着说:

"走开,大家走开……我什么都不要。"

　　不久学馆里的人大家都知道:她的三个兄弟曾经参加这次小接触,都被俘了去。大的一个被哥萨克兵的长枪刺伤了脖子……

　　老雷赫林斯基照旧出来吃早饭和午饭,照旧问"Qui a la règle?"[1]照旧执行裁判和惩戒;他的妻子也照旧认真地料理繁冗的家务;玛蕾娘和我们上课的时候,也不再放任自己的感情;他们全家都骄傲地忍受自己的痛苦,等待着命运的新的打击。

　　起义没有一处成功,拿破仑也不来,连波兰的农民们也勉强地参加这种骚动了;而在别的地方,残酷地镇压起义的波兰地主。

　　有一次我看到一列载俘虏的车子。在载谷束用的、有高栏杆的长货车上,成群地坐着起义者,其中有几个人头上扎着绷带,手上束着吊腕带。受伤者的脸都很苍白。有一个人的绷带上透出血迹来。前面坐着几个农人,在那里赶马;还有几个押送的农人骑着马在两旁跑。城里大多数人都同情俘虏。年轻的女仆们朝着那些昂然地骑在驽马上的胜利者吐唾沫,而他们却嘲笑地抖动着额发,歪斜地掀起他们的羊皮帽子。

　　设在狭窄的丘德诺夫街上的监狱,不久就装满了这些囚犯;为了收容那些仅属"嫌疑的"和"罪证未确定的"囚犯,又租借了私人的房子。

　　开始举行"胜利庆祝会",并执行惩罚。

　　有一次,一辆雇用的双马篷车开到我家门口,车子里面走出一个青年军官来,要找父亲。他穿着一套崭新的蓝军服,上面触目地显出白色的肩章。他每跨一步路,靴距发出轻微悦耳的叮当声。

　　"多么漂亮。"我的小妹妹说。我和弟弟也很喜欢他。但是母亲看见

　　　　[1]　法语:戒尺在谁身上?——原注

了他，不知为什么突然惊慌起来，连忙跑进书房去……父亲走到客堂里来的时候，这个漂亮的军官站在一幅画前面，这幅画上用油画颜料极粗率地画着一个大胡子的波兰人，这人穿着红色的上衣，腰里挂着一把军刀，手里拿着大将军的权标。

这军官鞠一个躬，靴距发出声响，然后他指着这幅画问：

"是玛捷巴〔1〕吗?"

"不，这是约尔凯夫斯基〔2〕。"父亲回答。

"啊——"军官拖长了声音说，仿佛表示他对玛捷巴和约尔凯夫斯基是同样地不赞许的；然后他和父亲一同到书房里去了。过了一刻钟，两个人一同走出来，坐在马车里了。母亲和阿姨们小心而恐怖地从窗子里窥视这两个离去的人。她们似乎怕父亲被逮捕了……我们觉得很奇怪，这样衣冠楚楚而漂亮可爱的人怎么会引起恐怖呢……

晚上父亲讲给我们听，说当他们的马车经过监狱的时候，那些起义者从窗子里望出来看见了，也以为是"逮捕法官"，就大声地骂这宪兵……

原来父亲是为了职务的关系去参加委员会；这个靴距发出轻快悦耳的声音的美貌的军官，正是委员会里最残暴的委员之一。和地方上有关系的其他官吏比较和善。

有一次，父亲开会回来，告诉母亲，说有一个"嫌疑犯"在会议开始之

---

〔1〕　伊凡·斯捷潘诺维奇·玛捷巴(1644—1709)是乌克兰的主将。在北方战争时期，当卡尔十二世的瑞典军队侵犯乌克兰领土的时候，他公开地背叛了彼得一世，投向瑞典人方面去了。彼尔塔瓦战役(1709)之后，他跟卡尔一同逃到土耳其。

〔2〕　斯塔尼斯拉夫·约尔凯夫斯基(1547—1620)是波兰的主将。当哥萨克人在纳里淮科和洛包达的率领下在乌克兰发动起义的时候，他严厉地镇压(1596)他们。一六一〇年他率领波兰武装干涉者的军队侵入俄罗斯。

前跑来,把一封刚才收到的信丢在桌子上,绝望地说:

"我不再替自己申辩了,听凭你们怎么办吧……我的儿子去参军,被打死了……"

那时候宪兵和检察官还没有来。父亲看看其他的委员,把信交还给这个老人,打着官腔对他说:

"会议还没有开始;至于私人间的谈话,在这里是不适宜的。"

过了几分钟,宪兵进来了,然而那个老人已经控制了自己,把信藏了。他个人的事件平安无事地结束了,他的家业免去了充公和破产。

我们城里处死刑的人,如果我不记错的话,共有三个人。所谓绞刑宪兵[1]和在俄罗斯当军官而参加起义的人,都被判处死刑。

我只记得其中一个人。这个被处死刑的人曾经当过军官,他的姓氏仿佛是斯特罗诺夫斯基[2]。他很年轻,相貌又漂亮,是新近结婚的,他的前途光辉灿烂。他是在战地上被捉住的,这便是"法律昭彰"……我不知道父亲有没有在判决书上和其他的人一同签字,但知道对于这人的事件没有一个人感到一点悲哀。情形却相反,斯特罗诺夫斯基被判决之后,请求父亲在他处死刑之前去访问他一次。在这次见面的时候,他委托了父亲一些事,又托他向他的年轻的妻子转达最后的致意。同时他又不胜痛恨地批评他以前的军队:据说当时他主张退却了,他们却喧嚷着要求战斗;但是当树林里路上的障碍物前面出现了拿镰刀的农人和哥萨克人的时候,他的军队就"逃之夭夭",他就被捉住了……他临死的时候

---

〔1〕 绞刑宪兵是领导波兰起义的秘密中央委员会所发的命令的执行者。委员会所认为反对起义的人,由他们去逮捕并处死刑。

〔2〕 这人显然不是斯特罗诺夫斯基,而是彼得·霍诺夫斯基——参谋总部的军官。霍诺夫斯基曾经参加一八六三年波兰起义的准备工作。

怀着悲愤和遗憾,然而态度刚勇而骄傲。

当时起义的波兰贵族青年所怀抱的浪漫主义,是一种不良的军事思想。他们憧憬了已经死亡的过去和生活的阴影,而不是受到现实生活的鼓励……农民和哥萨克人的粗暴乏味的袭击,毫无一点美丽的战斗景象……而可怜的斯特罗诺夫斯基为了信仰这历史的浪漫主义,就牺牲了性命……

这是六月或七月里的晴朗的一天。从早晨起,大家就都知道,基辅关外的空地上,屠宰场的附近,已经立了一个黑柱子,掘了一个坑,因此在这一天一切都显得异乎寻常,悲哀而庄重,苦痛而严肃。正午时光,明爽的空中传来一声沉重、清晰而短促的轰响,仿佛一团结实的东西撞进耳朵里来……随着这一声,在这明朗的日子里似乎闪现出什么东西来,好比云朵在电光里闪现出来一样……天上并没有云朵,也没有电光,只有太阳照耀着……然而还是有一种东西闪现出来,在一刹那间,明朗的白昼后面透露出一种神秘而隐晦的、平时所看不见的东西。

在这一瞬间,我们大家都显然地觉得有一个人的生命不存在了……后来据人们说,斯特罗诺夫斯基要求不包住他的眼睛,不绑住他的手。据说他这要求被答应了。又说他自己命令兵士们开枪……这时候他的母亲正在城的那一端的朋友家里。当这一声轰响传到她耳朵里的时候,她就像被砍伐一般突然跌倒了……

再说一遍:我到现在也还不知道,这是父亲在军事审判委员会的判决书上签字的呢,还是仅由军人组织的战地法庭判决的。没有人讲起这件事,也没有人重视这件事。"法律昭彰"……

13　我是什么人？

起义平息了。人们不再谈战争，而谈到屠杀和捉人了。据说农民们把捉来的波兰贵族活埋在地里，又说在日托米尔附近也有一个活埋的坟墓，哥萨克人趁里面的人还没有死的时候把它掘开来……

在波兰人之间，失望代替了热情，而民主主义似乎代替了对于"历史波兰"的辉煌和豪华的浪漫的幻想。青年们不再唱夸耀的"Jeszcze Polska nie zginęła"〔1〕或"Grzmią pod Stoczkiem harmaty"〔2〕，却唱起一首凄惨的民主主义歌曲来：

> 啊，贵族、王侯和教士们，向你们致敬，
>
> 多少同胞为祖国流血而牺牲……

那时候，有一位作家亚历山大·格罗扎〔3〕常常来访问父亲，这人在当时的波兰文学界上略有些声望。他曾经和一个叫做巴交尔科夫斯基的人合办一个印刷所，这印刷所被充公了。那时候时局还平静，因此印刷物就堆在父亲的屋子里，我贪婪地阅读它们。记得其中有《杨·赫利左斯托姆·巴塞克年鉴》〔4〕及格罗扎的某些作品。有好几天晚上，他在

〔1〕　波兰语：波兰尚未灭亡。——原注
〔2〕　波兰语：斯托契克城郊大炮隆隆响。——原注
〔3〕　亚历山大·格罗扎（1807—1875）是波兰作家。
〔4〕　杨·赫利左斯托姆·巴塞克（死于一七〇五年左右）是波兰小贵族，在十七世纪后半期曾经参加过几次战争。他是一六五六年到一六八八年之间的纪事作者。

我们家里朗读自己新作的诗体剧,如果我没有记错的话,这剧本的题名是《波彼尔》。剧本里所讲的是平民对骑士们和波彼尔公爵的斗争。像传说里一样,这个凶暴的公爵后来被老鼠吃掉,而平民们就把一个叫做比亚斯特的农人推戴在王位上了。关于这剧本,我说不出任何优点,但是在我的记忆中保留着这剧的几个场面和大体情调——农民们的纯朴善良和贵族骑士们的骄傲自大的对照。父亲很用心地倾听朗读,等格罗扎读完之后,他悲哀地说:

"我多么羡慕你……诗人过着特殊的生活……他能够神遨于和我们的苦难日子相去很远的别的时代……"

这是我第一次听到的关于诗的总评,而格罗扎(身材矮胖,面貌大方而平凡)则是我第一次看见的"活诗人"……现在人们已经完全忘记了这个诗人,然而他的作品在当时是真正的文学,我也兴味津津地倾听他的朗读。他读的时候非常兴奋,有时我觉得这个矮胖的人变了样子,变成了另一个魁梧、漂亮而富有趣味的人……

那时候,我第一次看到的俄罗斯文学只有《西南俄罗斯及西俄罗斯公报》[1],这公报是戈沃尔斯基为了宣传俄罗斯化而刊印的。官吏们必须订阅这杂志,因此父亲的书房里的这种"公报"堆积如山;然而它的读者恐怕只有我和哥哥两人,而且我们也不是特别热心的读者。就内容而言,这杂志的态度非常偏向。所有的俄罗斯人都被描写成具有美德的英雄人物;而在波兰人中,只有背叛同胞的人才被描写为好人……这一切都使人读后感到乏味和故意撒谎。

───────────────

〔1〕 是极端保守派的杂志,从一八六二年六月一日起在基辅按月发行;从一八六四年九月到一八七一年,曾经用《西俄罗斯公报》的名称在维尔诺发行。

　　这种文学显然全无吸引力和说服力。在生活中,一方面是雷赫林斯基家的凄惨的悲剧和斯特罗诺夫斯基的死刑,另一方面是那个身穿军装的残忍的宪兵的漂亮姿态……因此我想,如果有人能够揭开我的心来,那么他大概会看到,即使在我的生活的这个时期,在我心中占有较大的比重的,还是从我母亲的祖国的语言、文学和一般文化影响所得来的那些感情、思想和印象。

　　那么我究竟是什么人呢?……这个伤脑筋的或竟是不能解决的问题,在我的脆弱的心中成了一个小小的思想斗争的中心……

　　那时候和我一同在学馆里念书的,有一个波兰人叫做库恰尔斯基。这是一个瘦长的男孩子,略微有点驼背,胸脯狭小,脸上有些麻点(我现在回想起来,那时候脸上有这种病态的人,一般地说来比现在多得多)。他虽然驼背而且脸上有麻点,然而具有一种天生的、特殊的优雅;他那双细小的、略带悲哀的,然而很活泼的黑眼睛,在有麻点的眼睑底下发出特别动人而温良的眼光。他的一切都使我喜欢:他的衣服整洁而又适合于他的瘦削的身材;他的步态似乎有点笨拙,然而很文雅;他的笑容很温和;他在喧哗吵闹的大群学生中显得特别沉着;他在黑板上回答问题之后,用白手帕来揩揩自己的纤细的手指,样子也很可爱。我立刻就在别的同学中间注意到他,我们像小学生一样渐渐熟悉起来,这就是说:互相帮些小忙,互相供给钢笔尖和铅笔,在课余的时候离开了其他的同学,两个人在一起散步,并且互相谈到不愿意对别人讲的许多话。有时我对他看,窥伺他的温和而沉思的微笑,也觉得愉快……至于他是波兰人而我是俄罗斯人这一点,完全没有使我们之间的儿童友谊蒙上一点阴影。

　　起义开始的时候,我们照旧互相亲近。他深信波兰人一定会胜利,旧波兰一定会恢复从前辉煌灿烂的旧观。有一次有一个俄罗斯学生当他面说:俄罗斯是欧洲最大的国家。我那时候还没有知道祖国具有这个特点,我就立刻和库恰尔斯基走到地图面前,去检验这句话是否正确。我现在还记得库恰尔斯基看过地图之后说话时的坚决的信心,他说:

"这是俄罗斯地图。这是不正确的。"

有一次,我把我那个梦讲给这个朋友听,说我在梦中非常担心俄罗斯兵士和阿法纳西的命运。

"你不相信梦吗?"他问。

"不相信。"我回答,"父亲说,这是没有道理的,梦不会实现的。我也是这么想。我每天晚上做梦⋯⋯"

"我却相信。"他回答,"你这个梦的意思就是说,我们一定胜利。"

不久证明了我的梦并不是这个意思,我就注意到库恰尔斯基开始回避我了。这使我感到很痛苦,况且我觉得我并没有一点对不起他⋯⋯不但如此,现在他那种沉思的悲哀更加使我觉得可爱了。有一次课间休息的时候,他离开了同学们独自走在一边,我走过去对他说:

"库恰尔斯基,我问你⋯⋯你大概有什么不幸吧?"

他并不停步,只是用悲哀的眼睛对我看看,回答说:

"是的,很大的不幸⋯⋯"

"为什么你不告诉我?⋯⋯为什么你避开我?⋯⋯"

"唔⋯⋯"他回答,"这跟你是不相干的⋯⋯你是俄罗斯人。"

我感到委屈,就离开了他,觉得心头有些创伤。此后我每天晚上就寝和每天早上醒来的时候,总觉得库恰尔斯基的疏远使我不能了解,因而闷闷不乐。我的童心受到屈辱,使我感到痛苦。

学馆里还有一个同学,他对我的感情和我对库恰尔斯基的感情一样。他的姓氏我已经忘记,现在就叫他斯托茨基吧。他是一个身材矮小的男孩子,很伶俐,很顽皮,然而性情和善。我和库恰尔斯基散步的时候,他常常加入在内。现在他看出了我们的疏远,我就告诉他有一次我探问库恰尔斯基有什么不幸的时候他对我的回答。此后这孩子和库恰尔斯基散步了好几次,他抑制了自己的活泼,努力装出我那个旧友的沉着态度。终于他探得了他的意思,有一次散步的时候他对我说:

"他说你是俄罗斯人……你曾经在梦里哭,为了波兰人会战胜俄罗斯人;又说你……现在一定……很高兴……"

他又附带地说:显然是库恰尔斯基的亲近人之中有人被打死了,受了伤,或者被俘虏了……

这些话使我吃惊。这样看来,我失去一个好朋友,只是为了他是波兰人而我是俄罗斯人,又为了我想到阿法纳西和俄罗斯兵士会被打死的时候对他们表示同情。他怀疑我很高兴,因为现在波兰人失败了,雷赫林斯基家的费里克斯受伤了,斯塔西克被捉进牢监里,而且要到西伯利亚去了,——这种怀疑使我深深地感到委屈……我愤怒了,几乎哭起来……

"我并没有高兴,"我对斯托茨基说,"不过……既然这样……有什么办法呢。我原是俄罗斯人,他要怎么想,就让他怎么想吧……"

我不再试图接近库恰尔斯基。当我看见库恰尔斯基独自散步或者和新朋友们在一起的时候,无论我心中多么痛苦,我还是努力忍受,虽然我为了失却我的童心所需要的一种亲切可贵的慰藉而心中不免悲伤和烦闷。

然而这件事的情况忽然发生了新的变化:来了第三种民族,也向我提出了它自己的权利。

　　这是这样的一回事。我们有一个青年教师波兰贵族维索茨基进大学去了，或者是到外国去了。学馆里新请一个教师来替他，如果我不记错的话，他的姓氏是布特凯维奇。他是一个中等身材的青年，动作很活泼，有一双亲切愉快的黑眼睛。他的全部姿态具有我们所看不惯的许多特点。

　　首先引人注意的，是他的照哥萨克式那样下垂的、细长的连鬓髭须。他的头发剪成圆形。他穿着一件蓝色的哥萨克上衣，胸部袒开，里面露出绣着小俄罗斯纹样的衬衫，束着红饰带。在哥萨克上衣里面，蓝色的宽裤上束着一条彩色的腰带，裤脚管塞在上漆的软靴的靴统里。他一走进教室，就把他的灰色皮帽子丢在近旁的床上。他的哥萨克上衣的一颗钮扣上用一根彩色的细带子挂着一只皮烟袋……

　　上课开始的时候，他拿起点名册，大声地念学生的姓名。同时他问："是波兰人？""是俄罗斯人？""是波兰人？""是波兰人？"

　　后来他念到了我的姓名。

　　"是俄罗斯人。"我回答。

　　他抬起那双灵活的眼睛来向我一看，说：

　　"你说谎。"

　　我很狼狈，不知道回答什么；下课之后，布特凯维奇走近我来，把手按住我的头发，轻轻把我的头向后一推，又说：

　　"你不是俄罗斯人，是哥萨克人的子孙，是自由的哥萨克族……你懂吗？"

　　"我，我懂的……"我回答，其实那时候我不大懂得，而且很发窘。可是"自由的哥萨克族"这个名称隐约地含有一种动人的意义。

　　"你等着，下次我带一本书来给你，你看了这本书，还可以懂得更多。"最后他这样说。

就在下一课上,布特凯维奇给我带来一本小册子,这好像是基辅出版的书。封面上有一个题目,如果我不记错的话,这是《丘普林纳和乔尔托符斯》[1];扉页上画着一个死的哥萨克人,这人头顶留着"额发",嘴上长着浓密的髭须,张开两只强壮的手臂,躺在一个翻倒的大树桩上……

这故事里所写的是一个参加追击盖达玛克党人的哥萨克佣兵的叙述,这群党人是两个德聂伯河哥萨克人丘普林纳和乔尔托符斯所领导的。盖达玛克人袭击波兰,杀害贵族、犹太人和教士,烧毁贵族邸宅和城堡。波兰军队在哥萨克佣兵们的帮助之下把他们赶到了一个环绕着河流和泥沼的岛子上。盖达玛克人在那里作了防御工事,长久地抵抗。后来有一天夜里,那个哥萨克佣兵给波兰人指示了渡过泥沼的方法……第二天早晨,波兰军队袭击他们的防线,盖达玛克人拼命地自卫,然而终于全部覆没,最后,徒党的首领《丘普林纳和乔尔托符斯》也死在同胞哥萨克人的手里;扉页上所画的就是两个首领中的一人。这故事的结束是一个相应的教训:这个哥萨克佣兵开导他的同僚们,说他们跟同胞盖达玛克人作战是不应该的,因为盖达玛克人是为了争取自由才和波兰压迫者斗争的……

这本小册子对我并没有发生像布特凯维奇所预期的影响。这故事是一个哥萨克佣兵的叙述,但是我并不是哥萨克佣兵,而且不知道什么叫做哥萨克佣兵。这故事的教训意义是说不应该歼灭盖达玛克人,而应该帮助他们。然而盖达玛克人现在早就没有了,波兰戏剧中能够引起我

─────────────

〔1〕 在《我的同时代人的故事》第一卷(一九一一年《俄罗斯财富》再版本)的作者修改本中,柯罗连科在这地方作了一个注解,说库里希这本小册子真正题名是《从查波罗什本营来的客人》。

想象的明显的情景和形象也没有了。只有这篇全无趣味的故事，叙述着盖达玛克人来杀波兰贵族，而波兰贵族在"勇兵"〔1〕的帮助之下歼灭了盖达玛克人……故事的叙述者自己附带说：盖达玛克人的行为是好的，而"勇兵"的行为是不好的；但是这两者与我都毫不相干。

布特凯维奇对我的启示似乎只产生了一种结果：我既然不是俄罗斯人，那么我的旧朋友库恰尔斯基就没有理由疏远我。这念头发生在我心里，然而一种委屈的骄傲不允许我首先自动提出和解。我的小朋友斯托茨基就替我去做这件事。有一次我和他在院子里散步的时候，碰到了库恰尔斯基，他照例独自走着。斯托茨基用他所习惯的猴子一般敏捷的动作抓住了他的手说：

"喂，库恰尔斯基，跟我们在一起吧。你要知道他不是俄罗斯人。布特凯维奇说他是小俄罗斯人。"

库恰尔斯基站定了一会，仿佛在踌躇，但是后来他的眼色中又照旧显出固执而悲哀的表情……

"那更坏了，"他慢慢地挣脱了自己的手，这样说，"他们把我们的人活埋在地里……"

这句简单的话打破了那个乌克兰教师的企图。后来布特凯维奇用乌克兰话对我讲"丘普林纳和乔尔托符斯"的时候，我低下头，红着脸，默默不语。

也许还有一种原因促使我表示这样的态度。我们家里的作风是很率直的。我从来没有听见父亲说话时有过一点做作的语气。母亲也是这样。大概因为这缘故，我们对于一切做作的话是很敏感的。而这位新

---

〔1〕 "勇兵"是"佣兵"的讹称。——译者注

教师的整个姿态在我也许觉得很新奇,甚至很有趣味,但是……似乎有些不真实。无论城里人或乡下人,没有一个人穿他那样的服装。薄薄的哥萨克上衣,系着带子的烟袋,宽裤袋里的短烟斗,哥萨克式的连鬓髭须——这一切都好像不是真实的,不是天生的,不是自然的,而是故意的、造作的。他说话不像一般人那么单纯,而仿佛是在强调着:你们瞧,我讲乌克兰话。我觉得,如果我照他的要求也用乌克兰话(我的乌克兰话讲得很不好)来回答他,那么这一定也不是真实的,而是故意的,因此是"可耻"的。

我这态度似乎使布特凯维奇觉得有些懊恼。他把我的固执归结于"波兰化",有一次他谈到我母亲的时候称她为"波兰婆娘"……这是他所能说的话里面最坏的一句。我一向很爱我的母亲,而现在我这种感情已经达到了崇拜的地步。我关于布特凯维奇的回忆就以这个小小的插话为止。

童年的幸福的特征——直观印象和勇往直前的明朗生活的激流——也不容许我长久停留在这些关于民族的回忆上……日子一天一天地过去,劝诱我做乌克兰人的企图并没有成功;我为这破裂的儿童友谊忍受了一场小小的痛苦,而我的"民族"问题,还是停留在不明确状态中……

这问题虽然无定形而不解决,却还是存在于我的意识的深处;到了夜里,当白昼的形形色色的印象静息了的时候,它就化作种种形象来支配我的梦境。

我特别清楚地记得这些梦之中的一个。

时候已经是清晨了。我在睡梦中听见母亲在隔壁房间里讲话,她叫人把百叶窗打开。女仆走进卧室来,拔开窗闩,然后走到院子里去开百叶窗。当房门"呀"的一声，女仆走出去之后，我又继续做尚未消散的晨梦。我在梦中看见自己变成了拿破仑。

我有了拿破仑的相貌，我穿着他的灰色礼服，戴着三角帽，挂着宝剑。我来到俄罗斯，为了要在这里做一件重要的事，并且必须保护某一个人……要做什么事，谁在等待我来保护——都模糊不清。在无定形的病态感觉的朦胧的云雾中，奔走着雷赫林斯基家的人、兵士阿法纳西、我的啼啼哭哭的母亲、斯特罗诺夫斯基的母亲……某处传来几下枪声、喊声和呻吟声……我在纷乱的惊慌和危险中很长久地走来走去，找寻我所需要的人，可是找不到。最后有人俘获了我，把我关进维尔街上的那所小屋子里，据传闻这就是有名的女郎普斯托沃托娃〔1〕——好比法国的起义者贞德〔2〕——被禁闭的地方。小屋里还很暗，但是百叶窗缝里射进白昼的明亮的光线来，门口有兵器的铿锵声。突然有许多兵闯进房间来。他们排成了一行。我面对他们站着，解开我的衣服。突然枪声齐响，我胸口感觉到一下打击和一股温暖之气，发出射击的地方就闪出耀目的光线来……

我醒了。这时候百叶窗正好打开，太阳光射进房间里来，枪原来就是百叶窗的铁闩落下去的声音。我竟不能相信：我这包含找寻、失败、闯事等情节的长梦，能够全部容纳在女仆从外面开百叶窗时所需要的几秒钟之内……

我的心惊慌地跳动着，胸口还感觉到温暖和打击。这种感觉当然立

---

〔1〕　安娜·普斯托沃托娃（1838—1881）是俄罗斯陆军少将费奥菲尔·普斯托夫沃托和一个波兰女子所生的女儿。她曾经参加波兰起义。一八六三年她当了起义领导者之一良格维奇的副官。

〔2〕　贞德（1412—1431）是法国女英雄。——译者注

刻就过去了。然而直到现在我还清楚地记得:我怀着多么纷乱的惊慌在梦中找寻我所需要的人;同时在我旁边,在混沌的梦境中,有人在哭泣,呻吟,挣扎……现在我觉得,这混沌是由三种"民族主义"结合而成的,其中每一种都向我提出权利,要支配我这个无保障的心灵,并且要我执行仇视和压迫某种人的义务……

14 日托米尔中学

这是教育制度转变的时期。社会舆论上进行着关于"应否体罚儿童,应否教育民众"的讨论。基辅学区的督学是有名的皮罗果夫[1]。在这以前不久(一八五八年),他曾经发表许多关于教育的辉煌的论文,在这些论文中坚决地反对体罚[2]。杜勃罗留波夫[3]热烈地拥护这几篇论文,尤其是因为它们出自教育界的一位实际工作者的笔下。杜勃罗留波夫从这些论文作出结论,说在基辅学区体罚已经属于传说中的事了。然而这种希望显然是过早的。在下一年,一八五九年,皮罗果夫召开了一个"讨论会",参加这讨论会的,除了督学及其助理之外,还有几个教授、中学校长和学监,以及几个优秀的教师。讨论会主张"逐渐改革",主张保留体罚,只是规定了它的运用范围。皮罗果夫不但不坚持自己的意

---

〔1〕 尼古拉·伊凡诺维奇·皮罗果夫(1810—1881)是著名的学者、医生和教育家。

〔2〕 这里所指的是皮罗果夫的几篇论文《生活问题》,其中第一篇曾经于一八五六年(并非柯罗连科所说在一八五八年)登载在《大海集》第九期上。

〔3〕 尼古拉·亚历山大罗维奇·杜勃罗留波夫(1836—1861)是伟大的俄罗斯批评家、政论家、革命民主主义者。在《现代人》杂志上(一八五七年第五期),杜勃罗留波夫曾经用 H. Л. 笔名发表一篇论文《略谈教育》。在这篇论文中,杜勃罗留波夫拥护并发扬皮罗果夫在《生活问题》中所发表的论见。

见，又为当时有名的"条例"提供了自己的理由；在这条例中，中学生所犯的各种过失都被仔细衡量过，分别项目，规定着各种程度的惩罚[1]。分项目的表格必须挂在墙上，犯过失的学生应当自己去找出他所犯的项目来。据说这样可以"促进纪律感的发展"。在必须受体罚的罪行之中，有一项是"宗教盲目信仰"。

这办法是"理论和实践"的折衷，而且并无成效。这条例不能维持到数年之久。"时代精神"很快地驱除了体罚；但是在墨守教育旧规的地方，对体罚的原则性承认还是很配胃口的。杜勃罗留波夫针对着皮罗果夫写了一篇充满慨叹和讽刺的、激烈的论文[2]，用以对抗这"条例"的颁布。所有的报章杂志分成两个阵营：赞成杜勃罗留波夫的和反对杜勃罗留波夫的；而当时的"中庸自由主义"则赞成督学的主张，并且赞成逐渐改革，反对这位论者的急进要求。在这场争论中，日托米尔中学享有特殊的声望。原来在体罚的次数上，这中学远远地超过其他一切中学：在一八五八年内，六百个学生之中有二百九十个挨打。这数字是基辅第二中学的七倍，是基辅第一中学的三十五倍。诚实而守旧的教师们，以校长基钦科为首，在皮罗果夫的调查表中填上了这个动听的数字，他们显然没有预料到这数字所发生的效果。

我那时候年纪太小，不记得这一次论战在中学里发生了多少影响。中学里自有一种文学作品，大家都会背诵，是抄写在稿纸上或册子上传阅的。学生的文艺之神总是怀着讥讽的态度。我记得一篇很长的诗体文，写得似乎很不坏，其中有一段说，在日托米尔"人类教师"和"禽兽教

---

[1] 《基辅学区中学生犯过及惩罚条例》登载在《教育杂志》一八五九年第十一期上。

[2] 即杜勃罗留波夫的论文《被体罚所毁灭的全俄罗斯的幻想》，该文用 H-бов 的笔名登载在《现代人》杂志上（一八六〇年第一期）。

师"不能共处。由于命运不可避免,恶魔会掠夺"人类教师":

> 恶魔捉住了特罗菲莫夫,
>
> 还要捉陀勃拉萧夫……

这个无名氏作者这样说,他不惜笔墨来描写教育动物园里的教师们。

但看这些充满感慨和怨恨的作品的调子,就可判断当时的学校激起了学生多么可嘉许的感情,它所培养出来的学生具有怎样的心情。

我更清楚地记得另一篇滑稽的"暗射"作品,这作品里展示着当时教育文学上的迫切问题。这就是《米纳传奇》。这篇传奇里说:"有一勇士,名曰普罗米修士[1],此即学生贝维德。彼从天上盗火,此即从教室中偷书。天神宙斯[2],此即校长基钦科,将彼锁于高加索峭壁上,此即罚坐于禁闭室中之凳上。猛禽鹞鹰,此即校工米纳,用铁喙,此即用鞭子,啄食其肝脏,此即打屁股。赫邱利[3],此即贝维德之父,闻其号哭声……"

以后又用同样的笔调来描写一个斗争场面,这斗争是实际地发生在被罚者的父亲和学校当局之间的;学校当局的代表是喜欢施行体罚的基

---

〔1〕 普罗米修士是一个巨人,是古希腊神话中人物之一。据神话中说,普罗米修士从天上窃火,来教人类用火的方法。因此天神宙斯把他锁缚在高加索的山岩上,并且令受苦刑。每天有一只大鹞鹰飞来啄食这个违法的巨人的肝脏。——译者注

〔2〕 宙斯是希腊神话中的主神。他的名字的意思是"光明"。——译者注

〔3〕 赫邱利是古希腊传说中最闻名的一个人物,这人气力很大,并且喜欢做善事。——译者注

钦科、舍监茹拉夫斯基和米纳[1]。作者满怀着幸灾乐祸的心情来描写赫邱利的功勋和胜利，因为赫邱利释放了普罗米修斯，使得宙斯大受损失。

在雷赫林斯基学馆里有许多中学生，因此我们大家早已看到过这种手抄的作品。我在一本册子里看到一篇无题诗，立刻把它记牢了，这篇无题诗开头的一句是这样："我怀心事出教室。"这是杜勃罗留波夫的有名的《一个信仰新教的非基辅学区中学生的思想》[2]。关于"路德[3]是天才还是骗子"的问题，这个可怜的中学生讲得过于随便，他由于"纪律感"，自己情愿挨打。

> 但此鞭打非平凡，
>
> 不似寻常打愚人；
>
> 此种鞭打甚体面，
>
> 皮罗果夫所承认。
>
> 希望为我开大会，
>
> 全体教师长争论，
>
> 只因评论及路德，
>
> 是否应该鞭我身……

---

〔1〕　在这作品初发表的时候（《俄罗斯财富》一九○六年第五期），米纳这名字后面括弧中写着"米尼赫"。

〔2〕　这是杜勃罗留波夫的一篇讽刺诗，其正确题名不是《……思想》，而是《……哀歌》，这诗篇最初刊载在《现代人》杂志一八六○年第三期"哨笛"栏第四号中。

〔3〕　马丁·路德（1483—1546）是德国的宗教改革者。他严厉地批评天主教，并且和它断绝关系。他这种新的宗教运动在德国和斯堪的纳维亚诸国就被称为"路德宗"，又称"新教"。——译者注

……但愿督学领导者，

洞悉此中真情形；

使我躺在鞭笞下，

知他正为我伤心……

我们在学馆念书的人，当然大家都希望进中学，因此我们早就关心到中学生从学校里带来的一切消息。外面都知道严厉的基钦科，知道几个老教师，知道舍监茹拉夫斯基，知道米纳——他的妻子在课间休息的时候请学生吃一个半戈比一件的上等点心，而他自己却请这几个学生在禁闭室里吃鞭子。虽然如此，我们还是企望着中学制服，这就好比年轻的战士为了功名而去同敌人作冒险的战斗……

终于在一八六三年六月底，我也穿上了有红领子和铜纽扣的制服，初次踏进中学的新校舍去上课了。

这回我上中学，绝不像以前进雷赫林斯基学馆时那样得意扬扬。我在入学考试之后患了疟疾，第一个学期差不多完全没有到校。这个巨大的"官立"学校里的生活，在我请假期间飞速地前进，因此我觉得自己很渺小，很可怜，预先就感到犯了一种过失了。所犯的过失就是：我生病，我什么也不知道，而且我很小，不像一个中学生……现在我毫无保障地去见基钦科和米纳，去体验严格的校风和受惩罚了……

我在一个嘈杂的大教室里觉得一切都陌生；可是其中有一个我所认识的旧生叫做舒莫维奇的，在我心中唤起一种特别困窘的感觉。这人年纪大约十八岁，肩膀宽阔，短小精悍，走起路来像一只小熊，目光严肃而略带阴郁。最近两三年来，他差不多每天经过我们院子门口上中学去。如果我或弟弟这时候偶然在路上碰到他，就被他的熊掌抓住，被他揉弄，捺鼻子，打耳朵，最后又被他拨转身去背向着他，用膝盖骨在背脊下面敏捷地推了开去，然后他从容地走远去了。我们每次远远地看见他来了，就躲进边门后面，然而等他经过之后，似乎有一种力量吸引我们出来。我们在他后面跑，并且叫喊："舒莫维奇！舒莫维奇！"他回转身来，用严肃的眼光估量一下距离……

原来他在中学里待得很长久，当留级不得超过两年的学制发表的时候，他还在初级班里念书。这个勇士就变成了我的同学，我恐怖地想到，在最近一次课间休息中不知他要怎样对付我……但是他并不表示他还记得我们那种校外的关系。大概他自己对这些回忆很少感到兴趣……

我觉得自己仿佛是在森林里：第一堂课上一个年轻的博物教师突然喊我的姓名的时候，我呆住了。我心中怦怦地跳动，我孤立无援地向左右张望。坐在我旁边的同学用肘推我一下说："去，到讲台上去。"接着他立刻大声地说：

"他没有准备。他生病。"

"生病，生病……""没有准备！"全班同学哄然齐声说。我看见有这样亲爱而团结的力量在支援我，略微觉得壮胆了。我走近讲台，站住了，低下了头。

"生病，生病，生病！……""生病……没有准备……"五十个声音在我背后哄然地齐声说着。

教师普列林原来并不可怕。这个美貌的、金发碧眼的青年人问我知道些什么，我回答他说一点也不知道，他就邀我到他家里去。我回到了自己的座位上，他的亲切而认真的眼光驯服了我，使我振奋起来。

"这个不坏……是好人。"坐在我旁边的叫做克雷希塔诺维奇的同学对我说。

这时候教室门很快地敞开了。一个魁梧奇伟的人用坚定的、军人模样的步态走进教室来。"盖拉西明科校长。"邻座的同学胆怯地对我低声说。校长对教师略微打一个招呼,就翻开一本册子来,用断断续续的、狗叫一般的声音说:

"学期分数。大家听!阿勃拉莫维奇……巴兰多维奇……布雅尔斯基……瓦尔沙威尔……瓦尔沙夫斯基……"

他一连串地报出姓名、科目名称和分数来,仿佛是从袋里倒出来的。在这川流不息的报告中有时夹着短短的断语:"嘉奖""会议决定谴责"……"警戒""顽劣,要受体罚"。他报过我的名字之后说:"旷课太多……须用功。"……他狗叫一般叫完了最后一句评语之后,就很快地收拢册子,很快地走了出去。

教室里响出一片特殊的喧噪声。后面有人哭起来。普列林脸色发红,仿佛有些狼狈,他弯下身子去看着记分册。我的邻座,那个穿窄小的制服的、很可爱的碧眼孩子,用肘推我一下,带着虽然略微担心却很自然的样子问我:

"喂……关于我他怎么说:'警戒'还是'顽劣,要受体罚'?"

"我没有注意到。"

"猪猡……你不担心同学的事吗?"

"可是你自己也没有注意到呀……"

"嗯,见他的鬼……像狗一样叫……"

"克雷希塔诺维奇怎么样?谁注意到?……"四周的人说。

"好像是'警诫'……"

"不是,是'顽劣,要受体罚'……我听见的。"后面有人说。

"什么?"克雷希塔诺维奇回过头去问。

"不错的,老兄,不错的……"

我怀着同情向他看看,可是他满不在乎地摇一摇他那盖着浓密的金色额发的头,说:

"见他的鬼! 你……预备补课吗?"

"不补怎么办呢?"我天真地问。

"你旷课太多。反正是赶不上的。要挨打……你看我现在完全不预备功课……我要去当电报员……"

普列林敲敲铅笔。话声静下去了……

在最近一次课间休息中,我不是自己走出去,而是一股怒潮一般的力量把我推到了院子里。我立刻像一块木片似的流转下去。我是新生。同学们都注意到这一点,他们就纷纷地来拧我,推我,打我的耳朵。打耳朵的时候必须发出像丢摔炮那样的声音,这在中学里有一个专用语叫做"吃摔炮";有几个老学生这种技术非常高明。加之我的头发剪得很短,我的耳朵有点耸起。因此当我孤立无援地四顾彷徨的时候,我的头四周像机关枪一般噼噼啪啪地响出,直到我所认识的中学生奥尔善斯基勇猛地出来干涉了,方才停止。

奥尔善斯基是一个身躯魁梧而异常乐观的棒小伙子,他奋勇地冲将过来,立刻把我从这漩涡中拉出。他自己在这搏斗中的确也不无损失,甚至两次和敌人滚倒在草地上。后来他站起身来,向我叫喊:

"跟我跑!"

我们跑到了另一个院子里。一个瘦长子追赶我,我逃开去,抓住了一棵小树。这棵树摇动了,发出格格的声音。追的人站定了,另一个人喊起来:"树木折断了,树木折断了! 我要去告诉茹拉夫斯基!"

这时候台阶上响出钟声,所有的学生又照样迅速地冲进屋子里去。做我的保护者的奥尔善斯基牵住了我的手跑。我们跑到台阶旁边,看见一个身材矮小的校工正在打一只大钟;奥尔善斯基突然站定了,指着打钟的人对我说:

"这是米纳!"

有名的米纳原来是一个矮小结实的人,他的手臂像猴子一般长,他的脸是晒黑的,脸上异样地长着一丛颜色很淡的胡子。他的又长又直的鼻子仿佛淹没在像两片木柴一般厚实的淡白髭须中。他打好了钟,向我那个乐观的保护者看看,对他说:

"笑什么?……留心,奥尔善斯基,星期六快到了……功课大概又没有读熟吧?"

奥尔善斯基满不在乎地向这个严厉的米纳伸伸舌头,跑进走廊去了。上课之前,当大家已经坐在位置上的时候,舍监茹拉夫斯基走进教室来,他的眼睛东张西望,要找一个人,后来目光停留在我的身上,对我说:

"喂,新生,你下课以后不要走开。"

我很吃惊。同学们也都很注目。克雷希塔诺维奇拍一拍我的肩膀,对我说:

"好小子,新生! 立刻吃鞭子……好极!"

我觉得自己丝毫没有犯过失,因此竟不感到恐怖。然而,我原来已经犯过失了。

"你折断了树木吗?"有一个不认识的学生从后面课桌走过来问我。

"没有,我不过……把它弯了一下。"

"啊,对了。我听见东勃罗夫斯基向茹拉夫斯基告密……"

"折断了树木……可能挨打……"克雷希塔诺维奇又这样推测。

于是大家商量了一番。虽然皮罗果夫的惩罚表格中未必规定着折断树木一项,但是这所新建的中学里刚刚种植树木,因此毁伤树木被认为重大过失。然而大多数人的意见都袒护我,他们说:

"不得家长同意是不会打的。"

这还算是一种"缓和的"折衷办法,即征求家长的意见:体罚还是开除?关于奥尔善斯基、克雷希塔诺维奇和其他几个人,校方已经从家庭收到"听便"的通知,一切可以任意处置,不必再有其他的手续。

"东勃罗夫斯基这个人该教训教训他。"克雷希塔诺维奇说。

"这已经不是第一次了。"

"对啊,是的……"另一个人胸有成竹地说。

放学之后,我和几个同学来到茹拉夫斯基那里。事情进行得很顺利。我的新同学们一致向他证明,说我还是新生,生病刚刚复元,而且树木并没有折断。在谈话的末了,不知不觉地又来了一群学生,他们似乎特别有意地出来向舍监辩解。茹拉夫斯基申斥了我一番,平安无事地放我走了。我们通过走廊的时候,看见东勃罗夫斯基从一个空教室里跳出来。他满面通红,眼睛里噙着眼泪。

克雷希塔诺维奇微笑着讲给我听,说这个人刚才吃过"刑罚"了:放学之后,当东勃罗夫斯基正在收拾书本的时候,"老头儿"之中有一个,似乎是舒莫维奇,偷偷地从他后面走过去,用自己的风帽蒙住了他的头。然后有人把他按在课桌上,克雷希塔诺维奇从自己身上解下一根皮带来,把这"山羊"[1]抽了十五下。完成这工作之后,动手的人就奔出教

---

〔1〕　"山羊"是指告密者。——译者注

室；当东勃罗夫斯基正在挣脱那个风帽的期间，他们竭力使茹拉夫斯基注意到他们，表示他们并没有在出事地点，以便图赖罪行。

中学生的团结的"友谊集团"这样地惩罚了"叛徒"……后来我在监狱里也碰到过同样的情况。方式当然更加严酷，然而本质上是同样的。

这件事仿佛立刻把我这个新生带进了这新团体中，使我享有这团体的成员的权利。我回家的时候怀着骄傲的心情，因为我已经是一个真正的学生，全班的人都知道我，甚至为我而实行了团体司法的一种重要的措施。

"你是个好小子，一开头就表现得不坏！"克雷希塔诺维奇带着认真的庇护的态度赞许我。在他看来我所缺乏的只是进禁闭室和挨打了。

在最近的一个星期六，我看见我的朋友和保护者奥尔善斯基略微有些忧虑。我问他有什么事，他不回答；但是在课间休息中，他溜过米纳身旁的时候，似乎有点难为情而避过他注目的样子。

克雷希塔诺维奇近来每天散学的时候和我一同出校，现在他也心绪不好，在上最后一课之前他对我说：

"你知道，我……这个……今天真的要挨打了……你等我一等。"

然后他若无其事地抖一抖突出的额角上的鬈发，又说：

"不会长久的。我要求先打我……"

"这个你倒……不在乎？"我怀着同情问他。

"这算得什么……老弟，我们在白教堂念书的时候，打得才狠哩……伤口烂出蛆来。回来父亲还要毒打一顿，这坏蛋，打得可真凶！"

放学以后，大群学生很快地散去了，在静得可怕的空荡荡的走廊里，只剩下一群忧郁的判定受罚的人。茹拉夫斯基手里拿着一本册子走出来，米纳蹒跚地跟在他后面。茹拉夫斯基看见了我，站定了。

"啊,新生!"他说,"你也轮到了! 我不是对你说过了吗?"

"不是,我是等他的……"我回答。

"哦,等克雷希塔诺维奇! ……你交的好朋友。你将来也是个宝贝……克雷希塔诺维奇,你今天十五下……"

"我,舍监先生,要请求……"

"我不能答应。你应该向会议请求的……"

"不是,我并不是这个意思……我要请求先打我……舍监先生,因为我的姑母……从基辅来了。"

"哦! 原来你要早些让她高兴……唔,好,好,这是可以的……"于是,他按照册子点过名之后,就把这群留着的人带进各个教室里,然后说:"唔,那么,我们走吧,克雷希塔诺维奇同学。姑母在等你。"

于是他们三个——米纳、茹拉夫斯基和我的朋友——走向禁闭室去,好像去商量事务的人的样子。禁闭室的门开开来的时候,我看见一条宽阔的板凳、两根鞭子和米纳的助手。然后门又砰然一声关上了,仿佛把这个穿窄腰制服的漂亮的克雷希塔诺维奇吞了下去……

走廊上静得更加可怕了。我的心怦怦地跳着,在禁闭室的门外等着听喧嚣声、哀求声和叫声。然而一点声息也没有。只有可怕的沉静,在这沉静中有一种特殊的嗖嗖声。我刚刚辨别出这是什么声音,这声音就停止了,在那扇结实的门里又出现了米纳。他跨着熊一般的步子走到一个教室门口,把门开了锁,就在这时候教室里传出一阵绝望的号哭声,响得整个屋子都听见。米纳拉住赖着不肯走的奥尔善斯基的手。我这位乐观的朋友的嘴巴张大到了耳朵边,他的厚实的面颊上满是眼泪和粉笔灰,他挺直了喉咙号哭,抓住门框,后来竟想抓住光滑的墙壁……米纳却像命运一般冷静,显然毫不费力地把他拉向禁闭室去;这时候克雷希塔诺维奇已经从那里走出来,正在系他的制服里面的吊裤带。他的脸比平常略微红些,此外看不出什么。他好奇地看看挣扎着的奥尔善斯基,对我说:

"真是个傻瓜……这有什么用呢?"

他的眼睛里现出嘲笑的神气。

"现在米纳要抽他了……等一等。"他说着,拉住了我,倾听一下。

米纳带着他的牺牲者走进门里去了……过了一会儿,传出尖锐的鞭打声——呼,呼——和绝望的号哭声……

我们走到边门口的时候,奥尔善斯基像炮弹一样从走廊里飞奔出来;他掉落了书本,回头看看,一边跑,一边整理衣服。然而到了下星期一,他又欢天喜地、无忧无虑地度这整个星期……

我在指定的日子到普列林家去。我怀着胆怯而紧张的心情在干草市找到了一所有阳台和花坛的小屋子。普列林穿着淡色的夏季服装,戴着白色的草帽,正在花圃旁边做什么工作。他亲切而自然地迎接我,和我在花园里站了一会,把花指给我看,然后带我到房间里去。到了房间里,他拿了我的书,在书上作了记号,指出已经读过的地方,把它分作几部分,解释了其中较困难的地方,然后指示我怎样可以赶上同学们。

我从这位青年教师家里走出来的时候,对他几乎怀着爱慕之心;回到家里,我就贪婪地埋头阅读书中所指出的地方。不久我在所有的功课上都赶上了同学们;下一个学期,盖拉西明科在我的姓名后面喊叫出的评语是"嘉奖"了。这样,我的朋友克雷希塔诺维奇的期望并没有实现:我没有尝到中学里的鞭子。

这时候体罚根本也已经废除,不再有鞭打的事了。然而我记得下一年还应用过一次体罚:两个中学生从家里逃出,要到美洲荒原去探险……少年人对于特殊的、超越常规的、玄妙而诱惑的东西，往往有一种不大平凡的冲动，学校当局对于这种冲动向来不能理解。这两个人的逃走轰动了全校；我们上课的时候，大家交头接耳地猜测：我们这两个逃亡者是否已经走得很远。过了三天，我们知道他们已经被捉住，被带到城里来，日夜关在禁闭室里，等候教师会议的裁判……

逃亡者中之一人受过惩罚之后，垂头丧气地走进教室来，这正是上算术课的时候。讲台上坐着矮胖的谢尔比诺夫。他是一个东方类型的人，样子像一只肥胖的猛禽。这个人性情粗暴、愚蠢而严厉，教算术的时候只讲"定理"，习题的演算则让大家抄写在练习本上；全班的人都从一两个优等生那里去抄写，谢尔比诺夫打分数的时候但看练习本的整洁和笔迹的美观。他不久服务期满，就要领养老金了；他对于各种革新大为愤慨，有时在课堂上谩骂那些"写文章反对体罚的傻瓜"。当那个逃亡者走进教室来的时候，谢尔比诺夫要他在门槛旁边站了一刻钟光景，幸灾乐祸地嘲笑他，刻毒地探问他鞭打的详细情况。后来，他明知道这孩子没有准备好功课，故意要他回答问题，然后得意扬扬、从容不迫地在记分册上给他打个一分。

普列林和他相反，全不提起关于逃跑的事，他把这孩子叫到讲台上去，带着严肃的态度问他什么时候能够赶上旷去的功课；到了指定的日子，他叫他出来回答问题，然后郑重其事地给他打一个五加。

我在日托米尔中学只念了两年书，后来和这学校失了联系。只有一件事给我留下较深刻的回忆，这种回忆复杂而略带悲哀，直到现在还生动地保留在我心中。

这就是我和克雷希塔诺维奇的童年友谊。

我第一天认识他的时候，他就向我提出他那个天真的问题：他要挨打还是只受警告。从这时候起,我就对他怀着深刻的同情。我喜欢他的突出的额角、浅色的眼睛,这双眼睛有时闪耀着顽皮而愉快的光彩,有时突然暗淡,蒙上了一种我所不解的、神秘的表情;我也喜欢他的穿着窄小的旧制服的、瘦削的、宽肩膀的身体,他的沉着的自信心,以及透露在他的一切举动中的一种特殊的优越感。他比我大一岁半,可是我总觉得,关于所有的人——教师、学生、自己的父母——的事情,凡是我不懂得的,他全知道。他坚决地实行自己的计划,不准备功课,学校里的惩罚和一切制度他都极其轻视,他不喜欢谈起自己的家庭,只喜欢讲他的妹妹,有时他亲热地用市井间最粗俗的称呼来骂她。假使有人偶尔听见他讲他和女人之间的一些浪漫故事,那么他对于这个中学二年级生的满不在乎的老面皮一定会大吃一惊。我现在回想起这些故事也还觉得惊奇。然而我在那时候似乎已经觉得这些故事是捏造的,是吹牛。

我很难判断,他是认真地讲这些故事,还是在心中讥笑我的轻信。归根结底,他的本性是良好的,不过他处身在一种困苦的环境中。有时他突然阴郁起来,独自在那里出神,他的蒙眬的眼睛里显出一种隐痛的表情……仿佛他的童心的纯洁的一面在紧压心头的一堆污物之下不由自主地悲哀起来了……

在前面所说的那次体罚之后(然而他在这一年内并没有再受体罚),我对他的态度似乎有点特殊了:我可怜他,对他感到惊奇,准备为他做些什么事……他对我产生了一种特殊的权威,这一点我们两人都感觉到。他对我态度很好,然而其中有一种说不出的、也许是没有完全意识到的成分,这就是我使他失望。我们之间的友谊是不很完满的。我也许并不反对像他那样做一个"不可救药的"学生,像他那样在茹拉夫斯基那里享有顽劣的名声,并且和朋友一同进禁闭室。然而不知怎的我不会发生这种情况。

禁闭室里我可说不久就进去过。暴躁的法国教师贝威尔每次上课的时候总要吩咐几个人下课后留下来,然而常常忘记记录在册子上。有一次他也吩咐我留下来。下课之后,我和克雷希塔诺维奇一同到走廊里去见茹拉夫斯基,才知道名单里没有我的姓名。

"可是……贝威尔先生叫我留下来。"我坚持地说。

"对的。"克雷希塔诺维奇带着庇护的态度证明。

"唔,他叫你留下来,那么你就留下吧!"茹拉夫斯基表示同意,"在那儿你还可以看见你的哥哥。"

禁闭室里已经坐着几个人,其中的确有我的哥哥。我骄傲地初次加入了这个精粹的集团,然而哥哥立刻浇了我一头冷水,轻蔑地对我说:

"傻瓜! 自己硬要进来!"

我这才知道是失策了:原来一个"真正的"中学生如果能够用欺骗手段来逃过茹拉夫斯基,这才值得骄傲,而我却自动投到他的魔掌里去……

我们大家都被放出以后,克雷希塔诺维奇对我说:

"你毕竟是个棒小伙子,虽然还有点笨。明天我们做礼拜的时候逃出去玩吧。"

"到哪里去?"

"我会带你的……你去吗?"

"好的,不过总要得到母亲许可……"

"她不会知道的……你可以说到同学那里去温习功课……"

我红着脸踌躇不决。他注意地看看我,耸耸肩膀。

"你怕对母亲撒谎吗?"他带着讥讽的惊奇对我说……"我可是常常

说谎的……唔,不过你对我起过誓……对朋友失信是卑鄙的。"

我对母亲说,做过礼拜之后我要到同学家去一整天;母亲答应了我。礼拜还刚刚在老教堂里开始的时候,克雷希塔诺维奇就扯了一下我的衣袖,我们悄悄地溜了出来。我心中略微受到良心责备,可是,说老实话,我对于这种半罪过的游玩也感到一种特殊的神往,因为这时候同学们还站在教堂的楼廊上,心里计算着还要唱几首赞美歌,焦灼地等候唱《天使颂》。在这时候,连街道上也似乎显得异样。

克雷希塔诺维奇跨着坚毅的步子带我走过了我们从前的住宅。我们经过"老神像"旁边,走上公路,一直向前去。克雷希塔诺维奇在一家小店铺里买了两个面包和一段香肠。他买东西和付银元时的那种坚毅的态度,也使我感到敬仰;因为我平生只有一次身上带着十五戈比,那时我在街上走路的时候,似乎觉得大家都知道我有这笔大款子,而且一定有人想抢劫我……

"你哪里来这许多钱?"当我们走出店铺的时候,我问我这个干练的同学……

"关你什么事?"他回答,"唔,我从父亲那里偷来的……"

我脸红了,不知道说什么好。我觉得克雷希塔诺维奇是"故意"这样说的。当我说出我这推测的时候,他什么也不回答,就向前走了。

我们经过正教墓地,走到公路高起来的地方,这地方我从前几乎把它看作世界的末端,曾经和弟弟等候从那里出现"出角神甫"。后来,街道和柯良诺夫斯基家的房屋都消失在斜坡后面了……路的两旁绵亘着墙垣、空地、茅屋和窑洞;我们前面像带子一般躺着一条白色的公路,路旁的电线发出嗡嗡的声响;前面烟尘弥漫的地方,有一个丛林显出蓝色,这就是我从前第一次听到松涛声的地方……

　　我感到恐怖而愉快。展开在我面前的世界新鲜而奇突，或者说得更正确些，是我带着新鲜而奇异的观点来看这世界。白云低低地横在地平线上，并没有房子和屋顶遮蔽着。一路上我们看见几辆鱼盐贩子的货车轧轧地开过，还有些高高的犹太马车行驶着，有几个香客带着好奇而惊讶的眼光向我们看看；每年贩葡萄和西瓜到我们城里来的克里米亚鞑靼人的一列货车开过我们身旁。这一列货车由若干辆巨大的篷车组成，很像一排车厢，每辆车子横断地隔分为两半。上半部里躺着些鞑靼小孩，下半部里装着西瓜和一箱一箱的葡萄。这些篷车是由骆驼拖着走的，到了城里，鞑靼人就把这些骆驼展览，借此赚钱。可是在这里，在旷野地方，我们可以免费观赏，看它们在公路上用柔软的脚掌啪嗒啪嗒地跨步，摇动它们的像蛇一样的脖子，轻蔑地伸出下垂的长嘴唇……

　　我们这样地大约走了四公里路，走到了一座木桥的地方，这座木桥架在一个深邃的溪谷上面，溪谷底上有一条河。克雷希塔诺维奇就从这里走下去，一会儿我们走到了幽静可爱的卡明卡河的岸上。我们头上高高地架着那座木桥，桥上响着钝重的马蹄声，滚着货车的轮子，通过一辆铃声叮当的回头驿马车，桥栏旁边可以望见来来往往的行路人、工人和向波恰耶夫去的善男信女的侧影。

　　克雷希塔诺维奇走到了河流弯曲处的地峡上，我们就在荫凉的青草上躺下来；我们长久地躺着休息，向天空眺望，倾听着上面川流不息的行旅生活的扰攘声。

　　童年时代往往会从最痛苦的悲剧旁边无思无虑地过去，然而这并不是说它的敏感的半意识不能看到这些悲剧。我觉得我的朋友心里隐藏着一种只有他自己知道的东西……他一路上默不作声，他的额角上显出轻微的皱纹，就像他以前问我关于体罚时那样。

后来他在草地上坐起来。他的脸色比较安定了。他向四周看看,对我说:

"不是很好吗?……"

"很好。"我回答,"你到过这里吗?"

"嗯,到过。"

"一个人?"

"一个人……以后如果你高兴,我们再一同来……你是不是有时候希望到什么地方去?……一直走,一直走,从此不回来……"

我不希望这样。到什么地方去我是喜欢的,可是我总知道应该回家,回到母亲、父亲、兄弟姐妹那里。

我不回答他,却问他:

"我问你……你为什么……这个样子?"

"什么样子?"他反问我,接着又说,"别提这个……管它的……去它的……我们还是洗澡吧。"

过了一会,我们已经兴高采烈地在河里拍水、游泳、打滚,仿佛我刚才根本没有向克雷希塔诺维奇提出他不作答复的那个问题……当我们回到城里去的时候,城郊的灯火已经在我们前面朦胧的青雾中闪闪发光了……

这一次小小的旅行鲜明地保留在我的记忆中,这也许是因为在这次旅行中我的朋友的个性给了我一个模糊而又深刻的印象。下一天他不来上课,我坐在他的空位旁边,我心中涌集昨天的回忆和一些模糊的问题。这时候我又想到我将来长大了做什么事。在这以前,我曾经在想象中变更过若干种事业。我最初看见街头马车,闻到皮革、油漆和马汗的气味,又觉得手拿缰绳驾御马匹非常威风,我就想当马车夫。后来,我想象自己是一个十七世纪的波兰人，头上戴着插鹰毛的帽子，腰里挂着弯刀。后来我又很想做一个哥萨克人，喝醉了酒，骑着马在草原上奔驰，像我所认识的那个勇敢的顿河下士一样。现在我已经更聪明了。我想做教师。

我就想同普列林一样。我坐在讲台上，所有的儿童的心都向着我，我也熟悉他们每一个人的心，看到他们的一举一动。克雷希塔诺维奇也是学生中的一人。我知道应该对他说些什么话，应该怎样做才可以使他的眼睛不再那样悲哀，才可以使他不把父亲骂作坏蛋，不嘲笑母亲……

这一切都很生动，很清楚，很简单，只有幻想中或梦中才有这种情况。我活生生地看到这一切，竟……完全没有注意到教室里已经特别肃静，同学们都惊奇地回过头来看我，那个头皮像膝盖骨一样光秃秃的俄语老师别洛康斯基也从讲台上望着我，他叫我的名字已经叫了三次……他要我把他所说的话重说一遍，他动怒了，把我赶出教室去，命令我站在教室门外。

我走出去，一面还是继续做我那个幻想的梦。我刚刚安身在门框子里，重新沉湎于我的思想中，走廊的远处就出现了校长的高大的身体。他走过我面前的时候，站定了，用威严的眼光从高处向我扫射一下，狗叫一般喊出他那句机械的话：

"被赶出教室来了？……顽劣，要受体罚！"

他说过之后走远去了。过了一会儿他要是再碰见我，很可能已经不认识我了；然而我的记忆里终身保留着这件小小的事。那时候我的心初次展开了面对着生活不完美的问题，并且由于对美好未来的幻想而感到欣慰了；而正在这时候，那个机械人的无谓吆喝偶然落到我的心里……后来我偶尔在孤独中回顾过去，企图探求当时什么东西确定了我的生活之路。这时候在我记忆中的许多重要的事件、影响和思想感情之间,一定也出现这个情景:长长的走廊,一个小孩子靠在门框子里初次从事关于生活的理性的幻想,一个高大的穿制服的机械人说出他那句简单的套语:

"顽劣,要受体罚! ……"

……

一八六六年,"国家大事"中的一个插话的余波竟也传到了我们这里。一八六六年四月四日,卡拉科左夫[1]在彼得堡谋刺亚历山大二世。同年六月,考试完毕之后,举行中学结业典礼。起初我们被召集在中学校舍里,后来排成双行被带到贵族俱乐部的大厅里。这次的结业典礼特别隆重,似乎是因为中学校想在当局和社会面前夸耀自己的一个诗人。起初由语文教师沙甫罗夫致辞,他的话我已经完全忘记了;后来台上出现一个身材短小的大头卷发的中学生。他用一种紧张的调子,带着叫喊声和强烈的重音朗诵了一篇诗,诗中所说的是"神力的救助"。这首诗傲慢而浮夸。诗的开头是一句问话,似乎是:"群众的狂澜流向何方?"后来这诗篇告诉我们说:

> 谋害沙皇的消息骇人听闻,
>
> 传遍了俄罗斯全境……
>
> 可是神力当众显灵,
>
> 保全了皇上的生命……

---

[1] 德米特利·符拉季米罗维奇·卡拉科左夫(1840—1866)在六十年代初期是青年学生小组("组织")的组员,这小组是他的表兄伊舒青领导的。一八六六年四月四日卡拉科左夫在彼得堡谋刺亚历山大二世,但是没有打中;同年九月三日卡拉科左夫受绞刑。

　　朗读完毕之后,这个诗人把自己的一卷作品呈给省长夫人;主教就在这个犹太中学生的头上吻了一下。

　　据我所记得的,卡拉科左夫的谋杀在那时并没有使我和我的同辈人发生任何问题。沙皇——这是一种伟大、高远的自然现象! 谋杀沙皇的人也是一种自然现象。这些都很抽象,和我们的日常生活相去甚远。为此而开的庆祝会是一种官样文章的庆祝会,是装装样子的,"非真心的"——这一点我们清楚地感觉到。我们怀着讥讽的好奇心靠在楼廊的栏杆上看:诗人瓦尔沙夫斯基怎样可笑地走近主教去亲他的手,主教又怎样把嘴唇贴到他的粗硬的鬈发的头上去。学生们的脸上有的表现出漠不关心的好奇的神情,有的表现出讥讽的神情……

　　这篇诗发表在中学的杂志上。这杂志被允许在省立印刷局刊印,似乎只出了两三期。省长办公厅和教师编辑部摧残了中学生的诗歌创作的逸兴,他们的诗兴就阑珊了……关于"鹞鹰米纳和普罗米修士贝维德"的叙事诗,当然不能在这本杂志上占有地盘,其他如无名氏学生诗人所作的、有时显然是尖锐讽刺的作品,也都不能发表。中学生的文艺之神到当局所准许的这本杂志上来,仿佛是做客,拘束、紧张而不自由;她在自己家里就有趣得多了。

　　瓦尔沙夫斯基的诗才以庄严的颂歌和对大人物的献辞开始了它的翱翔,然而终于没有得到发展。在这本中学杂志中又登载过他的另一首诗,内容已经不像前者那么堂皇,题目叫做《帽子》。这首诗里所讲的是中学生的制帽,据诗人说,这顶制帽装饰了青年们的热爱科学的鬈发的头,引吸"美人的秋波"。另一个中学生约尔丹斯基写了一篇刻毒的批评文章,逐一地反驳这位诗人同学关于诗的一切论旨。他用极坚决的笔调写着:"这位诗人确信这帽子是吸引美人的。我却要说:相反!"

有一次,这个批评家到我哥哥这里来,他读自己的那篇文章,读到"我却要说:相反"的时候,他的眼睛炯炯发光,用拳头使劲地敲打桌子……这情况有一时使我对"批评家"发生了这样的一个概念:批评家是为了某事而痛恨作者,论调和他"完全相反"的一种人。

日托米尔中学的文学活动大约就在这次论战上结束,同时诗人瓦尔沙夫斯基的名字也石沉大海了……

15　启　程

波兰起义过去之后,来了一个艰苦的"俄罗斯化"时期,这期间不断地有人告密,有人被逮捕,有人受审判,审判的已经不是起义者而是"嫌疑犯",又常常有没收领地的事。雷赫林斯基家的三个儿子被流放到西伯利亚。两老到基辅去送别,在儿子出发以前作最后一次会面。

有一次,在老雷赫林斯基的命名日那天,他的亲戚朋友们开了一个庆祝会。在这个会上,学馆里的学生所组织的合唱团在一个教师的指挥之下,表演了一曲专为这庆祝会而作的大合唱。这合唱曲的末了是这样:

> 伟大的上帝在高高的天上:
> 你将看见儿子围绕在脚旁……

老人深为感动,流下泪来;但是在这时候幽默家彼得伯伯悲哀地摇摇头,苦笑地说:

"可是他没有脚。"

这短短的一句话在歌声静止了的时候说出,使人听了觉得粗暴而辛辣。大家为了彼得的恶作剧而愤慨,然而他原来是个预言者。不久传来了悲哀的消息:雷赫林斯基的大儿子在某一个驿站上由于创伤发作而死了,又过了些时候,他的一个同行竞争者告发了他的学馆。当局进行查办,于是我平生所知道的这所最好的学校就关门了。两老就结束了他们所热爱的事业,离开了这城市。

后来我家也不得不离开这城市。

我们省的杜布诺城里有一个县法官被打死了。这是一个皈依正教的波兰人,生来性情暴躁而凶恶。他的左右为难的地位使他的性情更加暴躁了,他就获得了阴险的名声。有一次,他从法院里回来的时候,有一个叫做波勃利克的波兰人从后面叫他。这法官回头一看,就在这瞬间波勃利克用一个尖端像斧头的棍子把他打倒。

这事件给我们的印象比谋杀沙皇强烈得多。谋杀沙皇是远在京城里的一件近于抽象的传闻,而现在这事件却是发生在我们这世界里的。大家纷纷谈论那个受难者和那个凶手。有些人认为波勃利克是个英雄,有些人认为他是个疯子。他在法庭上态度很滑稽,临刑之前要求准许他抽一支烟。

为了要使这件谋杀案子所引起的骚乱略微平静些,最高当局决定派一个众望所归而稳健的人去替代那个被打死的法官。他们选中了我的父亲。

他匆忙地准备了行装,就动身前去。假期里我们到他那里去,可是后来又回到日托米尔,因为杜布诺城里没有中学校。为此,过了几个月之后父亲请求调职,就被任命到罗夫诺县去服务。他在那里生起病来,母亲就带着妹妹到他那里去。

　　我们留下来,在外祖母和两位姨母[1]的监视下过了半年光景,我们对于新"政权"似乎不能立刻服从,生活过得很随便。我有优越的能力,我完全停止了温课,只是在教室里、在课间休息中迅速地学会各种功课,得到优等的分数。空闲的时候我就和哥哥弟弟出去游荡:我们愉快地结伴到河对岸去,在长满榛树的山上漫步,在磨坊的水闸下面洗澡,侵袭人家的瓜田和菜园,往往到深夜才回家。

　　由于这缘故,我虽然各门功课都赶得上,数学课却绝对不及格,因此第二年仍留在原级里。这时候我家已经决定迁居到罗夫诺,到父亲那里去[2]。

　　在六月中旬[3],一辆庞大的家庭马车,就是我们那里称为"轿马车"的,停在我们的台阶面前,满满地装载了器物。又牵来了几匹驿马。一个驿马车夫头上戴着有钢鹰的低帽子,左手上戴着号牌,爬上驾车台去……一路上现出熟悉的街道、店铺、天主堂、曾经遭雷殛的

---

　　〔1〕　外祖母即阿格尼雅·斯库列维奇。两位姨母是指安瑞里卡和伊丽莎白。

　　〔2〕　这一节初次发表的时候(《俄罗斯财富》一九〇六年第五期),这地方还有这样一段叙述:"然而我记得这一年我们老是游荡。河对岸的山谷、岩崖和地峡,我们似乎没有一个地方不熟悉。我甚至疏远了全班同学,只跟一些像我们三兄弟一样游手好闲的人交朋友。我有时候在别人的书上匆匆地把课文看一下,就出去回答问题,班上的同学们看了都很惊奇,大家摇摇头。然而现在我回顾这一年的生活,也还不知道当时应该怎样才对;还是在教室里坐上五个钟头、下午背死书好呢,还是像我们那样无牵无挂地游荡好。甚至于……有时我觉得后者给我的好处要多得多。虽然如此,我总觉得中学远离了我,如果我再照老样做下去的话,我就赶不上同学们了。我对中学,对教师,对舍监,甚至对教室的墙壁,都发生了一种尖锐的厌恶之感。我开始了解克雷希塔诺维奇的心情。如果这时候父亲没有迁调到罗夫诺,没有决定把家眷也迁居过去,那我真不知道会发生怎样的后果。"

　　〔3〕　是指一八六六年。

"老神像"的遗迹，以及柯良诺夫斯基家的房屋……我自己也不知道为什么缘故，这个熟悉的世界使我觉得讨厌而可恶。我一心向往新的、未曾经历的世界……车子赶上俄罗斯基地旁的斜坡之后，驿马车夫停下来，把铃解开。我情急心焦地等候着，希望他快点重新爬上驾车台来。我似乎觉得后面会有什么东西来阻留我们。果然，有一个人手里挥着一件白的东西，从老维尔街上跑来。我的心沉下去了，然而这原来不过是一只遗忘了的纸盒。马车摇晃一下，就平稳地赶下斜坡去了……

茅屋，墙垣，窑洞。接着是那爿简陋的小店，就是克雷希塔诺维奇曾经用来路不明的钱买面包的地方……公路上有行路人、货车、犹太马车、香客……还有那座发出隆隆声的桥、我和我的朋友一同洗澡的那条河、符兰格列夫卡丛林。我心中突然发生一种特别痛快的感觉。过去的一段生活，这回还是初次那么断然地划分了界线，现在仿佛离开我们而漂流到后面去了。

桥消失了，符兰格列夫卡丛林和我一向居住的那个世界的最后境界也都向后方消失了。前面展开着一片陌生而明媚的旷野。当我们来到第一个驿站，看到红屋顶的哥德式淡黄色驿站房舍的时候，太阳还很高。

换过了马匹，签过了路条（母亲派我去做这件事，我觉得很自傲），我又爬上驾车台去……

又是道路，车铃的懒洋洋的声音，白丝带一般的公路，车轮子底下的干净的碎石子的沙沙声，隆隆作响的木桥，悠长的电线声……又是一个驿站，完全像前面那个一样，然后暮色苍茫，然后夜色沉沉，天空现出星星，磷质的云彩仿佛流泛着月光似的……母亲敲敲驾车台后面的窗子，车夫勒住了马。母亲问我冷不冷，有没有睡着，又嘱咐我当心从驾车台上掉下去。

我似乎没有睡着过,然而我觉得我们所到的地方异常新奇:前面不远的地方有一座新造的木桥,桥下流着黑黝黝的河水,两旁是树林,树梢沉沉欲睡地在深蓝的夜天中摇曳着……

我心中充满了新鲜的感觉和期望的欢喜……然而在电线的嗡嗡声中,仿佛有一种东西从讨厌的过去所在的后方沿着这条路向我追随过来,模糊的往事的种种回忆使我兴奋,使我感到亲切和神往……我回想起红日西沉的傍晚、"要出事了"这句话、关于神秘事件的种种谣传、同样的电线声,以及电线杆旁边的人群……又想起学馆……这是多么长久以前的事,那时候我多么愚笨……我回想起当年把耳朵贴在电线杆上;又曾经自傲……自傲什么呢? 自傲学馆门徒的称号……现在我比起这个小孩子来,真是聪明多了。我现在已经是一个"中学老生",我正坐着马车到新的地方去过一种新的生活……

儿童生活中往往有这样的一瞬间:在这一瞬间中意识仿佛回顾过去的路程,探求着自己成长的经过。这天晚上微风拂面,电线中发出模糊而仿佛含有意义的风声,这时候我又体验到了这样的一瞬间。仿佛有一种嘈杂的声音在半夜里谈论着某些事件,其中也谈论到我和我的过去。在这过去中,有几种情景在当时发生的时候显得很普通、很平淡无奇,然而真奇怪,现在我回想起来,不知怎的感觉到这是很美好的。我觉得奇怪,在这些情景实际发生的当时,为什么没有这种感觉? 我当时是否也觉得这样美好呢? 也许是美好的,然而不像现在回想那样……当时并没有我现在回想起这一切情景时的那种感觉,并没有那种又悲哀又愉快的特殊心情,并没有那种一去不复返的感想,并不能使这些印象变得那么优越无比而独擅其美……既然当时并没有这种情况,那么现在它们是从哪里来的呢? ……

　　黎明时候,我记不清是在什么地方——在沃伦诺沃格勒还是在柯尔茨镇——我们在晨曦中经过一所早已停闭了的巴齐良僧团学校的废墟……黎明前的烟雾遮住了这所长长的建筑物的底层,上面一排排的空窗子显得黑洞洞的……我想象这些窗子里有几十个儿童的头,其中有我所熟悉的桑道米尔的福玛——我最初阅读的小说中的主角——的严肃的面孔……

　　我又觉得福玛现在似乎也变了样……从前我文化程度还很差时候曾经煞费苦心地通过一行一行的文字来认识他的形象,对他起了爱慕之心;现在我觉得这个福玛又添了一种异样的况味……

　　然而前途毕竟是新鲜的,是更美好而引人入胜的……

　　"快到了吗? 快到了吗?"我不绝地问马车夫……

第三章　在县城里——学生时代

16　罗夫诺县城

又过了一天，又是早晨。快到了吗？

马车夫用鞭子指着前面，说：

"瞧，这个小山后面就是县城。这边是一座园林，节日上常常有人到这儿来游玩……"

前面望得见一座树林，树林后面露出一所公共建筑物的红屋顶来。县城位于一片广阔的洼地上，只看见一片烟雾从下面上升……有红屋顶的建筑物原来是个监狱。当我们从它前面经过的时候，看见二层楼的窗子里有些犯人两手抓着铁栅，他们的苍白而忧郁的脸正在对我们看……后来我长大了，自己也曾经从这样的铁栅中眺望自由的街道，这时候，我常常回想起儿童时代的这个情景……有一次，我看见同样的一辆家庭马车的驾车台上，坐着像我一样的一个男孩子，他也带着同样的怜悯、同情、不由己的责备和恐怖的神情向我看……

监狱位于山坡的顶上，从这里可以望得见城市、屋顶、街道、花园和闪闪发光的宽广的池塘……我们这辆载重的马车迅速地开下坡去，停在关卡的条纹拦木前面了。一个伤兵走到车门面前，向母亲要了路条，把它拿进路的左边的一所小屋子里去了。从那里立刻走出一个高个子的绅士来，他是"掌握关权"的，身上穿着路局制服，脸上长着长长的军官式髭须。他恭敬地向母亲鞠了一个躬，说：

"法官先生等着呢！"然后回过头去命令那个伤兵："开关！"

条纹的拦木的一端在窝臼里发出格格的声音，细的一端就高高地举了起来。马车夫赶马，我们就开进了罗夫诺县城的地界。

这种"关卡"现在恐怕都不存在了，那时候却是公路上的特色；而这些关卡本身的特色，是为尼古拉服务的路局伤兵，他们在这里度着或多或少的不幸的日子……至于这些伤兵的特色，是一天到晚打瞌睡，动作懒散而笨拙。普希金曾经在一首有名的诗里指出这种特色，他预料命运将带给他怎样的结局：

> 也许瘟疫会传染到我身上，
> 也许严寒会把我冻僵，
> 也许那个动作笨拙的伤兵
> 会用拦木来把我的额角碰伤……[1]

这些路局伤兵自成一个阶层，他们特别喜欢哲学家风的安闲和静观的生活。现在我回想起罗夫诺城的时候，一定在其他一切印象之前首先想起那个条纹的拦木和穿着灰尘扑扑的褪色的尼古拉时代制服的伤兵的姿态。这个伤兵老是坐在拦木旁边的木桩上，他的背脊仿佛粘住在条纹柱子上。他头上戴着一顶也是褪色了的、有厚帽檐的灰褐色帽子，嘴

----

〔1〕　是普希金的诗篇《旅愁》(1829)中的一段。

巴张开,公路上的纠缠不清的苍蝇常常爬进这嘴巴里去……后来我们有了一件乐事,就是从柱子后面用麦秸去搔这个睡着的人的脖子,有些更大胆的顽皮孩子竟把麦秸插进这个可怜的塞瓦斯托波尔英雄〔1〕的鼻孔里去。这伤兵挥一挥手,打一个喷嚏,有时跳起身来,惊慌地向监狱方面望望。因为那方面可能出现一个快递信差,站在一辆篷马车上,手里挥着一件公文,——看见了这个人是必须开放拦木,不加阻难的……但是当这个守关人看见只有一条尘埃蒙蒙的公路的时候,他又坐下来安闲地睡觉了……在这个瞌睡蒙眬的人物里有一种象征意义——这仿佛是内地小城市的安静生活的预示……

然而当我初到的时候,我并不觉得这个人具有象征意义;我用贪婪的眼光探求着这根被举起来的条纹木头后面所显示出来的“新事物”……可是“新事物”并不特别显著。只看见些茅屋、空地、墙垣、两三条狭小的胡同,后来看见国款出纳处的二层石造建筑物……在它前面的广场上有一个载着圣母雕像的石柱。广场周围有几家旅馆,开着广阔的大门,有几个招待员从那里向我们直奔过来……后来是一条小河和一座木桥。城中心有小河和木桥,使我看了非常欢喜……

开到桥旁边,马车夫突然勒转马头,我们的马车摇晃一下,发出格格的声音,沉思似的在一个歪斜的大门停一下,然后向一个低低的、长着青草的院子里开了下去。在这个院子里散乱无章地布置着几所房屋。其中有一所上面写着“罗夫诺县法院”。另一所房屋异样地突出,上面写着“档案室”。还有一所房屋坐落在院子的深处,上面什么字也没有写。这

〔1〕 塞瓦斯托波尔防御战发生于一八五四至一八五五年,这个伤兵是从这次战役里出来的。——译者注

就是我们的新住宅,它位于池塘和小河之间的地峡上……通过敞开的边门,可以看见和菜园相连接的一片水,一只小船系在一个木埠上……桥上有一大群居民正在看我们的马车的来到;我们的庄园地势很低,因此他们能够清楚地看见它的内部;在他们看来,"法官老爷"的家眷的迁来是一件大事。

有几个很大的池塘,通连着几条幽静的小河,展开在这片广大的洼地上,城市就布置在这些池塘的岸上。我们的庄园一面临近市街。对面有一个岛子,据传说是被俘的土耳其人用人工堆积起来的,在这上面有柳波米尔斯基公爵家[1]的一所半荒废了的邸宅,是旧波兰半哥德式的。这所邸宅周围环绕着高大的、金字塔形的白杨树,具有一种奇妙的古代美。池塘的左面,是中学校的宽广的二层建筑,有柱列和回廊,墙壁雪白,样子很悦目。那个阴森的"古堡"和中学校的这个明朗的柱廊的倒影映在水里,仿佛照在镜子里一样。在远处,在另一个堤岸下面,有几只天鹅在游水,清楚地显出在青绿的背景上;我那时候还是第一次看见天鹅。它们都在尾巴后面拖着一条长长的光带,这些光带长久地留在沉寂不动的水面上……

每一个新地方仿佛都有一种独特的面貌,使人心中感到一种共通的、模糊的,然而又是独特的印象,其中又含有各种详情细节。我现在所看到的一切,我觉得都有点奇妙……是的,这的确是生活中新鲜而神秘的一页……同时……大约是那个古堡有一种困倦的、昏睡的、幻想一去不返的过去的奇怪感觉,这种感觉把它的阴影投射在我对珍奇景象的

---

〔1〕　柳波米尔斯基公爵家是波兰的一个公爵世家,兴于十六世纪初期。柯罗连科的短篇小说《在坏伙伴中》基本上是记述关于罗夫诺的童年回忆的,其中有柳波米尔斯基家的古堡的描写。

新鲜的期望上。池塘像死一般沉寂,其中反映出死气沉沉的古堡,古堡上面有一些空窗洞,周围环绕着一行行高大的、金字塔形的白杨,宛如睡着了的卫兵。水发霉了,近岸的地方盖着一层绿色的荇藻,处处长着飞廉[1]和芦苇。静止的水面发出暑气,给市街上带来一种发霉的气息和疟疾病……这一切都很近似于那些荒地、拦木旁边的那个瞌睡蒙眬的伤兵、古堡上的那些空窗……

初到那几天有一个晚上,当我们坐在食堂里喝茶的时候,池塘方面传来一种奇怪的萧萧声。

"这是古堡旁边的白杨树的响声。"母亲说。

这种绵长、深沉而略带恐怖的萧萧声,散播在这个小城市的上空,仿佛一个庄重的声音正在向淹没于平凡日子中的默默无闻的现代叙述着往昔的豪华……

现在我乐于回忆这个小城市,好比人们有时乐于回忆旧时的敌人。可是,天哪,到了我住在这个城市里的最后一个时期,我多么厌恶这种像池塘里的烂泥一般黏滞而毫无生动印象的无聊生活。这种生活吮吸我的精力;它对一切实际要求置之不问,因而遏灭了我的青春才智的激发;它使我的想象沉浸在对于寂灭的过去的空洞而浪漫的无精打采的回顾中。

17 "县法院"及其作风和人物类型

那时候正值假期。中学校空着,中学生都还没有到校。父亲在这里

---

[1] "飞廉"是一种二年生的杂草,属于菊科,又名木禾、漏卢、伏猪。——译者注

熟人不多,因此我们初到的时候所交往的只限于同住在一个院子里的、县法院的同僚们……

这些熟人中的第一个人是档案管理员克雷查诺夫斯基老爷。

我们初到的时候他就来迎接。他从驾车台上把我抱下来,仿佛取一根鸿毛一样;然后殷勤地帮助母亲下车。这期间我从这个巨人身上闻到一阵酒气;母亲以前早就认识他,这时候显出责备的样子摇摇头。这个陌生人羞怯地把眼睛斜开去,当时我无意中注意到,他的红润的鹰鼻完全是歪斜的,他的眼睛黯淡无光……

我们很快就同他相熟了。他空闲的时候带我们一同去游玩,把城里的名胜指点给我们看,教我们驾船。我们听说——一部分听他自己说,一部分听别人说——他从前是一个富裕的地主,常常坐了漂亮的四套马车进城。后来又听人说,他的妻子跟一个军官逃走了(那时候不知怎的有许多人的妻子跟军官逃走),此后他就放纵地喝酒,把全部家产都喝光;或者是相反的:起初他把全部家产喝光,然后他的妻子跟军官逃走。不管怎样,现在他当了档案管理员,每月收入八卢布,穿着肮脏的衣服,样子又像高傲,又像颓丧,总之潦倒得很。然而他从来不屑用廉价的发油和合金链条;别的“官吏”却毫无必要地挂着这种合金链条。其实他们的衣袋里大都没有表。

他的生活像一个道地的哲学家,连一所单独的住屋都认为过分奢侈,因此住在档案室的狭窄的屋子里。这办公室里的架子上放着一束束的档案,旁边放着简陋的穿戴物、烧酒瓶和各种“物证”,琳琅满目。这里有折断的锁、被窃的茶炊、刀锋上有生锈了的血斑的斧头、一包包的日常衣服、沼地用的大型长统靴和两枝双筒猎枪。虽然这些物件上都挂着编号码而盖火漆印的标签,然而克雷查诺夫斯基老爷十分自由地处置它们:当这位档案管理员有心喝茶的时候(然而并不每天如此),卫兵就替他准备好那把茶炊;那两枝双筒枪则常常被克雷查诺夫斯基老爷带去打猎,同时他还穿上那双沼地用的长统靴,——这样,他就把各种案件的物证结合在一种用途上了。

有一次,克雷查诺夫斯基的同僚中的仇人之一为了这件事提出了卑劣的密告,可是克雷查诺夫斯基及时地防止了这次告密的后果:他自己出钱把茶炊镀了一层锡,在一支双筒枪上装了一个新扳机,法院的卫兵又用这位档案管理员自己的费用来替他在长统靴上装了一双靴底。"这虽然花钱",——正如克雷查诺夫斯基自己得意地说,——然而那恶意的告密却失去了效力。他的工作不正常,全无定规:有时一连好几天满怀愁闷地在某处游荡,有时突然着手整理档案。这时候他总是带一瓶烧酒,把自己关闭在档案室里。档案室的格子纹小窗里到深夜还有灯光。克雷查诺夫斯基把档案分别订合,盖图章,登记在册子上,同时喝酒,直到有一天早晨,档案都订合了,酒瓶空了,而这个档案管理员又开了手脚躺在地上打眠鼾……

我们来到后不久,在二十号那天[1],克雷查诺夫斯基请求母亲允许他带我们去游玩。

"克雷查诺夫斯基老爷?……"母亲半犹豫、半严肃地说。

"唉,法官太太,"他吻一下母亲的手,说,"难道您也……把我当作完全不中用的人吗?"

母亲同意了,我们就出发。克雷查诺夫斯基带我们在城里玩,请我们吃糖和苹果,一切都很像样,可是后来他在一所简陋的小屋旁边站定

──────────

〔1〕 那时候一般公家机关都在这一天发薪俸。——译者注

了踌躇一下。他这样犹豫地站了一会之后，对我们说："不要紧——我马上来。"他就迅速地钻进那扇矮门里去了。他从那里走出来的时候样子略微改变了，愉快地向我们眨眨眼睛，说：

"不要对母亲说。"然后叹一口气，接着说，"这个神圣的夫人！"

天哪！他耽搁了一次之后接着又是第二次，第二次之后又是第三次，当我们走到城中心的时候，克雷查诺夫斯基老爷变得完全认不出了。他的眼睛骄傲地发光，他的颓丧的神情消失了，可是——这却是很糟糕的情形——他开始嘲弄过路人，侮辱女人，追赶犹太人……我们周围拥聚了一大群人。幸而那时候离开家里已经很近，我们就赶紧躲进院子里去。

此后克雷查诺夫斯基老爷就不见了，他不来办公，我们只有从父亲的仆人扎哈尔每天的报告中得知他的行踪。关于他的消息都不大妙。有一天克雷查诺夫斯基在台球台上把玩球的人们的球弄乱了，因此"出大乱子"。又有一天他跟岗警打架。还有一天他闯进一群同僚中去，把科长温采尔打了一个嘴巴。

父亲愤怒已极，他埋怨母亲袒护这个该死的东西，又要求把克雷查诺夫斯基带到他这里来，不论死活。然而这个档案管理员音信全无。

在第三天或第四天上，我和弟弟妹妹正在花园里玩，忽然看见克雷查诺夫斯基用他那双长腿从池塘方面跳进围墙来，他蹲在高大的草丛里面了，向我们招手。他的样子颓丧而倒霉，脸上发皱，眼睛全无光彩，鼻子更加歪斜，竟仿佛是挂着的了。

"嘘……"他说着，斜过眼睛去看一看我们的屋子上向着花园的阳台，"喂，法官老爷怎么样？很生气吗？……"

"生气。"我们回答。

"法官太太呢？……"

我们只得老实告诉他:母亲也不敢说一句袒护他的话。

"这个神圣的夫人!"克雷查诺夫斯基擦擦眼泪说,"我的亲爱的小朋友,请你们去问问她,我今天可不可以回来,是不是还要等几天?"

我们去问了,回来告诉他,说他今天最好不要来;于是这个档案管理员又用同样的方式跳过围墙去——他去得正好,因为接着父亲就出现在阳台上了。

又过了两天。这一天正是星期日。父亲刚从教堂里回来,心情很愉快,他穿着便衣,在客堂里走来走去。当他在门边转讨身子,走到对面的角落里去的时候,从门房间里突然出现档案管理员的高高的身躯。他向我们作一个富有含义的手势之后,就悄悄地跨进门槛,一动不动地站在门框旁边了。然而当父亲拄着手杖一瘸一拐地刚刚走到房间尽头的时候,档案管理员又悄悄地退回门房间里去。这样地反复了好几次。终于他下了最后的决心,划了十字,又从墙后面出现,把背脊靠在门框上了,仿佛粘住一样,就用这样的姿势待住在那里了。

父亲转过身来,看见了这个犯过失的人,他在杜布诺曾经患过一次轻微的中风,母亲很担心他复发。现在父亲看见了这个犯过失的档案管理员突然出现,他的面孔、额角,甚至后颈,都涨红了,拐杖在他手里发抖。克雷查诺夫斯基可怜得像一只犯过失的狗,他走近法官面前,弯下身子去想吻他的手。父亲抓住了这个弯下身子的巨人的头发……接着就发生一种奇异的光景:法官用他的细弱的手揪住了档案管理员的刚硬的额发,一会儿把他的头按下去,一会儿又把它提起来。克雷查诺夫斯基只是尽力使他这工作少费些力,因此顺从地跟着他的手移动自己的头。当档案管理员的头被按下去的时候,他就吻法官的肚子,被提起来

的时候,他就吻法官的肩膀;同时不断地对他说话,尽量使语气具有更多的说服力:

"啊! 法官老爷……啊! 算了! ……唉,何必这样呢? 这会妨碍你的健康……好,算了,好,够了……"

母亲从厨房里跑来,她一面劝慰父亲,一面努力使他的手放松克雷查诺夫斯基的头发。他放手之后,档案管理员又吻了一下父亲的肩膀,说:

"哦,这就好了……谢天谢地……现在让法官老爷安息一下吧。这种小事实在不值得放在心上……"

"滚出去!"父亲说。克雷查诺夫斯基吻了一下母亲的手,说:"神圣的夫人。"然后他高兴地出去了。我们仿佛立刻懂得:一切都结束了,克雷查诺夫斯基可以照旧工作。果然,第二天他又若无其事地在档案室里办公了。格子窗里的灯光照在院子里,直到深夜。

当时官场中的作风很率直。法院里的人怀着极大的好奇心向我们探问这一场光景的详细情形,大家哈哈大笑。我不记得有人认为这件事在他自己或在克雷查诺夫斯基是职位上的受辱。我们也都哈哈大笑。童年的心对于潜在的悲剧还不够敏感;有一次我们竟合力创作了一首幽默的诗,用公文形式把它送给克雷查诺夫斯基。这首诗开头是这样:

　　　　我是管档案的官僚,
　　　　样子漂亮身材很高……

诗中讥讽地叙述他的职务上的失败和不幸。克雷查诺夫斯基开始读这首诗,但是后来烦躁地把纸揉成一团,塞在衣袋里了,用他那双黯淡而消沉的眼睛向我们看看,只说了一句:

"你们学了些什么……蠢才……"

下一年克雷查诺夫斯基不见了。有些人说,看见他衣衫褴褛、醉态满面地出现在图尔琴的市场上。另一些人则相信一种传说,据说他得到了一笔遗产,因而度着新生活。

总之,对"县法院"的熟悉使我又一次地在更复杂的形式中看到了现象的内幕,就像我在早期童年时代看见拆毁的台阶时所体验到的一样。在日托米尔的时候,父亲每天坐着马车去"办理公事",我们大家都觉得这"公事"是重要的、略带神秘的、有几分是命定的(这是"法网"),并且是崇高的。而在这里,这个神秘的司法殿堂设在我们的院子里……它的大门口有一个岗亭,一个雄赳赳的尼古拉时代下士办公之余就在这岗亭里替官员们修补鞋子,而且似乎又卖酒。这岗亭里发散出一种特殊的"生气"。

然而这种强烈的、扑鼻呛喉的生气在"办公室"里也不消失。有几个文牍员没有住宅,经常住在法院里。在他们的黑柜子里,除了公文之外,又藏着油污的胸衣和背心、盛着香肠片的盘子,以及其他的私人物件。"官员们"的俸禄即使当作低廉的数目来看,也是可惊的。档案管理员每月收入八卢布,已经算是幸运儿了。固定的文牍员每人每月收入三卢布,而临时雇用的文牍员只有"五兹罗提"[1]。父亲对于属下的小贪污采取不闻不问的态度,其根由显然在此;因为如果没有居民们的"孝敬",

---

〔1〕 波兰币名,一兹罗提合十五戈比。——译者注

他们简直是要饿死的。法院里有几个得不到亲戚帮助的青年人，就安身在那个古堡的地下室里，或者竟在法院里当"永久值日员"。例如有一个略茨科夫斯基老爷就是这样的永久值日员。他的收入总共只有三卢布，他略微喝点酒，并且喜欢奢华：穿着肮脏的浆硬的胸衣，鬈曲的灰色头发上浓重地涂着香油。为了这一切需求，他就没有多余的钱来租房子。这样的穷朋友还有五六个，他们都为了极微薄的报酬来替代所有的人值日。每天晚上，在县法院的空了的办公室里点着一根蜡烛头，摆着一瓶烧酒，在一张包糖的纸上放着几个黄瓜，"值日员们"斗纸牌直到深夜……到了早晨，这个司法殿堂完全不像一个官厅了。"值日员们"没有床铺，就伸手伸脚地躺在几张桌子上打鼾，身上穿着衬裤、肮脏的衬衣和黄色的袜子。当略茨科夫斯基老爷睡眠不足、宿醉未醒、愁眉苦脸地擦着眼睛从他的公事床上起身的时候，在昨夜给他当枕头用的"公文"包皮纸上常常留下一个明显的香油迹。"二十号"之后，法院里每天晚上总有些喧嚣声。"值日员们"斗牌的时候有时竟打起架来。卫兵的权威弹压不倒的时候，父亲就穿着便服和拖鞋，手里带着拐杖，亲自到场。官员们四散逃走，倘是夏天，就从窗里跳出去。因为大家都知道法官动怒的时候很可能拿起拐杖来打……

只有一个房间，父亲不准任何人进去胡闹。这房间是审判室，里面有一张长桌子，上面铺着有金色流苏的绿呢，供着一个正义标[1]。凡是小职员一概不准走进里面去，钥匙由父亲自己保管，他自己走进这圣地

----

[1] 正义标是一个三棱形的东西，放在法院里审判室的桌子上。在这个三棱形体的三面上贴着彼得大帝的谕旨的印刷品，作为警励。这谕旨包括下面三篇：一七二二年四月十七日的《维护公民权利》，一七二四年一月二十一日的《法院中言行》和一七二四年一月二十二日的《国法及其重要性》。

的时候，态度总是恭敬庄严，像走进教堂里去一样；这就给别人一种榜样。开庭的时候，陪审官们也随着父亲毕恭毕敬地分别就座，他们之中有各阶层的代表。代表中有一个是犹太人拉比诺维奇。在那时候，"犹太人问题"还不听见人说起，然而也没有现在那种恶意的反犹太人运动。法院所审理的既然也有犹太人案件，那么犹太居民的代表也出席法庭，是法律所认为正当的。拉比诺维奇是一个典型的犹太人，长着特别黑的胡须和卷发；当他穿着绣花礼服，挂着宝剑，走进"审判室"来的时候，人们认不出这就是闲坐在他的铺子里或兑换摊上的拉比诺维奇老板。这房间里的"正义标"似乎使他也罩上了一层光辉。

"正义标"仿佛是这所充满着像克雷查诺夫斯基或略茨科夫斯基那样的苦命儿的整个腐朽建筑物的生活中心。在不开庭的期间，我们偶有机会走进县法院的这块圣地，经过正义标的时候，也特别谨慎小心。我们似乎觉得这是一个神秘的圣幕。"在正义标面前"不小心地说出的话，就不比平常的话。它会引起严重的后果。

有一次，在我们来到这城里后的第一个秋天，传来一个消息，说省长要来视察了。我们在日托米尔的时候，似乎很少听见关于省长的事。在这里，他仿佛是出现在恐怖世界上的一个彗星。区警察署长们东奔西走，号召清除街道；柱子上安装好早已打破的街灯；法院里擦地板，匆忙地装订并完成公文。父亲焦灼不安。他的公事办理得很合标准，然而他觉得自己有两个弱点：他的妻子是波兰人，他自己因中风而受伤。况且省里已经流传着新省长的一句话："我是一个健康的师父，我需要健康的助手……"他在杜布诺曾经革除过一个生病的法官……

省长来了……住在县警察局长那里……已经到过警察局，到过国款出纳处……父亲穿着一套新制服,佩着符拉季米尔[1]襟章从家里走到法院里去。母亲替他划着叛逆的波兰十字,送他上路,并且派我们去观察以后的情况。我们的观察地点在菜园里的草丛中,对着"审判室"的窗子。"宪驾"还没有到,然而已经有两三个服装绚赫的官吏在那里翻阅秘书恭敬地呈上去的公文。天色渐暮。"审判室"里点起蜡烛——特别多的蜡烛。用白粉擦亮的正义标放出光辉,庄重而严肃……大门口传来马车的辚辚声。父亲和陪审官们站起身来。警察局副局长亲自把审判室的门打开,门里出现了省长的雄赳赳的姿态,就像正义标一样发出光芒。在他后面显出一些"特任官"的丰满的面庞,他们后面的门框里望得见办公室,满室是光明和恐惧,不可复识了。我们连忙跑到母亲那里去。

"喂,怎么样?"母亲慌张地问。

"进来了。跟爸爸握手……叫他坐下来。"

只听见轻松地喘一口气。

"啊,谢谢上帝……"母亲虔诚地划十字。

"谢谢上帝。"挤在我们屋子里的一群惊慌的夫人跟着她说,"啊,我们的那些人会不会有什么事?……"

我记得,在我初次看到这"视察"之后,我心里并没有怎样明显地发生批判的问题:这次暴风雨的性质是怎样的?为什么省长的随员中那几个年轻的、服装绚赫的纨袴儿态度那么放肆,而我的劳苦功高、广受尊敬的父亲却像学生应考一般站在他们面前?为什么这个傲慢的省长可以无端地破坏整个家庭,而没有一个人敢要求他说明这样做是否正当?那时候我心里并没有发生这样的问题,正像周围其他的人一样。沙皇

---

〔1〕　符拉季米尔是帝俄时代一种勋章的名称。——译者注

可以随心所欲,省长靠沙皇的势力,纨袴儿靠省长的势力,因此他们也都可以"随心所欲"。总算谢天谢地,没有完全被破坏,没有完全被赶走,还有几个人平安无事。当这个彗星移向远处,而当地的人统计它这一次出现的结果的时候,方才知道大部分人的免职、调迁和降级都是意外的、无理的、偶然的,好比旋风偶然拔起了一棵树而留下了另一棵。"权势的力量"每次都表现得很显著,然而这是一种纯粹自然界的力量,由于它的性质的关系,没有人会要求它说明意义和理由。某些家庭里举行着感恩的祈祷,另一些家庭里正在哭泣,并且猜测是谁在告密,造谣中伤,诬害好人。造谣中伤的人就被认为是罪恶的,是他们招致了暴风雨……

暴风雨本身没有罪恶。照自然法则说来它是应该有的。没有权利而默然服从的人们只得低头顺受,正像顺受旋风的袭击一样[1]。

18　又是一个内幕

假期将要告终了。我即将参加"罗夫诺实科中学"的入学考试。

───────────

〔1〕　作者描写罗夫诺县法院的作风时,在初版中(《俄罗斯财富》,一九〇七年第一期)这样说:"贿赂当然盛行了:我们知道法院里各种人物用怎样的方式来'赚外快'。有一个人把手掌伸向背后,请托者把钱放在手掌里。还有一个人必须由请托者'不知不觉地'把钱放在桌子上,然后他装作无心地用公文把这礼物盖住,诸如此类。凡是稍有势力的官僚,都有自己的'脾气',这是请托者所必须懂得的……我不知道那些陪审官有多少薪俸。父亲所得的似乎是八十卢布,那时候这点钱竟可以赡养像我们那样的一个家庭了。但是父亲热爱玩纸牌,虽然来去很小,却常常赌输。他又把一部分薪水花在'汉堡彩票'上,因此母亲常常努力节省,以求收支相抵。陪审官大都生活得比我家好;贵族监护的秘书——父亲的属下——每月收入十八卢布,家里有马和四轮马车,并且替他的妻子从华沙定购帽子和服装。"

　　这是一个特殊的过渡期形式的学校,后来不久就取消了的。德·安·托尔斯泰[1]的改革——即把中学分为古典的和实科的——这时候还没有完成。我在日托米尔的时候,是到三年级才开始学习拉丁文的;但是在我之后,拉丁文从一年级就开始。罗夫诺中学则相反,已经变成实科性质。拉丁文一级一级地废除,我即将考入的三年级已经按照"实科教学大纲"施行教育,没有拉丁文,注重数学。

　　我到了罗夫诺,方才从大人们的谈话中知道:我将来毕业后不能考大学[2],而且从今以后,数学将成为我的学科。

　　入学考试的时候,所有的功课我都考得很出色,然而代数坏得惊人,使得教师大伤脑筋。学监踌躇地摇摇头,对正在会客室里等待的父亲说:

　　"我们大概可以录取他。可是您最好送他进古典中学。"

　　这句话当然完全正确。然而毫无实际意义。我的父亲同别的官员一样,必须在他服务的地方教育子女。这样一来,子女们未来的教育的选择就不根据他们的"才智",而根据我们的父亲们的职务调迁的机缘。

　　单从这事实上的矛盾看来,德·安·托尔斯泰的改革在当时社会的中等阶层之间已是非常难以通行的办法,并且毫无疑议,这办法使得躬逢其盛的青年一代发生了强烈的反感……

　　有一次,我参加考试后不久,父亲邀集几个同事和朋友来参加纸牌晚会。这几乎是父亲所允许自己做的唯一的享乐事件,他很快就选定了玩纸牌的伙伴。其中有陪审官克罗尔,他是一个长着红褐色连鬓须的严

────────────

　　[1]　德·安·托尔斯泰(1823—1889)是一八六六年至一八八○年间的教育部长。以后,从一八八二年直至逝世为止,他担任内务部长和宪兵团长。

　　[2]　按照革命前俄国的教育制度,大学不收实科中学的毕业生。——译者注

肃的德国人,由于奇特的因缘和一个俄罗斯神甫的女儿结了婚;还有肥胖的知县金勃斯基,他是这官职的最后一任,因为不久"知县"这职衔就撤消了;还有医生波果诺夫斯基,他是一个心地善良的人,下巴剃光,两旁长着长长的连鬓须(在那时候这是医生界普遍流行的打扮);还有鲍加茨基老爷,就是每月收入十八卢布而拥有豪华的住宅的那个"贵族监护秘书"……此外还有几个质朴的普通人物,他们都热心地迷恋于玩牌,对政治和反对派完全不感兴趣。他们的夫人们和母亲坐在食堂里,谈着妇女们所特有的家常话。房间里充满了浓烈的烟味。空气很沉闷。绿呢桌子上时时发出例有的简洁的叫声:

"派司……"

"我叫……"

"七副梅花……"

"应该先出王……"

休息的时候,他们坐在摆满小菜和烧酒的茶桌旁,作普通的谈话,其中谈到学制改革。大家一致地从纯粹实际的观点上指责这种改革:由于上级的命令而到罗夫诺来服务的人的子女有什么罪过? 他们都不得进大学,而大学在那时是唯一的正式高等学府。

有一个人提出一个问题:"政府"怎么可以容许这种显然不合理的措施?

父亲订阅着《祖国之子》[1],这时候他就简要地介绍这改革的来由:国会里大多数人反对托尔斯泰的计划,但是"沙皇同意少数人"。

接着是一个短时间的沉默。他们的谈话仿佛碰到了一个高大的障

──────────

〔1〕《祖国之子》是一个日报,从一八六二年到一九〇〇年发行于彼得堡。

碍物。

"这都是卡特科夫[1]在那里捣鬼。"有一个人轻轻地叹息着说。

"当然是他。"另一个人接着说……

"这个人做了许多危害俄罗斯的恶事……"第三个人叹一口气。

父亲并不附和那些反对学制改革的人，也不说他那句口头语"病人请教庸医"。他只是沉默不语。

过了一会儿，吃好了茶点，玩牌的伙伴回到客堂里，从那里又发出这样的叫声：

"派司！"

"我叫。"

"七副梅花！"

"应该先出缺一门。"

我从烟气弥漫的房间里走到阳台上。夜色明朗而清澄。我眺望映着月光的池塘和岛上的古堡。后来我坐在小船里，悄悄地离开了岸滩，划到池塘的中央。我望得见我们的房子、阳台、明亮的窗子，里面有人玩着纸牌……我不记得那时候有什么明确的思想。

在许多次"纸牌晚会"中我特别记得这一次；我因此而断定那时候我从烟气弥漫的房间里走出来，心中怀着一种新鲜的、模糊的，然而有助于长进的感觉……对于以前——像父亲所说——"哲学家们"所提出的问题"思想时可否不用言语"，现在我将完全肯定地回答："可以。"具有明确的概念与言语的思想，好比只是植物在地面上的部分，即茎、叶、花……

---

〔1〕　米·尼·卡特科夫（1818—1887）是一个反动的政论家，是革命和一切社会进步事业的凶恶的敌人，是极端反动政策的主要创导者之一。

可是这一切的根源却埋在地下：在看不到的种子里潜伏着生长茎、叶和花的可能性。它们还没有生出来，在它们上面还摇曳着别的叶和茎，然而在地下的种子里已经为新的植物准备好一切了。

这种萌芽也许是我在这时候从"成人们"关于这种行不通的学制改革的漫不经心而完全善意的谈话中得出来的。我眼前是一片月夜的景象、沉睡的池塘、古老的城堡和高大的白杨。我心中也许蠢动着关于明天和课业开始的遐想，可是它们毫不留下痕迹。而在它们的下面，关于沙皇和最高政权的新概念正在开辟它的道路。

世界上存在着太阳、月亮、星辰、风云、沙皇、法律……这一切都存在着，这一切都起着各种作用，然而并无理由，只是为存在而存在，为起作用而起作用……埋怨天上的雷霆是愚蠢而无益的。埋怨沙皇也是同样愚蠢的。在这里不能有这种问题："为什么这样而不那样？"……愚蠢的瓢虫和冲走它的流水，柯良诺夫斯基家的"老神像"和摧毁它的雷箭，无知的病人和全能而雄伟的庸医——所有这些相互关系的存在都并无理由，只是存在着，从古以来就存在，并且永远存在下去……

这就是我父亲的稳定、完整而简单的世界观，这种世界观不知不觉地也渗入我的心中。据我的意见，只有这样的世界观才是"神意"专制的真正的基础；在这种观点还完全不受侵犯的时候，专制权势是很强的。在这天晚上以前，我就处在这种完整的权势之下。这种天然的、不可动摇的、任何批评所达不到的权势，从高高在上的沙皇那里很广泛地扩展开来，直到总督，也许竟直到省长……这一切都像切尔特科夫[1]的姿态一样在笼罩着恐怖的县法院审判室门口发光；这一切都暗呜叱咤，

─────────

〔1〕　切尔特科夫就是视察罗夫诺县法院的那个省长。——译者注

有时施恩德于人，有时使人陷入绝望，并无理由，并无根据，而只是这样做……没有原因，只是出于最高的无端的意志，对这意志不得争执，关于这意志甚至不可议论。

现在成人们的真率的谈话使这种完整的权势中起了一些动摇。我个人的命运早已注定：大学的门在我和我的数千个同辈人面前是关闭的。我觉得这是厄运，大家也都承认这是厄运。倘确是命定，倒也无可奈何。然而……这是可以没有的。国会里曾经有多数人反对这计划。沙皇可以同意多数人……那时就好了，可是他不知怎的同意了少数人……于是发生了大家所认为不合理的情形，这种情形其实是可以没有的……这种情形的发生并不是单纯地根据"因为有雷，所以有雷；因为有沙皇，所以有沙皇"的原则……不，"这都是人为的"，这是那个叫什么卡特科夫的陌生人所做的种种恶事之一。在我面前揭开了一种重大的生活现象的内幕。房子像是完整的，本来如此的；忽然来了些人，拆去了一个台阶，安上了另一个，这时候就露出霉烂的旧木桩来。这才知道房子不是生来如此的，而是人造的，像别的许多东西一样。现在，在关于"人间上帝"的权势的完整的概念中，出现了一个凡人卡特科夫，对这个人就可以批判和指责了……

也许，我对这新"内幕"的模糊的感觉，使这次谈话和这个月照池塘的秋夜都变得那么富有纪念性和意义，虽然我记不起"可用言语表达的思想"。

而且不仅如此，在此后很久的期间，关于天然的、不受批评的权势的观念继续存在于我的心中，在我的意识深处微微地蠢动着，仿佛一个幼虫在地下触动还活着的植物的根一样。然而从这天晚上开始，我心中已经有了最初的"政治"反感的对象。这对象就是教育部长托尔斯泰，主要的还是卡特科夫——为了这两个人的关系,我不能进大学,而且必须学习讨厌的数学[1]……

19 新中学的第一个印象

我终于被录取了。入学考试过后不久,有一个星期日的晴朗的早晨,我因为空闲无事,到"自由区"的波兰墓地上去玩。这是郊区,城市到这里不知不觉地变成了乡村。有一所精小的天主堂,建立在许多茅屋的邻近、坟墓和十字架的中间。这所白色的殿堂有一种特别可亲的感觉,上面挂着声音清朗的小钟,风琴声从彩色玻璃里面迸发出来,飘扬在坟墓上面。风琴声停止以后,听见白桦树的低啸声和祈祷者的絮语声;教堂里容纳不下这许多祈祷者,所以他们都跪在门口。

我在墓碑中间徘徊了很久,忽然在一个丛生着野草和灌木的地方,我的视线碰到了一团异样的蓝色的东西。我走近去,看见一个身穿有铜钮扣的蓝制服的身材矮小的人。他俯伏在墓石上,正在用小刀在这上面仔细地刮什么东西;他非常专心于这工作,竟没有注意我的来到。我正在想,还是退避的好,但这时候他迅速地站起身来,掸一掸制服上的灰尘,看见了我。

"你是谁?"他用略微沙哑的高嗓子问,"啊,是新生吗? 你姓什么?

―――――――――――

〔1〕 在初版(《俄罗斯财富》,一九○七年第一期)中是这样写着的:"无论怎样,在中学毕业之前,卡特科夫和托尔斯泰这两个人就已经是我的校外的初次'政治'仇恨的十分明确的对象。"柯罗连科对卡特科夫终生抱着极端反对的态度。这种态度特别明显地表现在他写给霍凡斯基(《萨拉托夫日报》的编辑)的信中,这人在卡特科夫逝世的时候曾经登载过一篇颂扬的讣闻。在这封信里(一八八七年八月),柯罗连科称卡特科夫为"我们的苦难日子中的一切恶事的化身""酷刑的检察长""一切诚实而自由的言论的告密者中手段最高明的主要人物""思想的扼杀者"。

你得留神点儿!"

他举起一根手指向我表示威胁,然后用滑稽的步态蹒跚地走开去。这个小个子的人立刻消失在墓地的绿荫里了。

他刚刚消失,附近的墓穴后面就跑出三个中学生来。

"他跟你说些什么?"其中我已经认识的一个人克罗尔问我。另外两个人立刻俯伏到铺石上,也开始在石头上刮什么东西了。当他们完工之后,带着满意的样子站起来的时候,我好奇地看一看他们所做的工作。但见铺石上照例的三个字母 D. O. M.〔1〕之后,刻着姓氏和小名(似乎是雅西·杨凯维奇),后面还有生卒年代。在上面的一条深洼里,可以看见用钉子和小刀刻出的两个波兰词:ofiara srogości(严刑的牺牲者)。

我的新同学们把这个题铭的历史讲给我听。

这是若干年前的事。中学当局"迫害"初级班里的学生杨凯维奇,有一次"为了上课不用心"而把他关进禁闭室里。这孩子说他患着病,请求放他回家,可是他们不相信他。

禁闭室设在二层楼上,校舍尽头的角落里。有一条单独的狭弄堂通向这房间,弄堂门也独立地关闭着。

后来我曾经认识过这个房间,每次当校工用钥匙把门骨碌一声锁好而走开去,他的脚步声在轰响的长弄堂里消失的时候,我总是回忆起杨凯维奇,想象他这病人在这孤寂中一定非常害怕。楼下远处传来装滑车的大门的碰响,接着就有骚乱而敏捷的回声通过各个走廊,拥集在每一个屋角里。然后一切都肃静了。高高的小窗外面,丛密的花园里的栗子树喧噪着;一到傍晚,潮湿而寒冷的屋角里潜伏着的黑暗就浓密起来……

---

〔1〕　Deo Optimo Maximo,意思是"托福伟大崇高的上帝"。——原注

当看守人在黄昏时候来释放被禁闭的人的时候,他发现这人蜷伏在门边,不省人事了。看守人惊慌起来,连忙去请学校当局来看,他们就把这孩子抬到宿舍里,把他的母亲叫进城里来……可是杨凯维奇已经完全不认识人,只是满口胡话,惊惶叫喊,畏缩躲避,终于昏迷不醒而死……

现在的中学里,这命案的罪犯已经不在,牺牲者的同学们也已经离校了。然而这个传说一代一代地留传下来,学生们都认为刷新墓石上的铭文是自己的责任。更有意味的,舍监季佳特凯维奇——俗称季东奴斯——认为时时刮去墓石上的叛逆性的题词是自己的责任。因此那条洼越刮越深,而铭文时时被刷新,保留着学校当局某人所施的"严刑"及其"牺牲者"的纪念。

这就是"罗夫诺实科中学"给我的第一印象……

20　红黄鹦鹉

现在,虽然离开那时代已经有数十年了,我还是常常梦见自己在罗夫诺中学当学生时的情形……我耳朵边响出一阵特殊的急速的钟声,我就知道这是那个少年兵[1]出身的老校工在打钟:那口钟挂在校舍角落里的两个高柱子上,他就在那里拉动那根很长的绳子。钟声顽强而急促,仿佛喘不过气来,它飘过池塘的水面,钻进学生宿舍里。接着,木板桥上响出一阵稠密的脚步声,装滑车的挂着几块石头的边门发出吱吱声和轧轧声……脚步声像潮水一样增高起来,后来渐渐稀少了,接着就走

---

〔1〕　十九世纪初期,按照农奴制的法律,兵士的儿子从降生日起就被指定入军校受训,这种人就叫少年兵。——译者注

过那个身躯高大的学监斯捷潘·雅科夫列维奇·鲁舍维奇;院子里一切都肃静了,只有我还在那里跑,或者正在走进空无一人的走廊里去,心中怀着不快的感觉,因为我已经迟到,魁梧奇伟的鲁舍维奇的严厉的眼光正在高高地注视着我。

有时我也梦见我坐在凳子上等候考试,或者等候教师叫我到黑板前去回答问题。这时候我往往因为没有准备,企图冒险而感到焦灼不安……

这些印象非常确切。这是不足为奇的。因为我在罗夫诺中学念过五年书,以前又在日托米尔中学念过两年。一年之中在教室里或教堂里的日子就算是二百五十天,每天就算上课四五小时,那么一共有八千小时左右;在这期间,有几百个青年和少年跟我一起处在几十个教师的直接权势之下。现在我觉得在这些小时中,这所肃静的中学校舍仿佛是一个巨大的共鸣器,教师的合唱在这共鸣器中把数百个未来的成年人的智慧和精神统一为一定的调子。现在我想确定这合唱中占优势的几个基本音,即使略述概况也好。

还在日托米尔,我在二年级念书的时候,我们曾经有一位图画教师,是一个老波兰人,名叫索勃凯维奇。他总是说波兰话或乌克兰话,他热爱自己的学科,认为这是教育的首要基础。有一次,他为了某事对全班学生发脾气,从讲台上抓起他的皮包来,高举在头上,然后使劲地把它丢到地上。他两眼闪闪发光,灰色的头发竖起,怒气满面,很像打破十诫石板的摩西[1]。

　　　[1] 摩西传上帝之命,创立十诫,刻在两块石板上。后来他看见百姓陷罪,便发烈怒,把两块石板扔在山下摔碎了。(见《旧约·出埃及记》第三十二章第十九节)——译者注

"傻瓜！笨蛋！蠢货!"他用波兰话叫喊着,"你们要是不懂得人类的视觉美,你们那些文法和数学有什么意思！……"

这也许是粗暴而可笑的,然而我们都没有笑。这位体格雄伟的老美术家在一群无知的儿童身上旋风一般散播了他对自己的学科、对艺术的高尚意义的热烈信仰的兴奋精神……有时他走近作画的学生,用大拇指在纸上描划,说着:"对啦！是这样的……看得出吗,小朋友？它这里是圆的。喏,喏……现在要画得有力,画得浓！……对啦,你看:明显了,像了!"——这时候,在他这种手势之下,仿佛有许多活的形象拥集到纸上来,只要把它们抓住就行……

还有一个人物,也是我在日托米尔看到的,这是神甫奥夫祥金……这个人全身像牛奶一样白,有一双美丽的蓝眼睛。这双眼睛里经常流露着一种温良的局促不安的情绪。有时,当我回答问题的时候,他这样地注视我的眼睛,我似乎觉得他怀着亲切的挂虑在我身上找求着什么东西,找求着一种在我和他都很必需而重要的东西。

有一次,他发心为他的学生举行一次斋戒礼,是和别的祈祷者分别举行的。

为此,他匆促地组织了一个学生合唱团,由神甫子弟中的两个学生担任领导,他自己在公众祈祷之后来替我们举行仪式。我们都喜欢这件事。这教堂在那时候完全为我们所有,这里面似乎特别舒适而清静。没有舍监,没有人来监视我们。

然而……学生们在一年的严格监视之后,一旦走进这个环境中,都放荡不拘了。大家都很愉快活泼,尤其是在合唱练习的时候,因为这时候神甫也不在场。在一次合唱练习之后,这种心情超过了限度,晚祷中合唱团唱"圣父、圣子和圣灵"的时候,把最后两字换用了亵渎神明的字眼("生病")。其实这并不是真正有意亵渎神明,不过是一种顽皮的惯性罢了。同学们主要是和这个善良的神甫开玩笑,倒并不是和上帝开玩笑。祈祷完毕之后,司事说,神甫请大家不要走。我们聚集在左面的唱歌席周围。这个光线幽暗的老教堂里变得庄严、肃静而悲哀了。一会儿,奥夫祥金从祭坛里走出来,样子严肃而仿佛犯了罪过。他走近我们来,开始说:

"孩子们……我的孩子们……"

可是他不能继续说下去。他那张惨白的脸可怜地哆嗦了一下,眼睛暗淡无光,面颊上流下大滴眼泪来。

这种深切的悲哀强烈地感动了我们,比最雄辩的说教强烈得多。唱歌的人都觉得惭愧而受了感动,他们首先扑向他去,吻他的手,拉他的宽衣袖的边。接着,其他没有犯渎神罪过的人也都来围绕了这老人;我们大家都后悔:不该把这件事当作好笑、有趣。老人把两只手搭在我们的短发的头上,他的脸色渐渐明朗了……斋戒礼就在这光景的印象之下完成。奥夫祥金就在这简陋的教堂里替我们念叶夫列姆·西林忏悔祈祷词,低低的天花板下面洋溢着感动而后悔的青年合唱团的歌声,——这时候这祈祷在我心头发生强烈的效果;此后我再听到这祈祷时,永远没有这种效果了。

到了罗夫诺以后,我所听到的只有关于一个物理教师的故事。这个人大概也是一个突出的人物,因为关于他的故事一代一代地传下来。他是一个"自然哲学家"及唯物主义者。照他的意见,物理定律可以说明一切,或者应该能说明一切,他做实验的时候非常热心,仿佛每一个实验都是揭开世界秘密之幕的一个启示;他在教师室里对神甫展开热烈的论战,用地质形成时期来对抗六天的天地创造[1]……

我在日托米尔中学第一年的末了,美术教师索勃凯维奇被撤职了,因为那时候开始"俄罗斯化"运动,而他不惯于在教室里单讲俄罗斯话。这可怜的老人无论怎样努力学习,他的俄罗斯话总是"不圆","不明显"。而且他的整个奇特的姿态也不适合于公家的规范。奥夫祥金不久也被一个枯燥而严格的神学教师索尔斯基所代替了……最后,罗夫诺的"自然哲学家"也由于和他争论的神甫的告密而被解雇了,这神甫因此而恢复了"创世记"的权威。

这些人物无论怎样不同,他们在我的记忆中却具有共通的特点,即信仰自己的事业。他们的教条各不相同:索勃凯维奇大概认为在人类视觉美前面,物理也是同文法一样没有价值的;奥夫祥金对人类姿态的美和正确观念的美同样地漠不关心;而那个物理学家大概也准备和奥夫祥金争论六天创造世界的问题。信仰的内容各不相同,而心理是一样的。

现在我要讲的是另一类型的一个突出人物。

这是一个德文教师,是我的亲戚,叫做伊格纳齐·弗兰采维奇·洛托茨基[2]。我还没有进学馆的时候,他就从加里齐亚来到日托米尔。他有一张外国大学的文凭,因此那时候就有在我国中学当教师的权利。有一次,雷赫林斯基家有一个人当他面嘲笑外国的文凭。洛托茨基站起身来,走出房间,不知道到哪里去了;过了一会儿,他带着文凭回来,当场把文凭撕得粉碎。后来他到基辅,在那里重新通过了大学的毕业考试。

---

〔1〕 据《旧约·创世记》第一章开头所说,天地万物是由上帝在六天内造成的。——译者注

〔2〕 洛托茨基实际上是扎勃洛茨基。

此后他获得了日托米尔中学教师的职位,并且和我的一个姨母结了婚[1]。人家都说她幸福。可是过了一些时候,我们孩子们开始注意到:我们的乐天的姨母常常带着哭肿的眼睛到我家来,和母亲两个人关闭在房间里,向她诉说,并且哭泣。有时我们到她家去做客,偶然玩得很热闹,书房的门就微微地开开,门缝里出现一张刮得精光的脸,两只眼睛突出而炯炯发光。这一来已足够使我们害怕,我们立刻肃静无声,各自坐在屋角里了;姨母的脸色就变得苍白,浑身发抖……如果没有记错的话,可说那时候我是最初记住了"暴君"这个词。

然而大家都承认他是一位模范教师,并且预言他在教育行政事业上的光辉前途。他是一个典型的南斯拉夫人,这种人过了几年之后在托尔斯泰时代充满了我们的教育局,然而洛托茨基有他的优点,就是俄罗斯话讲得极好。

他的服装常常崭新,胡须剃得精光,光鲜的制服上半点灰尘也没有。他来上课的时候,一分一秒都不差,用均匀的步伐走上讲台。他在讲台上站定了,用炯炯发光的、突出而生动的眼睛向全班学生一瞥。在这一瞥之下大家就肃静无声,教师对全班学生的权威之大,恐怕无出其右了。这是一般所谓"纪律"的一种模范。学生都怕他,准备他的功课时,比准备别人的功课更加用心;开会的时候,他的声音占最大的优势。所有的"监察员"都用满意的眼光来看这个教法正确可靠的、模范的官样人物……

然而……学生们早就看出这个模范教师的弱点,替他画的讽刺漫画,比替任何人画的更多而更成功。大家都知道,他当教师六七年来没

---

〔1〕　是指安瑞里卡·约瑟福夫娜·斯库列维奇。

有缺过一次课。他在走廊里走路的时候,常常用同样的步态,像仙鹤一样跨着大步,躯干挺得特别直。从教室门到讲台,他常常跨一定数目的步子。从某一个时期起,我们注意到:如果他踏在门槛上的脚偶然弄错了一只,他就退后一步,重新矫正,好像兵士"乱了步调"时那样。他站在讲台上的时候,常常保持同样的姿态。

如果这时候有人做一个剧烈的动作,或者和邻座的人讲话,洛托茨基就伸出手来,异样地并拢两根手指——食指和小指——指一指角落,迅速地说出犯过失的人的姓氏,说的时候把最后一个音节叫得很响,并且几乎把所有的母音都略去:

"克尔钦科……符尔史夫斯基……阿勃尔姆维奇……"

这就是说:基利钦科、瓦尔沙夫斯基、阿勃拉莫维奇必须走到屋角里去……教室里就静得鸦雀无声,静得令人困疲而可怕……只是清晰明了地听到教师的断然而迅速的发问声和学生的匆忙的回答声……

总之,这有点类似模范教育上的强制劳动!……

然而在强制劳动中,人们也会作弊和钻空子。在我这个老姨夫对全班学生的模范而毫不假借的权威中,原来有显著的破绽。例如,在我入学后不久,有一次点名的时候,学生基利钦科没有到。洛托茨基念到他的姓,基利钦科的邻座人就站起身来,他显然是模仿着教师的态度,异样地挺直了身子,呆立不动,然后断然地说:

"克尔钦科……没有到。"

他模仿得那么显著而大胆,使我不由得惊奇地向洛托茨基一看。他完全没有注意,继续铿锵地喊出一个个的姓来。在肃静之中响着他的金属般的声音,同时又听见简短的回答:"到……到……到……"只是在学生们的眼睛里闪露出讥笑的神情。

又有一次,洛托茨基开始讲解形容词的变格,教室里立刻传遍了一种隐约可见的兴奋。我邻座的人用肘推我一下,用极轻微的声音对我说:"就要念'鹦鹉'了。"洛托茨基的炯炯发光的眼睛向全班扫射一下,然而学生们早就无声无息地端坐着了。

"Der gelb-rothe Papa-gaj,[1]"洛托茨基拖长了声音说,"现在开始变格! 第一格! Der gelb-rothe Pa-pagaj……第二格……Des gelb-rothen Pá-pa-gá-a-aj-én……"

在洛托茨基的声音里出现了一种特别活跃的音调。他开始扯调子,显然是欣赏着这嘹亮的节奏。念第三格的时候,全班学生用悠扬的声调来轻轻地、曲意迎合地附和着教师的声音:

"Dem…gelb…ro…then…Pá-pa-gá-a-aj-én…"

洛托茨基的脸上显出一种表情,就像一只猫被人在耳朵后面搔搔时的样子。他的头仰向后面,大鼻子对准天花板,薄嘴唇的宽阔的嘴巴张开着,仿佛哇哇地叫得正甜畅的青蛙的嘴。

念复数变格的时候,扯调子的声音就像雷鸣一般。这真像一个放诞的盛宴。几十个声音把红黄鹦鹉砍成片段,抛向上空,拉长来,摇曳着,升到最高的音,又降到最低的音……洛托茨基的声音早就听不见了,他的头仰起,靠在椅子背上,只看见触目的硬袖里一只白手用两根手指拿住一枝铅笔在空中划拍子……全班学生仿佛发狂了:他们模仿着教师,像他一样仰起了头,装腔作势,摇头摆尾,挤眉弄眼。有两三个不堪救药的顽皮学生竟跳到座位上来。

忽然……

〔1〕 德语:红黄鹦鹉。——译者注

　　最后一个变格的最后一个音节刚刚截然地静下来,教室里就像变戏法一样换了一副新的样子。教师照旧挺直了身子,严肃而机敏地坐在讲台上,他那双炯炯发光的眼睛像闪电一般掠过所有的座位。学生们都像石头一般凝然不动了。只有我,因为这情况突如其来,还张开着嘴向大家眺望……克雷希塔诺维奇用肘把我一推,然而已经迟了:洛托茨基极其清晰地喊出我的姓氏,用两根指头指点屋角里。

　　以后又在鸦雀无声的"秩序"中上了几课,直到洛托茨基又念到红黄鹦鹉或别的催眠的字眼的时候。学生们根据某种本能想出了一整套办法,不知不觉地驱使教师去念这种字眼。这仿佛是两种催眠术的斗争,而胜利常常属于群众方面。洛托茨基有时似乎觉得有点不妙,在扯调子以前及以后,他的眼睛带着怀疑的惊慌向各个座位扫射一下。然而极度的肃静消除了他的怀疑,可是后来全体学生又曲意奉迎地、逐渐地、不知不觉地开始扯调子,并且越来越响了……

　　有时玻璃门外面的走廊里闪现出舍监或学监的吃惊的脸,他们是被红黄鹦鹉的奇怪的喊声吸引过来的……但是当洛托茨基从教室回到教师室里的时候,他的态度沉着、冷静而严肃,自认为模范教师,因此没有人敢对他说起:他的教室有时像疯人院。

　　有一次,他的妻子仓皇地来到我母亲这里,惊慌地对她说:"洛托茨基在中学里出了事。"这大概是后来学监提出了"请教师先生加以注意"……洛托茨基勃然大怒,就像上次人家笑他那张文凭时一样,不久他就调迁到契尔尼戈夫去了……然而,那只红黄鹦鹉原来是跟他一同去的。那地方的学生也一齐本能地抓住了他的天然习惯的特点。他们就用迎合的回应来对付他上课时那种催眠状态。这定型越来越强地抓住了我的姨夫。他的步态越来越死板了;他的解释变成了固定的形式,学生们不但能预先猜测到句子和字眼,又能猜测到重音。大家都大胆而恭敬地模仿他,那只鹦鹉就叫得越来越响、越来越密了。

这只厄运的鸟终于毁灭了他的辉煌的远大前程。洛托茨基从一个中学调迁到另一个中学,终于在获得养老金前四年抛弃了他的职务……

洛托茨基显然具有一种天生的怪癖,即容易蒙受愚钝的旧习的影响。在别人看来,这种怪癖没有那么充分而明显;然而我现在一想起在这中学里所度过的无数钟点,总觉得在这些钟点的紧张的肃静中时时响出红黄鹦鹉的疯狂的叫声……

现在再讲法国人林比的教课。他的原籍是瑞士,不知怎的来到罗夫诺,在这里当了四十年教师。他没有家属。他的整个世界是课堂、学监室和离中学很近的宿舍。四十年来,他在固定的时间用机械的步态来往于中学和宿舍之间的几丈路上。在这范围之外看见林比先生,是极稀罕的事。他的俄语说得很不好。他的解释是几个刻板的公式,只因为可笑才使人记得牢。他又十分认真而坚毅,因此上文法课(他把文法和翻译分开上)实在很苦闷……

然而有时在这机械的外壳中会展出另一种生活的境界来。他喜欢讲过去的事。每一班里都有一个特殊的技师,能够开动林比,像钟表匠开动钟表一样。只要把某一根发条转动一下,这老头儿就会撇开了那本枯燥的记分册,一双小眼睛里射出晶莹油亮的闪光,开始滔滔不绝地讲故事……

他所讲的是玄妙、神秘而幻想的故事。他生在瑞士,曾经在伟大的彼斯塔洛齐[1]那里学习。彼斯塔洛齐是一个天才的教育家……林比曾

---

[1] 约翰-亨利·彼斯塔洛齐(1746—1827)是有名的瑞士教育家。

经当过学校队伍的炮手……

他讲这些故事的时候声音像小孩子那么亲切,发音嚅嚅嗫嗫,常常
眯着眼睛,伸直手指,把手掌向上举起。学生们都听见过这些故事(有时
是从他们的父亲那里听来的),他们管自做别的工作:暗诵后面的课文,
或者玩钮扣和钢笔尖。这个可怜的瑞士人却唠叨地讲个不休。他认识
伟大的拿破仑,曾经在他患难之中替他效劳,引导他越过阿尔卑斯山。
他们手上涂着有黏性的树胶,爬上陡峭的岩崖去。伟大的拿破仑拍拍他
的肩膀说:"Mon brave petit Lumpi."意思就是说:"可爱的林比,你真勇
敢。"……如果故事的题材竭尽了,那个发起人就向他提到非洲的沙漠。
林比就顺从地出发到非洲沙漠,在炎热的沙地上旅行,看到蟒蛇吞吃小
牛的光景。这只倒霉的走兽的一对角顶着"这一个怪物"的皮,绷紧起
来,像手套里的手指一般。这对角就在观者的眼前从蟒蛇的颈子移向它
的胃部。

功德无量的钟声打断了这个无穷无尽的旅行,文法就置之不问了。
然而有时那个发起人来不及提供材料……林比的幻想就熄灭了……他
苦闷地叹一口气,伸手去拿记分册,在剩下来的五分钟或十分钟内匆匆
地问了些功课、打了几个两分。第一个倒霉的是那个"发起人"。

俄罗斯语和斯拉夫语的教师叶果罗夫身体比林比还胖。林比的样
子像个圆柱形,叶果罗夫则像个球。他的头小得和身体不相称,眼睛浮
肿,像两条缝,鼻子像一个不很显著的钮扣,声音是尖细的假嗓。回答他
的问题必须迅速、单调而不支吾。只要开头用这音调来回答,以后就可
随意乱说。叶果罗夫坐着,闭着眼睛,好像被催眠了一样;一双短短的脚
挂着,身体浑圆,好像中国的菩萨像。但是只要学生支吾一下,或者改变
一个音调,叶果罗夫的眼睛就睁开来,头向后仰起,他生气地用急速的语

调说：

"打分数！打分数！打分数！"

叫过第三声之后,他的手做一个迅速的动作,记分册上就出现一个特殊的、叶果罗夫式的两分,样子像个问号。

"分数打过了！坐下去！"

叶果罗夫开始讲解功课的时候,走到第一张课桌前面,把肚子靠在课桌上。为此,学生先在第一张课桌上涂些粉笔灰。季佳特凯维奇常常在走廊上殷勤地揩拭叶果罗夫肚子上的白粉条子,然而他上过下一课,肚子上又带着白粉条子来了。

地理教师萨玛列维奇最像洛托茨基,不过没有他那么神气和自信。他的身体瘦长而憔悴,说话的时候声音抑扬嘹亮,又像诉苦,又像威胁。他在走廊上像洛托茨基一样跨鹤步,仿佛跨过水坑似的。他握门上的金属拉手的时候,总是把他的呢衣服的袖子拉下来衬在手掌上。他跨上讲台之后,常常像洛托茨基一样用同一个姿势站着,一只手抓住一绺头发,这绺头发生得很奇怪,矗立在咽喉旁边(他没有胡子和髭须)。教室里肃静了。空气很紧张。萨玛列维奇的细长的脖子上长着一个很大的喉结,像蛇一般在宽阔的衣领里转动,那双干枯的、胆汁的眼睛从右到左向学生们扫射。在他的眼睛和面貌的表情中含有一种无端的愤怒和苦闷。在这可怕的瞬间,随着萨玛列维奇的针刺似的眼光,教室里散布了一种死一般的麻痹空气……只要动一动,转一转身,移动一下脚,立刻就听到一个凶恶而响亮的声音：

"值日生！把他带到黑暗的禁闭室里去。"

"黑暗的"禁闭室其实是没有的,没有人带我们到那里去,我们不过是到某一个空教室里去打发时光。这是很适意的,功课没有预备好的人尤其开心;然而我们不大享用这种机会,因为被赶出去的时候是很可怕的……还有一种方法,也可以达到同样的结果:只要拉开小刀来剔剔指甲,萨玛列维奇就像一架瘦削的风车受了一阵风似的挥着两手,骂这学生为坏蛋,把他赶出教室去。

他的功课大家都准备得很好。并不是为了他的功课有趣味,却是为了回答不出时很可怕。这样说来,他作为一个教师,算是好的。当然没有人想到,实际上他用什么东西来代替了我们对于神圣的世界的知识。有一次,在地理考试之前,我做了一个奇怪的梦,现在说起来该是"象征的"梦。在有一处宽广的地板上铺着一张无边无际的地图,上面有许多涂着色彩的地域、河流的曲线、城市的黑圈圈。我看看地图,记不起城市的名称,也记不起哪一个城市以木材贸易著名,哪一个城市经营羊毛和兽脂。地图的中央,在模糊的一团里,看见一个细长的脖子上长着一个头,一双锋利的眼睛盯住我看,等候我回答……茫无边际而波涛汹涌的海洋、广大而美丽的世界、人类的蓬勃而多样的事业——这一切都被一张有块、线和圈的纸的概念所偷换了……

这个憔悴的人有一种不祥而悲惨的神色。他死得很可怕。他从我们的中学里被调迁到另一个城里。他的妻子是一个善良的女人,命运把她和这个狂人结合了。她在那里获得了管理学生宿舍的职务。照理这是她个人的事,然而萨玛列维奇立刻对她施展了恶魔威势。据说每天晚上就寝之前,他带了家仆们巡视整个宿舍,探察所有的角落、桌子底下和沙发底下。然后把宿舍锁闭起来,钥匙由萨玛列维奇带去放在自己枕头底下。

有一次——这时候已经是八十年代——夜里有人在这个锁闭的堡垒外面敲门。萨玛列维奇叫仆人们用扫帚和拨火棍武装起来,走到门口。外面继续敲门,原来是……"公差"。门开开了,走进几个宪兵和警察来。他们搜查了一个学生,把他逮捕去了。

这使得萨玛列维奇大为惊骇。他有好几天目瞪口呆,有一天早晨人们发现他已经死了。原来是他自己把咽喉割断的。在他看来宪兵比剃刀还可怕……

有一个德语教师叫做克兰茨……他是一个活泼的人,身材不高大,脸上光秃秃没有胡子,枯瘦憔悴,好像神话里的仅由筋骨组成的幽灵。这个人似乎有意在开头的时候把自己的功课变得完全没有意义,可是后来终于教学生掌握了这功课。他异想天开地把全部文法变成研究词尾。

"列昂托维奇,"他叫着,故意歪曲这姓氏的读法,改变了重音的位置[1]。"说出这个名词的变格来:der Mensch[2]。"

列昂托维奇站起来,开始变格,他不念这个词,而只念词尾:第一格 sch,第二格 en,第三格 en,第四格 en。复数 en,诸如此类。

如果学生弄错了,克兰茨立刻模仿他,长久地装腔作势,用各种方式来把词念得歪曲。他问前置词的时候装手势:用指头指点下面,同时突出嘴唇,学生就应该回答 unten[3];把指头举向上面,同时装出表情,仿佛他的发黄的眼球正在注视飞鸟,学生就应该回答 oben[4];迅速地跑到墙边,用手掌在墙壁上拍一下,学生就应该回答 an[5]……

---

〔1〕　"列昂托维奇"这姓氏原来的重音是在"托"字上。——译者注
〔2〕　德语:人。——译者注
〔3〕　德语:在下面。——译者注
〔4〕　德语:在上面。——译者注
〔5〕　德语:在旁边、上面。——译者注

"某某……这里应该是 ат 还是 ят？这里应该是 али 还是 ели？"

学生必须尽量迅速地用同样的隐语来回答。

席勒和歌德的语言被他变成了一种毫无意义的声音和滑稽脸相的混合物……而且这种滑稽态度是枯燥的、恶意的。这使人感觉到仿佛有一只活泼、刻毒而有危险性的猴子在几十个孩子面前装腔作势。在旁观者看来，这只猴子的动作和跳跃也许是好玩的。但是学生们觉得这个叫跳装腔的东西有很尖锐的脚爪和威势……直到响出下课铃为止。下课铃真像一只雄鸡的叫声，它赶走了这个噩梦中的幻像……

克兰茨在每一班里都看中几个学生，他特别喜欢折磨这几个人……一年级的被折磨者是柯路波夫斯基，他是一个小胖子，头很大，面颊很肥……克兰茨走进教室来的时候，往往蹙着眉头，并且开始嫌恶地用鼻子东嗅西嗅。大家都知道这是什么意思，柯路波夫斯基就脸色发白了。在上课的期间，他皱眉头越来越勤，终于，克兰茨对全班学生说：

"这里有什么气味，啊？你们知道德语里'发气味'叫什么？柯路波夫斯基！你知道德语里'发气味'叫什么？德语里'弄脏空气'叫什么？'懒惰学生'叫什么？'懒惰学生弄脏了教室里的空气'这句话怎么说？德语里'软木塞'叫什么？'我们用软木塞来塞住懒惰学生'这句话怎么说？……柯路波夫斯基，你懂得吗？柯路波夫斯基，走到这里来，komm her，mein lieber Kolubowski.[1]来！……"

他用滑稽的手势从衣袋里拿出一个软木塞来。可怜的小胖子脸色发白了，他不知道应该听教师的命令跑过去呢，还是应该逃避这个恶作剧。克兰茨第一次作这表演的时候，孩子们都不禁哈哈大笑。但是后来

---

〔1〕　德语：走到这里来，我的亲爱的柯路波夫斯基。——译者注

当他重复做的时候,全班学生都闷闷不乐地沉默了。终于有一次,柯路波夫斯基几乎疯狂似的跳出教室,跑到教师室里去了……他到了那里,并不叙述缘由,只是破口大骂:"克兰茨不要脸,蠢才,坏蛋,流氓……"学监和教师们看见这个小家伙发脾气,大为吃惊。当年长的学生把这件事向教师说明之后,校务会议就警告克兰茨,认为他这种开玩笑是不适当的。

这件事发生以后的最初一个时期内,克兰茨到一年级来上课的时候,气得脸色发黄,竭力避免看柯路波夫斯基,不同他讲话,也不问功课。然而这情况持续得并不长久:他的恶作剧的脾气复发了,他不敢完全照样地重新表演,然而还是用鼻子在空中东嗅西嗅,皱眉头,并且叫柯路波夫斯基站起来,从讲台后面把那个软木塞给他看。

拉多米列茨基……是一个和善的老人,胡子剃得不干净,长着老鹰鼻子,说起话来像吃喝似的。他似乎从来不用中和的声音说话,然而大家一点也不怕他。他在高级班里教授逐年废止的拉丁文,在低级班里教俄文文法和斯拉夫文文法。这个人的注意力似乎一半已经丧失了,他对于眼前所发生的事,有许多都注意不到……他像谢德林所描写的检察官一样,仿佛一只眼睛是打瞌睡的。

"波果诺夫斯基!"他开始上课的时候愤怒地叫。全班学生已经约定今天不回答问题。波果诺夫斯基站起身来,用老练的口气说:

"老师,我今天功课没有预备。"

"你这木头!就给你吃根木头[1]。你要像木头一样站到下课为止!……"拉多米列茨基严厉地命令。记分册上就划上一个一分。这学生就

---

〔1〕　就是打个一分的意思。——译者注。

站在墙边,两只手臂挂直,竭力模仿一根木头。

"巴甫洛夫斯基。"

"老师,我今天没有准备。"

"你也要像木头一样站到下课为止。也给你一分,你这笨家伙。"

这笨家伙也走到那堵墙壁旁边,用肩膀把波果诺夫斯基推过去些,自己就笔直地站在他的地方了。第三个人又把这两个人推过去些;这样一排"木头"就排满了整堵墙壁,一直排到门口。在空荡荡的课桌上只剩下十来个没有问过的学生,老头儿继续和他们上课,完全忘记了其他的人。这时候第一根"木头"悄悄地把门开开,溜到走廊里去了。第二根、第三根也相继跟着他出去……过了几分钟,大家都已经获得自由,不必再上枯燥的课,却兴高采烈地在花园的静僻地方玩皮球了。一所波兰小教堂把他们和校舍的窗子隔开。然而季佳特凯维奇深知拉多米列茨基上课时有这种特色,有时他出来巡查,把这些逃跑者捉回去。那时教室门开开了,被跛脚舍监赶回来的这些"木头"就狼狈地重新站在墙边了。拉多米列茨基把他那副很大的玳瑁边眼镜推到额角上,吃惊地注视这种莫名其妙的现象……

还有一个人,我不无犹豫地想把他加入在这类人物中。这就是语文教师米特罗方·亚历山大罗维奇·安德列夫斯基。就性格方面说,他比较接近于本章开头所说的那一类人物。他心中有他自己的一种迷恋——我不妨称之为他的信仰。他把全部空闲时间、全部思想和感情贡献给一篇以《伊戈尔远征记》[1]为题材的洋洋无尽的论文。他在这个沉

---

〔1〕《伊戈尔远征记》是古代俄罗斯文学的天才著作。其中叙述诺夫戈罗德-塞威尔斯基公爵伊戈尔·斯维雅托斯拉维奇远征波洛威茨人的情形。创作年代是一一八七年。——译者注

寂的城市的街道上走路的时候,心中永远关怀着《远征记》中的疑句,毫不注意到周围的情况,有时竟忘记了这一次出门的目的。如果一只套鞋陷在烂泥里了,他就舍弃了这套鞋,管自向前走去。有一次我亲眼看见:风吹起了他的风帽的角,一只角轧住在栅栏缝里了。这个可怜的语文教师正在沉思地进行的时候突然被牵住了,他就停下来,站了一会儿,想再继续前进,可是那个障碍物不让步,他就从容不迫地把风帽从颈子上解下来,让它留在栅栏上了,轻松地走他的路。

　　学生们都爱这个教师,对他的态度客气而温和,然而他的功课大家完全不温习。他的讲解粗率而紊乱,只有在可以从《远征记》中举例的时候,他的态度才生动起来。他的论文越写越长,但是还没有决心付印,因为其中还有几处存疑的地方,例如:"Див кличет вьрху древа""рыща в тропу трояню"或"трубы трубят до додутки"……他绝不怀疑地认为应该读作"до додонтки"(内有带鼻音的 о)。然而读作"додонтки"也不大解释得清楚……有时他简直很有趣味,不过这种情形在上课时难得逢到。我们在街上碰到他的时候,很喜欢同他谈话。我们团团围困了安德列夫斯基,向他提出问题,有时向他发表关于"див""тропу трояню"和"додонтки"的最可惊的臆说。如果他对于这些觉得厌倦了,而我们还不释放他,他就从衣袋里摸出一本带有铅笔的教室手册来,看看站在他面前的人的脸,沉思而幽默地笑着说:

　　"啊,是莫恰尔斯基……我要给莫恰尔斯基在星期一的功课上打个一分。"

　　他就一本正经地打了个一分。他对于分数抱嘲笑而蔑视的态度,往往为了全班学生的要求,把教室里打的两分改作三分,甚至四分……但是在街路上打的一分,他比较不大肯改。

"老师,"全班学生叫着,"这些一分是你在街路上打的呀……"

"啊,"安德列夫斯基笑着说,"在街路上打的? ……在街路上打又有什么关系呢? 知识不一定是在教室里显示的。不学无术到处都可以看出……他那时候关于'див'怎么说? 啊?"

"老师,他是库尔斯克省人呀。"

"唔,那又怎么样呢?"

"老师,库尔斯克人身经百战,体壮力强。"

"头戴钢盔而成长,手持矛尖当食粮。"全班学生齐声接着念下去。安德列夫斯基笑容满面了……

"啊——"他带着欢喜而满意的表情说,就把一分涂掉了。

他的漫然的微笑中表现出天真烂漫的童心,也许还有一种非凡的智慧,这种智慧由于孤寂和环境的虚空而钻进了《远征记》的牛角尖里。他在我们面前的行为带有一种真率的狂气,他在我们心中并不留下深刻的痕迹,然而也从来没有一次引起过任何人一点恶劣的或敌意的感想……他的含蓄的微笑中透露出一种温和的幽默之感,他在课堂上有时也会说出中肯的批判或话语,然而关于"文学理论",即使优良的学生也不能从他那里获得任何概念……

当然,除了像洛托茨基或萨玛列维奇等狂徒之外,在调整我们的知识和精神的教师合唱中,也有中音区的嗓子,曲调唱得多少还像样。这些人当然担任着主要的工作:他们诚恳而坚忍地把教科书中的实际知识灌输到我们头脑里来。不多一点,也不少一点……是一种活的教育录音机……

这一类型的教师中最先浮出在我脑际的,是一个特殊人物斯捷潘·

伊凡诺维奇·狄斯[1]。这个人相貌并不漂亮,然而样子很聪明;阔大的牙齿损害了他的相貌,而一对深凹的褐色眼睛使它增加美观。他的服装常常是无可批评的,甚至是华丽的;他的神气很尊严;教课的时候态度安闲,并不动人,然而讲解周详,问问题严格,分数打得很公平。学生都敬重他,规规矩矩地学习他的功课;我全靠他的教导,不再把演算习题看作不可解的魔法了。在他的沉着的尊严中有一种动人的力量,我们对这个严肃的人物也许曾经感到一些向往,然而这向往被他的冷静的孤僻所拒绝了。他对我们和对他自己的功课同样地认真。在他看来功课是功课,年年相同,而我们对功课的掌握有各种不同的程度。在我们之中,在功课之中,完全没有一点东西可以照明这荒僻的城市里、静止的池塘边的生活。据说,他的心灵的主要部分,被一个丑陋男子对一个美貌妻子的爱和嫉妒的隐痛所侵蚀了。大概是因为这缘故,他的服装穿得很华丽,并且把美观的栗色胡须养成各种式样。这些情况在我们看来不大有意义,而我们在他看来也不大有意义。有一条辛酸的格言,据说是狄斯的创作,他把自己的教师经验归结在这里面。

他说:“我们吃苦三年,学习三年,教课三年,折磨人三年,于是完蛋……”

我认识他的时候还在他的转变期中。他教课还十分认真,并不折磨人,然而已经开始颓废,开始喝酒了……

在这个人之后浮现在我记忆中的,是同一中音区中特色较少的各种人物。他们同心协力地、或多或少有成效地按照教学大纲驱策我们,把学程所规定的知识传授给学生。这当然是有益的。不过……这种知识

---

〔1〕 他的真姓氏是崔斯。

营养的供给近似于喂养笼中的鹅:拼命地把吃厌了的食料塞给它吃,而这只可怜的家禽胃口有限,不肯接受所要求它吃的分量。

在教学过程和无尽的求知欲之间,联系着一根柔和、细致而生动的线索,它能使求知欲明朗起来,旺盛起来,生动起来,——而现在这线索寂然不动,或者偶然难得动一动……自有见解的奇才不适合于要求教条统一的官立机构。能力高强的人纷纷离去,庸懦无能的人麇集于此,于是死气沉沉的古堡旁边瞌睡蒙眬的城市中的生活就占了上风。教师们起初梦想写论文,梦想调迁到别处去,后来结了婚,贪恋瞌睡蒙眬的甘美,在俱乐部里玩纸牌,到关外散步,说长道短,光顾温特劳勃酒店,互相勾肩搭背、踉踉跄跄地从那里走出来,或者到园林后面的小房子里去,有时老师和高级班的学生在那里碰头……

我所知道的少数优良教师之一阿甫杰夫(关于这个人,我将在后面详述),在第二学年开始的第一课上向全班学生作一个滑稽的提议:

"诸位,你们哪一位有我去年第一课的笔记? 有的吗? 很好。请你们考考我:现在我开始讲课,要是有和去年所讲的同样的句子,请你们指出来。"

他开始在教室里走来走去,随口说出语文学的绪论来,我们大家检查笔记。我们时时要求他停止,因为他把纲要改变次序,编成了另一套讲词。似乎只有一次有人提出了和去年同样的句子。

"唔,这还算好。"他高兴地说。然后叹一口气,又说:"过了十年之后,我就要唱老调了。啊,诸位,诸位! 你们取笑我们,却不知道实际上这是多么可悲的事。起初一切都兴高采烈! 自己还学习,还找求新的思想和明朗的表现……然而一年又一年,终于停滞了,变成了刻板形式……"

教师停滞起来,至多不过变成一架录音机,用中音部嗓子来把教科书里的知识灌输到学生头脑里去,而获得平凡的成就。然而在这共同合唱中最显著地突出的,是被红黄鹦鹉啄伤了的狂徒们的尖声怪气的假嗓子和精神的不协和音。

这只厄运的、机械的鸟对于一群群地通过我们那些中学的历代青年的生活和命运,发生了怎样的影响,有谁顾虑到呢!……

……

我们的校长屡屡调换。学监则常是斯捷潘·雅科夫列维奇·鲁舍维奇,他后来被任命为校长。

这也是一个特殊的、仿佛有象征意义的人物。他的身躯魁伟而笨重,穿着宽大的制服和极宽大的裤子,是一个大模大样的官吏;他的脸仿佛是用橡树砍成的,镶着两绺灰白的官样连鬓胡子。他的声音也是宏大而笨重的,他的教育权威就扎根在声音相貌的优势上。

他通常把犯过失的学生叫到学监室里去。学生必须在他的严厉的、有催眠作用的目光之下从门槛上走到桌子边,这目光仿佛用一种压迫的、沉重而坚韧的东西包围了这个牺牲者。这人的两只脚粘住在地板上了。他觉得随意地走过去是一种罪行,而站着不走是更大的罪行。他的眼睛不知不觉地沉下去,然而总觉得近处有一张巨大的没有表情的脸、一双暗灰色的大眼睛和两绺灰白色的连鬓胡子照临着他。这时候有一种压迫身体的、不可解的、然而专横的感觉。刹那间的可怕的沉默……沉重而低钝的问话……胆怯的、否认的回答声……

突然这个巨人挺身而起,高处就狂暴地响出飓风一般的叫声。这时候鲁舍维奇大都喊出两三句听不懂的话,这些话的效果全在于这个威势逼人的大躯干和雷霆似的咆哮。最可怕的是这最初的一段时间:你觉得仿佛站在摇摇欲坠的岩石之下,不由地想伸起两只手来抱住了头,赶快逃走,或者钻进地里去。过后我们欢天喜地地奔向禁闭室,仿佛走进避难所一样……

　　后来,到了高级班里,学生和校长双方身躯的对比不相上下,鲁舍维奇的吓人的魔力也就消失了。后来我才知道,这个人本质上并不凶恶,而且竟是善良的。那时候,实行秘密检察和卑劣的政治搜查的"内政"在学校里还没有那么盛行,——单从这点上说,他就胜过后期的一般校长。不过他完全不是一个教师,威势逼人的魁梧奇伟是他维持秩序和纪律的唯一法宝[1]。零星不断的游击战是当时学校生活的基调。

　　冬天黎明时光,潮湿的晨曦中朦胧地闪耀着灯火微光的时候,长长的二层楼校舍中就出现一个跛脚的人影,他向四周张望一下,隐没在薄暗中了。季佳特凯维奇是一个不知辛苦的"猎人"……

　　七点钟以前,住在公共宿舍里的学生必须坐在桌子旁边预备功课。然而这难得实行,不法的睡懒觉的主要美味正在于这样的一种意识:那只猎犬季东奴斯在朝雾弥漫的某处踏着铺路的木板偷偷地走过来,有时套鞋陷入泥泞中,也许就在这时候他已经从街上向窗子里探望着……泥泞、雨雪、冬岚和风暴,都不能阻止这个不知辛苦的密探。在阴雨天气,这种罪恶的睡眠偏偏特别有力地压迫学生,因此

―――――――――――

　　〔1〕 校长的真姓名是雅科夫・斯捷潘诺维奇・苏舍夫斯基。在柯罗连科的档案中有这校长的儿子谢尔盖・雅科夫维奇写给他的一封信,从这封信里可以看出,柯罗连科曾经写信给谢尔盖,并且送他《我的同时代人的故事》的第一卷。谢尔盖写信向他道谢,说:"同时代人的故事非常有趣,使人看了不忍释手……学生们和教师们都复活在眼前,其中有几个人蒙上了新的光彩。"关于他的已经过世的父亲的形象,他这样写着:"敬爱的符拉季米尔・加拉克齐昂诺维奇,您说您关于我父亲的描写也许引起我们的不满。不,没有什么。既然这是事实,又有什么办法呢?"

他们就更容易被捉住……如果他从外面向宿舍里探望，看见里面秩序井然，他就失望地回去，仿佛猎人扑了个空。要是不然，他就突然出现在门口，扬扬得意，两眼发光，用亲切而满意的语气要求"宿舍日志"。如果他在附近某处黑暗地方看到了鲁舍维奇的硕大的身躯，他就像猎犬向主人暗示获物时那样得意地站定了，然后引导他到出毛病的宿舍里去……鲁舍维奇威严而阴森地走进房间，像一个黑柱子一般站定在贪睡的人的床前了……直到现在我还清楚地记得在他的顽强而严厉的眼光之下惊慌地醒来时的情况……

　　学生都到学校里去了之后，季佳特凯维奇走到空洞洞的宿舍里来，乱翻箱子，没收香烟盒，凡是抄出的东西，他都记录在日志上。吸烟、看"禁书"（指皮沙列夫、杜勃罗留波夫、涅克拉索夫的著作；至于"非法读物"，我们那时候还没有听到过），在禁止洗澡的地方洗澡，划船，在晚上七点钟以后散步——这一切都列入学生犯规的法典中。在犯规的分类中，也可以部分地看出那种狂人的作风：处理问题不根据行为的罪恶程度，而根据教师捉拿时的劳力。城里和城的四郊有许多池塘和小河，但是划船是禁止的，洗澡必须在浸亚麻的水塘里。学生当然管自划船，并且在河里或磨坊水闸下面飞沫喧噪的地方洗澡……往往在洗澡的兴头上，当我们逍遥自在地在河里潜水的时候，山坳里"警察局长浴场"旁边的高高的黑麦中突然出现一顶蓝色的制帽，季东奴斯就一瘸一拐地从小路上很快地跑下来了。我们连忙拿了衣服钻进芦苇里，好像鞑靼侵略时期的逃亡者。跛脚的舍监像母鹅一般在河岸上跑，乱叫学生的名字，使我们相信他是全都知道的，要我们出来自首。我们站在芦苇里，冻得发青，然而简直没人出来自首……要是舍监拿到了洗澡的人的衣服，那么这人就必须出来穿了衣服，跟他到学监那里，再从学监那里转入禁闭室……处罚总是不根据过失的轻重(其实显然是很轻的),而根据捉拿时所费劳力的多少……

晚上七点钟之后走出宿舍,也是犯禁的。所以太阳落山以后,在学生们看来,这个小城市里的街道和胡同就变成了埋伏、截获、突然袭击和种种巧妙躲避的场所。特别危险的地带是连通两条并行街道——中学街和白杨街——的狭胡同。黑暗的秋夜很容易突然碰到季东奴斯,有时更倒霉的,是碰到"学监本人":他听到了我们的悄悄的脚步声,就把背脊贴在墙垣上,然后……突然在近处照出一盏凫灯……这是恐怖的瞬间,第二天早上教室里就纷纷谈论这件事……

然而我回想起这种特殊的竞技,觉得很可感谢。中学不懂得施行有趣味的教育,它不企图而且也不善于利用没有被死板的背诵和枯燥无味的上课压得透不过气的、过剩的精神力量和青春热情。假使我们的单调的生活中没有加入这种特殊竞技的插曲,我们可能会因枯寂而完全变得死气沉沉,或者变成刻板的背诵机器(有许多人已经变成了)。

然而我回想起那些长满浮萍的广大的池塘和通连各池塘的静静的小河,觉得尤其可以感谢。夏天,我们像海盗一般在这里操舟,尽量迅速地穿过水面广阔的地方,钻进芦苇里,躲在桥底下,桥上学监经过,响出沉重的脚步声,或者季佳特凯维奇一瘸一拐地走过……秋天,池塘上开始盖上了一层薄冰,从那时候起,我们就不耐烦地等候它们的冻结……直到现在,我耳朵里还听得见从岸上丢到薄冰上去的石子的抑扬而铿锵的声音……冰厚起来了……上面已经有天鹅站着(这些天鹅不久就要被收回去过冬的),然后我和哥哥穿上冰鞋,冒着陷入冰下或进禁闭室的危险而试行滑冰。我们尝试之后过了一星期,鲁舍维奇郑重其事地从岸上走到池塘上,校工萨威里用一根铁铤来检查过冰的厚薄,然后正式许可滑冰。每天午饭之后，池塘上回翔着几百个矫捷的男孩子，忽而聚拢来，忽而散开去，在兴致勃勃的忙乱和笑声、叫声中跌倒在冰上。教师们也穿着冰鞋笨拙地滑冰，他们在许多小孩子中间好像一群小鱼中的几条鲟鱼。这里面有身躯硕大的彼得罗夫，好像一座将要坍倒的宝塔；连林比也在这里，他不穿冰鞋，冻得满面发红，叙述着他们在彼斯塔洛齐的学校里滑冰时的情况。代替克兰茨的德国人格留克，连穿了冰鞋站着都老是学不会，就定做了一双底上有两条棱的冰鞋[1]。穿了这双冰鞋固然方便，可是转弯很困难。猛烈的风吹送他那穿着宽皮袄的小身体，把他从平滑如镜的冰面上一直推向小河那边。我们喊他，告诉他小河上是危险的；这个可怜的德国人挥着两手，他的皮袄像风帆一样敞开……一会儿他滑到了黑色的脆弱的冰上，冰喀嚓一响，就沉了下去。格留克咕咚一声掉在水里了，幸而不是水深的地方。孩子们把头巾缚拢来，大家排成一行，叫一个身体最轻的人跑向小河边，把头巾抛过去。然后一声号令，一排人唱着歌，喊着"万岁"，把湿淋淋的格留克拖到了厚冰上。

天气特别晴朗的日子，男女市民都来游玩。她——在灰色大衣里怦怦地跳着的许多心所崇拜的偶像——有时也跟着妹妹和母亲到这里来。呜呼！我那个可怜的同时代人也是她的崇拜者之一……[2]大家争先恐后地拿橇车来请她坐。一个最幸福的人从一群竞争者手里抢到了橇车……于是起劲地奔跑，橇车的滑木吱吱地响，冷风送来香水的幽香，她那个小小的头由于寒冷和胆怯而偎在皮手笼里。这个广大的池塘

---

〔1〕 他们所用的冰鞋不是普通滑冰场用的、底上有四个小轮子的那种，而是比鞋子长得多的像刀一样的东西。底上有两条棱，容易站稳。——译者注

〔2〕 关于这童年的恋爱史，作者另写单独的一节，他没有把这一节刊印在本文中（见本书附录中的《童年时代的恋爱》）。

似乎太狭小了……一刹那间已经到达岸边……

　　天黑下来了……两个校工、舍监和学监在池塘周围巡行,把迟迟不肯散归的学生赶出滑冰场去。冰面上人迹渐渐稀少了……一大片芦苇后面升起一个月亮来,它的寒光射到古堡的边上;雪白的冰面上映出光辉,有时发出破裂声和呻吟声……还有黑黝黝的五六个人影继续在那里回翔……在岸上,在校舍旁边学监的住宅的扶梯上,出现一个高大的黑影。这是鲁舍维奇在那里探察违法的滑冰者。从学校方面走下几个黑黑的人影来,他们来围剿了。也许季佳特凯维奇已经从另一方面、岛子那面绕道而来……然而月光迷离扑朔,使人认不出谁在滑冰……我们让这些追踪者走近来,几乎环绕着我们。然而接着我们就迅速地跑向危险地带……冰上发出的声音越来越尖,向下弯的薄冰层在脚底下发出抑扬的吱吱声,近旁有黑洞洞的冰窟窿……咝——……逃亡者一个跟着一个,保持着相当的距离,通过危险的小河,滑到了另一个池塘上……那些追踪者站定了,商量一会,大都就此撤退……他们的影子消散在寒冷的烟雾中了……平滑的池面上又听见铁在冰上滑过的轻微的吱吱声,我们继续在月光底下默默地回翔。

　　我早已从优等生降为中等生,并且觉得这样对我最为适宜,因为我不致为虚荣心烦恼,三分也不会使我悲伤……反之,我在这种月夜的池塘上胸间呼吸得多么畅意,在这种自由的活动中想象力运转得多么快适……月亮升起来了,窥进死气沉沉的古堡的空窗里,映出金色的飞檐,使一些模糊的影子神秘地悄悄地活动起来……有的东西蠢动着,有的东西呼吸着,有的东西活跃起来……

　　后来我睡得很熟,虽然功课完全没有准备……

　　现在,我回忆起在罗夫诺中学念书的最初两三年,自问当时最光明最健全的是什么,我只有一个回答:是大群的同学,是对学校当局的有趣的战斗,还有许多池塘……

21 家里和学校里的宗教

这还是在日托米尔时候的事。那时候我还没有进中学,有一次我家来了一个老人,他嘴上长着浓厚的、雪白的髭须,下巴剃光,身上穿着一件灰色的军装大衣。他是我母亲的姐姐的丈夫;他姓库尔采维奇,名字叫做卡齐米尔[1],可是通常大家只称他为上尉。他是波兰人,是天主教徒,然而起初在俄罗斯军队里供职,后来转到农林部,就从那里退职,成为一个"有制服及年金之林务团二等上尉"。他的制服是军装式的,有白色的肩章,高腰身,短前襟;因此上尉穿了这件衣服,样子好像一个瘦长的中学生穿了去年的太短小的制服。而在有饰带的紧紧的衣领上,一张老相的脸绷得很紧,血气旺盛,上面长着像牛奶一样白的髭须。

在上尉来到的那一天,午饭之后,父亲衔着烟斗躺在自己床上了,上尉穿着短外衣走到他面前,开始叙述他到彼得堡去旅行的情形。那时候从偏僻的内地到首都去旅行是一件非同小可的事,而上尉又是一个谈锋很健的人。讲故事的人本身对故事的兴趣,是博得听众欢迎的主要条件;而上尉讲故事的时候总是精神抖擞。现在,父亲躺着吸烟的时候,上尉一边讲,一边在房间里走来走去,有时站定了,做手势,自己讲得兴味津津,使别人也听得兴味津津。他曾经路过维尔诺,看见那里的城门上

───────────

[1] 实际上是卡齐米尔·屠采维奇(1806—1878)。他和卡罗里娜·约瑟福夫娜·斯库列维奇结婚。

到现在还挂着"立陶宛追击者"[1]的徽章。大家都觉得这很奇怪,因为在我们这里为了这个"标志"要进监牢的。后来他描述铁路的光景(我父亲一生没有坐过火车)。他在首都参观了一切值得参观的东西。他到过爱尔米塔什博物馆,在那里看到了圣母的画像。

"你知道,脸上流着眼泪!……是活的!"

然而给他印象最深的,是参观普尔科沃天文台。他自己也买了一架手携望远镜,但是这和天文台里的完全不同。在普尔科沃天文台的大望远镜里眺望月亮,"可以了如指掌地看见高山、深渊、溪谷……总而言之,可以看见像我们地球一样的整个世界。你简直可以想象就要看见一个农人和一辆货车了……望过去都很小,这是因为,你知道,月亮离开我们地球有几千,几万……不,我说得不对:有几万亿英里"。

他站定在房间中央了,举起两只手,伸展开来,用以表示空间的无边无际。母亲和姨母们站在书房门口听,她们是被这个讲故事的人的高谈阔论引诱来的。我们兄弟三人也早已钻进书房的角落里,在那里屏息静听……当上尉的两只手高高地挥向天花板的时候,天花板似乎移了开去,而上尉的两只手就深入到了无边际的空间。

后来他突然停止了手势,说:

"你听我说:如果有人看到了我所见的一切,而且跟聪明人谈谈,那么……喏,总而言之,他对于许多东西,不再像从前一样盲目信仰了……"

"譬如什么呢?"父亲问。

"譬如什么? 喏,就譬如约书亚说:日头啊,你要停留,月亮啊,你要

止住〔1〕……可是，你知道，我们现在有了这些望远镜和别的科学，就可以清楚地知道不是太阳环绕地球，而是地球环绕太阳……"

"那又怎么样呢？"

"怎么样？那就是说，太阳不能听约书亚的话而停下来……太阳一向是停着的……既然地球还是不断地转着，那么，你知道，这句话就毫无意义……"

父亲笑起来，说：

"病人请教庸医！约书亚是不懂天文学的，就是这么回事。"

"对呀，对呀，他不懂得……我不是这么说吗？他不懂得，可是他支配宇宙……"

"支配宇宙的不是他，是上帝。上帝知道应该制止什么东西，怎样制止它……"

上尉怀疑地摇摇头……

"制止……这样庞大的东西！我决不相信！"

于是他挺身而起，须发斑白，身材魁梧，样子很动人，他又开始有声有色地描述宇宙之无穷了。他讲得出神，就一步一步地推进他的怀疑论，远远地超过了约书亚和他对亚摩利人的小冲突。

"圣书里说：天是他的座位〔2〕……可是你到望远镜里去望望这个天……你就看见月亮上有高峰、火山、深渊……土星上围绕着火环。还有金星、火星、木星，你知道，都是星辰，都是行星……这些星都比我们的地球大……无边无际。一切都在宇宙中不断地回转。啊！你倒

---

〔1〕　见《圣经·旧约全书·约书亚记》第十章第十二节。——译者注
〔2〕　见《圣经·旧约全书·以赛亚书》第六十六章第一节。——译者注

说说看,什么叫做座位。哪里是上,哪里是下呢?瞧,现在我站着,头向上面仰起……可是在我下面,在美洲那些地方站着的人,难道是跟我脚掌对脚掌,而头向下的吗?是这样的吗?不,他也认为是头向上的……总而言之,你倘能懂得了这一切,清楚地设想一下,那么,我告诉你,你简直会觉得这一切都在你身子里回旋流转,回——旋——流——转……"

上尉又伸起两手,仿佛以一个轴为中心而正在把宇宙旋转起来;我们怀着几分恐怖,仰起了头看他施行这种危险的手术……

"咳,卡齐米尔,卡齐米尔!"母亲用责备的口气说,"多少人到过首都,而且还住在那里,可是他们还是信仰上帝。你只去过一趟,就说这种蠢话。"

"还是个老年人呢。"姨母愤慨地接着说。

"哈!信仰上帝……"上尉回答,"关于上帝我什么也没有说过……我不过说,圣书里有许多不很那个的……喏,要是你们不相信,可以问他(上尉指着父亲,父亲正在微笑着听他们争论):我说脚掌对脚掌站着,是不是真的?"

我看看父亲,以为他会把这个翻天覆地的世界恢复原状,可是他点点头说:

"真的……"

后来他吸了两口烟,又说:

"这些都没有什么关系。每个人的上面是他自己的头顶,下面是地球的中心……而上帝到处都有:上面、下面、四周。这就是说,我们到处都可以求教上帝。卡齐米尔,我问你,你这一次有没有去看过杨?"

"去看过。"卡齐米尔回答。

"唔,怎么样,他近来好吗?"

"过得还好……他请求当禁卒。"

"唔,后来怎么样呢?"

"省长看看他,说:'好,倒是一个出色的禁卒!'以后怎么样,还不知道。"

"唔,那么他家里的鬼安静了吗?"

"啊!哪里安静!吵得更凶了。"

上尉就把他的谈锋转向另一条路上去。杨·库尔采维奇[1]是他的亲戚,是一个军人,曾经在高加索服务。他在那里参加侵袭,被捕获了,据说受了内伤;退职以后,回到家乡,带来许多惊人的奇谈。据说彻尔克斯人把他的一个同伴钉在土屋的墙上,年轻人就拿他当作靶子,用手枪和弓长久地练习射击。杨自己每次都免于遭难,有时不免仗着神怪力量的保佑。他回到家乡以后,那些恶魔也来跟着他:他家里的一切东西——桌子、椅子、烛台、壶瓶——都是活的,会移动,会敲响,会从这个屋角飞到那个屋角。夜里,在黑暗的房间里发出敲打声、絮语声、沙沙声、叹息声和呻吟声。常常有无形的手在黑暗里伸过来摸人的脸,毛茸茸的,像天鹅绒一样。有一次,有一个黑色的、毛发蓬松的、软绵绵的鬼怪在走廊上抱住了他的腰……

"他在黑暗里怎么看得见这个鬼怪是黑的呢?"父亲微笑着问。

"你知道,奥妙就在这里,"上尉率直地回答,"暗得伸手不见五指,可是他还是看得见是毛发蓬松的、黑的……擦起一根火柴来,什么也没有……一切都肃静无声。有一次他在地板上撒些灰……早晨灰上留着脚印,好像是一只大鸟的脚印……还有,在不久以前……"

---

[1]　实际上是杨·屠采维奇,是上尉的亲兄弟。

接着他就讲一个白"鬼魂"的故事,这鬼魂从附近的墓地里来到杨的新屋子里。"不幸的游魂,你向我要什么?"杨问。鬼魂呻吟着,悄悄地走出房间去了。杨立刻穿上靴子,披上彻尔斯克上衣,拿了手枪,带了一个也到过高加索的仆人,跟着这个鬼魂走去。他们穿过一片荒地,走向墓地去。那个勤务兵胆怯起来,留在围墙边了,杨独自前进。鬼魂化作一道云雾,飞向坟墓,在坟墓上停留下来,像烟气一般回荡,后来像蛇一样盘成螺旋形,轰然长啸一声,钻进坟墓里去了。杨脚底下的地动荡起来,一阵旋风把他吹起,他突然发现自己躺在床上,而且是脱了衣服的……

"那个勤务兵呢?"父亲问。

"他睡得像死人一样,你知道。好容易把他叫醒……他一点也不记得。"

"你为什么知道你的杨不是做梦呢?"

"啊! 做梦! 他的靴子上沾着露水呢! ……"

父亲笑了。

"卡齐米尔,你真古怪!"他说,"我刚才故意问你杨的情形。你怀疑上帝,却相信荒唐的故事……"

"嗳! 不能这样说! 你知道,自然界里的确有这种情况……我并不是说,这一定是鬼或者超自然的东西……也许是磁力……科学将来总会研究到……"

"磁力会向你呻吟吗?"父亲讥讽地说。

这天晚上我们家里很恐怖:哥哥醒来的时候,看见一双毛茸茸的黑手向他伸过来,他就叫起来……我也睡得不好,做了许多乱梦,醒来的时候浑身是汗……

第二天晚上,哥哥走过黑暗的客堂的时候,忽然叫起来,飞速奔向父亲的书房。他在客堂里看见一个高大的白色的形体,正像上尉所讲的那个"鬼魂"一样。父亲叫我们跟着他去看……我们走到门槛边,向客堂里张望。微弱的反光照在地板上,在黑暗中消失了。左面的墙边站着一个高大的、白色的东西,的确像一个人的形体。

"走过去看看,这是什么。"父亲对哥哥说……哥哥刚刚向黑暗的地方走了几步,突然飞速地奔回门口,把我们推开,就逃走了。

"傻瓜!"父亲懊恼地说,"来,你们两个人去看……去!"

我们迫于父亲的命令,提心吊胆地走过去……我们两人一同战战兢兢地走过去摸到了这个哑谜的形体……原来这是一块熨斗板,是女仆放在这里忘记了归原的。

"你们看,"父亲说,"像这种可怕的事,只要不怕它,结果总是这样。"

一般地说来,父亲虽然虔信宗教,却完全不是迷信的。上帝看见一切,知道一切,安排一切。他的昭彰严明的法力支配着世界。不相信上帝是愚笨的,相信梦和一切鬼怪也是愚笨的。

此后,上尉和他的故事给我们一种混合的印象:故事是有趣味的;但是他不相信上帝,却相信鬼怪,称它为磁力,说它的脚像鸟脚,这是可笑的。

就在这期间,我又认识一个无信仰的人。我的舅舅[1]结婚了,他热爱他的年轻的妻子,生活幸福无比。他很喜欢我,蜜月里邀我到他家里去。我住在他们家里,那时候我不大懂得我舅舅生活中这事件的意义,只是无意识地感受着幸福的气氛和一种光明焕发的温柔的气氛,这种温柔在这所小小的住宅里也波及我身上,仿佛是从金色的云雾中流出来的。这情形一直继续下去,直到我们这里来了一个新人物为止。这人是

---

〔1〕　即根利赫·约瑟福维奇·斯库列维奇。

我的新舅妈的弟弟,是基辅大学的学生[1]。他的脸很白,头发是黑色的,短短的连鬓胡子修饰得很讲究。他不喜欢孩子,有一次,他不管我在场,说养孩子不如养狗。舅妈看看我,责备地向他使个眼色。

"这小孩子懂得什么。"他轻蔑地说。这时候我坐在舅妈旁边,正在专心地从碟子里喝茶,心中暗想:我什么都懂得,并不比他差;他这个人真讨厌,他的连鬓胡子好像粘在面颊上的。不久我知道:我所不喜欢的这个"叔叔"曾经在基辅解剖青蛙和人体,没有找到灵魂,因此"不信神,也不信鬼"。

总之,这两个"无信仰的"人物在我的想象中都起了作用。上尉是有趣味的,有风采的;这个未来的医士则是枯燥乏味的。这两个人都没有信仰。一个是因为看了望远镜;另一个是因为解剖了青蛙和人体⋯⋯我觉得这两个原因都不够充分。

我由于这情形而回想起了一种很明确的情绪。有一次,我站在院子里,没有事做,也没有目的。我手里什么也没有。我没有戴帽子,站在太阳里稍微有点不舒服⋯⋯但是我完全想得出神了。我想:将来我长大了,做了学者或医生,到过京城,我还是决不,决不会抛弃我父亲、我母亲和我自己所虔奉的信仰。

这有点像起誓。我概观了我所知道的整个小天地。这天地范围不大,我不难在这里面区别出真理和迷妄来。有信仰,就是像父亲那样心境明慧而安宁。没有信仰,则或是像上尉那样可笑,或是像那个青年医士那样枯燥乏味。关于怀疑,关于比约书亚制止宇宙运转更难以制止的那种怀疑,我那时候没有丝毫概念。它在我的小天地里没有占据任何

---

〔1〕　这个大学生的某些特点也表现在《夜晚》这篇小说里米哈伊尔叔叔的形象中。

地位。

这虔信的一瞬间永远是我的精神生活中的一个光明的岛屿。在这以前和以后的许多时间,都蒙着浓雾。只有这个岛屿远远地却很明显地浮现着……

我乐愿上教堂,只要求准许我不到大教堂里去(因为在那里学生一排排地站在学校当局的监视之下),而到附近的圣潘泰雷蒙教堂里去。在那里,我站在离开父亲不远的地方,努力抓住真正的祈祷情绪,这往往比以后在无论什么地方都容易成功。我注视着小祭坛上所进行的礼拜仪式。群众的祈祷的絮语声也感染到我身上,有一种广大的、共通的气氛抚慰着我,像一条平稳的河流一般拥着我走。我就忘记了时间……

我转入罗夫诺中学的时候也怀着这种心情。在这里,上第一堂神学课的时候,神甫克留科夫斯基就叫我到讲台上去,要我读祈祷文。我读《主之祈祷》的时候,弄错了重音,把"На небесéх"〔1〕读作了"На небéсех"。

神父的脸色变得凶恶起来。

"На-а не-беé-сех-,"他用不快的颤抖声摹仿我……"На небéсех……怎么会教你这样念! 你妈妈是波兰人吗?〔2〕啊?"

我的血涌上头来。我低下了头,不念下去了……一种无定形的感觉涌集在我的胸中,沸腾起来;但是我不能表达出这种感觉,那时候我很可能放声大哭或者跑出教室去,然而想起了同学们都同情我,就得到了支持。神甫不能使我继续念祈祷文,就放我回到座位里。我坐下之后,我的邻座克罗尔对我说:

〔1〕 意思是"在天上"。——译者注
〔2〕 波兰人念"На небесех"的时候重音是在"бе"上的。——译者注

"他总是这样,这个可恶的神甫。我父亲也是新教徒。"

回家的时候,我在路上一直默默地嘟哝着各种愤怒的话,这些话应该在当时就想出,我痛恨没有及时地想到……

神甫克留科夫斯基这个人自有他的特点和趣味。当我们已经到了高级班的时候,我有一个同学叫做沃洛德凯维奇,是一个好青年,有时喜欢谈高深的话题,有一次他含意深长地对我说:

"你知道我所听到的关于克留科夫斯基的消息吗?他曾经进过研究院,可是没有毕业……被开除了……他是服尔德信徒[1]……"

"恐怕是谣言吧。"我怀疑地说。

"不,不是谣言。他曾经写过一篇论文:《上帝有思想吗?》……"

"唔,怎么样呢?"

"你不懂得……这是非——常、非——常……"

非常什么,他没有说出来;然而这个确定的消息不知怎的立刻联系到了我对于这个神学教师的概念。这个人长得很不漂亮。他的脸憔悴而带病容,头发稀薄而挺直,髭须和胡子都很少,眼睛细小而敏慧……有时他的讲台上放了一个女靴形状的墨水瓶,他就嫌恶地皱着眉头,把脸扭向一旁,伸出两手,仿佛在那里推开诱惑的东西。他并不严厉,也不苛求,后来我没有和他冲突过。然而同时在他的声音里从来没有听见过一个含有内心感情和真诚信仰的音调,却常常可以感觉到他的熟练的、枯燥而十分冷淡的渊博。此外,他又是一个激烈的俄罗斯化拥护者,曾经反对立在交叉路口的"罗马式"十字架,反对简陋的教堂里的"非正教的"

---

〔1〕 服尔德(1694—1778)是十八世纪法国的自由思想家、著作家,他反对教会及封建制度。——译者注

圣像,反对灌顶式的洗礼,反对"波兰化的"沃伦省神父们诚心诚意地给孩子们起的天主教名字。例如,我们班上有一个正教徒学生施巴诺夫斯基,他的学生证书里写着的名字是孔拉德。神学教师在名册里改变了他的名字,为了表示惩罚,竟不给他改为孔德拉谛,而命令他叫做孔德拉特[1]。

"施巴诺夫斯基,"他在教室里叫他,"你的名字叫什么?"

这个青年低着头,只得把他惯用的名字改说作孔德拉特。

中学校舍里有一个自用的教堂,做礼拜的时候监视得很严格。大清早,我们所有的正教徒必须集合在一个大教室里。舍监或学监到这里来点名。点过名之后,休息五分钟,这期间舍监们严格地监视着,防止有人逃回家去。然后带我们走进教堂。最矮小的人站在前面。每一班人的旁边站着一个班长,好像一排兵里的排长一样。旁边站着舍监,仿佛连长,他们斜过眼睛来监视秩序。后面高高地站着鲁舍维奇,好像一座瞭望台。他自己只是抽空做祷告,祷告的时候他那张庞大的脸就变得温和。但是他在大部分时间都用心地督察着我们的队伍。舍监们也监视着我们;因此我有时体会到这样的一种感觉:仿佛前面、后面、两旁都有无形的线穿过我的身上,而后面还有鲁舍维奇的严厉的眼光一直盯在我的背上……冗长的祈祷就变成了炎热的沙漠中的困疲的旅行,接近祈祷末了的几次熟悉的呼声仿佛是几个绿洲……

铜环在金属丝上发出刺耳的叮当声。祭坛的正门关好了,幕拉上了……各排学生里面的沙沙声和轻微的动作打破了麻痹的沉寂。谢天谢地,一半已经过去了。谐调的合唱队就唱出《天使颂》。

又是沉寂,心里胡思乱想,两脚麻木不仁……又是一阵沙沙声。指

---

〔1〕　孔德拉谛是正式的名字,孔德拉特是俗称。——译者注

挥者用音叉敲敲栏杆,把它举起来,挥动着,合唱就用熟悉的音调流畅地唱出:

"О-о-от-че на-а-ш...Иже еси на небе-си-и..."接着又是迷迷糊糊的一阵,香炉的响声,缭绕的烟气,听不进去的呼声,头脑里一连串颓丧的念头……

"До-стой-но естъ яко во-истину..."这曲调唱得很生动,仿佛有一种欢喜之感:"三分之二过去了"——这念头闪过学生的心中……

这就是极大部分强制祈祷者的"会晤上帝"。

这些礼拜式中,只有一个瞬间洋溢着一种特殊的、动人的祈祷诗趣,这瞬间到现在还保存在我的记忆中。这就是晚祷中唱《静静的世界》的时候(晚祷是和晨祷合并做的),尤其是在暮春和早秋的时节。夕阳西沉,它的最后的光线投射在池塘那边岛子上的高大的白杨树上……教堂的打开的窗子里飘出一缕缕芬芳的青烟,屋角里和祭坛上潜隐着神秘的阴影,蜡烛火光更加明亮了,基督像在暗蓝的微光中伸展着两手,合唱队的幽静的歌声和谐悦耳,在落日的临别的光辉中飘荡着……"静静的世界,不朽的天父的神圣光荣……"

眼见得白昼过去……清静的夜晚降临了……仿佛有一个善良而亲切的人在那里说:再过几分钟,这长久的站立就要告终了……

做过弥撒之后,不放我们回家,又把我们赶进那个教室里。以后是讲解福音书。又是五分钟休息,打钟。神学教师已经在教堂里换好了衣服,走上讲台来。他的第一个问题是:

"今天在《使徒行传》里读了些什么? 在福音书里读了些什么?"

于是,出现了一种精彩的光景,我的同学们大概都还记得吧:一百五十个人刚刚从教堂里走出来,知道教师要拿这个问题来一个一个地考问他们，可是大多数人已经把福音书和《使徒行传》都忘光了。仿佛在教堂的门槛边有人无声无息地把这两小时里所读的和所唱的一切东西统统从你的头脑里敲了出来。被问到的人束手无策地向左右张望，用肘推推他的同学，两只脚在课桌底下踢动，广大的教室里从这头到那头传遍了细语声和探问声……一个个被叫到的人都默默无言，或者不三不四地回答些话。神甫动怒了，说些嘲骂的话，用打两分来威胁我们。

这种情形之下唯一的救星，是请这位司祭长解答某个"疑难问题"，小小的、适当的、宗教上的疑问。司祭长是博学的，乐愿解答课外的问题。他说话明白流畅，善于引用经文。他对于供给他这种谈话机会的学生怀着好感，这学期里给他打很好的分数……

但是这办法很不可靠。问题必须是纯粹形式的，是不超过这司祭长的博学范围的。切不可提到实际的、生动的和费脑筋的疑问。涉及俄罗斯化或教会官吏，也是危险的……这时候司祭长的脸色就不愉快起来，他很久不会忘记这个不谨慎的发问者……

最常常提出问题的，是加甫利洛·日丹诺夫。他是我的朋友，是一个漂亮的小俄罗斯人，一双天真烂漫的眼睛突出着，头发蓝黑色而鬈曲。在教室里他读《使徒行传》。他的嗓子很悦耳，音域不广，然而很清朗；他以此自豪，常常和辅祭竞争。辅祭的嗓子是沉着的男低音，曾经很有力量，然而早已因喝酒而受损害了。他知道加甫利洛在跟他竞争，因此看不起他，常常抓住他唱结尾高音时的破嗓子而加以夸张。加甫利洛也常常在走廊上模仿他的腔调……这变成了他的习惯，因此有一次他带着《使徒行传》走到圣障前的台上，清一清嗓子要唱的时候，竟不唱他应该唱的那一部分《使徒行传》，而用"辅祭低音"来唱：

"圣《路加福音》……在古时……"

他突然停止了,用他那双突出的眼睛向四周望望。辅祭的毛发蓬松的头转过来向着他,带着恶意的幸灾乐祸的表情;祭坛里就发出司祭长的惶急的喊声:

"加甫利洛……你这叛徒!……你发疯了吗?"

加甫利洛就从教堂直接出发到禁闭室去了。

然而加甫利洛毕竟是一个有相当资格的"教士",他参加合唱,司祭长对他很有好感。因此,提"疑难问题"的任务往往归他负担。

"司祭长,"他开始说,"请允许我提一个问题。我碰到了一个疑问。"

"唔,唔……有什么疑问?你说。"

"喏,司祭长,"加甫利洛在全体肃静中开始说,"似乎有这样一段经文:'死后对人有益的人是有福的。'"

"唔,我们假定有这样的一段,虽然你往往把经文念错。在使徒的事迹里有许多这样的情况:即使是圣者生前所用的物件,例如头巾、帕子之类,也会发生奇迹和显灵。"

于是司祭长就开始讲述关于赐福的头巾和帕子所发生的奇迹。时间过去了。加甫利洛耐心地听他讲完了之后,说:

"不是,司祭长。我不是问这个……不是问头巾……"

"那么你问什么呢?……"

"我问的是,譬如说……骨头……就是人的骨头……"

"唔,怎么样?骨头更灵验了。大家都知道先知以利沙的骨头所发生的奇迹:一个死人在墓穴里碰到了他的骨头就复活了。"

接着他就讲以利沙的骨头所发生的奇迹,并且加以说明。

"不是,司祭长,我问的也不是这个。"加甫利洛坚持地说,"有一个英国人在报纸上提议……"

"提议什么？关英国人什么事？"司祭长说，"报纸上说的是世俗的事，跟圣物无关。你还不如谈谈，今大读了些……"

"不，司祭长，有关系的！"加甫利洛急忙插嘴说，"因为：'死后对人有益的人是有福的'……可是这个英国人……他说，多少人的骨头都徒然地抛弃了……他说，对人类毫无益处……"

司祭长的脸色立刻严肃而不愉快起来。加甫利洛知道情形不妙……他的漂亮的、突出的眼睛越加突出，仿佛呆住了。可是要停止话头已经来不及了。

"唔，怎么样？"司祭长恶意地催促他说，"你那个英国人怎么样？让我们且不谈圣徒，来听一听报纸上英国人的话。"

"他……就是那个英国人，提议把骨头……"

"怎么样？"

"送到……工厂里去。司祭长，他说拿去制造磷之类的东西……"

司祭长脸上显出嫌恶的神气。他扭过头去，伸起两个手掌来挡住了加甫利洛这方面，完全像看到女靴形墨水瓶那时候一样。

"这是盗墓的行径！……打扰了死者的长眠！"他突然转向加甫利洛，这样说，"你认为这是疑问吗？……你也读报吗？你对这种话有同感吗？……你这叛徒，马上给我回答：今天在《使徒行传》里读了些什么？"

加甫利洛呆立不动，像一个盐柱[1]。

"啊……回答不出？……你不是今天自己读过的吗？关于那个英国人的事你是什么时候读到的？"

"很久以前，司祭长……我，司祭长，还是在波尔塔瓦时候读到

---

[1]　见《圣经·创世记》第十九章第二十三节。——译者注

的……"可怜的加甫利洛不小心说出了这样的话来替自己辩护。

"啊——,原来如此!在波尔塔瓦时候读的?现在你还记得?今天的福音书倒忘记了。瞧,你多么服从魔鬼!他用他的网来把你蒙住了……你等着吧,我要报告鲁舍维奇。你要在禁闭室里坐上三个钟头……在那里想想明白……你这个盗——墓——贼!"

加甫利洛困惑而悲哀地向四周望望,笨重地坐下来,仿佛沉到了深渊里……钟声响出了,然而……司祭长还要提到那个英国人,长久地在课堂上折磨他……

我只记得有一次在课堂上谈话时,我们的态度比较真诚。我们谈到了"唯一得救"的教会。有人提出一个问题:只有在希腊正教里才能得救,其他不信这宗教而崇奉祖先信仰的一切人,都注定着永远受苦,这说法是不是正确的?正教不像罗马天主教那样承认涤罪所,因此判决是不可挽回的——永远不得超生!司祭长从学院的观点上详细研究了这个问题,引证了相应的经文,但是……他的讲解没有使全班学生像通常那样静默下来(他一向认为静默就是表示同意)。我们知道,这些经文他引证和讲解得都很正确,然而我们的直觉坚决地不能服从这种"正确讲解"。我们那些相信天主教的同学们认为圣灵是出于圣父和圣子的,他们划十字的时候用整个手掌;新教徒——例如克罗尔的父亲——不承认圣像和圣者,他们根本不划十字;至于千百万民众,则从来不知道有教条……这一切都活生生地、实际地出现在想象中;我们都要保护我们的亲人,使他们不致仅仅为了教条中的一句话,为了划十字时手的形状而受永远的苦难……而异教徒不知道有基督,却也为人类牺牲性命,这是怎么一回事呢?……

一个个的问题,一次次的反驳,接连地从座位里递到讲台上。司祭长引尽了所有的经文,看见它们都不能制止反驳的潮流,就采取结束的论证。他装出一副严肃的脸相,把记分册拿过来,让我们知道他认为谈话已经结束,于是他说:

"神圣的正教这样指示我们,我们应该停止诡辩,像小孩子一样听母亲的话,虽然……"

他闭上眼睛,叹一口气,仿佛惋惜着他宣布出了严肃的断语,接着又装出一种温顺的样子说:

"虽然这是违背我们的心愿的。让我们来上课吧。"

"他自己也不相信。"克罗尔低声对我说……

我也这样想……

此后不久,有一次我和同学苏奇科夫[1]一同从教堂里走出来。他比我高一班,然而我们很亲近,常常在一起谈论各种抽象的事情。现在,我们不立刻回家,不知不觉地一同走进一条白杨夹道的冷静的街里,走到了野外。这是一个明爽的秋天。从白杨树上静悄悄地落下黄叶来,盘旋了一会儿,掉在地上。在这以前我们谈些什么,我记不得了。苏奇科夫的父亲是一个大俄罗斯官吏,母亲是英国人。他长着红褐色的头发,性情很敏感,态度有时羞涩,有时激烈,然而诚恳而认真。而且我和他在日托米尔的时候就一同念书,只是转到罗夫诺的时候他才比我高了一班。因为曾经同班,所以我们更加亲近。

我们谈到了宗教,苏奇科夫走到从田野通向河边的小路口上,突然站住了,问我:

─────────────

〔1〕 符拉季米尔·尼古拉耶维奇·苏奇科夫(生于一八五二年)是柯罗连科的中学同学,后来又是他在工艺专科学校和彼得学院时的同学(见《我的同时代人的故事》第二卷)。

"你相信吗?"

"相信,"我肯定地回答,"我当然相信……"

"我也相信。不过……是不是全都相信?……"

"不,"我支吾地回答,初次回顾一下自己的信仰的成分……"我相信上帝……相信基督……但是不能相信……永劫地狱。"

"我也是这样。"他又回答……

堤岸上泥土的崩溃,比这个浪潮所冲击的范围更加扩大了:这怀疑本来只是异教的永劫地狱问题所引起的……而现在对于永劫地狱本身的信仰也失却了……

22　我们的风潮。总督和校长

这是早秋的炎热的一天。停滞的池塘上发出闪光和轻微的淤泥气息……倒影映入水中的沉寂的古堡回忆着死去的古昔。天鹅无精打采地游来游去,在绿色的萍藻上留下一条条的痕迹;困疲的青蛙轻轻地、瞌睡蒙眬地咯咯叫着。

校舍周围栗子树上的憔悴的绿叶热得低垂下来。院子里空空如也,白色的校舍沉默地关闭着。正在上课。

我从教室里告便出来,站在走廊上了。四周肃静。走廊的远远的两端望得见两个窗子,一个窗子被栗子树遮暗了,因此走廊中央是暗沉沉的;老头儿萨威里沉潜在这薄暗中打瞌睡。他把两手交叉在胸前,靠在教师们的皮大衣上,正对着学监室,正在等候打钟的信号。从关闭的门里传出一种模糊的吟哦声,仿佛有人在那里替死者念经。有时迸发出肥胖的叶果罗夫的尖叫声,或者地理教师萨玛列维奇的悠扬的喊声,或者拉多米列茨基的断断续续的吠声。然后又是全部肃静。学监室的门打开了，一道白光射到萨威里身上。他惊慌地醒过来，可是立刻又闭上了眼睛。在这道白光里出现了季东奴斯的异样的身体。他一瘸一拐地跨着步子，仿佛波浪上的船一般沿着黑黝黝的挂衣架飘摇在走廊的薄暗中，突然消失在教室的门框里了。只看见他的身体的一部分和滑稽地突出的燕尾服后襟。他把眼睛贴在钥匙孔上，悄悄地、兴味津津地侦察教室里的情况，同时竭力使他的矗立在额上的前发不露出在门的玻璃上。否则教室里就会惹起喧哗声、笑声和骚乱……

　　然而这次他没有被看见。匀称而模糊的吟哦声和叫喊声，似乎使得这静寂更加死气沉沉了。空气变得阴森，沉闷，几乎可怕。我似乎想要振奋起来，大叫一声，敲打并推翻一些东西，总之，想要造成这样的情况：要使骚乱和惊慌传遍走廊上，闯进教室门里，充满整个校舍[1]……

　　那时候还没有听见说起"学校政策"；也没有那种鼓动青年的"不良分子"。中学校的四周也是沉睡的静寂。两三份报纸从辽远的世界上带

---

　　[1]　在这一章的初版中(《俄罗斯财富》，一九〇八年第三期)，作者还有这样的回忆："后来，我已经成了大学生并且担任教课的时候，有一个善良的老妇人疑讶地告诉我，说她的刚从波尔塔瓦村来到莫斯科的一个佣儿，有一种不快的行为。这孩子常常突然从房间里跑到台阶上，用粗野的声音大喊好几分钟。如果人们想拉回他的房间里，他就挣扎开去，用牙齿来咬，或者蹬脚……如果不去睬他，他喊过之后就静静地回到房间里……老妇人认为这是一种神经病的初期症候，准备请医生替他诊治。正在讲这件事的时候，这孩子的毛病发作了：他匆忙地跑到台阶上，站在上面的一个踏步上了，就开始挺直了喉咙大叫，一面装模作样，挥动两手。后来安静下来，略带狼狈的样子，回到自己的房间里去了。屋子里就死一般的静寂，只听见钟摆的滴嗒声和通过两重窗子传进来的隐隐约约的市街嘈杂声……我突然回想起我们中学里的走廊，我似乎懂得这原因了：这是一个乡下孩子的活泼的天性被屋子里的沉寂所压迫而起的反应，这屋子里只有几盏昏暗的长明灯和两个难得活动的老婆婆……我们这个小城市实际上也仿佛是这样瞌睡蒙眬的一所屋子，这里面难得传进远方生活的声息来，而中学就仿佛是我们这些长满苔草的池塘的一个水湾。"

来一些消息,然而这些消息跟这个小城市及其趣味漠不相关,这城市的生活趣味凝集在死去的古堡和活着的白色中学校舍的周围。

古堡有它的关于过去的传说。中学也有它的传说。关于英勇时代的故事,一代一代地传下来,据说那时二年级里有胡须满面的学生,而三年级里有的简直已经结婚了。这些无拘无束的人常常用一些异想天开的恶作剧来打破这种瞌睡蒙眬的沉寂:他们手挽着手,排成一堵墙,向警察冲过去……有一次他们把路灯柱子拔起来,从桥上丢到河里,这些路灯大概是从来不点的。又有一次,在黑夜里,他们守候着向窗中窥探的舍监,把他抓住,包住了他的眼睛,把他绑在一架梯子上,扛出去浸在池塘里。他们从桥上把他放下去,让水浸到他的脖子边,再拉起来,这样地浸了好几次。然后唱着歌,怪声怪气地呐喊着,把这架梯子拖过夜深人静的街道,把它丢在俱乐部对面……

这些英雄现在已经没有了。现在我们年纪比较小,而且也许较为文明;可是关于英勇时代的那些传说,我们觉得很有意思,甚至仿佛富有诗趣……这些传说虽然野蛮而荒唐,然而也是用特殊的方式来打破了这种千篇一律、枯燥无味的着了魔的沉寂……

有时我们也无法无天、突如其来、荒诞不经地吵闹起来。

有一次,钟声响起,课间休息结束了。走廊上空无一人,教室里都在上课。我们班上是叶果罗夫的课,可是他没有来。究竟来不来呢?迁延了几分钟之后,我们觉得有希望:他不会来了。不用功的学生往往只在教室里和课间休息的时候预备功课(我早已属于这一类学生了),这时候大家在赶紧预备不定过去式[1]:"Ѣых, бы, бы... быхове, быста,

_____

〔1〕　不定过去式(aopист)是古斯拉夫语言中动词过去式之一种。——译者注

бы́ста...бы́хом, бы́сте, бы́ша..."可是后来大家都抛开了,既然叶果罗夫不来,念他妈的不定过去式……季佳特凯维奇常常向打开的教室门里探望……有时鲁舍维奇的高大的身子从门口走过。他们知道教室里这种情况是危险的,因此竭力使我们处在半管制状态中:不是上课,也不是放假……等候是不愉快的,难受的,刺激神经的……

我的邻座克罗尔也丢开了那册彼列夫列斯基文法,长久而聚精会神地在嘴巴里嚼一个纸团。后来他嚼厌了。他从嘴巴里拿出那个嚼碎的纸团来,犹豫不决地向它看看,忽然灵机一动把它抛在对面的墙上了。那个纸团粘住在讲台上面的墙上,形成了扁扁的灰色的一大块。大家笑起来。

门口出现了季佳特凯维奇。他听见了笑声,不放心地从门外向我们窥探,可是他没有看见墙上的那一块。我们觉得这很有趣味。他刚刚走开,就有好几个纸团跟着第一个飞出去,不久,教师椅子上面的墙壁上就布置了一个灰色的北斗星座。

"诸位同学,诸位同学!……你们做什么?"教室里第一个负责人值日生这样叫,可是大家都不听他。嚼烂的纸团像暴雨一般飞溅,有一个人把嚼过的纸团在墨水里浸一下。于是灰色的星里面就出现了深蓝色的星。这些星粘住在四周的墙上、天花板上,又落在圣像上……

有一个小孩子从隔壁教室里告便出来,跑过我们的门口,他向门里张望一下,高兴得眉飞色舞。他把这消息传达到自己的教室里……后来另一个学生也跑出来看……在几分钟之内,全校都知道这件事了……

后来走廊上响出沉重的脚步声。"叶果罗夫来了,叶果罗夫来了……"教室里立刻肃静无声,我们大家面面相觑……这一下会发生什么事呢?……这个胖子胳肢窝里夹着一本记分册,出现在门槛上,吃惊地退了回去……一会儿,舍监慌慌张张地跑来,向四周墙上一看,连忙跑回去……学监的庞大的身体一摇一摆地进教室来……在课间休息的时候,这种流行病又传到了低级班里……

在这白色建筑物的生活中发生了事件。学校当局感到为难。他们就着手查办,首先当然是追究罪魁……这时候,沉闷的环境中发生了一种新的、有趣的而且也许是严肃的气氛。大家都不肯出卖罪魁,全班学生在学校当局面前团结一致。那些没有抛纸团而甚至企图劝阻同学的人,现在也站在抛纸团的人一边。值日生被叫到学监室里去,他就不再回来。他被送进禁闭室里去了……这是第一个牺牲者……我们都敬爱他,为他而感到骄傲,并且准备步他的后尘。校方起初叫成绩优良的学生去问话……后来又叫成绩不好的学生去问。鲁舍维奇跑到教室里来,对全班学生作了一番冗长的训话。他说犯过失不能不惩罚……现在可能已经惩罚了无罪的人,而且他们还会受到更厉害的惩罚。这是不公正的。所以罪魁应该出来自首,或者全班学生应该把他们检举出来……

可是我们对于公正自有一种看法。公正就是友谊。我们在友谊中体会到一种精神,这种精神是数学、地理和不定过去式都不曾教给我们,并且不向我们要求的,这就是:自我牺牲,准备为公众的事受苦,勇敢,忠实。我们知道嚼纸团而把它抛在白墙上是愚蠢的事。所以当狄斯走进教室来,一句话也不说,用严肃而仿佛忧闷的眼光向全班学生看看的时候,我们觉得很难为情。可是保卫同学不是愚蠢的,而是善的,美的……我们每一个人都等候着自己轮到参加受难者,借此向他们表白……空气紧张、新鲜而异常。我们静候着威胁的发展,心中产生一种新的精神力量。教室里一向沉闷的空气有了起色。

这一天最后一次的钟声也蒙上了特别的音色。它正碰上查究还没有结束的时候,仿佛在说:明天再继续吧。我们跑回家去胡乱抓些东西吃了,就偷偷地去探望禁闭室。禁闭室的窗子很高,开在后院角落里的二层厢楼的墙上。有一个人悄悄地丢进一颗小石子去作为信号。被禁闭的人轮流地站在别人的背上,出现在窗口。我们觉得他们非常高贵、可爱而美丽。尤其是那个值日生:我们都只要替自己负责,只有他要替别人负责。我们每个人都想为他效劳,都想替代他。

这时候发生了一种气氛;七十年代时斯特列尔尼科夫[1]正是为了这种气氛而把不愿出卖同志的青年拉左夫斯基[2]送上绞刑台去……

有时候我们这些骚扰事件简直像群众的疯狂行动。

有一个秋雨连绵的日子。这正是午间休息的时候。窗外栗子树上已经枯萎而尚未掉落的叶子在摇曳着,横斜的雨敲打着窗玻璃。这时候不能到院子里去玩皮球,许多人不回家去吃点心,走廊上挤满了人,像巨浪一般涌来涌去。

萨玛列维奇来了。他刚刚从院子里走进来,浑身湿淋淋的,头上戴着一顶黑色羔皮帽子,身上穿着"卷毛皮"做的宽大的皮袄。他的憔悴的脸在黑色的尖顶皮帽子下面,衬着黑色的衣领,在走廊上薄暗的光线中显得特别奇怪。他嫌恶地通过嘈杂的人群中间,仿佛挤过肮脏的街道一样;他的眼睛愤怒而敏捷地张望:他正在找寻季佳特凯维奇,希望他替他开一条路。可是季佳特凯维奇不在这里。学生们看到了他,都自动地小

---

〔1〕 斯特列尔尼科夫是一个将军、军事检察长,以一八七九至一八八〇年的基辅政治运动获得地位;这政治运动的结束是把许多人处死刑,其中包括奥辛斯基和罗左夫斯基。这将军于一八八二年在敖德萨被杀。

〔2〕 约瑟夫·伊萨科维奇·拉左夫斯基(即罗左夫斯基)(生于一八六〇年左右)是基辅大学的学生。他为了"人民意志"的宣言和其他文告,于一八八〇年二月在基辅被捕,同年三月被处死刑。

心退避;可是他们不是立刻就看到他的,因为密集的人群推来拥去,有时完全不能自主。

突然有一个小孩子被同学追赶着从教室门里跑出来。他一直钻进人群里面,几乎把萨玛列维奇撞倒,抬起头来一看,面前一个高大的身躯、一张憔悴的脸和一双凶恶的眼睛。他看到出其不意的现象,一刹那间很惊慌,突然他脱口说出萨玛列维奇的绰号来:

"卷毛皮!"

这句话当着这个严厉的教师面前很响亮地说出,立刻吞没其他一切声音。一刹那间肃静无声,后来发出狂叫声和大笑声,大家拥挤起来。整个走廊上紊乱若狂。孩子们挤向萨玛列维奇,赶过了他,站在他面前,叫着:"卷毛皮,卷毛皮!"叫过之后,又钻进人群里去。这个可怜的狂人惊慌地站在这汹涌的急流中央,转动着头,一双干瘪而冒火的眼睛闪闪发光。

舍监们听见了嘈杂声,都从学监室里跑出来,后来学监也跑出来。但是孩子们避开季佳特凯维奇,钻过另一个舍监——和善的、红头发的布托维奇——的胯下,溜过学监旁边,抓住了萨玛列维奇的皮袄,喊着:"卷毛皮,卷毛皮!"同时走廊里充满了大笑声、脚步声和喧噪声。这时候往常的威势已经失去了力量。全靠那个校工想出来提早两分钟打钟,那刺耳的钟声才解救了萨玛列维奇,把他送进了学监室。

这一次校方竟不企图追究罪魁。

事情很明显,这一次没有罪魁,只不过是一种自然的爆发。我们往常的情绪的"底层"在这时候决裂了。要镇压是可以的,然而没有人能够制服人心……

对于克兰茨,也曾经有过同样出其不意的示威。这个暴君临到了倒霉的一天。他租赁一个中年寡妇的屋子,城里传播着一种流言,说我们这只枯瘦的猴子对他那个肥胖的女房东燃起了温柔的热情。这城市里经常充满着流言,因此关于他这种暧昧关系的传闻,在其他大大小小的风流事件中一向不甚显著,然而终于有一次突然地爆发出一大丑闻:克兰茨声明他要迁移到另一个寓所里;这时候那个泼辣的寡妇当中学里开校务会议的时候闯进会议室来,并且带了一个无辜的婴孩来,声言要求全体教师抚养这婴孩。

过了几天,区里来了一个电报:即速免除克兰茨教职。这个德国人就在午间休息的时候走出中学,一去不复返了。他脸色发青而凶恶,满怀怨恨,快步地在街上走,并不向两旁看;他后面跟着一群学生,正像一群狗跟着一只已经被困而还有危险性的狼。

他这样地走到了柯路波夫斯基家的住屋那里。这是一个人口众多的家庭,其中有四五个人在中学念书。他们长得都很矮小,面颊胖胖的,相貌很相像。最小的一个是克兰茨的牺牲者,大家都喜欢他。他这一天正在生病,请假在家。然而他的哥哥们跑回家去把这个好消息告诉了他,这孩子就从床上跳起来,他在窗子里看见这个暴君走过,就奔到街上。他的哥哥们跟着他跑去,于是这只被困的狼就陷入了滑稽的围阵中。柯路波夫斯基家的这个小兄弟眼睛炯炯发光,拦住了他的去路,叫着:

"啊!你这个可恶的德国人,怎么样?被赶走了?被赶走了?你还要欺侮人吗?可恶的东西,可恶的东西!……"

他的哥哥们也一边跑,一边骂。近旁的学生也参加进去;愤怒的克兰茨只管加紧脚步,走到了自己的寓所门口,一路上听到叫嚣声、呐喊声和欢呼声。幸而他的寓所不远。这个德国人走到了台阶上,回头看看,举起拳头来威吓他们;窗子里探出受他欺凌的那个苦命人的幸灾乐祸的脸来……

这一幕光景将近末了的时候,别的教师们脸色阴沉而困窘地从旁边走过。学生们不好意思看他们,然而教师们也似乎不好意思看学生们。

……

我们的骚扰只有一次可能近似于"带着政治色彩"。

这是一八六七年或一八六八年的事。大家等候着总督贝扎克[1]的来到。他将耽搁在中学街上的警察局长那里,因此警察局长的住宅变成了大家注意的中心点。附近一带好奇的居民们从围墙里、从胡同里,总之从各种有遮蔽的地方探头探脑地张望。警察局长的屋子的正对面,是寡妇萨维茨卡雅租给学生住的宿舍;这时候已经在下课以后,因此一群学生走到院子里来,想要观光迎接总督的情况。街道上气象庄重而森严,适合于这种场面。几个区警察署长一动不动地直立在台阶旁边。各处都打扫得很清洁。一切都在等候状态中。

大约在五点钟左右,一个消防员骑着一匹直冒汗气的马,从监狱方面奔腾而至;在他后面,在街道的远处,立刻出现了一辆有篷的旅行马车,照俄罗斯式驾着三匹马。马车夫敏捷地勒住马匹,当场发出一阵铃声,副警察局长和区警察署长们连忙赶上去解篷,然而……

这时候发生了一种意想不到的可怕的情形。另一面的车篷自己打开了……马车里闯出一个穿军装的短小精干的人来;在群众的恐怖和惊疑中,这位基辅军管区司令官兼西南区总督大人跨着小步子,跑过街道,

---

〔1〕 贝扎克是一八六五至一八六八年间西南区的总督,是俄罗斯化的热烈拥护者。——原注

走到警察局长家的台阶的对面去了……

过了片刻，事情方才明白：这位区长官的锐敏的眼睛在车篷里就已注意到站在院子里的学生们没有脱帽。他们当然立刻矫正了自己的错误，只有一个小孩子——女房东的兄弟，似乎是二年级生——突出了眼睛，张开了嘴巴向这个奇怪的总督看，他不知道他为什么两脚蹭蹭地穿过街道来……贝扎克跑进院子里，拉住了这个中学生的耳朵，把他交给跑过来的警察，对他们说：

"抓进去！……"

警察局就在旁边，于是这个吃惊的孩子立刻被关进拘留所里，这拘留所通常是禁闭酒力未醒的醉汉的……这时候这位威严的首长方才走向警察局长家里去……

关于这事件的消息顷刻之间传遍了全城。

那一天，我为了某事，放学后被拘留了一会儿，回家比平常迟些，手里拿着一堆乱书。街上空空如也，只看见前面有几个穿蓝制服的人，警察正在把他们赶到街道的一端去，使他们远离警察局长的屋子。有一个地方闪现出孤零零的一个人影，他飞速地穿过街道，就不见了……我走过国款出纳处门口，转一个弯，才碰见一群中学生，约有十来个人。其中我注意到彼列佳特凯维奇家和陀玛拉茨基家的兄弟们，他们是两个有亲戚关系的波兰家庭里的人。这些人大都是超过学生年龄的，家境殷实，很不遵守校规。其中有一个不久以前被开除了。他们看见了我，就拦住了路，纷纷探问：

"他们放你通行了吗？喂，怎么样？听说萨维茨基昏过去了，是真的吗？你看见他的姐姐了吗？……"

"你们讲什么？"我看看他们的激动的脸，莫名其妙地问。

　　"好家伙!"彼列佳特凯维奇家的哥哥嘲笑地说,"这时候你到底在哪里?"

　　"在禁闭室里。"

　　"啊! 这就难怪了。原来你不知道:贝扎克拉住萨维茨基的耳朵,把他关进了拘留所……你快回去叫同学们到街上来。"

　　这消息像电光着火一般通过我的心头。我的记忆中活生生地出现萨维茨基的天真烂漫的姿态,戴着一顶宽帽檐的制帽,长着一双稚气的眼睛。这回忆在我心中唤起了一种剧烈的怜悯之感,还有一种阴暗的、模糊的、紊乱而恐怖的感觉。这位同学……不是在禁闭室里,而是在拘留所里,生病,没有人照顾,孤独……而且不是学监把他关进去的……这时候另有一种强大而不可抵抗的力量在我心中唤起了友谊之感。我的心不禁由于这号召而呆住了。怎么办呢?

　　我跑回家去,丢下了书,没有看见我的哥哥弟弟,就又飞速地奔到街上。彼列佳特凯维奇家和陀玛拉茨基家的人已经不在这里。他们大概是到什么地方去商谈了。可是广场上有一群群的学生彷徨着,他们都为了这件事而茫然不知所措。警察竟不能把他们赶出中学街去……他们用各种方式来交谈、探询并传达所发生的事件。他们有时聚拢来,有时散开去,凄凄惶惶,不知所止。有几个特别热心的人,偷偷地爬过隔壁院子的围墙,走到拘留所的窗口,看见萨维茨基躺在一条长凳上。看守人用一块黑布来盖住了他的脸……

　　彼列佳特凯维奇兄弟们想出一个办法来:大家成群结队地到总督那里去,向警察局长家的窗子抛石子。然而他们还没有拟订出明确的计划来,否则会发生什么结果,就很难说了。也许当时不会发生什么,我们许多青年人的心里怀着无力和憎恶的怨恨,各自纷纷回家。可能只是到了夜里,总督房间里的玻璃窗被石子击得锵锵地发响,因此给他们以镇压中学生暴动的口实……

然而这个计划还没有拟订出来,就发生了另一种情况。

就在这条街上的一所屋子里,走出校长陀尔果诺果夫米,他服装穿得很整齐,神情威严,仪表昂然,戴着三角帽,佩着宝剑。他是新近上任的,我们不大熟悉他。老实说,后来我们对他也不见得更熟悉些。他是大俄罗斯人,因此他心中没有俄罗斯化的仇恨:他为人公正无私,在学校当局和学生发生冲突时,他有时承认校方是不正确的;他的态度又很严肃。可是在我们看来,他毕竟是一个教育界的官僚,刻板而忠实的形式主义者,对自己、对教师和对学生都是严格要求的……除此以外,他似乎还意识到自己的尊严和自己所做的事业的尊严。现在我回想起在这可纪念的日子里的这个人,我就有以上的感想。

这时候,他全身充满着一种果断、严肃而沉着的神情。他显然是胸有成竹,走在一群遑遑如也的学生中间,仿佛一艘艨艟巨舰行驶在许多小船之间。他回答着学生们的鞠躬,嘴里只是说:

“你们散去吧,孩子们,散去吧。”

这时候他的神气使学生们觉得自己的确是孩子,并且信任这个沉着而严肃的人……

他这样地走进总督所住的房间里。过了三分钟光景,副警察局长陪着他从那里走出来,副警察局长手里拿着制帽,恭恭敬敬地跑在他旁边的前方,两人一同来到拘留所。副警察局长把门打开,校长就走进去看那个学生。随后,季佳特凯维奇陪着校医跑来了,另一个舍监带来了萨维茨基的姐姐,她哭丧着脸,惊慌万状……

穿教育局制服的人占据了警察局,这情况显得兴奋而庄严;跛脚的季东奴斯忙忙碌碌地在警察局里跑进跑出,这时候连他也显得亲切而善良,像自己人一样了。后来,另一个舍监,那个高个子红头发的布托维奇(这个人很和善,不过常常带几分醉意),走到门口,对大家说:"校长叫同学们大家回家去!"他这样一说,过了一会儿,警察局和警察局长公馆附近穿蓝制服的人一个也没有了……

官吏们之间传述着总督和校长这一次会谈的详细情形。当校长走进去的时候,贝扎克满面通红,好像对敌人射击了长久的大炮,他冲上前来对他说:

"你们这里怎么搞的! 乱七八糟! 没有礼貌! 波兰人见了首长不脱帽!"

"大人,"陀尔果诺果夫冷静而坚决地说,"在别的时候,我一切都谨听尊命。现在我首先要求立刻释放我那个非法逮捕在警察局里的学生……关于这件事,我已经打电报给我的首长了……"

贝扎克惊慌失措地看看校长,就……下令立刻释放萨维茨基。

在父亲的有一次纸牌晚会中,官吏们谈到这件事。大家对陀尔果诺果夫表示同情,并且觉得有点吃惊。有些人认为他要遭殃;另一些人猜想,这个陀尔果诺果夫大概在彼得堡有"靠山"。父亲照例沉着而断然地说:

"啊,说什么呢! 这个人不过是根据法律行事罢了,没有什么可说的!"

"可是要晓得,他是贝扎克! ……是沙皇亲自任命的!"

“我们都是沙皇任命的。”父亲反驳[1]。

陀思妥耶夫斯基在他的《作家日记》的有一篇里，叙述着他青年时代在马路上遇见那个火速专差时所获得的印象：这个火速专差站在马车上，不停地打马车夫的耳光。马车夫狂暴地用鞭子打马，三匹马吓得要命，在大道上的条纹柱子旁边拼命奔跑。这青年认为这景象是整个专制俄罗斯的象征，也许正是这景象促使陀思妥耶夫斯基站到绞首台上去等候死刑[2]……在我的记忆中，总督贝扎克这人物正是这样的一种象征。关于“天威”的完整的观念，立刻显出了一条巨大的裂缝。一方面是拉住一个受惊的小孩子的耳朵的专横暴吏，另一方面是不关权威却能使一个平凡的校长在斗争中取得胜利的法律。

最近几十年来，“行政势力”侵犯俄罗斯学校，引起青年们汹涌的骚动，这期间有几个学校能有这样的表现呢？谁能够代替青年们为保护法律、人道和权利而显示公民的英勇气概呢？

----

〔1〕　在《俄罗斯财富》（一九〇八年第三期）上发表时，这里还有如下的一段：“这事件似乎没有给陀尔果诺果夫带来任何恶果。他在我们学校里又留任了一个时期，记得是一年半；然后调任他处，如果我不记错的话，是调任到莫斯科，这就是说，他高升了。那时代很不开明，然而‘法律根据’的作用比后来有力得多。那时候的内务部还没有像我们现在那样压倒其他一切机关……”

〔2〕　费多尔·米哈伊洛维奇·陀思妥耶夫斯基（1821—1881）青年时代参加布塔舍维奇-彼得拉舍夫斯基的革命小组。一八四九年四月二十三日，他和该组其他成员一同被捕，被禁闭在彼得保罗要塞中，然后和其他彼得拉舍夫斯基党人一同受军事审判委员会审判，被判定了死刑。被判罪的人于一八四九年十二月二十二日由彼得保罗要塞被提到谢苗诺夫刑场，穿上寿衣，被绑在柱子上了；宣读了死刑判决书，兵士们奉令举枪瞄准——就在这最后一刹那间宣告改变判决。陀思妥耶夫斯基的死刑改成了四年苦役刑，在鄂木斯克的牢狱中执行（关于这牢狱，他描写在《死屋手记》中），后来他被调到塞米巴拉丁斯克去当兵。

第四章　在乡村里

23　加尔诺路格地主

在城市学生看来,到乡村去是度假期。

我们从日托米尔迁居到罗夫诺之后,才知道姨夫上尉的村庄加尔诺路格[1]离开我们的县城只有五六十公里。根据两方家庭的协定,上尉的儿子萨尼亚[2]整个学年住在我们罗夫诺的家里,而我们全家在假期中到他们那里去住。萨尼亚是一个瘦长的孩子,态度土头土脑,这使他变成了大家取笑的对象;他有一颗童真的心,天资较差,学业不很好。我们大家都喜欢他,然而有时很残酷地取笑他的村俗,他终生保持着这种粗俗,还保持着一种特点:仿佛生活中的矛盾在他的十分敏感的良心上无意识地留下了一个痕迹。

这村庄很特别:有些村庄的农奴制在正式废止以前就显然已经变得荒谬可笑了,这村庄便是其中之一。已故的达尼列夫斯基在一篇随笔里

---

　[1]　实际上是罗夫诺县梅瑞里奇乡镇的哈拉路格。

　[2]　即亚历山大·卡齐米罗维奇·屠采维奇(生于一八五六年)。他在罗夫诺中学念书,可是没有毕业。一八七七年,他到彼得堡的一个印刷所里当排字工人。一八七九年他住在柯罗连科家里,同年三月四日和柯罗连科家所有的男人一起被捕。

描写一个村庄的情景,这村庄有一个特殊的名称叫做百地主村〔1〕。他
给这村庄取这个名称,是因为其中有近百个"地主",人数几乎和农奴相
等。要知道,这样的村庄在农奴制末期是不少的。地主阶层人数增多,
破产了,他们失去了天赐的贵族特点,产生出越来越多的寄生虫、二流子
和只有一两个农奴的主人来……

　　加尔诺路格正是这种衰败"地主"的大本营:将近农奴解放的时候,
这村庄里已经只有近六十户农家,却有二十个左右的贵族地主。大约有
三分之一的农奴是属于上尉一家的。

　　我不知道这种奇怪的"社会组织"是怎样发生的。多半是由于加尔
诺路格曾经是所谓"公地"〔2〕,这里的"地主"是所谓"公地贵族",就是密
茨凯维支在《塔杜施先生》〔3〕中生动地描写着的,这种贵族有他们的保
护者。在上尉的庄园的地界上,在池塘边的一个小丘上,耸立着一座古
老的、深色的建筑物,上面有一个尖屋顶,形状和意义都很神秘。四周像
威严的警备队一般站着七棵金字塔形的白杨树,树梢都是枯焦的,从远
处望来,这一团东西很像一座古式的瞭望塔。但是实际上这不过是一个
仓库。在底下一层里放着一桶一桶的喀士酒、黄瓜、白菜;中央一层里堆
着一格一格的谷子;顶层里是住人的房间,还筑着一个阳台。阳台上不
许我们走出去,因为有崩溃的危险;有时这座堂皇的建筑物全部格格作

---

　　〔1〕　这里所指的是作家格利果利·彼得罗维奇·达尼列夫斯基(1829—1890)的随
笔《四十地主村》(关于议员某某的回忆)(1869)。
　　〔2〕　在波兰(在波列谢和沃伦)是指没有丈量的土地,这些土地邻接着耕地、割草场
和村中其他的附属地,用自然的界限来和它们隔开。每一个村民都有占据公地的权利,公
地上的清除和耕作就由他们担任。住在公地上面亲自耕作的小贵族,就称为"公地贵族"。
　　〔3〕　亚当·密茨凯维支(1798—1855)是波兰的大诗人。他的诗篇《塔杜施先生》作
于一八三二年至一八三四年。

响,仿佛要豁裂似的。然而上尉不承认这一点。他认为这仓库是很可夸耀的,它围绕着白杨树,远处都望得见,并且占据着适中的主要地位……周围一带,仿佛在它的保护之下,散布着许多草屋、花园、草地和有汲水机的井。在某些地方,仿佛离了群,孤零零地耸立着几棵白杨树,表示这些是"地主庄园"。其中最好的一所是上尉的家,也是盖草屋顶的。其他的庄园和农家屋子几乎没有什么分别。

据传闻,这仓库是一座富裕的地主庄园的唯一的遗迹,这地主庄园曾经是加尔诺路格小贵族的中心。上尉很看重这仓库,把它当作一种表征。他虽然是比较后起的人物,却是加尔诺路格的"地主"中最大的一个,因此他仿佛和这所古老建筑一同承继了首要地位……

从前的中心永远消失了,当地小贵族的存在意义也跟它一起消失了……

前面已经说过,上尉是一个善于讲故事的人,有时,在漫长的冬夜里,他喜欢讲述加尔诺路格过去的逸话以及它的奇特的风俗。往昔的衰颓了的贵族"威势"已经失却意义和作用,被用讽刺的形式表现出来。这村子里有两派,不断地为了某些事件而斗争,互相侵袭,打官司。这斗争的目标是一家小酒店的租赁权。每一派都认为这权利是属于自己的,每一派都提出自己的候补者,用武力来支援他。这小酒店有时简直变成了一座堡垒。洛赫玛诺维奇地主家的人设立了岗哨,用以保护把持这小酒店的杨凯尔;班凯维奇家的人向他们袭击,想叫莫希卡来代替他的位置。有时在黑夜里酣战起来。地主们率领着仆人去袭击这小酒店:打得头破血流,狗吠叫起来,女人和小孩子号哭着……

当烧酒卖完了,必须重新到城里去批发的时候,这篇加尔诺路格的

《伊里阿达》[1]就达到了最富有戏剧性的部分。杨凯尔带着一只桶,由武装部队护送着进城。去的时候一路平安无事。但是在回来的路上,小桥旁边的山谷里就有人埋伏着。有一次,上尉似乎亲自参加这样的远征,他十分幽默地叙述:两军酣战的时候,农人们打破了酒桶的底。两方面都忘记了敌意,大家扑过去纷纷地用帽子、杓子,甚至靴子来舀烧酒……第二天早晨,只见这些勇士并排地躺在树林里的草地上,敌我不分。

这种事情当然引起了诉讼,衙役们跑来调查,只有他们才从这些武士的冲突中获得了利益……

当我来到加尔诺路格的时候,这些英勇的风俗已经变成传说了。这里的贵族在制度改革以前已经完全衰败而穷困……据说当中有这样的一件事:由于某种复杂的家庭承继关系,两个娶亲姐妹为妻的小贵族所管领的只是同一份农奴人家,而且还在争论中。这时候最不幸的当然是两家所争执的那个倒霉的目的物。为了农奴米基塔而打官司的时候,两个地主都向这农奴发命令,两方面都要求他服从。这个不幸的农人永远处在两种背道而驰的力量的影响之下。自不必说,势均力敌的两种力量把他拉到了离开两面一样远的地方:他在杨凯尔的小酒店里物色到了自己的位置……两个战斗国和一个中立国之间的地位,发展了米基塔的外交才能:有时他和一个地主缔结了同盟,跟他一起殴打另一个地主;后来他转到敌人方面,为了恢复政治势力的平衡,又赤胆忠心地敲打不久以前的同盟者。他不怕打官司,因为不管哪一家赢,哪一家输,他总归要奉

---

[1] 《伊里阿达》是古希腊的一篇叙事诗,其中描写希腊人在小亚细亚包围特洛埃城的故事和古代英雄的功绩。这里用它来作比方,显然含有讽刺意味。——译者注

行地主的命令……

当然也有这样的情况:两个地主意识到了自己的——像现在所谓——阶级利益,暂时联合起来反对米基塔。那时候要不是杨凯尔及时地收容他,他就倒霉了。

一般说来,这个处在争执中的倒霉的农人所过的生活很不像人……要是他只有一个主人,而且是"真正的"主人,在他认为是幸福的。因此他不止一次地到上尉家里来,请求买了他,完全管领了他,他答应一个人做三个人的工作。他的确很能做,因此杨凯尔没有理由来抱怨他。然而要买他是不行的,因为不知道究竟谁能够卖他。至于把卖得的钱平分,两家又不同意,他们宁愿把米基塔这个人砍成两半。

"难道我一个钱也不值吗?"这个苦命人绝望地说。

"可怜的人,我并不是说你不好。"上尉回答,"你是一个很值钱的农人,可是你会引起诉讼……你还是回去吧……"

米基塔回到酒店里,喝得大醉,使得两家的主人都见他怕……

这些小贵族里年纪最大的一个叫做波果列尔斯基老爷,他是这村庄里的一部活的年鉴,记得波兰独立时代的事。他曾经在一个叫做霍列文斯基或戈连彪夫斯基的老爷的旗队里当"甲胄兵",而且参加过贵族党[1]。他的年纪似乎有一百岁左右了。

我心里发生了一种奇怪的念头。我们差不多每年在报纸上读到:某某地方死了一个老头儿或老太婆,享年一百岁或一百一十岁;八年或十年前西伯利亚的报纸上报导说,死了一个一百三十六岁的移民……我们试看长着树林的山坡,就可知道即使是较小的山也比树木高大:无

---

〔1〕 贵族党是波兰小贵族联盟的名称,这种联盟是维护小贵族的利益和特权的。

数的树木像军队一般驻扎在山坡上。但是如果选出百年大树来，用树的高度来测量山的高度，那么就可知道，二十棵这样的树就等于山的全部高度……世世代代的人，像山坡上的小树林一样，生长在二十个世纪的过程中，——这二十个世纪就是从那一夜开始：当时天空出现彗星，木匠约瑟根据亚古士督的旨意报名上册，从拿撒勒城来到伯利恒的山洞里，为自己的家庭找到了安居之处。

自从犹太没落之后，罗马帝国分裂，陷入无数野蛮部落的手里；建立了新的帝国，进入了充满赞美歌和异教呻吟声的中世纪哥德黑暗时期；在这废墟之下又辉煌地复活了古代生活，喧嚷着宗教改革；三十年战争毁灭了几代的人，大革命燃起了明亮的炬火，拿破仑战争的火焰蔓延在欧洲……可是你想，这一切都包含在不到二十个长寿人的生命的过程中。在这全部时间内，不乏一百二十五岁的老人，他们很可以"作为目击者"而一代一代地传达许多世纪的编年史。这种"目击者"在我们这时代以前只要更换……二十个！……

在加尔诺路格，我看到了人世树林中这种老橡树之一，这就是波果列尔斯基。他在十八世纪七十年代和八十年代的时候，就已经懂得人事了。假使我那时聪明些，而且有好奇心，那么我现在就可以根据目击者的话把一百五十年前波兰灭亡时期的事件讲给二十世纪的人们听了。

然而那时候我对这些问题不大感兴趣。

有一次，我因某事走过加尔诺路格的一个僻静地方，看见菜园的栅栏里面伫立着一个高个子的人，光秃秃的头不戴帽子，鬓边长着乳白色的卷发。这个人的头极像一个晒干了的罂粟果，不过旁边保留着两片干枯的白花瓣。我走过的时候向他鞠一个躬。

老头儿用他那双失却光彩而还很灵活的眼睛向我看看,说:

"小伙子,你是哪一家的? 我怎么好像没有看见过你。"

我回答他说,我是上尉的内侄,我们就谈起话来。他站在栅栏里面,又高又瘦,全身只有骨头和筋。他穿着一件很旧的有污点的黑色波兰外衣。外衣上钉着一行小钮扣,可是一半已经掉落了,外衣里面露出赤裸裸的身子来:这个可怜的老头儿只有一件衬衫,要是有一个好人替他拿去洗了,他就只好不穿衬里衣服。

"哦……上尉……我知道的……他跟一个什么人买了二十个农奴……是一个暴发户……从前的大户人家都没有了。都是一场空。你瞧……譬如说,以前有过两个地主:班凯维奇家的约瑟夫老爷和洛赫玛诺维奇家的雅库勃老爷。约瑟夫老爷有三个儿子,雅库勃老爷呢,也有三个儿子。加起来就有六个了。还有女儿……约瑟夫老爷把十五份农家赠嫁给一个儿女,搬到波道尔……这些人又生出子女来……班凯维奇家有斯塔赫、弗拉涅克、福尔土纳特、尤捷夫……"

他说出一连串的家系来,我现在所传达的当然是很随便的;后来他又谈到旧时代的事。

"唉,唉! ……小伙子,我跟你说真话:有一种人,是'列奇·波斯波里塔'[1]朝代的……譬如说,骠骑兵团来袭击的时候,简直像暴风雨一样,因为他们背上长着翅膀……马会飞的,翅膀里发出风来,我告诉你,就像松林里的飓风一样……耶稣,马利亚,圣约瑟……"

这个老甲胄兵的脸直红到光秃秃的头顶上,两边的白色卷发翘起来

---

〔1〕 是十六世纪后半期波兰所建立的一种国家制度的名称,是一种封建农奴制的、贵族选任的君主政体。在波兰第三次被瓜分(一七九五年)之后,"列奇·波斯波里塔"就废止了。

了,黯淡的瞳孔里射出锐利的闪光。

可是忽然他又全身萎靡不振了。

"而现在呢……唉！现在,世界上全都颠倒了。还在不久以前……大约三十年以前,就在这加尔诺路格,还有真正的贵族……农奴见了都害怕……一个不小心……啊！不得了！就要拷呀,打呀,打嘴巴呀！……我跟你说真话,有时候真可怜……因为这不像基督教徒干的……而现在呢……"

他把他的枯瘦的脖子伸到栅栏外面来,在我耳朵旁边悄悄地说:

"我在上帝和圣母面前起誓,的确,现在农民打名门贵族的嘴巴……过后怎么样呢？……嘿！一点也没有什么……这有什么话可说呢,世界末日到了!"

这时候天气很热,四周肃静无声。黄色的向日葵在菜园里摇摇摆摆。蜜蜂嗡嗡地缠绕着它们。旧栅栏的柱头上套着几个黑黝黝的土瓶,玉蜀黍的硬挺的叶子发出絮絮叨叨的声音。老头儿的眼睛表示出天真的惊讶,向四周张望一下,仿佛在问:这一带地方怎么样了？甲胄兵、霍列文斯基老爷、他的旗队、以前的贵族,都到哪儿去了？……

这个阅尽沧桑的老翁显示出一种孩子气的沉默和动人的悲哀。关于别的 nobilitatis harnolusiensis[1] 代表者,就不能用这样的话来形容,虽然其中也有十分鲜明的特殊人物。

有一次上尉家里遭贼偷了:有人在半夜里撬开了仓库底层的窗子,偷走了一桶油和一桶蜜。洛赫玛诺维奇老爷首先报导这失窃的消息。

洛赫玛诺维奇这个人外貌很漂亮:肩膀宽阔,腰身瘦小,长着笔直的

---

〔1〕 即加尔诺路格贵族(讽刺语)。

波兰鼻子和铺满胸前的美丽的丰髯。他大概肖似他的一个带兵作战的威武的祖先……现在这种威风已经变成一种形式,没有内容了。在老波兰军人的一切品质中,他所保留的只是堂皇的风采、豪放的胃口和对山珍海味的高贵的爱好。上尉关于这个人有这样的话:"洛赫玛诺维奇老爷嗅得出加尔诺路格每一家人家灶房里的气味。"他对于农人抱着显著的轻蔑态度。

"这一定是他们做的,"当邻人们听见失窃而聚拢来看的时候,他断然地说,"贵族不会干这种事。譬如我,有的不多,我所有的,都是我自己的。那些下流坏可就不知羞耻,没有良心,不怕上帝……"

农人们闷闷地默不作声,仔细察看窗子撬破的痕迹。忽然其中有一个人在窗子下面找到了一些脚印。这些脚印是长统靴的,而且右脚的后跟显然磨蚀得很厉害……农人是穿粗靴的。长统靴是地主穿的。他们就毫无疑虑地斜过眼睛来看这位高傲的老爷的右脚跟……在这仔细查究的期间,洛赫玛诺维奇不知不觉地溜走了……

大家喧嚷起来。"摆脱羁绊的农奴"老实不客气地叫喊,说上尉家仓库里的东西是老爷偷的,他们就蜂拥到街上去传播这消息。加尔诺路格的地主的声名一败涂地。贵族们聚集到波果列尔斯基老人家里,因为他对于名誉问题是见多识广的;共同商谈的结果,决定派一个代表团到洛赫玛诺维奇那里去。这位前任的甲胄兵当了代表团的首领,向这个"贵族弟兄"讲话……他说:你这位尊贵仁慈的贵族弟兄自己可以看到——这情况是严重的——农奴造谣毁谤加尔诺路格的全部贵族……现在,只是为了要杜灭农奴们的谣言,全体贵族请求你这位尊贵的弟兄允许他们看一看你的仓库。

洛赫玛诺维奇老爷像往前一样神气十足,坦然地表示同意。

"Pro forma[1]，好先生，pro forma，"波果列尔斯基欢喜地说，"不过是要堵住这些无知小民的嘴巴。"

搜查将近完毕，毫无结果。

"我有的不多……我所有的，都是我自己的！"洛赫玛诺维奇又说这句话。人们已经准备回去了，这时候，被容许加入在代表团里的农人之中有一个人扒开地窖角里的一堆糠秕，发现糠秕底下并排地放着两只桶……

农人们立刻把两只桶扛在肩上，得意扬扬地把这赃物送到上尉家里，一路上兴高采烈地喊着，唱着歌，嘻嘻哈哈地走去……

这对于全体地主是一个严重的打击。波果列尔斯基老爷像海狸叫一般哭起来，照上尉所说，他是在痛惜伤风败俗——periculum in mores nobilitatis harnolusiensis[2]。只有洛赫玛诺维奇自己对于这不快事件满不在乎。过了两天，他又像往常一样泰然自若、神气十足地来到上尉家里。

"可敬的贵族弟兄，我的邻居，还是请您丢开了这件肮脏的事吧。"他说，"唉，事已如此了……谁都难免……邻居之间的事难道值得打官司吗？"

上尉是一个暴躁的人，然而存心忠厚，善于用幽默的态度来待人接物。何况这时候离开农奴解放似乎已经不远，觉得有团结的必要了……上尉不但原谅了这件"些微小事"，不打官司，而且以后他家每逢婚丧喜事，灶房里飘出各种香气来的时候，总有洛赫玛诺维奇这个美妙的姿态

---

〔1〕　拉丁文：只是形式而已。——原注
〔2〕　拉丁文：加尔诺路格贵族的品格一败涂地。——原注

在场……

　　然而勉强可算是这些衰败的贵族中最著名的代表者的,是班凯维奇家兄弟两人。其中一个是"恶讼师"(从前有这样的正式名称),另一个——真糟糕!——是一个盗马贼。

　　安东尼(这是讼师的名字)的外貌特别讨人喜欢:圆肥的身体,大肚子,小小的秃头,红润的鼻子和一视同仁的温良的眼睛。当他坐在椅子里,把一双胖胖的手搁在肚子上,转动着粗大的手指,微笑地望着对话者的时候,竟可把他看作安详的良心的化身。实际上他是一个可怕的匪徒。

　　这个讼师有一支锋利的笔,懂得法律和诉讼手续,引起普通居民迷信的恐怖。这是一个凶恶的魔法师,懂得"符咒",能够使别人的命运落到他手里。安东尼的庄园仿佛是一个迷津。

　　如果别人家的——例如昆采维奇老爷家的——一只鸡走进了安东尼家的菜园里,那么他首先是扣留了这只鸡,其次是为了践踏作物而要求赔偿损失。如果相反,安东尼家的猪钻进了邻家的菜园里,那就更糟糕。可怜的昆采维奇无论怎样恭恭敬敬地把这口猪请出去,结果安东尼总说是猪的脚被打坏了,肚子受了伤,或者由于别的原因而损害了健康,于是又提出刑事和民事的诉讼。邻人都吓得发抖,往往出钱了事。

　　"啊,我的好先生,我要请教您,"这些不幸的人里面有一个人无可奈何地绝望地说,"我们不知道应该按照哪一条法律从菜园里赶出鹅来,按照哪一条法律赶出猪崽来,这可怎么办呢?可是他自己任意赶走别人的家畜,毫无顾忌。"

　　在邻人们看来,安东尼家的母鸡、火鸡和小牛都有特殊的法律保障;这个讼师常常一连好几天站在台阶上,察看自己这些财产,找求进账的源泉……

　　安东尼的名望远远地传播到加尔诺路格的范围之外，附近所有好诉讼的人都来求教他，好像求教这一门的教授一样。

　　上尉这个新地主来到加尔诺路格，不受这可怕的讼师的节制——这一点威胁他，使他的稳固的权威发生动摇。因此安东尼对于这个"尊贵仁慈的邻人"表面上保持着极好的关系，暗地里却找求着袭击的好机会……记得就在上尉迁居到加尔诺路格的第二年上，安东尼带着自己的仆人来到他的田里，收割了他的谷子。

　　损失并不很大，吓伤了的居民们劝上尉不要计较，不要跟这个恶霸发生纠葛。然而上尉不是一个肯让步的人。他就号召发动斗争；后来他讲到这一节，比讲到对付敌人更加起劲。当人们告诉他安东尼家的仆人正在割他的谷子的时候，狡猾的上尉竟不动声色……割谷子的人把谷子一束一束地捆好，立刻把它们载走；太阳落山的时候，这讼师得意扬扬地率领着一队货车回家，车子里满载着别人的谷子。

　　回家的路必须经过上尉的庄园后面。货车正好轧轧地开到谷仓大门口的时候，大门突然敞开，埋伏着的上尉和仆人们一跃而出，抓住了马和牛，把货车带到了谷仓里。他们把车子从一个大门里带进来，迅速地卸了货，就把空车子从另一个大门里放出去。这袭击来得迅雷不及掩耳，因此安东尼家的人完全没有表示抵抗。事情完成之后，上尉脱下帽子，殷勤地感谢这位好邻居的帮助，说他们辛苦了，请进去吃些点心。

　　这讼师当加尔诺路格全村的人面前受了打击……大家都知道这件事非同小可，因为安东尼立刻就到圣像面前去祷告，——过去他每逢事情特别严重的时候总是这样做的。

他回家之后,他的窗子里通夜有灯光照在茉莉花丛、草丛和向日葵上,从外面可以看见这个讼师在屋子里的行动:有时灵感竭尽而跪在圣像面前,有时援笔疾书……村子里的公鸡啼了,安东尼家窗子扑的一声打开,里面出现一张发红的脸,脸上还带着灵感未尽的痕迹。他手里拿着一张纸,威风凛凛地举起手来,向上尉家环绕着白杨树而有黑屋顶和旗杆的仓库方面把纸挥动几下。

有一个邻居立刻把这全部详情秘密地报告上尉。

后来上尉把这斗争中的种种戏剧性波折讲给我们听。他戴上了一副玳瑁边眼镜,把一张纸高高地举起来,有声有色地念安东尼历次的起诉文和他自己的答辩……

安东尼的文章很特殊,然而的确是一种天才的作品。文体是古风的、半俄罗斯半波兰式的,华丽而错综复杂,处处有非常奇突的句法,上尉念的时候常常被哄堂大笑所打断。只有念的人自己板起脸不笑。他显然是在宣扬敌手的艺术。的确,这里面既富有法律知识,又富有表现力,同时又有一种特殊的感动力,仿佛希望打动法官的心。作者自称为"贵族孤儿",称对方为"冒名上尉"(我的姨夫是一个退职的二等上尉),不知为什么称他的领地为"非法得来"的,称他的工人为"无耻"的……"货车驶上归途,道经冒名上尉非法得来之庄园时,该冒名上尉统率其无耻之违法匪帮,预伏道左,突然跃出。大肆咆哮,势同截路之强徒:喑呜叱咤,实行公开之劫掠!彼等将贵族孤儿安东尼之车团团围困,马挽其鞴,牛牵其轭,尽行驱入此冒名上尉之谷仓中,将车上财物全部没收。在此光天化日之下,竟有肆无忌惮之辈!温良恭俭之贵族孤儿安东尼·福尔土纳托夫·班凯维奇言念及此,不禁热泪纵横,尽沾此纸。为此申诉,务请严予审讯,依法查办!"文章的末了,他引证条例,威胁上尉,几乎要他流放出去服苦役刑，又开列失单，说这笔损失可使他破产。

我在安东尼的这些作品中，初次认识了刀笔文体的特点，然而我的叙述当然只能约略传达出这种文体的华美。特别使人吃惊的，是其中充满悲壮的语气。这老讼师显然不能认真地希望感动法官；这不过是对美学的无条件的贡献，是一种纯粹的创作发泄。

这诉状给众人传观，大家读了又读。那时候村子里没有报纸，书几乎是找不到的，因此村子里的居民差不多全靠从这种作品中认识文章的美。大家认为这诉状写得非常锋利而雄辩，上尉要"碰钉子"了……安东尼醉心于自己文学上的成功。

上尉方面也武装起来，他不久也向朋友们宣读《林务团退职二等上尉库尔采维奇致某县法院的答辩》，答辩所为何事，列举逐条如下。

首先他声明，他这个请愿者不是冒名上尉，而是正途出身的上尉，持有合法的证明书。因为曾经参加镇压叛乱，并且身受枪伤，故屡次获得勋章。退职以后，受任林务团之职，擢升官衔，故退职时身为有制服及年金之二等上尉。由此观之，自称贵族孤儿之安东尼，其罪状不仅在于诽谤库尔采维奇，抑且大胆藐视钦定之最高名衔。

上尉用挖苦和讥讽来对抗安东尼的悲愤和巧辩。他质问：大家都知道安东尼自己的领地位于另一方面，那么这个贵族孤儿怎么会带着载谷子的货车出现在库尔采维奇的谷仓门口呢？接着上尉又刻毒地说："众所周知，凡孤儿必手持丐囊，向慈善施主沿门乞食，今号称孤儿，手无丐囊，而满载辎重，率领人马，长驱直入他人之领地，实闻所未闻。惟安东尼·福尔土纳托夫·班凯维奇首创其例，殊为可恶，在此升平之国家，实属罪无可逭。"为此，依据法律，上尉也要求严惩安东尼。

他亲自把这答辩送到城里。出发以前，仆人们替他从箱子里拿出有肩章的军服、有饰带的裤子、有马刺的靴子和有羽饰的头盔来,掸拂灰尘。这些衣冠晾在栅栏上,给人强烈的印象,在驯良的民众看来,上尉大有胜诉的可能性。

诉讼拖延得很长久,经过多次的处理、申诉、答辩和告发。讼师的名誉一败涂地了。制胜上尉这件事,变成了他的生活任务;然而上尉像岩石一般屹立不动,用刻毒的答辩来对抗悲戚动人的诬告,因此他的文学名声越来越大了。当上尉宣读他自己的作品的时候,旁听者都拍着膝盖,哄堂大笑,同时羡慕这种非凡的"文学天才",安乐尼则由于嫉妒而垂头丧气了。

上尉和恶讼师的这场斗争大大地激动了当事人和当地社会舆论,现在报纸上最猛烈的论战,恐怕未必能这样地激动文学敌手。恶讼师的声名动摇起来,就像有些人的文学声誉受了新批评的打击一样。

结果,安东尼失去了自制力,就向上级机关控告法官,说他们对上尉一味宽大纵容,而对他这个贵族孤儿偏差不公。此外他又向各机关告发上尉的亲戚朋友和朋友的朋友。只要有一个警察局长为了别的事情经过这地方,顺便访问上尉,安东尼就控告这个警察局长。他这样做,已经不是为了想打胜官司,而是绝望地、盲目地想保障讼师的自尊心⋯⋯

法院对于这件事不胜其烦,就把安东尼的诉状全部聚集起来,送到参议院。参议院对安东尼应用"恶讼师"的条例,凡恶讼师的申诉和控告,所有的法院都不许受理。这个判决对于安东尼,仿佛是一个晴天霹雳。一个管辖村镇的县警察局长奉了县法院的指令来到加尔诺路格。他召集了加尔诺路格的见证人,得意扬扬地走到安东尼家里,没收了他所有的纸张和笔墨,并且勒令这个"恶讼师"写一张具结,保证"嗣后永不置备文房四宝"。

　　安东尼这一下可完了。他好比一个魔法师被夺去了妖术书，立刻变成了一个普通的凡人。现在，他的邻居中最驯良的人也用粗棍子来赶他的猪，实际地打伤它们的肢体；而他们自己的猪崽，以前被掠取在这迷津里的，现在都用武力去夺回来。这个"恶讼师"失却了法律的保障。

　　有一个秋天的黑夜里，上尉家的院子里一只狗叫起来，另一只狗跟着叫。工役之中有一个人醒了，然而起初一点也看不出院子里有什么特殊的动静……后来谷仓后面亮起来了。他连忙把别的工役和上尉叫醒，可是那个引起争端的谷仓已经全部着火了。

　　这一夜是加尔诺路格的人所永志不忘的。谷子已经收割，然而只有一小部分打成了谷粒，贮藏在仓库里。其余的谷束和草柴烧得很旺，人都不能走近去。火焰上面血色的红光里，有几只鸽子和火星一起盘旋，掉落在火焰里；仓库旁边那些高大的白杨树矗立着，仿佛刚刚从钢的溶液里铸出来的。这次放火是有计划的，因为这天晚上风正吹向仓库。然而不久风就转向，吹向田野方面去了。那所威严而老朽的屋子得以保全，只是有几棵白杨树的树梢被烧焦了，后来有很久像干枯的扫帚一般耸立在蓬勃的绿叶上面，令人想起这可怕的一夜。

　　上尉在这一夜急白了头发。他抓起手枪，他的妻子好容易才制止了他的疯狂的发作。而安东尼老爷早晨坐在自己的台阶上，照旧把一双手搁在圆圆的肚子上，转动着粗大的手指。在火灾开始的时候，邻人们看见他揉着眼睛，穿着衬里衣服，从自己的屋子里走出来。这样看来，罪证是没有的。然而他毫不隐讳地说，他曾经为了自己的屈辱而虔诚地祷告圣母。圣母告诉他说，他这孤儿的眼泪不会白流，迟早会报仇的……这个"贵族孤儿"说这些话的时候，一双亮晶晶的眼睛闪耀着欢喜而感动的光辉，嘴唇上显出异样的微笑，使得邻居们又开始向他深深地鞠躬了……

　　有一次,福星又照临到这个老讼师的头上,使他在心爱的事业上获得了成功。波兰起义的时候来到了。上尉是波兰人,然而不是十分爱国,他又用幽默的态度来对付事件。有一次,他想跟波果列尔斯基开玩笑,就去劝说这个前任甲胄兵参加起义的党人。他对他说:"起义的人缺少首领,在霍列文斯基旗队服务过的人可以领导队伍。"可怜的老头儿叹着气,后来竟哭起来,他拒绝这个劝诱者,因为他的脚已经踏不上鞍蹬,他的手已经拿不动军刀;可是上尉天天到他家里去,絮絮不休地跟他讲同样的话。在有一次谈话中,他隐隐地告诉他,说"森林里"开来了许多辆满载火腿的车子。这个可怜的挨饿的老头儿忍不住了,谈话之后第二天早晨就去报了名。

　　上尉为了这件残酷的事,几乎受到了严重的报应。安东尼抓住了他的把柄,就去告密:他很正确地叙述这些事实,不过当然除去了其中的幽默色彩。这是非常时期,因此上尉有一个时候很吃苦。后来那个可怜的老头儿在委员会里像小孩子一般号啕大哭,这模样连宪兵看了也觉得可笑,他认为募集这样的一个战士除非是为了要跟这个人和这种事大开玩笑。

　　讼师安东尼有一个兄弟叫做福尔土纳特。他的生活方式很神秘,常常不知去向,在加尔诺路格很久看不见他的影踪。他搭交茨冈人、希腊人和"马业界"一班形迹可疑的人。有时不知从什么地方来了些名贵的、体态匀称的马,加入在加尔诺路格的马群里;不久这些马又神秘地失踪了。这时候许多人都摇头,然而……福尔土纳特老爷对一切人都和蔼可亲……

　　有一次他失踪了,从此不再出现在加尔诺路格。据传闻,有一天黑夜里他在某地方为了谋得别人的马,牺牲了他的贵族的头。然而确凿的消息一点也没有。

24 乡村观感

考试完毕了。我们有两个月的空闲,准备到加尔诺路格去做客。母亲、两个妹妹和哥哥要过几天乘雇佣马车出发,我、弟弟和萨尼亚三个人则由加尔诺路格派"三套车"来接。我们心焦地等候着。

"三套车"终于来了。首先,关卡方面的路上听见嘈杂声。一群嬉皮笑脸的犹太小伙子奔跑着,叫喊着,装腔作势,抛掷泥块。在这群人的中央有三匹矮小的马:一匹是灰色的母马,另一匹是老阉马,按照旧主人的姓取名为班凯维奇,还有一匹很年轻,差不多是仔马,是被驾着"以防不测"的。来接我们的时候,这匹马和其他两匹马一同套着笼头跑路。驾车台上坐着一个小伙子,戴着羊皮帽,穿着草鞋和粗布裤子……有几个嬉皮笑脸的招待员向他跑过去,请这位贵族老爷把车子开到他们那里去。当这些人吵闹得太厉害而纠缠不清的时候,这位"马车夫"就站起身来,挥动马鞭,像赶狗一样。这时候他的脸色非常正经而严肃。那些可敬的服劳役的马对于这种无谓的吵闹,态度也很严肃:班凯维奇只是耸耸耳朵,母马略微挥动尾巴,只有那匹年轻的仔马横过身子,高高地踢起脚来,尾巴毛散开来像个喇叭,使得那些人看了都很开心。

马车夫安托西是一个相貌异常丑陋的小伙子:他的头部上端缩小,样子很奇怪;两条腿略微有点弯曲,大腿叉得很开;鼻子好像给扭了一把,嘴唇很厚。这一切使人看了不由得要笑出来。可是他自己也仿佛要嘲笑自己。他那两片可笑的嘴唇竟仿佛表示不是他自己生得丑陋,而是模仿别人的丑陋。这似乎是由于他怀着一种深刻的讥讽,他用这种讥讽来对待他的故乡加尔诺路格和这村子里所产生的一切人物——也就是说,连他自己也包括在内。当萨尼亚跑出来迎接,感动地吻班凯维奇和母马的脸的时候,安托西讥讽而轻蔑地看看这种感情流露,同时毫无理由地用鞭子来把班凯维奇打几下。

当他第一次来到我们这里的时候,他把马牵向库房,看见了萨尼亚,就率直地对他说:

"呃,我来了。"

"嘿! 倒像是我们没有看见。"父亲的仆人巴维尔嘲笑地说;他是一个青年小伙子,相貌很粗蠢,下嘴唇挂落,然而穿着礼服和肮脏的胸衣。女仆和厨娘怀疑地嗤了一声。

安托西满不在乎。他装个鬼脸,吐出了嘴唇,向巴维尔方面啪的弹一下手指,使得两个女人反而对巴维尔哈哈大笑。到了晚上,他在厨房里已经变成自己人,显然受大家欢迎了。

他这一回是初次进城,恭敬地瞻仰城里的风光。他身上带了一根鞭子,防备犹太人再来纠缠,然后整天去游览名胜古迹,抬起了头,长久地站在岛上的古堡面前。我在那里碰到他,看见这个粗蠢的人茫然若失地站在古堡门口高大的石雕骑士的台座旁边。这个小伙子的一双眼睛带着天真烂漫的惊讶的表情浏览着墙上的壁画,探察空落落的窗洞;窗洞里面神秘的薄暗中有些地方显出金色的飞檐,太阳光偶尔照出留存在墙上的山林神像和爱神像。

"从前一定有老爷们住在这里。"他看见了我,这样说。接着又异样地叹一口气,继续说:"这些才是道地的老爷……"

我觉得在他这一声叹息中,除了对道地的老爷的尊敬以外,又听得出对另一些"不道地的"老爷的谴责……

第二天早晨，天还没有亮他就喊我们起身，我们就在凉爽的清早乘车开出那个瞌睡蒙眬的伤兵把守着的关卡。

和安托西一起乘车子到加尔诺路格去，在我们看来真是一件快乐的事。我们坐在破旧而狭窄的加尔诺路格两轮马车里，当然不能说很舒服；然而整天有森林、田野、小树林和河流在我们面前闪过。公路旁边走着到波恰耶夫去进香的一行一行的香客；有一个老犹太人背着一只袋蹒跚步行着，这是一种特殊的犹太邮政的信差（后来被禁止了）；一辆犹太马车在公路的小石子上爬行，发出沙沙的声音，车子上一档档的环子上张着一个帐幕，里面满满地装着头、肩膀、脚、羽毛褥子和枕垫……驾车台上坐着一个灵活的、神经质的犹太人，不断地挥着鞭子，扯动缰绳，摆动着头、肘和膝盖，并且拼命地叫喊着催促那些马，然而这些喊叫声对它们毫无影响。

十二点钟左右，我们的车子停下来，在一家犹太宿店里吃午饭，这时候只走了一半路程，大约三十公里。以后我们不再走公路，转进小路里去了。

安托西慷慨地把缰绳交给我们，自己坐在一旁，挂下了脚，拿出一个樱桃木烟斗和粗烟叶来抽烟，熟练地表演吐唾沫的技巧。

"打班凯维奇，打！"他发命令，有时拿起鞭子来。轻快的鞭子抽在这匹倒霉的阉马的背上。三匹马的骨瘦棱棱的背脊抖动起来，车子跑得快了些。

有时一辆地主家的小马车从小路上的一团灰尘中滚滚而来。安托西用存心批评的眼光向这辆车子一瞥，往往轻蔑地扭一扭嘴唇，大概他认为驾着的马不是道地的。可是忽然有一对套着克拉科夫马轭的灰色马像猛兽一样从林子里跑到路上来了。驾车台上坐着一个神气十足的马车夫，头上戴着插孔雀毛的帽子，腰里束着镶嵌的腰带。车厢里望得见一个地主，穿着一件防灰尘的亚麻布斗篷，他用疲倦的目光迅速地向我们一瞥。安托西连忙让路，用艳羡的眼光长久地目送着这辆车子。

"扎里兹内茨基老爷。"他恭恭敬敬地说……"这才是好马……出色的马车夫……嗬——嗬！……"

于是可怜的班凯维奇背上又吃鞭子，为了它不是道地的老爷家的马，为了安托西不是道地的马车夫，他载着的不是道地的少爷。在我们的相互关系中掠过一团疑云：我们觉得安托西实在看不起我们……的确，也看不起他自己……

太阳快落山了，我们的"三套车"还在灰尘蓬蓬的小路上疲劳地走着，四周炎热逼人，围绕着许多牛虻。我们似乎老是走在同一个地方。不装铁蹄的马脚柔软地踏在泥土上；天色黑下来了，远远的沼地上传来鹭鸶的叫声，沿路的黑麦里有一只鹌鹑瞌睡蒙眬地叫着，蝙蝠在头上飞来飞去，突然出现，又突然消失在薄暗中。

四周渐渐地沉静、安定，仿佛悲哀起来。我们离开目的地不远了；由于一些熟悉的形迹，我们觉得已经接近加尔诺路格；除了欢喜之外，同时还有一些奇怪的感觉在灰尘蓬蓬的薄暗中跟着我们滚滚而来。由于天气炎热，晒了一天太阳，加之座位不舒服，因此大家觉得头晕。我们都希望早些到了明亮的房间里，喝茶，休息。可是又因为这一切即将临近，心里就发生了一种模糊不清的无定形的惊慌之感，仿佛预料着还会有一种……一种不快的印象，这印象将要跟着我们一起开进村子里，而且永远留在那里……

我们长久地默不作声。我们的两轮车钻进了树林里。安托西一句话也不说，拿起缰绳，坐到驾车台上。车子跑得更起劲了，马蹄得得地响着，有时轮子辗在树根上，发出很响的爆裂声，黑暗的树林里发出回声。

"就在这里，有一次冬天，两只狼追安托西，"萨尼亚出神地说，接着又问，"安托西，是不是？"

安托西不回答。我们看不见他的脸，然而可以想见他的脸现在很不高兴而且阴气沉沉，其原因就是为了加尔诺路格已经近了。树木疏朗起来。一条沙路通向小桥，小桥下面有一条看不见的溪水潺潺地流着。就在这地方，从前曾经有人埋伏着，袭击运一桶酒来的杨凯尔……车子开出了树林。

布满星辰的苍穹，笼罩在一片广大而黑暗的盆地上。地平线上模糊地显出一丛白杨树和黑黝黝的仓库。周围历乱地散布着灯火。

多么好……又多么悲哀。我回想起了我的童年时代和柯良诺夫斯基的村子……这回忆出现在我的心灵深处，正像一朵美丽的云彩出现在明亮的晨光里一样……也是一个村子，不过完全是另一个……另一批人，另一些房屋，灯火的光似乎也不同……亲切可爱……而这里……

车子停下来，甚至向后面退了一下。在我们前面，黑暗中矗立着村庄入口处轧轧作声的"防门"的柱子。有人替我们把门开开。左边的土堆上，一家小酒店的门开着，射出灯光。里面望得见柜台和一个瘦削的酒店老板。在外面的土堡上，隐约地看见一群人……

"安托西，原来是你？"那里传来一句问话。

"还会是谁呢？……当然是我。"

"大清早就赶出的吗？"

"太阳还没有出呢……"

"哦……夜里才赶到……"

"这些宝贝马。"安托西讥讽地回答,于是沉静的黄昏里清晰地响出轻快的鞭子声。

"有什么消息?"

"没有什么……路上碰见扎里兹内茨基老爷。他新买两匹马。真棒!马车夫穿着新外衣……"

"真是……道地的老爷……"

大家暂时沉默了一会儿。烟斗里的火发出红光。有一个农人走近车子来,向我们望望,很客气地打个招呼。可是酒店里又传来不拘礼貌的话:

"载来了吗?"

"载来了。"安托西回答。

"统统在这里了?"

"谁知道呢!也许两个掉在路上了。朋友,你们去捡吧,捡来就是你们的。"

"自己的已经够多了,自己的已经麻烦得要死……"

在这声音里听得出一种阴森森的敌意。

"嘘,嘘……嗬——!"

安托西挥动鞭子,装出"道地的"地主家马车夫的姿势,仿佛准备雄赳赳地赶向台阶去……他装个样子,表示不容易控制这三匹剽悍的马,甚至把身体仰向后面。酒店门口的人都笑起来。车子向前开动,转进了一个巷子里,就有几只狗紧跟在车子后面。在狗叫声中,在皮鞭的噼啪声中,在安托西的装腔作势中,我们的车子赶到了上尉的简朴的住宅前面……我们体会着到达的欢喜和长期空闲的预感,同时心中又发生一种模糊的意识,觉得在这两个月里我们将要变成"加尔诺路格少爷"。在我们头上,像无形的乌云投下来的影子一般铺展着这些简陋的民房对地主的普遍的观感……这就是说,对一般地主怀着本能的敌意,而对"不道地的"地主怀着轻蔑之感……

我确信,在废除农奴制的环境中长大起来的我的许多同辈,一定会在各种形式中和各种程度上回想起这种种特殊而复杂的"乡村印象"……

上尉家的工役之中有一个年轻小伙子叫做伊凡,他不顾虑我们的在场,照自己的见解叙述了加尔诺路格的社会历史。一个鬼带着一筐子地主在空中飞行,把这些地主撒播在世界上。这个该死的魔鬼飞行到加尔诺路格上空,一个失错,把这些地主种子撒播得密了些。因此,这里的地主丛生起来,就像杂草丛生在母牛偶然"下肥料"的地方一样。而真正的草,即农人,完全长不出来了……

别的工役都笑起来,我们呢……听他讲。

这个伊凡是一个青年小伙子,皮肤黑黝黝的,眼睛像炭火一般发光。这双眼睛里射出一种阴森森的敌意,有时使人觉得可怕。那时候我们还不懂得这种敌意的根源,认为伊凡只是一个脾气很坏的讨厌的人……然而在他那双眼睛的阴森森的火焰里,有一种令人难忘的、无端地愤怒的、不可抵抗的表情。他仿佛会毫无原因地袭击人,用斧头来砍,用铁叉来戳。有一次,我们和工役们一起到田里去搬运谷捆,伊凡的几匹马突然拖着空车子逃跑,跑进院子里的时候只带着车身的前半部分,显出莫名其妙的恐怖,躲进了篱笆和仓房之间的狭窄的角落里。伊凡跟着它们赶来,拿起一根粗棍子,把这些吓坏了的畜生乱打一阵,癫狂乱暴,简直像发疯了。几个人好容易劝住了这个激怒的小伙子,可是那几匹马直到晚上还像生热病一样索索地抖个不住。伊凡当时对这几个工役并不表示敌意,只是推开了他们,又冲向那些"可恶的地主家畜生"。

上尉碰到有人犯了过失,往往破口大骂这个人,声音响得整个村子都听见。然而这次他一句话也不说,只是在第二天早上派人去叫伊凡来。

伊凡进来了,像往常一样阴郁,可是他的黑黝黝的脸上神色很安定。上尉拨了一会儿算盘,然后把一笔工钱交给伊凡。伊凡拿了工钱,并不关心详细的账目,默默地走了出去。显然两个人都互相了解……自从这件事发生之后,母亲有一时不许我们参加搬运谷捆。她的口实是上尉家的马很野蛮。然而我觉得不仅是为这一点。

这个伊凡也许是那个两家争执的米基塔的儿子……

上尉家里还有一个特殊人物,就是工役卡尔,或者按照波兰叫法,称为卡罗尔。这个人并不完全是一个平凡的农人,样子完全不像一个农奴。他的名字不是正教的(他似乎是合同派的人)。他的相貌清秀而瘦削。眼睛旁边的皱纹衬托出了这双眼睛的奇怪的表情:有时沉静而安宁,有时似乎锋利而辛辣。他擅长一切手艺:旋工、细木工、大木工,甚至机械工。上尉自己也有自学发明的天才,因此他们两人之间似乎联系着一种性情相近的同感。他们一同在池塘的后部建造了一架水车,轮子发出哗啦哗啦的声音,后来,粗磨的时候水力不够了,就用马来挽。他们两个人常常在一起:卡罗尔坐在木条上或者水车的联动机上,嘴里老是衔着一个烟斗,手里拿着一把小斧头。他敲着斧头,吸着烟,有时吐一口唾沫,一句话也不说,用心地听上尉讲话。上尉兴致勃勃地装着手势,发表出一种新的计划来。他是一个幻想家和发明家,因此叙述他这些计划的时候兴味津津,活龙活现,热烈兴奋。卡罗尔呢,掌握了这些计划的原则,就去实行,并且自己会矫正设计上的缺点。

　　在这些时候,可以把他们看作两个形影不离的好朋友。但是有的时候,上尉在背后恨恨地说:

　　"啊!农奴毕竟是个农奴,江山易改,本性难移。"

　　卡罗尔有时放量地喝起酒来,那时候他们两人就努力避免见面。

　　有一次,在我们第二年或第三年到这里来度假期的时候,我们听说,在农奴解放前不久,上尉在大冷的天气叫人用冷水来浇卡罗尔……

　　上尉是一个善良的人,然而那时候正是黎明前的非常时期,黑暗似乎还很浓重,夜的幻影正在即将来到的鸡鸣声的预感中乱窜……到处盛传着关于农奴解放的谣言,而在农民群众里面这些传闻更加模糊、歪曲而荒唐……

　　附近地方出现了一个盖达玛克人,自称为新卡尔梅留克。这人是附近村子里的一个农奴,他和柯尔茨镇的一个破落贵族一同出没在树林里,专门抢劫地主。过了几时,人们发现这个贵族淹死在井里,那个盖达玛克人也被他所熟悉的一个农人出卖了。人们就逮捕他,地主们(其中包括上尉)也参加在内,于是把他流放到西伯利亚……几年之间,他音信全无,忽然他又出现,那个告发他的农人正在树林里的草地上割草,忽然这个盖达玛克人出现在他面前了。这农人以为这一下可完了;可是那个盖达玛克人叫他坐在树桩上,然后……把他的胡须和头发统统剃光。他就这样放他出去给地主们报信,说新卡尔梅留克要来光顾了……

　　有一次,在圣诞节时,卡罗尔和另一个工役从教堂里回来,走到树林里的小路上,看见树荫里有火光。篝火旁边坐着两个武装的人。他们问这两个惊慌的工人是谁家的人,请他们喝烧酒,并且告诉他们,说地主的末日快到了。

　　卡罗尔和他的同伴回来之后,都绝不跟上尉谈起这件事,上尉却从别人那里得悉了。他是一个勇敢的人,威胁吓不倒他;然而卡罗尔瞒过他,在他认为是背叛,他深深地怀恨在心。他往常待农人,比别的地主待得好,所以农人们大都不把他归入他们所仇恨和轻视的地主之列。可是现在他和贵族交往得比较密,甚至原谅了放火的安东尼。

有一次卡罗尔在不相宜的时间喝了酒,而且喝得比平常长久。上尉勃然大怒,决定采用特别措施。他的院子里有一口井,上面装着汲水机和灌溉菜园用的浇水管。他叫人剥下了卡罗尔的衣服,把他放在浇水管底下的雪地上,放出一条冷水来浇他的身体……这命令被执行了,尽管上尉的妻子淌着眼泪苦苦哀求,也没有用……驯服的奴隶们就折磨这个不顺从的奴隶……

关于这件事,后来没有一个人敢向上尉提及;我知道了这件事之后,问我的表姐这是不是真的,她突然脸色发白,张大了眼睛,放低了声音说:

"真的,不过……千万说得轻些。"

这个插话在我的记忆中显得异常矛盾;有时我看见上尉在卡罗尔面前发表一种新计划,而卡罗尔用心地静听着,这时候我就自问:卡罗尔记得这件事还是忘记了? 如果记得的话,他是否抱怨上尉? 或者抱怨自己? 或者对谁也不抱怨,而只是心中怀着无端的苦恨? 我看看这张憔悴而多皱纹的脸,看看这双光芒逼人的眼睛和仿佛由于感到酸辣而紧闭的薄嘴唇,觉得没有话可说。

可是我当然也没有分析并总结我的印象。上尉是一个和善的人……他在大冷天气用水来浇一个人……卡罗尔现在仿佛和他很亲热……然而"江山易改,本性难移"。有一种不快之感掺杂在全部乡村印象中。有时我和一群村童夜间去放牧,在暮色中骑在不备鞍子的马上兴高采烈地奔跑,确是愉快的事。睡在花园里的树木底下,倾听夜间的萧萧瑟瑟的声音,又舒服,又可怕……有时候,在夜间的大自然的絮语声中,一个沉重的苹果掉下来,沙沙地磨擦树叶,落在地上……远处有公鸡的啼声……一条狗在村子里鸣叫……一只不肯安静的或者受了惊吓的鸟从近旁飞过,匆忙而响亮地叫一声……忽然,寂静的花园里发出一种新的声响:枯枝折断的声音和树丛的喧哗声。树木不断地抖动,苹果像冰雹一般掉在地上……这是他们——村子里的人——偷偷地爬进花园里来,走近他们去是危险的。我们三个人就敲敲树干,向黑暗的丛林方面叫喊。几条狗从院子里跑来。那些模糊的人影就慢慢地消失在树丛里了……

　　母亲又不许我们在花园里宿夜了。谁知道他们心里怎么想……然而那些"登门"请愿、鞠躬吻手的人……那些在田里工作的人,看来样子很能干,很认真,只是沉默而不可接近……

　　上尉的庄院周围环绕着茂密的紫丁香丛,我们的生活就越来越和外界隔绝,渐渐局限在这范围之内了……我们和那些村民之间隔着一堵墙,我们觉得我们是一种没有自己的社交团体的人。

　　上尉现在和邻居们的确还和睦,加尔诺路格的"地主们"常常来访问他的好客的家。洛赫玛诺维奇虽然已经不穿波兰外衣而穿着一件普通的粗毛上衣,然而照旧威严堂皇,每逢盛会总是到场的。他来的时候,在穿堂间里咳嗽几声,向上尉鞠躬,吻女眷们的手,然后等待酒宴。他在各种欲望中特别保留着食欲,他自称能够分辨各种酒的极细微的差别。我们利用他这弱点,有时异想天开地造出一种混合物来,郑重其事地推荐给他喝。这个可怜的贵族看看酒色,尝一尝滋味,满意地喝了,并且称赞。只是有一次,我们做得过分了,请他喝啤酒、葡萄酒和酵母的混合物,他虽然也喝完了整整的一瓶,但是在问他酒味如何的时候,他回

答说:

"嗯……老实对你们说:这是普通葡萄酒……好不到哪里去。"

在举行特别盛大的集会时,连那个"恶讼师"——贵族孤儿安东尼——也到上尉家里来。他的身体大大地发胖而衰弱了。晚餐的时候,他吃得异常多,吃过之后,舒适地坐在安乐椅里,把一双红润的手搁在肚子上,用一对愉快的小眼睛来观赏青年们的舞蹈和游戏,直到睡着为止。大家都知道,在这种时候,尊严的贵族往往会有不很体面的表现。那时候小伙子们嘻嘻地笑,姑娘们脸红了,这个无心无思的贵族醒过来,睁大了眼睛望望静下来的大厅,问:

"啊?……怎么一回事?"

有时也有较远的邻居地主带着家眷到这里来,但这是难得的事,而且是短暂的。他们来了,问候道好,谈谈天气,青年人听音乐,有时跳舞。吃过晚餐就各自回家,以后又是几个月不见面,彼此毫无一点共通的趣味。他们走了之后,我们又关闭在这个迷津似的庄园里了。

有一个晴朗的日子,炎热的阳光照射在圆形花坛上、暗绿的紫丁香上、花园里的林荫道上。某地方有一只仙鹤,像不涂油的轮子一般轧轧地叫;客堂的打开的窗子里传出钢琴声来。这是表姐在那里弹奏她所会弹的不多几个曲子:《无言歌》、《少女的祈祷》、奥根斯基的《波洛奈兹舞曲》和波兰或乌克兰作曲家的叙事抒情曲。弹得不坏……琴声里有时充满着无端的热情,有时充满着无定形的历史回忆,有时充满着冥想的困惫;这些声音从房间里迸出,飘荡在花上,回翔盘旋,消失在沉闷的庭园里,我怀着一种异样的、困惫的、惊恐的享乐心情欣赏这些声音。它们在我胸中引起一种感觉,这种感觉在那里求求出路,想冲出花枝和紫丁香的范围,飞到很远的地方去……想冲出去,然而不能高

飞,老是盘旋在这个狭窄而炎热的环境里。我跑到花园的薄暗的角
落里,在那里坐下来,任情地耽于想象……钢琴的悠扬的叮当声,由
于隔着一段距离,并且被树丛所拦阻,变得很轻,我仿佛在其中听到
酒杯的碰响、军刀的铿锵声和斗争的呐喊声……于是过去的浪漫的
幻影又包围了我,支配了我的心灵,摇摆我,抚慰我,使我疏懒,把我
带到了不可知的国土和不可知的时代……骑士,旗帜,草原大道上的
烟尘……奔驰,追逐,厮杀……对谁呢? 为什么呢? 有什么目的呢? 有
什么意图呢? 关于这一点,叮叮当当的琴声和灼热的想象都没有说明
……而在庄园外面的地方,管自进行着我们所全然不懂的劳动生活……
疏远、轻蔑和敌意,从这种生活里飘进我们的迷津里来……没有一样东
西能够把这种空思冥想、任情适性的生活跟那种严肃而实际的忍苦劳动
生活联系起来……

　　……

　　似乎是第三年,我们在冬天基督圣诞节期间来到加尔诺路格,到了
这里,知道安托西死了。

　　这消息给我这样的一个印象:仿佛从农人的村子里飘到我们这里来
的那种无定形的东西突然凝结起来,变成了一团乌云,从这乌云里打下
一个霹雳来。

　　这个相貌不漂亮的小伙子的命运不是很寻常。

　　"安托西也许不是一个普通人。"萨尼亚带着天真、悲哀而沉郁的态
度对我们说。

　　安托西的出身在我们看来是一个秘密。后来我知道这秘密并不很
复杂。上尉的庄院里有一时住着一个年轻的测量师,还有一个破落贵族
出身的"女伴当"(比普通女仆高一等)。测量师是个穷人,然而……这一

点并不妨碍他们互相钟情，只是妨碍他们结婚。在村庄外面，高大的黑杨树丛底下，有一所民房，是老寡妇加普卡的家；安托西就诞生在这屋子里。此后测量师出门去找幸运，在他还没有找到幸运的期间，这女伴当也离开这里到某一个地方去工作了……安托西就留在加普卡家里；后来，他被送到上尉家里暂住，等候他的父母来领他回去。

　　然而这个年轻的测量师竟没有找到"幸运"。父母两人从此就不再见面，跟他们的孩子也不再见面……

　　安托西之所以出现在世界上，而且恰好出现在加尔诺路格，其简历就是这样的。然而因为成人们不愿意在我们面前披露这个"不体面的"插话的详情，所以在我们心目中由个别的情节形成了一个更富有浪漫色彩的传说，我们不知为什么有这样的想法：安托西的母亲坐了四轮马车来到加尔诺路格，经过加普卡家的时候，她正好要分娩了；有几个神秘的绅士把她从车子里扶出来，后来把她送到远地方去，把安托西留在加普卡家里，给她些赡仰费，并且允许她种种条件。后来这些神秘的绅士在广大的世界里不知去向了，加普卡死了，于是上尉发善心，把这个被遗弃的孤儿带到了自己的厨房里……

　　大概是这么一回事：上尉决心收留这孤儿，无疑地只是出于一片善心，并没有什么打算。以后的日子仿佛是善行的一种报酬，情形自然而简单：这孩子起初在各个房间里跑来跑去，大概人们都喜欢他，拿他来取乐；后来，自然而然地，厨房变成了他的经常住处，厨房里的人顺便带领他，喂养他。他说话当然是"农奴口气"的，后来长成了一个小"农奴"，相貌丑陋，鬈发蓬松，斜着眼睛看人。那时候农奴制是农人的自然状态，因此养子安托西长大起来变成了上尉的一个农奴工役，没有人注意到。

　　就在这情况中我们认识了安托西。那时候我们不觉得这是可非难的或不公正的,我们认为这件事是同大地上自生自长的一切生活事实一样天然的……安托西像别的农奴一样是一个农奴工役。不过他的工钱比较便宜,上尉有时骂他私生子,骂他忘恩负义。如果可以为了这点而责备人,那么只有责备他的神秘的父母。可是在我们看来,他的父母只是两个浪漫的幻影。他们出现了,又消失了,留下了安托西……就是这么一同事……这件事发生在生活中,就像一棵树生长在树林里,后来枯萎了……

安托西自己知道不知道关于他诞生的这段"平凡的"历史呢?……可能是知道的,然而也可能在他看来这段历史并不平凡……我记得我们和他一同去搬运谷捆,车子经过加普卡的屋子的时候,他脸上的表情仿佛有些异样。这屋子空着,窗子早已用木板钉住,墙壁剥蚀而歪斜了……高大的树木在屋子上面萧萧地响,自从树底下出现了一个新生命以来,这些树木更加长得茂密而蓬勃了……安托西听到这种萧萧声,不知心中作何感想?

老实说,这个小伙子的丑陋的相貌不会使人想到他是"好出身"。也许他的种子原来是蔷薇,然而大自然玩了一个奇怪的把戏,使他长大起来变成了飞廉。只有不多的几个特点使他跟别的仆役不同:譬如说,他是一个热情的音乐家。

我的表姐妹们向家庭教师学习弹钢琴,其中有一个人弹得不坏。客堂里键盘叮当地响出,声音从打开的窗子里传出去的时候,安托西就停止了工作,有时钻进树丛里,贪婪地听赏。有时上尉不在家,和善的表姐妹们允许他走近乐器来,把他喜欢听的许多曲调弹给他听。此外,每逢星期天,小酒店里有两个小提琴和一个低音提琴演奏舞曲,小伙子们和姑娘们配合着这音乐在一块踏平的空地上跳高加索舞……安托西倾听音乐声,仔细观察乐器。

　　有一次,他用一把普通的刀子制造了像小提琴一样的一个粗陋的乐器,就在马厩里吱吱嘎嘎地拉奏舞曲,有时摹仿奥根斯基的《波洛奈兹舞曲》或者《少女的祈祷》。起初大家觉得这件事很稀罕,但是后来上尉认为在马厩里胡乱摹仿高尚的音乐是亵渎的事,或者他以为玩弄音乐会妨碍工作,总有一次他大发雷霆,把这个小提琴打得粉碎。安托西又做了一个,做得比以前那个更好,从此以后,安托西和上尉之间就开始了一种特殊的战争:安托西屡次把小提琴隐藏,上尉屡次把它们找出来打破。我们一班青年人都同情安托西,大家想帮他考虑隐藏的地方,但是这也不过是一种直觉:我们设法使安托西避免上尉的愤怒,好比使他避免雷霆,并不考虑这雷霆是否正当……

　　还有一点,也可使人看出安托西的"不平凡出身"的影响。这就是他特别尊敬"道地的老爷"……别的加尔诺路格人也有这特点,其理由很明显:既然世界上需要"老爷",那么必须是"道地的"。在他们那里容易过活,受他们管辖也并不那么屈辱。但在安托西,这种思想达到了崇拜的地步……也许他认为在这茫茫人世间的某地方,使他诞生而忘记了他的那两个人也变成了道地的老爷……他们会忽然想起了他……于是他也变成了"道地的",凌驾了那些看轻他而被人看轻的不道地的加尔诺路格老爷……

　　他的死结束了这些梦想和这个命运……他死得也很平凡而没有意义。

　　安托西的外貌虽然特别丑陋,他在二十岁上却变成了一个道地的乡村情郎。他就利用他的丑陋来表现一种特殊的粗鲁的幽默。再说,女人的心很敏感,乡村里的美人大概都能通过这粗蠢的外表猜测到这个艺术家的心。无论怎样,会说笑会拉琴的安托西变成了夜游的姑娘们之间的中心人物。

有一次,他偷偷地带着小提琴走出院子去,第二天早晨勉强拖着两只脚回来。别人问他怎么一回事,他什么也不回答,只是说:"不舒服。"这时候天气还很暖和,只是早晨已经有霜,安托西由于野性的本能,离开了仆人室,到长满浮萍的池塘的尽头去,躲在那个荒废的磨坊的阁楼里了。这地方难得有人去,幽静而荒凉。正午时光,将要冬眠的青蛙受了太阳的暖气,咯咯咯咯地叫起来,水流进水闸里来,发出单调的淙淙声。偶尔有几个同伴来问候,听见安托西在阁楼里不时地呻吟。但是当他们走近去的时候,他就不作声了,说他已经好些。

至于请医生来替一个生病的工役医疗,在那时候当然没有人想到。安托西就这样地躺在他的阁楼里,呻吟了几天几夜。有一次,打更的老头儿去探望病人,叫他几声没有答应。老头儿把这消息告诉了厨房里的人,大家立刻对安托西害怕起来。他们叫醒了上尉,成群地走到磨坊那里去。但见安托西躺在稻草上,已经不再呻吟了。他的苍白的脸上蒙着霜……

警察局长带着县医来了,他们解剖安托西的尸体。解剖开来一看,原来安托西是给人痛打,打断了肋骨而死的……据说有几个小伙子看见他获得夜游的姑娘们的欢心,而且每次都取得胜利,就妒恨起来,有一天夜里在某一个地方的栅栏底下抓住了他,用粗棍子打他一顿。然而这些凶手是谁,安托西自己和村子里的人都只字未提。

安托西死的时候没有忏悔,死了以后又被解剖,因此他们把他葬在墓地的围墙外面;黄昏的时候没有一个人敢走过磨坊旁边。每天夜里,离磨坊不远的仓库那儿传来梆子的急烈的响声。打更的老头儿诉苦,说安托西还在阁楼上呻吟,因此他用梆子来压倒这呻吟声。其实大概是夜风从那只角里传来水闸里的潺潺的水声……

在这以前,我们已经看见过不少死亡的情形。然而其中很少有使我们发生这样强烈的印象。其实……这也是理所当然。上尉早就预言过,说小提琴不会给安托西带来好结果。安托西出门去的时候很秘密……如果这件事里面有犯罪的人,那么犯罪最大而且最直接的,当然是那些不知名的小伙子,就是村子里的人……然而他们也许并不想打死他……只因天太黑,棍子太粗,落手的时候不小心……

无论怎样,在这横死事件中,有一种逼人的恐怖、阴郁,几乎近于威胁……在冬天的晚上,磨坊那里传来一种无端的恐怖。同时还有一种东西把人心吸引到那边去。磨坊的门上一个铰链脱落了,门前积着雪。阁楼上黑黑的,空空的,弥漫着恐怖的神秘和冷气……

有一次,就在这基督降临节,大人们出门去了,只剩下我们几个孩子在家里。这时候正在下雪,屋顶上、花坛上、光秃秃的紫丁香丛的枝条上、花园里的小路上都堆满了雪。傍晚时候,起了一场暴风雪,洁白的雪花蒙住了暗沉沉的窗玻璃。我们聚集在一个房间里,坐在壁炉旁边,谈起了安托西,谈到他的在我们看来半神奇的出身,谈到他的小提琴。谈话之中,隐隐地,甚至可能是无意识地感觉到某一个人的罪过和一种严重的不公正……黑夜在墙外,在花园、庄园、磨坊的上空咆哮。

忽然我们听见外面花园里有狗叫声。这些狗本来在花园里的台阶旁边躲避暴风雪,因为那地方比较安静;现在它们突然冲了出来,疯狂地向林荫道上滚滚而去。忽然吠声又肃静了……只是有一时传来暴风雪的嘶嘶声和怒号声;后来听见很近的地方有可怕的叫声,有什么东西冲到外面的门上来……这扇门关得不牢,门闩脱出了……如怨如诉的狗吠声和威严的风啸声都传进门房间里来。似乎有人闯进屋子里,在我们的门上乱敲,却找不到入口……

我们面面相觑。大家脸色发白了。

"是狼,"有人说,"应该跑出去。"

跑出去是可怕的;然而我们几个小孩子拿了一盏灯,从墙上取下两枝猎枪和一枝装好子弹的老式手枪,就出去了。门房间的门开着,已经有许多雪飘进来。那些狗看见我们出来,都壮了胆,又狂吠起来,跑进林荫道去了。它们前面什么东西也没有,只看见白色的雪花在灯光里乱舞,而在一团漆黑的夜空中,某地方传来一种绵延不断的喧噪声、呼啸声、咆哮声。还听得出白杨树的阴沉可怕的呼呼声;仓库的老屋顶上的铁皮锵锵地响,仿佛有人在敲它,或者跨着匆忙沉重的脚步从它上面跑过。在这个奇怪的夜里,仿佛一切都过着一种特殊的生活:有一个巨人在暴风雪里乱窜,号哭,呼吁并且咒骂,其余的一切都在那里奔走,飞驰,逃避,埋怨,呻吟,号叫,威胁,或者吓得发抖……

那些狗又静下来,后来我们又听见它们由于恐怖而哀号,仿佛在逃避某种东西,争先恐后地乱滚乱跑。我们连忙跑进门房间里,把门紧紧地关好……我从外面得来的最后一个印象,是被灯光照亮的门外的一面墙壁……这墙壁留在外面的暴风雪中。它似乎也觉得害怕。那些狗蜷伏在门边,胆怯地哀号……

房间里照着壁炉的火光,一刹那间肃静无声。

"这是安托西……"姐妹们里有一个人放低了声音说……

这种想法是很愚蠢的,然而在这天晚上,我们大家都不很聪明。在这风雪交加的夜里,我们这个小小的庄园显得很可怜;在暴风雪的猖狂中,含有蓄意的威胁……我们并不迷信,明明知道这不过是风和雪。然而在风雪的变化多端的声音里有一种东西,在我们心中引起模糊不清的沉重的感觉……在这个庄园里曾经有一个生命生长起来而终于死亡……这暴风雪号哭哀诉,仿佛是亡灵的呻吟声……

深夜里,大人们冒雪回家。上尉一声不响地听我们讲了这段经过情形。他是"服尔德信徒",又是个怀疑家,然而只限于白天。到了晚上他就祷告,相信亡灵的出现,而且热心地从事关亡召鬼……他有一个顽皮活泼的女儿,很容易在他的"催眠手去"之下"睡着",说出许多精彩的真心话来,使得老头儿吃惊。他一次次地做着桌子敲响的玩意儿,召唤亡魂。然而他是否想召唤安托西的阴魂来同他谈谈,这就很难说了……

第二天暴风雪停息了,太阳明晃晃地照着昨夜积起来的雪堆,白色的雪块从屋顶上和树枝上掉下来……我们认为昨天晚上大概有一只狼从林子里跑出来,惊吓了那些狗。

……

25　父亲的死

有一年我们在加尔诺路格过暑假,这夏天母亲留在城里;她派人送信来叫我们大家回去,因为父亲病重。

他近年来身体一直衰弱。他久已放弃了自己的一切幻想、语文研究、哲学、兽医学和类乎此的异想天开的行为,这些行为曾经表现过他青年时代的奔放的热情。然而在他一生最后的几年里他还作了一种尝试。他一向自己刮胡子,可是因为他对于这件事日渐感到困难,就想出一种较为彻底的办法来:他弄到一把很精密的钢铁钳,把胡子一根一根地连根拔起。"我要替一切官吏造福,"他带着过去遗留下来的那种斯文的幽默动人的神情说，"每星期要刮三次胡子，这实在是一件苦事。照现在这样一次拔光，一劳永逸。"

这时候在他的面颊上可以看到拔得光秃秃的，可是不久又长出毛来。他又拔第二次，以为这样可以根绝须毛的生长，然而结果还是那样……于是他不得不承认：这个替官吏造福的计划没有成功……

他不久就可以服务期满而享受年金了。他在不满足的青年时代曾经两次弃职，现在离开服务期满就差这两三年。这使得他非常吃苦：他无论如何要挨过这几年，使家庭获得年金——现在这是他一生最后的一个任务。

他似乎把所有的余力都集中在这件事上。他在生活的道路上不再左顾右盼，连无妨大体的纸牌晚会也不举行，不干预家庭经济事务，不过问我们在中学里成绩如何。他早上一起身，就叫仆人替他洗冷水澡，默默地喝过茶，穿上制服，就走过我们的小院子，到法院里去。他在法院里总是装得使谁也看不出他的衰弱。有一次母亲为了一件要事，在办公时间派我到父亲那里去，他的样子使我看了吃惊：他庄重威严、精神抖擞地坐在他的座位上，听取报告，发出严明的命令。显然可以看出，维系法院的线索，全部紧紧地掌握在他那双纤弱的手里。不过在那时候，他的确有一个良好的助手，就是不久才派来的新陪审官波波夫，这人在服务观点上和父亲相同，性情善良，能干而正直。父亲对他尊敬而信任。

父亲一回家，立刻感到疲乏，将就吃了些饭，就躺下来睡觉。晚上又工作了一会儿，然后依据医生的忠告作室内运动，费力地拖着一双脚，挂着手杖，在房间里散步半小时。他要做满服务年限……无论如何要做满最后的几个月……这个不很平凡的人的生活力量，现在全部集中在这任务上！

犹太信差把母亲的信送到村子里来给我们的时候,我们一班少年人正玩得兴高采烈,大家立刻扫兴。就在这一天,我们坐了加尔诺路格的马车来到第一个驿站。在站上备驿马车的期间,我和弟弟走到公路旁边的小树林里。这是一个特别明爽的秋夜,暮色不知不觉地消散了,天空中当头照着一轮明月。这又是使我终生历历不忘的一个瞬间。我觉得眼前一切自然物都充满了一种特殊的、柔和而悲哀的感觉。榛树和赤杨树的叶子瑟瑟作响,微风拂面,驿站里传来铃子系上辕杆时的叮当声。我觉得所有这些沉着的喧噪声,树林里、田野里和驿站里的嘈嘈声,都各自在那里讲同一件事:生命的结束,死的庄严……

刚刚在军官学校毕业的一个表兄[1]悄悄地走近我们来,亲热地拥抱了我们两个。

"也许病会好起来。"他说。

但是我认为没有希望,一切都完结了。我由于弥漫在四周的深切的悲哀而感觉到这一点,并且觉得惊奇:怎么昨天我不感觉到这一点,今天白天我还无心无思地逍遥作乐……我初次意识到这个问题:现在叫我的病弱的母亲怎么办,叫我们怎么办?……

铃声响起来,车轮轧轧地转动,一会儿我们已经走上伸展在暗夜中的白蒙蒙的公路,向着远处黑沉沉的树林前进,这些树林和我们的前途一样模糊暗淡,然而毕竟还照亮着,像我们的青春一样……

---

[1] 符拉季米尔·卡齐米罗维奇·屠采维奇(1849—1921)是上尉屠采维奇的儿子,是一个炮手。他毕业于陆军学校和莫斯科的亚历山大罗夫军事学校。他青年时代在克朗什塔特服务;柯罗连科家的人(作者的母亲和两个妹妹)从罗夫诺搬到这里以后,曾经和他同住过一个时期。作者在克朗什塔特居住的期间(1876—1877),跟他的表兄很亲近。以后他们就很少见面了。符·卡·屠采维奇死在敖德萨。

我们到家的时候父亲还活着。我们向他问候,他已经不能说话,只是抬起眼睛来看看我们,眼光里流露出痛苦和慈爱的表情。我想对他表示,我爱他的全部生涯,我多么了解他的苦衷。因此在大家出去之后,我走到他床前,看着他的脸,握住了他的手,把嘴唇紧贴在他的手上。他的嘴唇微微地动起来,他想说些什么。我把耳朵凑上去,听到四个字:

"不要悲伤……"

第二天,法官不在了。许多人来送葬,其中有不少穷人、市民和犹太人。军队里的长官派来一个乐队,灵柩就在送葬进行曲声中、旗帜当风翻飞的声音中和群众的肃然的脚步声中被送到墓地上。那个老伤兵把关卡的拦木高高地举起。许多犯人的苍白的脸从牢狱的窗子里探出来张望,他们都很熟悉穿着制服躺在棺材里的那个脸色发白的人……唱出了"永垂不朽"的歌……只听见泥土堆到棺材盖上去的声音,母亲号啕大哭,于是罗夫诺墓地上简陋的木造教堂墙脚下多了一个新坟。

母亲只得立刻负起了父亲遗留下来的家庭重荷。父亲终于没有做满服务年限,还差几个月,因此母亲不得不多方奔走,以求获得不拘多少的年金。这位法官服务三十多年,以特别廉正闻名于当时的黑暗时代,他的寡妻所获得的是大约十二卢布的孀妇抚养费。连子女的在内,每月的总数大约是十七卢布,这还是全靠两三个善人的大力斡旋,他们尊重父亲的遗念,帮助母亲出主意……母亲为了要勉力完成我们的学业,在丧事结束之后立刻东奔西走,请求准许她管理学生宿舍;从这时候起,我的病弱而孤单的母亲就用真正的巾帼英雄的力量来捍卫我们的前程……法官可以安眠在简陋的教堂墓地下的朴素的坟墓里了,因为他的妻子已经竭尽所能甚至超力地完成了他临死以前那么担忧的任务……

母亲的生活突然剧烈地变更了。她从城里的一流人物"法官夫人"

一变而为有一群子女而没有财产的一个可怜的寡妇(年金过了一年才谋到)。她不得不去请求不久之前以认识她为光荣的那些人,而且以"学生宿舍管理人"的身分隶属于学校当局。的确,除了极少数特例以外,我记不起城里的居民曾经使她痛切地感到这种变迁;反之,成人的善意和帮助却是有的。

父亲的坟墓围着栅栏,长满了草。上面立着一个木质的十字架,寥寥数行的铭文极简单地记录着他的生涯:生于某年月日,曾任法官,死于某年月日……孤儿寡妇人家没有钱立石碑。我们住在这城里的期间,母亲和妹妹每年春天到坟上去献花圈。后来我们大家东分西散,各走天涯。这坟墓就变成孤零,现在也许不留痕迹了……

人生留下来的是什么呢? 生涯中的过失和痛苦留下来的是什么呢? ……

我那时还怀着同父亲一样的信仰,认为父亲的一生很圆满:他是一个宗教信徒,终生祈祷,恪监责任,努力帮助弱者对抗强者,并且忠实地为"法律"服务。上帝嘉许他的行为,因此他现在当然很幸福。

后来,这种单纯的信仰消散了,我的想象中只剩下一个简陋的坟墓。他曾经生活、希望、渴慕、受苦、关怀着家属的命运,含恨而死……他的生活、他的渴望和他的"过早的"正直,现在还有什么意义呢? ……

"他是一个古怪的人,"温良的居民们不止一次地这样说,"可是结果怎么样呢:撇下了穷苦的孤儿寡妇,就这样死了。"

"虔信"上帝和天理的人们也这样说。母亲和我们家里任何人对这句话从来没有丝毫怀疑。

第五章　新思潮

26　新教师

大约是我在五年级的时候,我们学校里一下子来了几个年轻的新教师,他们都是皮罗果夫当督学的时候修了中学课程,刚刚从大学毕业出来的。

最初来的一批教师里面,有一个叫做符拉季米尔·瓦西列维奇·伊格纳托维奇,是一个化学教师。他是一个青年人,刚刚从大学里出来,略微留些胡须,身材矮小,面颊红肿,戴一付金边眼镜。我们班上有几个学生,看起来比这个教师年纪大。他说话声音很尖锐,仿佛还保留着童声。他在教室里略微有些胆怯的样子,脸上常常含羞地泛着红晕。他对我们很客气,教课很热心,难得考问课业,对分数很看轻,解说功课的时候,好像教授讲演。他的声音柔和而不稳固……使人听了希望他再低一个音,说得更坚定些才好。

他的教学方式的第一个结果,是全班学生几乎停止了学习。第二个结果是学生有时对他稍微有点粗暴。这个可怜的青年对我们怀着理想的期望,却为了我们对教师粗暴无礼的普遍礼规而吃了亏。然而这情况并不继续长久。有一次,全班学生喧噪起来,伊格纳托维奇的柔和的嗓子喊破了也没有用;我们中间有一个人似乎听见他称我们为一群蠢货。别的教师常常称我们为一群蠢货,有时还用更坏的名称。但是这又当别论。因为他们惯于粗暴,我们也惯于顺受。但是伊格纳托维奇自己养成我们对他取别种态度……有一个学生叫做扎鲁茨基,本质上是一个好孩子,但是容易感情用事,他在全班学生的喧噪声中站起来。

"老师,"他满面通红,昂然地高声说,"您刚才似乎在说,我们是一群蠢货……现在让我回答您,要是……要是这样的话……"

全班学生突然肃静,静得可以听见苍蝇飞过的声音。

"要是这样的话……您自己是蠢货……"

伊格纳托维奇手里拿着的玻璃瓶在蒸馏器上叮当地碰响。他满面通红,他的脸由于屈辱和愤怒而无可奈何地发抖……起初他茫然失措,但是后来用坚定的声音回答:

"我没有说这句话……你听错了……"

这句很简单的答话使得大家怔住了。教室里发出一片嘟哝声,说的是什么,一下子听不清楚;就在这时候下课铃响起来。教师跑出去了;大家围住了扎鲁茨基。他站在同学中间,只管低着头,他感觉到全班同学都不赞成他。对教师说孟浪话,一般说来是一种功劳;如果他同样地把"老教师"中的某一个——像克兰茨、萨玛列维奇、叶果罗夫等——当面称为蠢货,那么校务会议会把他开除,而同学们对他将发生热烈的同情。现在却使人觉得疑虑、难过、不快……

"老兄,你真卑鄙。"有人说。

"让他在会议上控告吧。"扎鲁茨基忧闷地说。

在这控告中,对他说来自有一种道德上的解决:这可以立刻把这个新教师归入老教师之列,并且可以证实他这次狂妄行为是应该的。

"他会控告的……"有人说。

"当然。你想难道会放过吗?"

"不,他不会控告。"

"会控告的。"

这问题变成了这一场冲突的中心。过了两天,关于控告的消息一点也没有听到。如果已经控告过了,那么首先一定是学监鲁舍维奇叫扎鲁茨基去,照例严厉地申斥他一番,说不定在议决以前就会立刻命令他回家。我们都等候消息……会议的日子过去了……并没有控告的形迹。

又到了上化学课的时候。伊格纳托维奇来到教室里,精神有些紧张;他的脸色严肃,眼睛常常挂下,声音断断续续。他虽然是在努力保持镇静,然而不敢确信能够成功。在这个青年教师的严肃的态度中显示出委屈的样子。这一堂课在苦闷而紧张的气氛中进行。

过了十分钟光景,扎鲁茨基从座位上站起来,脸色暗淡无光。这时候他肩膀上似乎负着重荷,全班同学都感觉到这重荷的压迫。

"老师……"他在全体肃静中勉力地说出。这位青年教师的眼睑在眼镜里面颤抖一下,他脸色通红了。教室里的紧张达到了极点。

"我……上次……"扎鲁茨基用含糊的声音开始说,接着突然激动地说完了这句话,"我对不起您。"

他说过之后坐下去的时候,样子仿佛又说了一句唐突的话。伊格纳托维奇的脸色明朗起来,虽然红晕泛到了耳朵根上。他坦然而从容地说:

"诸位同学,我已经说过,我没有把你们任何人称作蠢货。"

这场风波就此结束。这样的冲突这样地解决,还是第一次。这位"新教师"通过了这一场考验。我们对他很满意,对自己——几乎是无意识的——也很满意,因为我们也还是第一次不像利用"老教师"的弱点那样利用这位青年教师的弱点。这件事不久就被忘记了,然而联系新教师和全班学生的一种特殊的交感力,还是存在着。

不久伊格纳托维奇请假离校,过了两星期,带着一个年轻的妻子回来。中学的第二个院子里有一所平屋,其中一半是化学实验室。另外一半空着;里面只住着一个校工,他自称为"实验室管理员"。现在这一半由学校加以装修,作为化学教师的住宅。这一对小夫妻就安居在这里了。

伊格纳托维奇的妻子长得比他高,身材瘦削,肤色浅黑,并不特别漂亮。但是在我们看来,她有一种特殊的吸引力,说得更正确些,他们两个人共有一种吸引力;而且他们的住屋在学校的喧嚣杂沓的中心,对我们也有一种吸引力。每次课间休息的时候,成群结队的顽皮学生通过这院子,走到可以偷偷地抽烟的地方去。上课铃一响,这些人就争先恐后地跑回来,互相冲撞,大声叫喊,一路上你一拳我一脚地打来打去。有时在午间休息的时候,学生们在这院子里玩球,看见窗子里闪现出那张浅黑色的脸,就用肘推推旁边的人,指给他看。有几个年纪较大的学生甚至爱慕她,有时用望远镜从学生宿舍的二层楼上眺望隔墙院子里的实验室,有时散学之后,大群学生汹涌澎湃地冲向边门去,忽然站定了,让路给那个窈窕淑女,她穿过人群的时候温和地微笑着,向某一个人像熟人一般打招呼,这个人就认为不胜荣幸。伊格纳托维奇有时邀请某一个学生到他家里去。他的妻子也走出来,跟这个人打招呼,谈天,问长问短。这时候有一种亲切温暖的感觉,使我们这群顽皮学生不再把这个青年教师仅仅看作一架教课的机器,而又看作一个人,我们也仿佛分享了他的小小的家庭幸福的一部分。我起初不想用功学习化学这门功课,但是在第一个假期里,我就把伏尔茨化学教科书全部啃熟了;我有时带着仪器图到伊格纳托维奇家里去,我不希望玛丽亚·斯捷潘诺夫娜看见我的时候说这样的话:

"你为什么不用功学习化学? 你不喜欢这门功课吗? 是不是?"

和伊格纳托维奇同时来了一位"乌克兰派人种志学家"柯玛罗夫。我们不大懂得什么叫做"人种志学研究",但觉得这是超出寻常教学范围之外的一种高级趣味。

另外还有两三个我所不认识的青年教师。学校里来了这一群新人物,我们觉得一般的情绪提高了。原来的优秀教师中有几个人过去感到孤独,现在都活跃起来了;校务会议里常常有争论和异议传到我们耳朵里来。一向由机械人和狂徒的尖锐的假嗓子支配着的中音色中音区的全体合唱里,现在出现了新的音调……

后来又来了一个人,关于这个人的回忆,我想讲得详细些。

27　韦涅明·瓦西列维奇·阿甫杰夫

我们原来的语文教师米特罗方·亚历山大罗维奇·安德列夫斯基居然结了婚,"因家庭情况关系"调任到另一个中学校去了。我们送别他的时候很惋惜,因为大家喜欢他的仁善的态度、温和的微笑、中肯的谈论和对《伊戈尔远征记》的动人的忠诚。他去后,有一个时期"语文讲座"暂缺。上课的时候来的是鲁舍维奇,他想出来利用这时间教我们朗诵法。他自己念起来声音很粗笨,含有感情和意义,带着抑扬顿挫,然而他的表情完全没有根据。他要求我们正确地模仿他的音调,可是我们觉得这样念有点"难为情",而且是装腔作势的。况且中学里的语文课在传统上一向认为是最有趣味、最富有智慧的功课。因此我们愈加焦灼地等候新的语文教师。

有一次传来消息,说新的语文教师已经到了。他的姓氏是阿甫杰夫,是一个青年人。有一个同学已经在城里碰见过他,他把碰见时的情形讲给我们听,这时候正好又要上语文课了,我们以为这一课还是由学监来上的。但是几乎和上课铃同时,教室的门开了,门槛上出现一个陌生的教师。我们突然看到他,大家迅速地回到座位里去;他在门槛上站了一会儿,安详地看看我们,然后一边走上讲台去,一边向我们点头。这是第一次上课,所以他默默地等候值日生读通常的祈祷;然后他坐下来,翻开点名册。他的脸相略微有些阴郁,点名的时候声音似乎不满意,有时念到某一个姓氏的时候停顿一下,抬起眼睛来望望这个姓氏的所有者。点过名之后,他走下讲台来,从容不迫地沿着课桌在教室里走来走去,考虑着一件事,这件事仿佛完全无关于这时间,也完全无关于怀着好奇心注视他而研究他每一个动作的五十只眼睛。

他是一个青年人,大概比伊格纳托维奇只大三岁,然而样子比他老练而结实。他的面貌不很平凡:端正的五官,希腊风的侧影,富有表情的大眼睛,丰满的嘴唇,薄薄的口髭,小小的淡黄色胡须。这一切都很漂亮,然而不知怎的全班学生初次看到时不喜欢这相貌。还有,他穿着一条小脚管裤子和一双低跟靴子,而我们认为最正派的是宽大的哥萨克裤子和高跟靴子。在我们学校里,穿小脚管裤子的只有六七年级里的有名的摩登青年和纨袴子弟。

当这位新教师在教室里走来走去的时候,我们已经注意到了这一切,并且品评到了最后一颗扣子和蓝色燕尾服的过分宽阔的衣领。他的态度很不礼貌,仿佛眼前并没有我们全班学生。他这种行径在我们觉得很奇怪,而且有些傲慢。

他这样来来回回地走了好几次之后，忽然站定了，仿佛驱除了头脑里不相干的念头，重新注意地向全班学生看看。

"你们最近学了些什么?"他问。

我们大家互相看看。

"最近是学监先生给我们念……"

"念什么?"

"念克雷洛夫的寓言。"

这位新教师的眉毛微微地挺了一下。

"为什么?"他问。

我们觉得这问题很奇怪。关于这一点应该去问学监自己。但是有一个学生猜量着说：

"为了填补空缺的课。"

"噢!……那么也是叫你们念吗?"

"是的。"

"唔。你们里面哪一个念得最好?"

全班学生默不作声。我们都会念得很响，有几个人念得很流利，然而从来没有听见过念得好的，而学监先生的"有表情的朗诵"我们认为是做作的。

"喂，怎么样?"他耸耸肩膀，不耐烦地说，"你们为什么不开口?"

"我们都念得一样。"我懊恼地说出这句话，可是我说得太轻。教师就转向我，直截了当地问：

"你念得好吗?"

"不，"我红着脸回答，"我没有说这句话。"

"可是我问的正是这句话。"接着他就对面前放着一本寓言的一个学生说,"你念吧!"

这个学生站起来,随便翻到一个地方,就开始念。教师不满意地皱皱眉头。

"不好,"他说,"大家都是这样的吗？没有一个人念得好吗？……唔,那么以前你们学些什么呢?"

"语文理论……米宁[1]编的。"有几个人回答。

"什么叫做语文?"

大家不作声。

"是从'语言'发生的……"有一个人说。

"就算是这样,那么什么叫做'语言'呢?"

"是思想的表现。"

"不一定这样……可能说了许多话,然而毫无意味……那么什么叫做思想呢?"

大家不作声。

他装出滑稽的脸相对我们看看,说:

"每一个人想一想自己,然后告诉我:你们有人曾经在生活中思想过吗?"

这句话简直是侮辱我们。课堂里发出一片低微的嘟哝声。

"大家都……"有一个人说。

"大家都怎么样?"

"大家都会想,就是说大家都会思想。"有几个人激烈地回答。教师

––––––––––––––

　　[1]　尼古拉·加甫利洛维奇·米宁(死于一八六一年)是《俄语简明教本》和《语文理论教本》的编者。

惹得他们生气了。

"'会想'，"他耸一耸肩膀，模仿着说，"你们想的是：下课铃是不是就要响出？……你们还在想：这就是思想。可是你们弄错了。你们要知道：'思想'不仅是想，思想完全是另外一回事。大家拿出笔记本来记录我的话。"

于是他慢慢地在教室里踱来踱去，开始说出最简单的定义来。起初他的眼睛里和眉毛中间的皱纹里还是显出那种阴郁的、不满意的神情。可是主题的发展显然使得他兴奋起来。他的浅黑色的脸上泛出一阵浓重的红晕。他说起话来缓慢、沉着而自在。他显然没有预先备课：他的话是临时顺口而出的，仿佛当场镕铸出来，传到我们耳朵里的时候还没有冷却。他常常站定了，停顿一会儿，找求最恰当的说法，找到了他所需要的话，又是一边讲，一边走，越讲越高兴了。记录他的话有些困难。他说话虽然很慢，却不等我们记完了再说。而我们很想把它记下来。这一课就在这样的工作中过去。下课铃响出的时候我很惊奇，怎么这一课过得这样快。

阿甫杰夫结束了这一课，拿了点名册，向我们点点头，就出去了。教室里只听见一片热烈的谈话声。印象是不满意的。

"这样的一个家伙！"有一个人说。

"同学们，对这个人要当心呢……"

"哪里访来这样的宝贝？"

"诸位，他不是侮辱我们吗？……"

就在这样的谈话中，响出了下一课的上课铃。记得走进来是历史教师安德路斯基。这也是一个新教师，比阿甫杰夫早来几个月。他是一个青年人，中等身材，相貌聪明而刚毅。他在教室里的态度完全是教师模样,略微有点枯燥,然而倒还亲切。他的一小时功课仿佛分作不平均的两部分。在第一部分里他叫出学生来,问他问题,然后打分数。当他把笔插进墨水瓶里去蘸墨水,准备打分数的时候,他的脸上显出深思熟虑而严肃的神情。他显然是在心中仔细较量一切优劣,较量过之后,就用坚决的笔致在记分册里记下一个数目字,这时候他觉得这数目字是定得慎重而公正的。到了下课前二十分钟的时候,他才把教科书拿过来,翻开来,用一定不易的开场白来开始讲课:

"好,就这样……我们上次讲到这里。现在继续讲下去。"

于是他看着书本,诚恳、详细而枯燥地叙述这一课的内容。我们知道,他在校务会议上也这样详细地叙述他的意见。他的话常常是谦逊而坚决的。我们尊敬他的为人,诚恳地准备他的功课,然而我们觉得历史这门功课是相当枯燥的。过了一个时期,他同样诚实而公正地衡量一下自己的教学工作,给自己打一个不满意的分数,然后改变了授课的方式。

现在我像往常一样高兴地看着他那张刚毅的、方正的脸,可是在他的单调的声音后面,我仿佛听到那位新语文教师的低钝的声音,耳朵里还保留着他的尖刻的言语。"想"和"思想"……是的,的确不同……现在我懂得它们的差别了。可是他这个人总有点讨厌。以后会不会有什么花样呢?……

我偷偷地拿出笔记本来,冒着给安德路斯基注意到的危险,在课桌底下看语文课的笔记。这一次语文课真是精彩而有趣。

过了三天,从市街上传一个消息到学校里来,说有人看见这位新教师喝醉了……我听到这消息,心里有些刺痛。下一次上课的时候他没有到。有些人刻毒地说:酒还没有醒;另一些人说:在安排新居。不管怎样,总之,学监先生又拿着一本点名册来上"有表情的"朗读了,当他出现在门槛上的时候,大家心里觉得有些失望。

又过了两天,一个动人听闻的新消息像摔炮一般飞进我们的教室里来,我们班上有一个学生叫做陀玛涅维奇,是一个年纪很大的青年人,他在学校里留得很久,在小孩子里面完全像个大人。他心地善良,是一个很好的同学,然而态度骄傲,好像一个教授偶然和小孩子一同坐在课桌前了。

这一天他来到教室里的时候样子特别神气而傲慢。他带着漫不经心的态度——然而其中透露出来自傲的神情——讲给我们听,说他和这个新教师已经是"朋友"了。他们是在一种特殊情形之下熟识起来的。昨天,一个有月亮的晚上,陀玛涅维奇从朋友那里回来。他在白杨街和公路的转角上看见一位先生坐在木条堆上,身子向左右摇晃着,跟惊奇的过路人搭讪,并且唱小俄罗斯歌曲。

"我告诉你们,他的嗓子出色!"讲话的人补充说这一句,替他的新朋友带着几分骄傲。

陀玛涅维奇没有认出这位开心的先生就是新教师,从他旁边走过了,那人就叫他:

"我的学生! 你跑过来!"

陀玛涅维奇走过去,认出了他,向他鞠个躬。

"你姓什么?"

陀玛涅维奇当时"实在有些胆怯"。那时候已经很迟,晚上走出宿舍来是犯禁的,而且这位新教师似乎很严格。他虽然喝醉了,也会去报告校长的。他只得硬着头皮说出了自己的姓氏。

"好极了。"教师客气地说,一面向他伸出手来,"我是韦涅明·瓦西列维奇·阿甫杰夫,是你们的语文教师。你看,现在我有点醉了。"

　　他说过之后哈哈大笑("他笑得非常开心,使人听了也要发笑"),紧紧地撑住了学生的手,站起身来,要求他送他回家去,因为他还没有认识城里的路径。

　　"见鬼,"他笑着说,"你们这里的街道有点乱七八糟,温特劳勃的酒又很得力……我眼睛一眨,已经走出关卡了……我走回来……脚边正好有一堆木条……哈哈哈……我的头脑一向很清醒,可是那双脚醉了,见它的鬼……"

　　陀玛涅维奇把教师送到了池塘上面他的寓所里,一路上亲切地扶着他。阿甫杰夫在自己家里态度和蔼可亲,请他抽烟,又请他喝了一小杯红葡萄酒,然而同时又劝他决不要喝醉,并且不要爱好女色。前者是有害的,后者……不值得……

　　这段故事轰动了全教室。"这是怎么一回事?"我带着一种伤心而又奇怪的感觉这样想,我觉得现在我对阿甫杰夫更加没有好感了。

　　"喂,老兄,"有一个人作出一个实际的结论,"现在你可以一年到头不用功学语文了……"

　　"我何必用功学语文,"陀玛涅维奇满不在乎地回答,"他讲的课我去年就完全懂得了……老弟,我在一年级的时候就会'思想'。"陀玛涅维奇像往常一样略带轻蔑地瞥了我们一眼,就慢慢地走到自己的座位里去了。现在他有了一种新的优越之感:教师不见得会向小孩子们要求这样的效劳……

　　上课铃响出了。门打开了。阿甫杰夫走进来,逍遥自在地走向讲台去。

　　所有的目光都集中在教师身上,大家都知道他昨天喝醉了,陀玛涅维奇扶他回家去。但是他的漂亮的脸上看不出一点狼狈的样子。他精神焕发,眼睛炯炯发光,嘴唇上露出优雅的微笑。我现在看看这张脸,忽然又觉得一点也不讨厌,反之,他的脸相聪明而漂亮……然而……他昨天毕竟是喝醉了……阿甫杰夫翻开点名册来,开始点名了。

"瓦尔金斯基……扎包津……陀玛涅维奇。"

"到。"陀玛涅维奇回答着,懒洋洋地在座位里略微耸一耸身子。阿甫杰夫顿了一顿,一双闪闪发光的眼睛向他一看,仿佛想起了什么,然后继续点名。后来他推开点名册,双手托着头,把肘支在讲台上,问我们:

"你们上次已经把我讲的话统统记录了吗?"

"统统记录了。"

"那么当然都记住了,是不是?好……陀玛涅维奇同学。"

陀玛涅维奇这个姓氏像电光一般闪遍了全教室。许多头都转向他。可怜的陀玛涅维奇困窘而无可奈何地向周围看看,仿佛不知道发生了什么事。教室里到处发出不由自主的笑声。教师的脸很严肃。

"好,让陀玛涅维奇同学把上一课的内容讲给我们听……我们这科目的定义怎么样?大家听。"

陀玛涅维奇站起身来,低着头站了半分钟,然后慌张地说:

"老师,我……"

"怎么样?"

"今天没有预备。"

"今天没有预备?那么昨天呢?前天呢?"

"我都没有……"

"都没有预备?……不应该,陀玛涅维奇同学,不应该。上了课是必须准备的。有三天可以准备呢。你不准备,有什么确实的理由?"

陀玛涅维奇不作声。

"可惜,不过只好……"他拿起笔,翻开记分册来,"只好给你打个……一分……抱歉之至……"

他在记分册里画了一条线之后,看看那个可怜的陀玛涅维奇。我们这位老前辈非常狼狈,他受了委屈,样子很滑稽,惹得阿甫杰夫突然仰起了头,笑起来。他的笑声的确很特别,抑扬顿挫,引人发笑,并且很响亮,同时薄薄的口髭底下一排整齐的白牙齿发出美丽的闪光。我们逢到同学不幸的时候向来不笑,可是这一次陀玛涅维奇自己也笑了。他挥一挥手,坐了下去。

这一场纠葛立刻解决了。我们这才明白:昨天的事件对于学业完全没有发生什么后果,而这位教师的权威立刻稳固地确立起来。到了这第二课结束的时候,我们已经完全在他的掌握中了。他像第一次那样流畅动听地继续讲解之后,就走上讲台,把他带来的那本装帧优美的很厚的新书翻开来,对我们说:

"诸位同学,现在我们休息一下。我已经告诉过你们,什么叫做用概念来思想。现在我再告诉你们,有些人怎样用形象来思考最复杂的现象,又怎样用形象来说明它们。你们读过屠格涅夫的作品吗?"

真难为情,我们之中有许多人只知道屠格涅夫的名字。我们看的书或者用中等的价格向一个爱好图书的犹太人租来,这犹太人供给我们的是大仲马[1]、孟特邦[2]和加菩利俄[3]的破破烂烂的小说;或者从学校图书馆里借来。我们每星期一次在傍晚的时候拥进黑暗而嘈

---

[1]　大仲马(亚历山大·仲马)(1802—1870)是法国小说家和剧作家。他的历史小说《三侠客》《基度山恩仇记》《马各女王》等是最广泛流传的。

[2]　扎维厄·德·孟特邦(1824—1902)是法国小说家。

[3]　爱米尔·加菩利俄(1832—1873)是法国作家,是许多所谓"刑事"小说的作者。

杂的走廊里，安德列夫斯基先生拿着一个蜡烛头走在前面，微弱的烛光把走廊照得神秘而不认识了；我们一边走上楼梯去，一边跟这个和善的语文教师搭讪说笑。他每次都要用好些时候找寻图书馆门的钥匙，然后喀嘞一声，把大房间的门打开，房间里靠墙放着许多高大的书橱。书橱的内容非常贫乏：这里面大部分是拯救灵魂的说教书，《周末消闲》〔1〕，不知为什么还有《军人读物》〔2〕和《环球旅行者》〔3〕。我们常常表示不满意，但是安德列夫斯基用说笑来劝慰我们，有时说得很尖刻，引得大家哈哈大笑，结果还是只好借李文斯东〔4〕的旅行记来读，读过之后再读库克〔5〕的旅行记，然后再读阿拉各〔6〕的旅行记、贝克将军〔7〕的旅行记，有一次我竟借了一本阿封山旅行记回家。记得这本书叫做《圣山人书牍》〔8〕；虽然我那时候怀着宗教信心，然而我读了这些书牍以后，只记得一段关于暴风雨的美妙的描写和作者

〔1〕《周末消闲》是一种图画杂志，一八六三年在彼得堡创刊，每星期发行一次。一八七三年改名为《星期画报》。

〔2〕《军人读物》大概是《军人谈话》，是一册杂志，创刊于一八五八年。每年出六册，于一八六七年停刊。

〔3〕《环球旅行者》是一种图画杂志，于一八六七年创刊于彼得堡，每星期发行一次，于一八七八年停刊。

〔4〕大卫·李文斯东（1813—1873）是游览非洲的英国旅行家。他的作品就是《大卫·李文斯东非洲内地旅行及一八四〇至一八五六年间南非洲重要发现记》。

〔5〕詹姆斯·库克（1728—1779）是一个英国航海家。他的作品是《英国航海家库克船长旅行及生活记录》。

〔6〕查克·阿拉各（1790—1855）是法国作家兼旅行家。

〔7〕塞美尔-外特·贝克（1821—1893）是一个非洲研究者。他的第一次旅行是在一八六一至一八六五年。

〔8〕圣山人（1814—1853）这名字在宗教文学里是指修道司祭谢尔吉（以前是维亚特卡神学校的学生，叫做谢苗恩·阿甫杰维奇·威斯宁）。他在一八四五年出家以后，就出发到阿封山，住在那里。他写了一册《谈阿封圣山致友人书》。

看到司祭长尼古拉在宗教会议上打异端者阿利耳光时的欢喜。圣山人站在一幅圣像面前,这幅圣像上描写着这场神学论战的有力的论证,他仿佛觉得"司祭长这一记耳光的回声还在这个肃静的殿堂的穹窿底下缭绕着"……

像我这样的人,看的书还算比较多——虽然是杂乱无章而偶然的,——我已经看过《三侠客》《基度山恩仇记》,甚至尤金尼·许[1]的《流浪的犹太人》——虽然如此,在果戈理、屠格涅夫、陀思妥耶夫斯基、冈察洛夫和比辛姆斯基的作品中,我也只偶然读到几篇短篇小说。我那时候只是把看书当作消遣,惯把美文学看作实际上不存在的东西的引人入胜的描写。有时我把书中人物的行为和言语配合到我的生活环境中去,发现从来没有人这样说话,这样行动。我以前读过波兰作家的《桑道米尔的福玛》和其他两三部作品,这些作品给我留下了一个光明的回忆。这些作品比较接近生活。也许在不远的地方,在不很久以前,人们可能这样说话,这样行动,可是现在的人到底不是这样说话,这样行动的了……

记得有一个明亮的秋夜,我走过静静的白杨街,穿过一片空地,转进一条狭小的胡同里。路上是阴暗的,然而在菜园子那面,两片黑越越的屋顶中间升起一个月亮来,月亮上清楚地显出木叶尽脱的漆黑的枝条。我站定了,看到这种简朴而美丽的景色,不由得心中感动。我喜欢画画,不过限于被动的临摹,可是现在我热烈地希望表现这个景象,表现得也是这么简朴,两个屋顶平涂黑色,篱笆的桩头显出在月光照亮的天空上,潮湿的阴影深处似乎有许多事物沉浸在黑暗中,甚至使人感觉到不久以

---

[1] 尤金尼·许(1804—1857)是法国作家。

前下过的秋雨……

后来我的思想回到了书本上，我心中发生了一个念头：不妨就描写像我这样的一个小孩子，起初住在日托米尔，后来迁居到这里，到罗夫诺；描写他所感觉到的一切，描写他周围的人，甚至描写现在这瞬间，描写他站在静僻的街路上，正在拿他此刻的精神发展状况来和过去现在的相比较。瞧，在这一片潮湿的黑暗中，杂乱地散布着许多灯火，在这些照亮的窗子里面住着许多人。现在他们正在喝茶或者吃晚饭，正在谈天，争论，说笑。他们从来不回顾自己和自然界，从来不拿我自己来和周围的一切相比较。也许在整个城里只有我一个人站在这里眺望这些灯火和阴影，只有我一个人正在想它们，只有我一个人希望描写这些自然景物和这些人，要把一切描写得真实，使每一个人各得其所。

我并不是用这些字句来想的，可是我所想的正是这些事。我心里觉得有些骄傲，又觉得很不满意。我不过想到可以像我现在所看见那样简朴而真实地描写一切，想到像我这样一个孩子的历史和他周围的人们的历史可能比基度山伯爵的历史更加富有趣味和意义。但是实际上我一点也不会做：斯塔霍尔斯基老师认为我有图画天才，但是还需要细致的"阴影描写"。后来我的阴影描写有了很大的进步，然而还不能画最简单的风景写生画[1]。有时我坐了我们的小船，解下缆索，划向岛子方面，把船停在水湾里的睡莲和浮萍中间了，开始描绘有许多空窗洞的古堡、高大的白杨树和长满青苔的骑士石像。我的画大受赞赏，可

---

〔1〕　柯罗连科从来没有专门学习过图画，然而他在这方面有卓越的天才，因此后来他能够画铅笔速写。他的笔记本里到处有这种铅笔速写，同时又笔录着印象和会晤的临时记述，这些记述是他的文学创作的材料。

是我觉得这不过是一些线条、轮廓、阴影描写……这个古老的废墟没有沉重的立体感,那些空窗洞没有深度感,萧瑟的白杨树没有高大的感觉,天空没有辽远的感觉,水没有透明的感觉。我自己觉得缺乏能力,缺乏灵感,就把铅笔和画册搁在船里的坐板上了,很久一动不动地坐着,凝视着周围的情景:长脚水蚊的脚尖上带着亮晃晃的水滴,在水上跑来跑去,微微地触动了停滞着的闪闪发光的水面;疲乏的青蛙在泥沼里慢慢地懒洋洋地游动;龙虾用尾巴去搅拌混浊的水底。过了一会儿,这个沉寂的城市的沉寂的生活所引起的精神的空虚开始充实起来:我眼前浮现出了过去的影子。空虚的岛子上有了居民,古堡复兴了。宽阔的平台上出现一群一群的美人,其中有一个美人手里拿着一只酒杯,一个青年骑士(也许这人就是我)骑着马登上石级,通过走廊,从美人手里接了这只酒杯……四周发出雷鸣一般的喊声、枪声、靴距声和马嘶声。

或者是另一种光景:哥萨克人和盖达玛克人袭击这个堡垒,整个岛子冒着白烟……总之,在这时候,在这个古堡的传说和谢甫琴科的《盖达玛克人》〔1〕的断片(手抄本)的影响之下,旧乌克兰的浪漫主义又侵入我的心中,使我心中充满了过去哥萨克生活的幻象,这些幻象是同波兰骑士和他们的美人一样死气沉沉的……一个普通的小孩子和他邻居的生活里面,会有什么有趣味的事呢?有趣味的只是荒凉的草原、狂暴的追逐、袭击、冒险、立功,最后当然是大团圆……有一时我甚至对地理发生

---

〔1〕《盖达玛克人》在一八四一年初次刊印。到了一八四七年,谢甫琴科被逮捕和流放以后,他的作品就被禁止。这些作品以无数手抄本的形式秘密地流传着。

兴味，为的是想在我们这个平凡的时代里找寻一个可使查波罗什本营〔1〕复活的地点；后来听说萨迪克将军柴科夫斯基〔2〕也在多瑙河上、阿纳托里亚和叙利亚找寻这种传奇的过去，我非常高兴。这些冥想徒然地灼热了我的想象，削弱了我的意志。我写生经过几次失败，只得回去，就懒洋洋地打着桨，我的小船后面拖着一条长长的水带，这水带慢慢地被浮萍、水藻和烂泥遮掩了。

　　我的生气蓬勃的心，努力想把"数学和文法"所没有消磨尽的剩余力量，安顿到一个地方去，因此有时在对历史的炽盛的幻想之后心中又发生对宗教的热情。这种热情也是无根据的，而且更加使人痛苦。心灵深处开始丛生出尚未意识到的怀疑，另一方面又涌起宗教功绩、精神高涨和祈祷热情的渴望。

　　有一次我怀着这样的心情走到学校里去。

　　我所走的那条路通过一个市场，这是当地的商业中心区。市场周围有许多宿店敞开着大门；市场上停着许多货车，充满着喧嚣声、求售的家禽的叫声、马嘶声、女商贩的响亮的喊声。

　　忽然我的视线碰到了一个站在高空中柱头上的圣母像。这是当地的一个圣物，是天主教和正教所共同的。每天晚上，一个当局派定的看守人在一盏灯里点起了蜡烛，把它从滑车上扯上去。灯火像一颗小星一般挂在黑暗的天空中，上面优雅、神秘而蒙眬地显出施彩的

---

　　〔1〕　查波罗什本营于一七七五年被叶卡捷琳娜二世全部歼灭。一部分哥萨克人逃到多瑙河上，在那里建立了多瑙河彼岸的本营，到一八二八年为止。

　　〔2〕　米哈伊尔·斯塔尼斯拉伏维奇·柴科夫斯基(1808—1886)是波兰作家，一八三〇年曾经参加波兰起义。他在一八五一年到土耳其去服役，被称为萨迪克将军，参加了一八五三至一八五六年的东方战争，希望靠土耳其的帮助来恢复波兰的独立。一八七三年，他回到俄罗斯，游说波兰人向俄罗斯沙皇制度靠拢。他曾经替反动报纸撰稿。

神像。

据说,那个拥护俄罗斯化的司祭长已经提出取消这个天主教圣母像的问题……现在,这个失去时运的雕像映着晨光,倩影亭亭地站在喧嚣混乱的市场上空。这神像身上有一股力,使得我突然站定,过了一会儿,我脱下帽子,跪了下去,抬起眼睛来看着这个圣母像,划了十字。

后来我站起身,走向学校去,并不注意旁人的惊奇的眼光。

第二天,我又走过那地方,回想起了昨天的祈祷。这时候我的心情和昨天不同了,然而……仿佛有一个人在责备我:"你怕难为情,不敢祈祷,不敢承认自己的信仰,只是为了这信仰是不通行的……"我又把书放在人行道上,跪了下去……

现在市场上没有赶集的人,一个中学生跪着,更加显得触目。犹太经纪人、过路人、到国款出纳处去办公的官员们都注意我。远处铺木板的人行道上闪现出穿蓝制服的中学生。我希望他们没有注意我……

从这时候起,有一度我心里发生了一个纠缠不清的念头:我不能好好地祈祷,我没有虔诚的祈祷心情,可是"我怕难为情"这种想法又在责备我。我还是跪了下去,对自己很不满意,又不满意地站了起来。同学们开始谈论这件事,把它看作一种古怪行为。他们问我的时候我默不作声……这种空洞的思想斗争使我觉得很痛苦,而且没有成果……

这个新教师出现的时候,我正处在这种心理状态中……

阿甫杰夫讲解完毕之后,翻开那册装帧优美的新书来,开始用很自然的声调来朗读,仿佛在继续极普通的谈话:

"马尔大利·阿波洛内奇是一个矮胖的秃发老人,有二重下颏、柔软的手和很大的肚子。他非常好客,而且性情诙谐……不论冬天和夏天,他都穿着一件条子纹的棉寝衣……他的房子也是旧式造法的:在前室

里,照例有喀士酒、兽脂烛和皮革的气味……"〔1〕

　　这是《猎人笔记》里的"两地主"。讲这话的是一个相信"新观点"的、年纪还很轻的人,他在马尔大利·阿波洛内奇家里做客。他们吃过饭之后在阳台上喝茶。黄昏时候,四周肃静。"只有风偶尔一阵阵地吹来,最后一次吹近房屋而停息了的时候,从马厩那里发出一种均匀而频频的敲打声,传到我们耳朵里。"马尔大利·阿波洛内奇刚刚把一碟子茶端到嘴巴旁边,就停止了,点点头,带着亲切的微笑开始合着那敲打声念起来:

　　"邱基! 邱基! 邱克! 邱基! 邱克! 邱基! 邱克!"

　　原来马厩里正在鞭打一个管理食堂的"顽皮家伙",这人长着一脸大胡子,不久以前还穿着长裙制服伺候进餐……马尔大利·阿波洛内奇的脸色很和善。"最剧烈的愤慨,对于马尔大利·阿波洛内奇的明朗而柔和的眼光,是无法抵抗的……"讲话的人坐车子赶出村子的时候,碰见那个"顽皮家伙":他正咬着胡桃,在街上走;问他为什么受惩罚,他率直地回答:

　　"这是我应得的,老爷,是我应得的。我们这里为了小事是不会受罚的……我们的主人……这样的主人是全省里找不出的……"

　　在鸦雀无声的肃静中,阿甫杰夫念出了最后一句:"这就是旧俄罗斯!……"然后他又用几句很简单的话来说明农奴制和"规例"的可怕,在这种规例之下,可能有这种两方面都满不在乎的情形。萨威里的下课铃初次使我们觉得突如其来而不愉快。

　　这一天,我从学校里获得了深刻而新鲜的印象。我仿佛被照亮了。就是这几句"简单的"话,说明了确切而率直的"真理",立刻把我们提高

----

〔1〕　见人民文学出版社版丰子恺译《猎人笔记》中《两地主》一篇,下同。——译者注

在这种暗淡生活的上面,展开了这种生活的广度和深度。在这广度和深度中,许多熟悉的人物、平凡的事件和日常的光景都照上了一种特殊的光彩而突然地站起来,聚拢来,活动起来。

下课以后我回家去的时候,一路上回想起了我的姨夫上尉、加尔诺路格、"地主老爷们"、卡罗尔、安托西……从前觉得这些现象很矛盾,毫无连贯性,现在没有这种感觉了……"邱基! 邱基! 邱克! ……你怎么啦,青年人,你怎么啦? 我是个坏人,所以你这样盯住我看,是不是? ……"我懂得这惊疑的话的天真的率直……上尉也不是一个坏人。他比马尔大利聪明得多,可亲得多。然而……他的确曾经在严寒天气用冷水来浇卡罗尔。卡罗尔顺受了这虐待,我却觉得愤愤不平。我的愤怒是针对"农奴制"的,现在农奴制已经过去了。可是……关于个人道德的概念和关于生活制度道德的概念毕竟已经分为两个不同部门。

从这一天起,我不再把文学作品看作仅仅是消遣的东西,而把它们看作一种动人的、严肃的读物。阿甫杰夫善于把这种情绪燃点起来,使它发出熊熊的火焰。他心中具有青年人的天赋的敏感,而且还有天才。他所读、所说、所做的一切,在我们看来都有特殊的意义。包括莫诺玛赫的《训子篇》[1]和扎托奇尼克的《书牍》[2]的文学史从遥远的迷雾中显现出来,变得重要而富有意义,有机地具备着未来的启示。在每一课的

----

〔1〕 符拉季米尔·莫诺玛赫(1053—1125)是基辅的大公。在他为儿子写的《训子篇》中,包括着他的治国经验和道德教训。

〔2〕 即《达尼尔·扎托奇尼克陈情表》,是十三世纪的一种文献。其作者(作者的生平不详)生于南彼列雅斯拉夫尔,曾经当过大公(符拉季米尔·莫诺玛赫的儿子之一)的近侍。他失宠以后,被流放远处;他上书给大公,请求赦罪,同时批评当时的社会制度,在这种制度下,人民由于公爵的僚属的压迫而受苦。这"陈情表"的揭露性使它具有宣传小册的意义。

末了,阿甫杰夫总是翻开他随身带来的一册书,给我们念一个片断、一段情节、一首诗,这些短短的余兴变成了我们的必需品。他念的时候从来不使人感到做作。开始的时候总是平平常常,而在我们不知不觉之间,阿甫杰夫的声调忽然充满热情,使我们仿佛受了一阵电击,或者转入诙谐,引起全班哄堂大笑。他念了《死魂灵》里的一段情节,我们就向往果戈理。他特别喜欢涅克拉索夫的作品,以后我再也不曾听到过这样动人的朗读。

不久阿甫杰夫和我们之间发生了纯朴而亲近的关系。他邀我们到他家里去,请我们在他的独身生活的食桌上喝茶,他的态度常常是纯朴、亲切而愉快的。他从来不使人感到做作腔和学究气。我们之中有人刚刚念过屠格涅夫、比辛姆斯基、冈察洛夫、波美洛夫斯基的小说,念过涅克拉索夫、尼基丁或谢甫琴科的诗;谈到有关这些作品的问题的时候,常常不知不觉、自然而然地夹杂着轻松的笑话……直到现在,我从阿甫杰夫家里带出来的一种特别的感觉,还像花的芬芳一般保存在心里;这是一种爱慕和尊敬的感觉,是被启发了的智慧的生气蓬勃的欢喜,以及因这欢喜而发生的感激之情……

有一次,我怀着这样的印象回家,时候是晚上九点钟左右,我突然碰到了学监,他在胡同里用煲灯明显地照亮了我的脸。一刹那间我仿佛被开水浇了一下。但是我不怕,并不预备逃避,虽然是可以逃避的,因为在我面前的黑暗中早已显出走近来的学监的栋柱一般高大的身体……记得我当时又惊奇,又懊恼,仿佛觉得在这瞬间以前我还住在一个光明的房间里,而现在突然来到了一个肮脏而黑暗的胡同里,面对着从别的世界里来的一个讨厌家伙。我脸上显然有一种使学监惊奇的表情。他把灯移近我些,留神地打量我一下,就问:

"你做什么?"

"没有什么,学监先生。"

"从哪儿来?"

"从阿甫杰夫先生那儿来。送书给他。"

"噢!"

他走了,留给我一个瞬息消逝的恍惚的印象。

我们从来不听见阿甫杰夫提及我们的"制度"或学校组织的不正常。然而他唤起我们一种很特殊的精神状态,这种精神状态用自然的对照来衬托并强调出学校生活的一般组织。这比直接的批评更加有力。

有时他又喝起酒来。有一次,他被撵出俱乐部来,因为他在那里对在场的人说了些孟浪的话——虽然说得的确很有趣。这些话引起了众人的愤怒,他们就把阿甫杰夫赶出去;可是他在这时候态度还是非常滑稽,因此干事们和公众都哈哈大笑;第二天,他的刻划描写和双关谐语就像一群鸟一般飞遍了全城……而过了几天,再开俱乐部晚会的时候,他又若无其事地出席,态度文雅、俊秀而严肃,谁也不敢提到不久以前的丑闻……在天气晴朗的日子里,"满城"的人都出去郊游,他们走到公路上,斯文一脉地在"关外"游逛,这时候阿甫杰夫一会儿参加这一群人,一会儿参加那一群人,到处人们都欢迎他,把他当作公认的宠儿。太太小姐们看到他都很兴奋:他对她们从来不忘形失礼。即使喝醉的时候也是这样。男人们都竭力忘记他的狂妄行为。

"有什么办法呢! 他生来是个善于讽刺的人。"军队里的长官这样说他;于是这个内地城市里的人就把这句断语当作他所特有的专利,使这位富有趣味的教师的行为有了合法的根据。对阿甫杰夫容许的,对别的人当然不能容许。对"善于讽刺"的人说来,这仿佛是当官的。

这一切情况当然都传到中学生的耳朵里。学生们根据俱乐部里的目击者的话,传述着他的丑闻,并且兴致勃勃地模仿这个他们所喜爱的教师的尖刻话和双关语。我有时也觉得这些话很动听,很漂亮,有时我竟梦想:将来我也要在县城里做一个这样的讽刺家,使得有些人怕我,有些人爱我,而实际上大家都尊敬我,因为我自己什么人都不怕,而且用我的疏狂行为来搅动这沉闷的寂寥。然而我想起了阿甫杰夫"被撵出俱乐部",而且许多人可以公然称他为醉汉,心里总觉得不以为然。

有一次他给我读一册比辛姆斯基[1]的作品。这位作家有一篇中篇小说,比较不大受到批评界的注意,而且是一般读者所遗忘了的。书名叫做《巴特曼诺夫先生》,里面描写一个阔绰、漂亮、古怪、尖刻而不拘礼节的人。他从首都来到一个小省城里,迷惑了全城的人,他公然地看轻他们,对省城里的豪绅说孟浪话,表演种种滑稽的恶作剧。有一个才貌双全的女子爱上了他,他似乎也爱她,然而他们终于永远离异,因为巴特曼诺夫先生厌恶合法的结婚和义务的爱……

当我读到巴特曼诺夫在某地方——似乎是在戏院的包厢里——对他的情妇作最后声明的时候,我果然失神了。看到巴特曼诺夫的面貌,我想象中就出现阿甫杰夫那张特殊的脸和他的文雅的微笑、逗人发笑的笑声、有时辛辣而大都温良的机智。正像巴特曼诺夫一样,他明显地突出在内地小城市的晦暗的背景上,好比鹤立鸡群。正像巴特曼诺夫一样,他不怕社会舆论;也正像巴特垒诺夫的情形一样,我似乎觉得在这一

---

〔1〕　阿列克塞·费奥非拉克托维奇·比辛姆斯基(1820—1881)是小说家和剧作家。他的作品中描写十九世纪中叶俄罗斯的内地生活,反映了外省地主的精神空虚与堕落。但在他六十年代的作品中,他对俄罗斯的革命民主主义运动却表示了敌意。——译者注

切里面还有一种悲剧,一种精神的痛苦,他由于模糊的当然又是高尚的冲动而无端地拒绝幸福……

比辛姆斯基这篇小说用一个意外的场面来结束。在西伯利亚的一个城市里,当地的金矿商人迎接一个大官员。在箪食壶浆的代表团前面,站着一个魁梧而漂亮的人,他长着一脸大胡子,穿着薄呢外套和斗形长统靴。大官员认出了这是他的老朋友巴特曼诺夫先生,不免有些吃惊。"唉,俄罗斯人失意的结果是无奇不有的!"最后比辛姆斯基这样说。然而巴特曼诺夫的形象的魔力那么大,我竟完全没有注意到这个讽刺的结局。

有一次,我把读过了的书送去给阿甫杰夫,他留住了我,我们谈得很投机。那时候我已经是他的得意门生之一,有时我们的谈话表现出成年人和青年人——几乎还是个小孩子——之间的一种特殊的友爱。他问我有没有在文学作品中看到和我的熟人相像的人物。我说,马尔大利·阿波洛诺维奇·斯捷古诺夫使我想起我的姨夫上尉,虽然在实际上他们两个人并不相像。他兴味津津地听我比较了这两个人之后,突然提出一个问题:

"那么,我像哪一个人物呢?"

"您……"我略微有点难为情地回答,"您像比辛姆斯基作品里的巴特曼诺夫先生。"

阿甫杰夫惊奇地在椅子里转过身来,怀疑地说:

"像巴——特曼——诺夫?奇怪。哪一点相像?"

我觉得有点为难。究竟怎样回答这问题呢:难道说他们在丑闻和机智的双关语上相像吗?他看见我为难和狼狈,就笑着问我:

"那么你喜欢这个巴特曼诺夫吗?"

"喜欢。"

他伸出手来，从桌子上拿了那本书，一面翻着，一面问："你没有读到他的结局？"

"读到了。这个结局……照我的意思，可以不用这样的结局……"

"你以为这样吗？唔，不。这里有艺术的真理。即使换一种描写方式，结果还是一样。"

他念了结尾的一场，一直念到关于俄罗斯人失意的讽刺的叹声，然后对我说：

"这有什么可以使你喜欢的呢？这是一个贵族出身的毕乔林[1]式的荡子……可是，朋友，毕乔林这种人早已过时了。他们已经从文学近卫军里被谪降到伤员队里，现在除非是那些卫戍军官才用毕乔林式的'失意'来引诱县城里的姑娘们。你不喜欢这个结局……那就是说，你们这些中学生的趣味也像卫戍军官那样有点儿……陈腐……"

我满面通红了。阿甫杰夫看到了这光景，突然仰起头来，哈哈大笑。

"啊！原来如此！我有点明白了。"他说，"好，没有关系，没有关系，不要难为情。可是你要知道这不过是表面的相像。首先，巴特曼诺夫是一个懒得发慌的贵族，而我是一个知识分子，是一个工作者。而且似乎……"

他又看我一眼，用严肃的声调继续说：

"而且似乎是一个业务上还不错的工作者。"

他眼睛望着前面，默不作声地在摇椅里摆了一会。然后又把手伸到书架子上。

――――――――

〔1〕　毕乔林是莱蒙托夫的《当代英雄》中的主人公。――译者注

"《幽静的田园》你读过吗?"他问。

"读过的。"

他翻开屠格涅夫这本书,翻了几页,高声地读起来:

"玛莎·巴甫洛夫娜又向他看一眼。

"'你保证听我的话……'

"'当然,我听你的话。'

"'听我的话,那么我几次要你……别喝酒。'

"韦列捷夫笑了。

"哈,玛莎,玛莎! 你也说这种话! ……可是,第一,我根本不是一个酒徒;第二,你知道我为什么喝酒? 喏,你看那只燕子……你瞧它多么勇敢地支配它的小身体,要往哪儿就往哪儿! ……一会儿飞翔起来,一会儿俯冲下去,还高兴得叽叽咕咕地叫,你听见吗? 玛莎,我喝酒就是为了要体验这只燕子所体验到的感觉……要往哪儿闯就往哪儿闯,想往哪儿飞就往哪儿飞……'"

"韦列捷夫!"我高兴地说,韦列捷夫这个人我也很喜欢,他也有一部分像阿甫杰夫:念诗念得很出色,他对庸俗的阿斯塔霍夫当面说出使他不快的真话,而且翩翩然地"像燕子一般东闯西闯"。但是这一次我又立刻想起了那个结局,就无精打采地说:

"可是结局也不好。"

"很不好。"阿甫杰夫说,"燕子啊,燕子,后来……变成了一个穿着破旧的西班牙斗篷、眼睛有些浮肿而髭须染色的绅士。告诉你,你再也别喝酒,最要紧的是不可尝试。不要为了逞勇,也不要为了想做燕子。你将来做了大学生,会记得我这忠告吗?"

"记得的,老师。"我感动地回答。然后,我心中突然起了一个念头,就抬起眼睛来看着他,可是没有勇气说出我所想到的问题。他大概懂得了我的意思,挺了挺身子,很快地从椅子里站了起来。

"是的,"他说,"屠格涅夫的'燕子'描写得非常正确;可是染色的髭须……呸! 总之这些是丑恶的。必须善于及时制止这种放荡行为……"

他在房间里踱来踱去,后来又坐在椅子里,一面笑着,一面摇摇摆摆;我受到这光景的鼓励,决心再提出一个问题:

"是不是……您要结婚了?"

他微笑着斜看我一眼,反而问我:

"跟谁结婚?"

"跟 Л。"

"你希望我这样做吗?"

"是的,我很希望……"

"真心的吗?"

"真心的。"我断然地回答。

他完全像小孩子一般哈哈大笑起来,后来他说:

"我很感动……不过……你又得脸红! 告诉你,我不结婚……"

我的确脸红了,也许红到了头发根上。城里的人曾经谈到一个姑娘,猜想她是阿甫杰夫的恋人;而我也是爱上她的人里面的一个。这传闻起初使我非常吃惊,但是后来我想起她做了阿甫杰夫的妻子以后可以使他戒酒,就心平气和了。我的异常活跃的想象力就在这背景上描摹出各种美丽的景象。我幻想:过了多年之后,我年纪大了,还是单身,为了不忘旧情,就在漂泊天涯之后去访问他们的幸福的家庭。这时候阿甫杰夫才知道我的恋爱秘密和我的自我牺牲精神,知道我这个热爱他的学生为他而遭受了多么巨大的牺牲……

　　阿甫杰夫的抑扬婉转的笑声吓走了这些幻想。我又脸红了,为的是觉得这些幻想是孩子气的;而且……我立刻想起:我这种慷慨实际上是很廉价的,因为即使没有阿甫杰夫,我成功的可能性也是极小的……现实占据了感伤的幻想情绪的地盘……

　　我接连地向阿甫杰夫借俄罗斯作家的作品,埋头阅读。我常常觉得,这一切作品实际上只是把早已涌上我的心灵深处的思想和形象展示出来,显现出来。每一堂语文课在墨守成规的学校制度的灰暗的背景上都是一个光明的插曲,是休息,是享乐,可以使人获得意外而鲜明的印象。我往往在早晨醒来的时候,就感觉到一种快乐。啊,今天有语文课!中音区声部和狂人的叫嚣所组成的教师合唱,现在被青年教师们的清楚响亮的嗓子盖倒了。而其中最响亮的是阿甫杰夫的男中音:整个合唱仿佛获得了一种新颖而有意义的表现。

　　有一天晚上,我在街上碰见阿甫杰夫。他挽着一个青年人的手臂,这青年人比我年纪稍微大些,有南方人的相貌和黑色的卷发。我以前曾经见过他。他的名字叫做加甫利洛·日丹诺夫,后来是我的好朋友;他不久以前来到我们这个城里,想进中学高级班。他是狄斯先生的亲戚,因此在教师之间态度很随便。这使得他在我心目中高出在我们之上,我们这些规规矩矩地穿着制服的可怜的学生在学校当局面前永远是战战兢兢的。阿甫杰夫在街路拐角上孤零零的路灯旁边碰到了我,就站定了,对我说:

　　"啊!是你。要不要到我家去喝杯茶?对了,让我来介绍一下:这是加甫利洛,如果考试不落第的话,是你未来的同学;不过,落第是很可能的。待一会儿我们唱一个小俄罗斯歌曲给你听。也许你不讨厌我们的歌吧?"最后一句问话他用小俄罗斯语,然后又说:"如果不讨厌,那么我们去吧。"

这一天晚上唱了许多歌。阿甫杰夫有深沉而流畅的男中音嗓子。加甫利洛用音域不大而音色悦耳的嗓子来和着他唱。我坐在打开的窗子旁边听他们唱。从窗子里可以看见池塘、岛子、白杨树和古堡。在远处的芦苇上面,暮色苍茫中升起一个朦胧的美丽的月亮来,几乎还没有放射出光辉;而在柔和的灯光所照亮的小房间里,充满了乌克兰歌曲的冥想而美妙的哀愁。此后我再也不曾从歌声中体验到这样强烈的感觉,像在阿甫杰夫家里这种晚上一样。唱过两三支熟悉的歌曲之后,阿甫杰夫说:

"来,加甫利洛,现在让我们来唱那支新的……"

于是他定了一个音,就唱起《劳工歌》来。

劳工干活忙不了,

老板喝酒哈哈笑。

嗨,嗨! 运货过溪谷,

赶牛奔走山路遥……

和仇人共处多苦恼。[1]

凡是歌曲,一定有它的色调和形式。只要中心有一个清楚的形象,接着就有它的活跃的反应渗入到模糊而深沉的想象中去,渗入到自然和人生中的幽玄境地的无穷的远处,然后远离开去,颤抖着,激动着,哭泣

---

[1]《劳工歌》是乌克兰的一首民歌。

着,逐渐消失。我清楚地记得,这天晚上,当我闭上眼睛或者望着那片茫茫的芦苇的时候,我在阿甫杰夫的沉着的嗓子的逐渐消逝的音调中,看见一片草原,草原上流泛着冥想的光辉,茂盛的荒草随风起伏,有几处出现深邃的幽谷。加甫利洛的低音铺展在明朗而响亮的男中音的委婉进行之下,仿佛是这些幽谷和盆地上的暗影……在这片明亮的草原上站着一个孤苦伶仃的劳工,他向四周张望,"嗨,嗨!"地对广大无边的草原上几头渺小的牛和自己的孤独的命运叫喊着……

我那时候本能地爱好这支歌曲,比其他一切歌曲都爱好。阿甫杰夫的朗读和歌唱重新在我心中唤起了乌克兰的浪漫情绪,我又觉得自己受到了这富有诗趣的遥远的草原和遥远的时代的支配……

> 将军,将军!如果你们再生,
> 看见了这契吉陵城一定吃惊,
> 你们曾在这城里作富贵之人![1]

> 号角奏高声,
> 警钟发清音,
> 羯鼓一齐鸣……
> 旌旗如云腾,
> 掩护大将军……[2]

----

〔1〕 见谢甫琴科的《盖达玛克人》。
〔2〕 见谢甫琴科的《民间歌手》。摘自诗篇《复活节》。

于是我悲叹这情景的消逝，悲叹这情景在这寂寥的世间已经不能再见，悲叹……

> 查波罗什人不再来，
> 大将军们一去不返，
> 旧时深红色的马褂，
> 不再出现在乌克兰。[1]

现在在阿甫杰夫的影响之下，这种情绪似乎应该更强烈地迸发出来……可是……实际上并不如此，因为以前替我打开这个幻想世界的那只手，现在又更广阔地替我打开了亲切的俄罗斯文学之窗，从这窗里滚滚地涌进许多纯朴明朗的形象和思想来。我心里不知不觉地发生了这两种情绪的纯粹自然的斗争。现在阿甫杰夫问我喜欢不喜欢这首《劳工歌》，我回答说最喜欢。问我为什么最喜欢，我略微踌躇了一下。

"因为……像涅克拉索夫的作品。"说着我又脸红了，我觉得实际上并不相像，然而我的回答毕竟表达出了一点实际情况。

"你的意思大概想说，这里不讲到过去，而只讲现在，是不是?"阿甫杰夫说，"这是一个现代的劳工，现代的主人公，是不是？谢甫琴科作品里也有这样性质的史话题材。他常常指责过去……"

于是他念了几个片断。我当时表示同意，可是在意识的深处还是觉得有点区别，例如这样的诗句：

---

〔1〕　见谢甫琴科的《民间歌手》中的《献给奥斯诺维亚年科》。

华沙的贵族，

显赫的将军！[1]

其中主要的中心思想还是对于这过去情景的深切的怀念,这种怀念化作空洞的冥想,所想的是一种模糊的东西,仿佛草原中哥萨克坟墓上的风声……

我现在才说明了这真相,但是那时,两种情绪并存在我的心中,不过其中一种情绪越来越活跃,越来越强烈。那时候我开始醉心于文学,常常邀请两三个爱好文学的人来听我的朗读,有时甚至只有一个人听也好,这时候我准备一连几小时地朗读涅克拉索夫、尼基丁、屠格涅夫的作品和奥斯特罗夫斯基的喜剧……有一个星期天,我就是这样邀请了一个同学犹太人西姆哈。他爱好艺术,我曾经乐愿地听他拉小提琴。这回由我朗读《盖达玛克人》给他听。我这一次读得不坏,我的嗓子灵活、深刻而富有表情。然而我立刻觉得:我和这位听者之间的活跃的联系已经断绝,不能恢复了。我看看我的朋友的富有情感的脸,就知道我现在读给这位犹太人听的,里面有这样的话:谢甫琴科的诗篇里的主人公加莱达在里湘卡叫喊:"给我波兰鬼子,给我犹太鬼子,我嫌少,嫌少！……"盖达玛克人把犹太女人的血滴在水里,诸如此类……这当然是"历史",但是我的朋友听了这种诗趣的历史觉得伤心。后来,在某一段里,这位乌克兰诗人的生花之笔描写着残酷斗争的充满生命和活力的种种情景,在点缀着这些情景

---

[1]　见谢甫琴科的《民间歌手》中的《致逝世的、生存的、尚未出生的乌克兰同乡人和非乌克兰人的友爱的书信》。

的美丽的烟雾中,有几个地方竟也触及了我自身。在乌曼城堡中当哥萨克佣兵的首长的龚塔^[1],娶了一个波兰女子,生了两个孩子。盖达玛克人在龚塔的率领之下取得这城堡之后,有一个耶稣会教士把他的两个信天主教的孩子带到军队那里。龚塔把这两个孩子带去,用"圣刀"把他们杀死;盖达玛克人把龚塔的孩子念书的那个神学校里的学生活埋在井里了。

我读过杜勃罗留波夫关于这位小俄罗斯诗人这篇作品的热狂赞叹的评论,他说:谢甫琴科自己是乌克兰人,正是这些盖达玛克人的后裔,他"用充分的客观态度和深刻的热忱"描写自己这民族的精神。我那时候承认这种见解,然而在这赞同之下透露出一些儿隐隐的抗议……在这诗篇里完全没有说起被杀的两个孩子的母亲的命运。龚塔咒骂她:

> 做母亲的真正可恨,
>
> 这女教徒真正可恨,
>
> 她何不在日出以前
>
> 先淹死了你们两人?^[2]

我不由得想到:他娶她的时候明明知道她是天主教徒,就像我父亲娶我母亲一样……我不能分担他关于下面的事的痛心的苦闷,他说现在

---

〔1〕　伊凡·龚塔是一七六八年盖达玛克起义的主要参加者之一。

〔2〕　见谢甫琴科的《盖达玛克人》。

老爹爹不愿意

杀死他的爱儿,

不愿为乌克兰的光荣自由

杀死他的爱儿……[1]

这篇四行诗深深地印入我的脑中。大概正是因为民族浪漫主义的魔力已经碰到了对我的心更加亲近的另一种思潮。

有一次,阿甫杰夫为了要使我们对杜勃罗留波夫发生兴趣,在自己家里读了他的论文中的一些片断,其中有"一个中学生的思想"。我突然听到这首早就熟悉的诗,觉得很惊讶,这是我们以前曾经抄写在手册里的……这首诗原来是杜勃罗留波夫写的! 谈到我,谈到杨凯维奇,谈到克雷查诺夫斯基、谈到奥尔善斯基的原来是他! 文学作品直接而明显地指出我们的处境,后来又随伴着我们每一个生活步骤……这情况立刻使我们对文学作品感到亲切。杜勃罗留波夫的论文、涅克拉索夫的诗篇和屠格涅夫的小说都有一种直接抓住我们当时的处境的描写。谢甫琴科的哥萨克人、他的盖达玛克人、他的农人和姑娘则相反,在我觉得都是美丽的抽象表现。我从来没有见过涅克拉索夫所描写的农人,但是我很能够想象到。在涅克拉索夫所描写的民众的外表形象后面,常常站着一个知识阶级的人,这个人有自己的良心和自己的需求……说得正确些,有我的良心和我的需求……

当时的文学的这种潮流、这种特殊的两面性,吸引了我这个混血儿

---

[1]　见谢甫琴科的《民间歌手》中的《致果戈理》。

的心……那时候我找到了自己的归宿之处，这归宿之处首先是俄罗斯文学[1]。

……

有一次，阿甫杰夫到教室里来的时候态度严肃而不满意。

"学区里要求我们送学期的作文去审查，"他特别郑重其事地说，"他们不但要根据这些作文来评判你们的文笔，还要评判你们的思想方式。我要关照你们，我们的教学大纲到普希金为止。凡是我读给你们听的莱蒙托夫、屠格涅夫，尤其是涅克拉索夫的作品，谢甫琴科的更不必说，一概不列入教学大纲。"

此外他不再对我们说什么，我们也不问他……新作家作品的诵读继续进行；但是我们懂得：在我们心中唤起许多新感情和新思想的这一切作品，有人想把它们从我们这里夺去。中学里沉滞的气氛由于这文学之窗里流进来的许多光线和空气而焕然一新，现在有人要来关闭这窗子了……

---

[1]《我的同时代人的故事》的这一部分，曾经引起乌克兰某些机关报刊[关于《我的同时代人的故事》所写的文章有：奥·别洛乌辛科的《俄罗斯作家对谢甫琴科的阐释》（《国民会议》，基辅版，一九〇八年第八十七期）；谢尔盖·叶弗列莫夫的《我们的生活》（《国民会议》，基辅版，一九一〇年第四十一、四十七、六十、六十五、八十二期）；以及也是他所作的《命运的转折点》，摘自《国民会议》，世纪出版社，基辅版，一九一〇年]的激烈的抗议。现在让我声明：我所写的不是批评文，也不是文学研究，我只是企图记录我那一代青年人从当时对谢甫琴科的最流行的作品的认识（固然是不充分的）所获得的印象。我所传达的是否正确？我想是正确的。这是一种喜爱和欢欣。然而……只要回想一下参加毫无民族色彩的七十年代运动的乌克兰青年中几百个人的姓名，就可以知道较大的推动力究竟在哪里……有一个乌克兰批评家称这运动为"阻力（民族的）最小方面"的运动；然而这运动使得几百个青年被关进牢狱里，被流放到西伯利亚，甚至（例如李卓古巴）被处死刑……这"阻力最小"的说法真奇怪……——原注

此后不久,有一次我到阿甫杰夫家里去,他带着柔和的悲哀的表情对我说:"我大概不久要离开你们了。"

"为什么?"我用颓丧的声音问。

"说来话长,嗯,也许不为什么,"他回答,"只是为了不合适……"

我们学校里来了一位新校长,叫做陀尔果诺果夫,关于这个人,我在前面已经说起过。从魁梧巨伟的学监直到季佳特凯维奇,大家都立刻感觉到上头有了一只有权威的手。他们对陀尔果诺果夫都害怕,尊敬,尤其是在贝扎克事件之后,然而……都不了解他。他由于自己地位的缘故,仿佛离开我们很远。

我们不难想象,阿甫杰夫难于和这个刚愎的人共处。况且阿甫杰夫绝不变更自己的行为。他照旧在课堂上把最新的作家的作品读给我们听;我们照旧一群一群地聚集在他的家里;城里有时也照旧谈论他的狂妄行为……

不用阿甫杰夫解释,我也能觉察到这是怎么一回事……这个身子直挺挺的陀尔果诺果夫,现在使我感到不快了。有一次我在木板桥上碰到他,让路给他,然而鞠躬迟了些,而且态度漫不经心。他转过头来,但是看见我总算鞠了个躬,他就立刻跨着坚决整齐的步伐向前走去了。他不是一个斤斤计较的人,并不注意细节。

不久,城里来了一个基辅督学安东诺维奇。这是一个谦恭的老人,穿着退职军人的制服,性情十分纯朴可亲。他来到这城里是静悄悄的,并不铺张;上课钟响出,他和教师们一起步行到学校里来。他到教室里来听课的时候,也在上课开始的时候就到,一直坐到下课,大家几乎忘记了他的在场。据说他曾经为了柯斯托玛罗夫和谢甫琴科的事件〔1〕，被降职为士兵，后来在亚历山大二世的时候又升任了。他对于阿甫杰夫的教课很满意。他在我们城里住了好几天，这期间传来一个消息，说他已经被调任为高加索学区的督学。

有一次放学以后，我带着一束书在中学街上走，阿甫杰夫赶上了我。

"你为什么这样走路？……"他愉快地笑着说，"蹒蹒跚跚的……应该稍微振作些。还有一件更不好的事，为什么你不用功学数学？"

"老师，我能力不够……"

"胡说。没有人要求你有数学天才，中学范围内的数学是谁都学得会的。不学数学不能成为一个有教养的人……"

这时候，对面校长公馆里走出安东诺维奇来。他向送他出来的校长鞠一个躬，就穿过街路，走在我们的前面。

"好，"阿甫杰夫低声说，"我的事立刻就可以决定了。"他亲切地向我点点头，快步赶上了那位督学，扬一扬帽子，用他的开朗而愉快的声音说："督学大人，我要恳求您一件事。我是教师阿甫杰夫，教语文的。"

"我知道，"这位老将军用没有一定表情的声音说，"什么事？"

"听说您要调任到高加索了。如果这是真的……请您带了我去。"

"为什么呢？"

阿甫杰夫微笑一下，说：

"您既然记得我，那么我想您也会知道为什么我在这里……不

---

〔1〕　为了柯斯托玛罗夫和谢甫琴科的事件——安东诺维奇·普拉东·亚历山大罗维奇（1812—1883）当时是莫斯科大学的学生，他受到处分，是为了松古罗夫的事件，不是为了基利洛-梅福杰夫集团（是一个秘密集团，一八四六至一八四七年间存在于乌克兰。这集团的目的是消灭农奴制，创立斯拉夫各民族的民主联盟——译者注）的事件，历史家柯斯托玛罗夫和诗人谢甫琴科就是参加这集团的。

合适。"

这位基利洛-梅福杰夫派的老人站定了一会，看一看那么自由地对他说话的青年教师的脸。后来他又向前走去，我听见他从容不迫地低声说：

"唔，那有什么。总可以。"

我不好意思偷听，就落在后面了。安东诺维奇走到街道的尽头，就跟阿甫杰夫道别，转向右面去了；我又赶上了阿甫杰夫，他正在吹口哨，吹一个愉快的曲子。

"瞧，事件办妥了，"他说，"我知道跟他可以说近人情的话。听说梯弗利斯的中学生上学的时候带着短剑，这就不可以跟他们计较小事情了。喂，别忘记我！"

"难道就……那么快？"我问。

"是的，大概再过三星期……"

过了三星期，他走了……起初我觉得学校里好像突然暗起来……我不忘记我们在街上的谈话，因此我尽力地增进我的数学知识，而且……努力改善我的步态……

28　巴尔玛舍夫斯基

接替阿甫杰夫的是谢尔盖·蒂莫菲耶维奇·巴尔玛舍夫斯基[1]。这是一个瘦长的青年人，胸部略微凹进，背脊驼驼的。他的脸相很愉快，薄薄的嘴唇上常常显出温和的微笑，但是一双眼睛是近视的，破坏了他

---

〔1〕　他的真名字是格利果利·伊凡诺维奇·蒂莫舍夫斯基。

的相貌，眼睑红肿。据说他工作得实在太多了，因此他的背脊弯曲，胸部凹进，眼睑上生了针眼，竟从此不断根了……

在最初的几堂课里，有一次他要我读：《先知奥列格之歌》。

> 在奥列格的悲惨的丧仪筵席上，
> 豪饮的人们喧哗沸腾，传杯飞觞。
> 伊戈尔公和奥尔格坐在小丘上（на хóлме сидят），
> 扈从的卫兵在河岸上宴饮未央……

当我读完了倒数第二句，这位新教师打断了我，说：

"на холмé сидят……应该念作 на холмé！"

我怀疑地看看他。

"韵律不对了。"我说。

"应该念作 на холмé。"他固执地重复说。

一张温和的脸从讲台上望着我，脸上的表情有点呆板，眼睑肿起。"终生劳碌，永无成就！"——彼得大帝对特烈佳科夫斯基[1]的这句评语迅速地闪现在我的脑际，仿佛有人提醒我似的。

他没有才华，在阿甫杰夫的课上时常迸发出来的那种意想不到的、鲜明的、新颖的思想，现在影迹全无了。巴尔玛舍夫斯基诚恳地讲解：某个作品分作几部分；在第一部分里或序言里讲的是什么……又说这作者采用了一个很恰当的比喻……"语文"又变成了一门孤立的功课，它不久以前向多方面放射的光辉，现在都消失了……我们在罗夫诺实科中学

---

〔1〕　瓦西里·基利洛维奇·特烈佳科夫斯基(1703—1769)是作家、语文理论家、诗人。

里,又失却了思想感情的中心点……在中音区声部上面,又刺耳地响出了红黄鹦鹉的叫喊声。

然而不久发生了一件事,提高了这位新语文教师在我们眼里的地位……

加甫利落·日丹诺夫在阿甫杰夫离开之后,终于考进了中学;他常常到我这里来,我们往往在漫长的冬夜躺在暗房间里的床上,静静地谈话。有时他轻轻地唱以前和阿甫杰夫一起唱的那些歌曲。在黑暗中只响着一个男低音,然而在我的想象里有一个天鹅绒一般的男中音回翔在这男低音上面,自由地飞跃到高音上……朦胧的夜色里充满了幻影……

有一次,我们学校里开除了两三个穷学生,为了他们不缴学费。那一天我和加甫利洛无忧无虑地走到学校里去,路上碰见了被开除的学生中的一个,他是被打发回家去的。我们问他为什么在上课期间离开学校,他忧郁地扭转头去。他的眼睛里有眼泪……

就在这一天放学之后,加甫利洛来到我家里,我们共同讨论之后,订出一个计划来:我们决定要求大家在每天午间休息买馅饼吃的时候捐出些钱来。我们大约估计一下,认为只要费相当的会计手续,很快就可以募集所需要的数目。我拟订了一篇类乎缘起的短短的文章,我和加甫利洛把它抄写了若干份,分发给每个教室。这篇缘起发生了效力,就在第二天,加甫利洛在午间休息时候十分认真地守在学校的台阶上,跟犹太女人苏拉和别的贩卖馅饼、香肠、苹果的人在一起,每逢有人来买东西的时候,他就提出要求:

"买两个馅饼……捐一个戈比……你买什么? 买三戈比香肠? 也捐一个戈比。"

　　事情就这样进行。有几个人预先付了好几天的捐钱，我们已经打算做记录和账目了，这时候舍监季佳特凯维奇注意到了我们这种经济活动……

　　"这是怎么一回事？你们做什么？"

　　我们觉得这是正当的，就坦白地说出了我们的计划和它的目的。季佳特凯维奇觉得有点为难，立刻一瘸一拐地走到校长那里去了。

　　那时候陀尔果诺果夫已经离开了。他在阿甫杰夫离职之后就被调迁到别处去，现在当校长的是鲁舍维奇。过了几分钟，季佳特凯维奇得意扬扬、幸灾乐祸地走回来。他奉了校长的命令，说我们干的是极度非法的事，他就排开了一群喧哗的学生，欢喜地把我们带到教室里去。

　　鲁舍维奇把身子靠在椅背上了，向我们两个人打量了一番，马上用即将爆发的威胁来控制了我们，然后用低低的嘶哑的声音说：

　　"你们想出了什么花样？发传单吗？……收募秘密的非法捐款吗？……"

　　"校长先生……我们……"吃惊的加甫利洛刚开始，校长就用严厉的眼光看他一眼，说：

　　"不许说话……我说秘密捐款，是因为你们完全没有把这件事告诉我校长……我说非法，是因为……"他在椅子里挺一挺腰，神气活现地继续说："……是因为捐税只有国家会议才能制定……你们要知道，假如我依法办理这件事，那么你们要开除学籍，而且……要受到审判……"

　　加甫利洛的一双美丽的眼睛呆住了，显出一种极度的、几乎不可思议的惊骇的表情。我听了关于我们这行为的这样出乎意料之外的解释，也很吃惊，虽然我觉得这里谈不到国家会议的立法权。

　　这时候我的目光偶然碰到了巴尔玛舍夫斯基身上。他在我们谈话开始的时候就来到这里,现在他站在桌子旁边,正在翻一本记分册。他的薄薄的嘴唇上微微地露出笑容。他的眼睛上像往常一样盖着沉重而肿起的眼睑,然而我在他的脸部表情中清楚地看出一种同情的支援和鼓励。鲁舍维奇放低了声音说:

　　"好了,到教室里去吧。"

　　就在这一天,我走出学校去的时候,巴尔玛舍夫斯基叫住了我,笑着对我说:

　　"怎么样?挨骂了吗?唔,不要紧!决不会出事的。可是你们这些人的确办得不大妥当。今天你和加甫利洛到我家里来吧……"

　　就在这天晚上,我和加甫利洛来到这位教师的单身宿舍里。他殷勤地招待了我们,率直地说出了他的计划:他要我们搜集同学中赤贫的事实和情况,把它们写成致校务会议的报告书。他会把这报告书提交校务会议,教师们会制订出"罗夫诺县学生救济会"的章程。

　　我们从他那里出来的时候都很感动,怀着感谢的心情。

　　"他不像阿甫杰夫,可是也是一个好人。"我的朋友在路上对我说,"而且你知道吗,他唱歌也唱得不坏。我在狄斯先生家里的命名日上听见过的。"

　　我们造了一个报告。我初次写公文式的文章,觉得很费力,巴尔玛舍夫斯基给我修改了一下。青年教师们都支持这个报告,章程的草案就被送到教育部去,这里先募集临时捐款,替被开除的学生缴了学费。由于向来的拖拉作风,这章程过了三年才被批准,那时候我和加甫利洛以及巴尔玛舍夫斯基都已经不在罗夫诺了。可是当我在中学毕业的时候,这个伛偻的、由于用功过度而眼睑浮肿的平庸的青年教师,还是留给我一个温暖的好印象……

又过了十年。中学校的"制度"完全决定了。在一八八八年或一八八九年,颁布了一个"关于仆人子女"的令人难忘的通令[1],认为无须让这些人在中学里学习。教育部要求各校校长作一个特殊的"统计",要在其中正确地登记学生家长的财产、他们所住的房间和所用的仆人的数量。这个老得发昏的杰良诺夫[2]过于老实地巴结上司,画蛇添足地颁布这个通令;即使在这闭塞而驯顺的时代,这通令也引起公愤:甚至当校长的也不个个执行造统计的要求,民众看见"国民教育"部的穿蓝制服的人,竟向他们攻击,甚至在街上发泄公愤……

这时候我正在我们南方的一个城市里,我在那里听到了一个熟悉的姓氏——巴尔玛舍夫斯基在这城里当中学校长,我立刻回想起了我和加甫利洛对国家会议的权利的侵犯行为,回想起了巴尔玛舍夫斯基的同情的参与,我就想去看看他。我把这件事告诉了我的几个朋友,但是他们表示怀疑,说:"不,不会是他! 大概是另外一个人!"

原来这的确是我认识的那个巴尔玛舍夫斯基,但是……他诚心诚意地奉行了那个引起公愤的通令。他把学生叫来,查问他们,记录了"房间和仆人的数量"。学生回去的时候都很恐慌,淌着眼泪,怀着一种不祥的预感;接着,这个奉命的校长就召集贫苦的家长,以这个通令为正确理由来开导他们,说培养孩子读中学在他们是困难的,是不适宜的。城里流

---

〔1〕　是指教育部长杰良诺夫的通令,他指令中等学校不收劳动阶级的子女。这通令颁布于一八八七年。

〔2〕　杰良诺夫(1818—1897)从一八八二年起当教育部长。一八九八年,柯罗连科在日记里写着关于他逝世的消息:"去年年底,杰良诺夫逝世了;多年以来,他一直像一块腐朽的木头一般横在俄罗斯国民教育的路上。只有在我们这里,才可能让这个老得发昏而返老还童的人当了数十年的教育部长……"

传着他的一番头头是道的话:

"你们为什么跟我纠缠不清?我是一个官吏。如果上头要我把每逢第十个人绞死……那么你们到学校里来,就会看见一个个并排挂着,像菜园子里的寒鸦一样……你们应该向最高当局去请求……"

我又回想起了屠格涅夫所描写的马尔大利。

像巴尔玛舍夫斯基这种人,当然也不是坏人。他们开始立身处世的时候怀着善良的心意,如果这种心意是当局所要求的,所鼓励的,或者即使是可以容忍的,那么他们就会努力地发展这种心意。然而学校的残酷而黑暗的制度要求另一种心意,在数十年间实行了有系统的选拔淘汰……

巴结的巴尔玛舍夫斯基走了红运,而阿甫杰夫以一个默默无闻的外省语文教师客死在边区了[1]。

29　我的哥哥成了作家

哥哥比我大两岁。他似乎承继了父亲的性格的某些特点。他像父亲一样性情急躁,然而很快就平静下来,他又像父亲一样常常改变兴趣。有一度,他开始做糊纸手工,起初糊一所房子,后来糊几艘兵舰,他在这种无益的建筑工程中获得了很大的成就:小型的兵舰装备得完全合乎技术标准,有桅杆,有帆桁,甚至还有小小的炮从舱口里伸出来。后来他突

---

〔1〕　韦涅明·瓦西列维奇·阿甫杰夫于一八九五年死在梯弗利斯,他曾经在那地方的实科中学里当语文教师。根据认识他的人所目见的,他"……晚年还保留着曾经成为他青年时代的特征的那种鲜明的独特个性……"(摘自亚当·菲阿尔科夫斯基于一九一六年四月二十七日给柯罗连科的信)。

然丢开了这些玩意儿，开始做另一种新工作了。

他特别喜欢看书。我们常常可以看见他躺在长沙发上或床上，姿势很不雅观：趴着身子，支着肘，眼睛盯住在一本书上。旁边的椅子上放着一杯水和一块撒满盐的面包。他一连好几天这样过去，茶饭都忘记，温习功课更不必说了。

起初他看的书很杂乱：《流浪的犹太人》《三骑士》《二十五年之后》《马各女王》《基度山恩仇记》《马德里宫的秘密》〔1〕《罗康波尔传奇》〔2〕等等。他的书是向犹太人的小书店里借来的，有时派我去调换。我在一路上翻着书，贪婪地一页一页读下去。但是哥哥从来不让我读完，他认为我"看小说年纪还太小"。因此，在我的记忆中直到现在还保留着这些文学作品中的许多鲜明而不联贯的片段〔3〕……

有一次——那时候哥哥在罗夫诺中学念五年级——老幻想家林比提出，如果有人愿意的话，可把下面这首法文诗翻成俄文诗：

De ta tige détachée,

Pauvre feuille desséchée,

Où vas-tu? Je ne sais rien...〔4〕

除了两个人之外，全班学生都拒绝了。这两个人之中有一个叫做巴

---

〔1〕《马德里宫的秘密·西班牙女王伊萨伯拉》是乔尔格·弗·鲍恩的作品。

〔2〕《罗康波尔传奇》是彭松·杜·特莱尔(1829—1871)的长篇小说。

〔3〕关于这些片段的阅读的详细情况，柯罗连科记述在《我初读狄更斯的作品》一文中(见本卷附录)。

〔4〕从枝头上掉下来的可怜的枯叶，你飘到哪里去？我不知道……——原注

奇科夫斯基，另一个是我的哥哥。他像不久以前糊兵舰一样热中于诗歌，他终于做成了一首很像样的诗，感伤地咏叹那张随波逐流、不知去向的小叶子。同学们和教师们都谈论这首诗。哥哥就以"诗人"出名，从这时候起，他就一连好几天地研究押韵。他左手在椅子上拍音节，右手援笔疾书，涂掉了又写过，我们看了觉得好笑。我们的笑声传到了他耳朵里的时候，他就暂时停止灵感的创作，用拳头威吓我们，然后又埋头工作。

因为巴奇科夫斯基也翻译了这首法文诗，所以起初班上的同学说："我们有两个诗人。"巴奇科夫斯基是一个管学生宿舍的穷寡妇的儿子，他是一个年纪很大的青年，脸上长着疤痕，骨骼宽阔，行动笨拙。他翻译得不好，然而还是受到一些鼓励。从此以后，巴奇科夫斯基的步态仿佛变了样，头也变了样子，陷在两个耸起的肩膀之间，略微仰向后面，说话也慢吞吞地讷讷不出口了。哥哥的成功使他不安心，他决心要凌驾这个敌手，因此和一个"独创诗篇"同时发表了一首讽刺诗。这首讽刺诗采用"致诗人同志"的形式，表面上狡狯地承认对方的优越，而里面隐藏着恶意。那个诗篇则描写一个青年希腊少女的痛苦，她由于对一个意大利青年的失恋，准备从峭壁上跳到海里。这位诗人徒然地恳求她慎重考虑，劝她不要毁灭青春的生命。这希腊女子终于实现了她这个毁灭的意图，投身到深渊里去了。然而那个狠心的意大利人也逃不了自己的命运："海波漂将艳尸去，转辗冲上峭岸来。"正好冲到了这个青年意大利人所住的地方。这首诗的结尾是断然的两句：

情人对此情难禁，
唯有自己戕性命。

哥哥写了一首寓言诗《民间诗人巴奇昆》[1]，给大家传观。这诗题就变成了巴奇科夫斯基的绰号。

这一次小小的论战在中学的环境里激起了文学趣味，而且可能由此发生一个正式的流派，像有一度在皇村学校里或者果戈理时代的涅仁中学里一样。然而语文教师安德列夫斯基埋头在《伊戈尔远征记》里，而且此后不久政府就发出通令，禁止一切课外集会和学术演讲。教育部长托尔斯泰力求中学里的才智活动不要汹涌澎湃，而必须在国定纲领的河床里柔顺无力地流注。

巴奇科夫斯基有了不被承认的天才者的作风：他带着"知音难遇"的神气，继续写出冗长芜杂的创作。有一次安德列夫斯基在课上问他语文理论方面的问题，他半讥讽半威严地站起来说：

"胸中有卡斯塔里亚泉水[2]的人，用不到死板板的理论。"

安德列夫斯基用他惯有的吃惊而拖长的声音回答："啊——啊——啊！"就给这个诗人打个一分。

到了学年终了，巴奇科夫斯基离开了中学，进了电报局。哥哥继续从黑暗而曲折的小路上独自爬上巴那萨斯山[3]去，没有领路人：他一连几小时地用手指击节，翻译，创作，找韵脚，甚至发明了一册韵律词典……他在学校里的功课越来越坏了。他常常旷课，使得母亲很忧愁。

---

〔1〕 "巴奇昆"（пачкун）是"拙劣的文艺作者"的意思，声音和巴奇科夫斯基相像。——译者注

〔2〕 卡斯塔里亚泉水是古希腊的一个神话泉水。据传说，这泉水位在文艺之神阿波罗的殿堂附近。古代希腊人认为凡是在这泉水里洗澡的人，都可以获得诗的灵感。——译者注

〔3〕 巴那萨斯山是希腊的一个山，"爬上巴那萨斯山"意思就是说"成为诗人"。——译者注

　　有一次,他读了当时短期间出现的一个杂志的广告,就寄了一篇诗去投稿。这篇诗被采用了,而且似乎已经刊印出来,但是杂志停办了,没有送稿费给诗人,甚至连刊登这诗篇的那一期也不送他。哥哥还是受到了这一次可疑的"成功"的鼓励,他选出他的几个作品来,叫我仔细地誊清,把它们寄给……《祖国纪事》[1]的涅克拉索夫本人。

　　过了两三星期之后,这个偏僻的小城市里寄到了涅克拉索夫"本人"的回信。这回信的确不是特别可喜的:涅克拉索夫认为哥哥的诗流畅、得体而有文艺性;将来也许可以刊印他的作品,不过……这些诗毕竟只具有诗的形式,而不是真正的诗。他认为作者应该学习,多看书,以后也许可以在文学的其他部门试图应用他的文学才能。

　　哥哥起初很伤心,但是后来他停止了击节,开始认真地读书,读的是谢琴诺夫[2]、莫列萧特[3]、施洛塞尔[4]、路易斯[5]、杜勃罗留波夫、鲍克尔[6]和达尔文[7]的作品。他读的时候又很热中,做了许多札记,有

────────────────

　　[1]《祖国纪事》是一个文学政治杂志。一八三九年到一八六八年由克拉耶夫斯基发行。从一八三九年到一八四六年,别林斯基曾经在这杂志社里工作。一八六八年,这杂志移交给涅克拉索夫,他和萨尔蒂科夫-谢德林、叶里谢耶夫一起担任编辑。这是文学和社会思想方面的影响力最大的一个进步机构。一八八四年,为了有"危害倾向"而被沙皇政府禁止发行。

　　[2] 伊凡·米海洛维奇·谢琴诺夫(1829—1905)是伟大的俄罗斯生理学家。

　　[3] 雅科夫·莫列萧特(1822—1893)是生理学家,是自然科学中庸俗的机械论唯物主义的代表者。

　　[4] 弗利德利希·施洛塞尔(1776—1861)是德国的历史家,《世界史》《十八世纪史》等的作者。

　　[5] 乔治·路易斯(1817—1878)是英国作家,康德实验哲学的宣传者。

　　[6] 亨利-汤姆斯·鲍克尔(1821—1862)是英国实证论历史家,《英国文明史》的作者。

　　[7] 查理·达尔文(1809—1882)是有名的自然科学者,他的关于种之起源的学说在自然科学中引起了变革。

时像父亲从前一样，突然对我谈到一种使他吃惊的论见、有特色的警句、中肯的两行诗，这些都还是所谓热腾腾的，是刚刚从新书里摘出来的。他这次阅读的材料是从军营图书馆里借来的，这图书馆里置备着所有的进步文学作品。

"哈！记住这句话：这个小伙子将来会变成学者或者作家呢。"姨夫上尉郑重其事地预言。

城里的人也把未来"作家"的声望"预支"给哥哥。涅克拉索夫的信不知怎的被大家知道了，这就使得哥哥特别受人注意……

他不得不离开学校。别人都以为他将来要经过检定考试[1]，但是他不预备功课，却埋头读书，做札记，考虑一些作品的计划。有时为了没有更好的听者，哥哥就把他所编写的文章里的片段念给我听，我大大地赏识他的叙述的正确和优美。然而这时候，他又热中于一种新的事业了。

这一次热中的原因，是由于当时有名的出版者特鲁勃尼科夫[2]先生的关系。那时候他刚刚发行《证券时报》[3]，准备使这报纸成为地方报；他所作的广告鲜明动人而富有趣味，给地方读者强烈的印象。"你知道，我订阅了特鲁勃尼科夫的报纸……"或者"这件事应该写信去告诉特鲁勃尼科夫……"——居民们这样地互相谈论。于是《证券时报》开始风

---

〔1〕　"检定考试"是指不在学校读书而参加学校的结业考试。——译者注
〔2〕　特鲁勃尼科夫（1829—1907）是一个杂志编者，许多报纸的发行者和编辑。
〔3〕　《证券时报》是特鲁勃尼科夫所创办的报纸，从一八六一年到一八七九年发行于彼得堡。后来，《证券时报》这个名称被普罗彼尔的黄色报纸所采用，这黄色报纸从一八八〇年末到一九一七年发行于彼得堡。

行在城里,排挤了原有的《祖国之子》,战胜了《声报》〔1〕。

有一次,哥哥收到一封盖编辑部图章的信。他拆开信来一看,脸上现出了惊喜之色。原来这是特鲁勃尼科夫本人写给他的信。这封信固然是印刷的,然而开头写着哥哥的名字和父称……这个灵敏的出版者从哪里得知哥哥这个人和他的文学嗜好,很难说了。信里面谈到出版事业在"我们这时代"的重要任务,他约请哥哥写一些有关地方生活问题的通讯、短评和论文寄给他,协助他们启发内地的社会思想。

哥哥有一度竟抛弃了读书。他向人要了几份特鲁勃尼科夫的报纸,把它们从头至尾地阅读,然后置办些信笺,考虑题材,编写,修改,计算字数和行数,以便把所写的材料挤进报纸的通讯栏里去。经过了好几天顽强的工作之后,我就来抄写哥哥的新作品。开头是这样:

罗夫诺城(本报通讯记者)

下面接着就大胆地描写这小城市里的种种死气沉沉的光景,种种讥议、谗言和低级趣味。他用简劲的笔调来描写地方上的人物类型,有的地方夹着美丽的文学词句和引用文,显示出作者的博学。我只觉得这些话仿佛是描写一般城市,而不是描写我们这城市的,那些人物类型与其说是从我们的现实生活里取来的,还不如说是从书本里取来的。我这个意见一点也不使作者感到为难。他认为应该这样。要知道这是"文学"……文学总是和现实生活有些不同的。

---

〔1〕《声报》是一个中庸自由主义的日报,是克拉耶夫斯基编辑的,从一八六三年到一八八四年发行于彼得堡。

这篇通讯稿寄出了。过了十天光景,那个送信的老头儿在狗吠声中(他用一把短短的马刀来抵抗这些狗)给哥哥送来一份报纸和第二封盖编辑部图章的信。哥哥立刻抓住了报纸,笑容满面。在第三版上,用粗体字和斜体字刊着那行熟悉的字:

罗夫诺城(本报通讯记者)

我觉得这仿佛是一个奇迹。还在没有几天以前,我用粗劣的笔迹把这些字写在粗劣的信笺上,忽然它们从神秘莫测的"编辑部"里回来,已经刊印在报纸上,立刻送到好些人的家里,现在他们正在一读再读,批评讨论,争夺传观了。我反复阅读这篇通讯稿,我觉得在这张巨幅的灰白色的纸上,这篇稿子几乎个个字发出光彩。我的批评在这印刷物前面肃然地沉默了。这是"文学",也就是说,比较起我们这个暗淡的城市、长满萍藻的池塘和毫无生气的茅屋来,要有趣味得多⋯⋯有哥哥手写的大作一栏的报纸投送到这里来,仿佛一块石头投进了停滞的水里⋯⋯在这个瞌睡蒙眬的城市上面,仿佛突然降临了一个神秘而威严的幻影:特鲁勃尼科夫先生本人正在从美丽的远方用明慧而讥讽的目光窥探这个城市⋯⋯城里开始轰动起来,仿佛一个蚁塚突然被揭开了。

城里的确轰动了。大家互相传观这报纸,猜想这个神秘的通讯记者,在一般的描写中辨认真实的人物,捉摸其中所暗示的意义。因为通讯记者曾经在文章末了预告,说要在这背景上展示"居民日常腐化生活的种种插话",所以我们城里又多了几个向特鲁勃尼科夫订阅报纸的人。

这种事大大地减弱了涅克拉索夫那封信的良好作用。哥哥觉得自己有点像阿特拉斯〔1〕,肩膀上负担着罗夫诺的天。当城里的人努力猜测作者的时候,这个作者却坐在桌子旁边的椅子上摇摇摆摆,几乎翻倒,他望着天花板,正在考虑新的题材。他全心沉浸在这工作中了。通讯一篇一篇地寄去,虽然没有全部登出来,然而也刊登了几篇;有一次邮差送来一张十八卢布七十戈比的汇款通知单。那时候法院里的官员每月薪俸只有三五个卢布,因此这笔稿费在当时看来简直是发了一笔大财。这个萧条的小城市所能供给的题材的确不多,然而哥哥在这方面善于发明。在城里引起最大的波动的,是他关于当地俱乐部里的晚会的一个通讯,这晚会上也有中学生参加。通讯记者用稍稍夸大的笔调来描写他们的成功:"密纳发〔2〕的门徒(中学生们)坚决地排挤了马尔斯〔3〕的子孙(卫戍军官和步兵军官们),妩媚的爱神在这以前一直是爱好髭须和肩章的,现在却带着脉脉含情的微笑向穿蓝制服的没有胡须的青年伸出手来了。"军官们很气愤,说这是"侮辱军人声誉"。上校就去和校长交涉……城里长久不得安静……这件事的实际结果,是禁止中学生参加舞蹈晚会……

哥哥竟不预备考试。他留了口髭和胡须,开始戴起夹鼻眼镜来,他忽然显示出了纨袴儿的本能。他不再像从前那样落拓不拘地一连好几天埋头读书,却变成了阔绰的交际家之类的人,穿着有皱襞的胸衣和上漆的靴子。他说:"我必须参加社交,这是我工作上的需要。"他常常到俱乐部去,变成了一个出色的舞手,获得了"社交的"成功……大家早已知道他是"特鲁勃尼科夫的共事者",是"文学家"。

有一次,他涉及了较"严肃"的题材。城里有一家居民遭了盗窃,哥

---

〔1〕　阿特拉斯是希腊神话中顶天的巨人。——译者注
〔2〕　密纳发是罗马女神,是手艺、艺术、教师和医生的保护者。——译者注
〔3〕　马尔斯是古罗马的战神。——译者注

哥很生动地描写黑暗的秋夜里的这个无保障的城市,没有路灯,卫兵都
安乐地各自在角落里打瞌睡……那时候警察局长戈茨已经极度衰老,所
以副警察局长掌握着这城里最高的实际警察政权,他邀请哥哥去作"秘
密会谈"。这个警察政权的最高代表者殷勤地敬一支烟,就开始外交谈
判。他说他和父亲很熟悉,深深地敬仰他。又说他很尊重文学。他认为
关于晚会的描写十分机敏而可爱。但是最近,特鲁勃尼科夫的报纸已经
在某一方面涉及"政府设施"。

　　哥哥表示惊异:他似乎一点也没有提到政府。副警察局长说不是直
接提到。可是他曾经谈到守夜的卫兵,谈到"政权"的不起作用。盗案越
来越多……"那么请问,这是谁的责任呢?"当然是警察局! 警察局是政府
机关。如果以后通讯稿再涉及政府设施,那么他身为副警察局长,虽然十分
尊重父亲,又尊重文学,却不得不秘密审讯通讯记者的危害行为,甚至……
他说出来也不好意思……他要呈请省长,把这位文学家驱逐出境……

　　然后他客客气气地和他道别,并且向他断言,说他很尊重出版物,赏
识他实际上只装不知道的那个通讯记者的锋利笔调,他一点也不反对暴
露不良风俗,但求不破坏政权。

　　哥哥回到家里,觉得有些担心,同时又为了受人恭维而欢喜。他有
一种力量,使政府也不得不顾忌他。晚上,在月光之下,哥哥在我们的小
花园里踱来踱去,把他和副警察局长谈话的详细情形讲给我听,末了
他说:

　　"喏,这就是声望的不快的一面……告诉我,你有没有想到你的哥哥
立刻会变成舆论的领导者?"

　　"嗯——……"我怀疑地拖长了声音说,"这未免太过分了。"

　　他在照着斑斑驳驳的月光的林荫道上站定了,略带懊恼的神气对我

说(我的怀疑在他心中引起了不快):

"你还是个傻瓜。我根据全部逻辑规则来证明:这是正确的。前提是这样:出版物领导舆论！你回答我,对不对?"

"嗯,就算是对的!"

"那么我现在是不是作家?……"

"是——的。"我不大决断地拖长了声音说。

"无疑的,因为一个人发表了他的文章,他就是作家了。由此得出结论:我也是舆论的领导者。我劝你读一读密尔[1]的《论理学》,那时候你就不会作这种愚蠢的反驳了。"

我不再反驳,他就平息下来,继续在林荫道上徘徊,发展着自己的计划。

如果读者能够顾念到哥哥那时还只十七八岁,顾念到他刚刚摆脱学校的枯燥的严厉管制,顾念到他实际上具有所谓文学声誉的一切特征,那么他们对于他的小小的夸张一定会原谅。

文学声誉究竟是什么呢?左拉[2]在自己的回忆中谈论到这问题的时候,描写出一个幽默的情景:有一次,那时他已经是"全世界闻名的作家",他的一个崇拜者请求他赏光在女儿的婚礼上当女方的证婚人。这事发生在巴黎附近的一个小小的乡镇自治区里。区长是当地的一个商人,他登记证婚人姓名的时候,听到了左拉这个姓氏,从册子上抬起头来,大感兴趣地问:

"左拉先生?是不是某某街上的帽子店老板?"

---

〔1〕　约翰-斯丢阿特·密尔(1806—1873)是英国资产阶级唯心论哲学家、经济学家。他的《论理学》的最初的俄文版刊行于一八六五年,由拉甫罗夫编辑并注解。

〔2〕　爱米尔·左拉(1840—1902)是法国小说家,自然主义派最杰出的代表者之一。

"不，是一个作家。"

"噢！"区长淡然地应了一声，就登记了姓氏。

在这位作家之后的是一个密舍尔先生。区长又抬起头来问：

"密舍尔先生……是某某街上的内衣店老板吗？"

"是的。"

区长就手忙脚乱地招待起来。

"拿椅子给密舍尔先生……请坐请坐。非常荣幸……"

我凭记忆叙述的这个小小的逸话，十分正确地描出了最大的"世界声誉"的界限。"声誉"的意思，就是说一个人的姓名通过一定的路径传播在世界上。读他的作品的人都知道他的姓名——最多不过这样。然而在这世界上读书的人根本很少。读书人对其他的人的比例，近似于河流面积对全部大陆的比例。上尉在一条河的这一部分游泳，在这一部分里就很有名，但是他只要离开河岸若干里路……那里就是另一个世界：宽广的盆地、树林、散布在各处的村庄……在这世界上自有它的风云雷雨，过着自己的生活；我们的上尉或者这个"全世界闻名的"作家的姓名，从来没有掺进这生活的日常喧嚣声中去。

然而，哥哥在自己的环境里，在自己的路线上，的确是有名了。

"政府"顾忌他，"知识阶级"、官吏、犹太商人——凡是尊重才智的人，都知道他。

在晴天的傍晚，"满城士女"都到街上来散步，全城的生活在这期间形成了斑斓的波浪，泛滥在城市一端的牢狱和另一端的驿站之间。居民们一路踏着尘土，规规矩矩地踱步，碰到了熟人就互相问好，交换着难得发生的新闻。有时在许多熟识的面孔之间出现一个外来的豪绅、普略捷尔伯爵、维希涅威茨基公爵或者来作秘密"调查"的"京官"。于是所有的目光都集中在他们身上，麇集在他们周围的人越来越多了。有时出现了中学校长、法官、副警察局长、库吏……这许多人自成一个贵族阶级。但是也有以私生活出名的人，例如官吏米哈伊洛夫斯基便是。他是不久以前从首都来的。他经常穿着彩色的短上衣，戴着领带，还穿着一条特别狭小的裤子。人家说他每天早晨从桌子上跳进这条裤子里去，好像卡莱尔[1]的故事里的阿塔尔伯爵一样，每天晚上，一个强壮的仆人把他从裤子里一直抖落在床上。这些都是可笑的，然而……他的名字和父称的头字母跟当时一个有名的翻译诗人[2]相同，因此，在游人所扬起的金黄色烟尘中出现这个花花绿绿的、手舞足蹈的人物的时候，大家就在他后面使着眼色，彼此悄悄地说：

"米哈伊洛夫斯基先生……诗人。你知道吗？……在《事业》月刊[3]上……"

"当然，当然……我读过的……"

等到这误会弄清楚之后，这个外来人的威名就一落千丈，只剩下一条花花绿绿的裤子和一些笑话。

有一次，在散步的时候出现一个衣服华丽的青年人，身材瘦瘦的，态度活泼而愉快。他左一把右一把地跟人握手，互相说笑。人们在他背后说：

---

[1]　汤姆斯·卡莱尔（1795—1881）是英国作家、历史家。关于阿塔尔伯爵的故事是从他的《法国革命史》里引证出来的。

[2]　是指德米特利·拉甫连捷维奇·米哈洛夫斯基（1828—1905）。他曾经翻译拜伦（《玛捷巴》等）、莎士比亚（《裘力斯·该撒》）、朗弗罗（《哈依瓦撒之歌》）等人的诗。

[3]　《事业》月刊是一个民主主义倾向的科学文学月刊，自一八六六年至一八八八年发行在彼得堡。

"阿列巴,阿列巴。《星火》杂志[1]的撰稿人。曾经打倒省长别塞……"

阿列巴是在我们的中学里毕业的,毕业之后到日托米尔服务,似乎是当律师的文牍员。有一次,《星火》杂志里登出一篇随笔,题目叫做:《皮箱伊凡诺维奇和茶炊尼基福罗维奇的谈话》。人们都知道皮箱伊凡诺维奇是指省长,茶炊尼基福罗维奇是指商人茹拉夫廖夫。所谈的是关于出租驿马站时的贿赂。大家议论纷纷。省长的地位动摇了。有一次,省长在俱乐部的台球房里看见了阿列巴,他大概想要他表示忏悔的否认,立刻走近他去,对他说:

"你这个青年人……我听说……你散布了龌龊的谣言。"

阿列巴挺一挺身子,假装吃惊的样子,哆嗦着,格格不吐地说:

"请问,大人……您说的是什么?"

省长精神振作起来。他们谈话的时候,俱乐部里的客人和官员们都在场,其中竟有穿蓝制服的宪兵……

"喏,就是……"省长带着威严而轻视的神气继续说,"跟茹拉夫廖夫……说什么要五千……"

"大人,这是造谣毁谤。"阿列巴说,他表演出非常可怜的卑躬屈节的样子……"大人,仇人……想在您面前毁灭我……"

他忽然挺起身子来,接着说:

"是一万,大人……我说的是一万……"

省长几乎中了风,不久他就"因家庭情况关系"呈请退职……

---

〔1〕《星火》杂志是一个革命民主主义倾向的讽刺杂志,一八五九年由著名的讽刺作家斯捷潘诺夫和诗人库罗奇金创办于彼得堡。一八七三年"由于对政权的不适当而歪曲的评论"而停办。

居民们这样地叙述这故事。事实是这样:省长在这篇通讯发表之后离职了,而那个告发者依然无恙,现在他暂时回家来看望父亲,在故乡的城市里享受自己的光荣……

他像流星一般闪现出来,转瞬就不见,留下了对通讯记者这称号的崇高的敬意。打倒省长——这不是一件开玩笑的事。我哥哥也是个通讯记者。他虽然一个省长也没有打倒过,然而大家都知道:正是他这枝笔时时震撼着我们这个小小的世界,有时搅扰官吏,有时搅扰守夜的卫兵,有时搅扰军官。人们都注意他。他被邀请参加晚会,社会上有地位的居民们揿住他的手,拉他到一旁去,口口声声称赞他的"天才",请求他在报上驳斥这个人或那个人〔1〕……

自不必说,我的哥哥有一时优游在这种"声誉"的氛围中,没有注意到自己在作空洞无谓的周旋,没有注意到他的使人震惊的通讯稿所引起的纷扰是毫无成果的,没有把任何东西向任何地方推进……

哥哥这些"文学成就"在我心中留下特殊的痕迹。这些成就仿佛是在文学和日常生活之间架了一座活的桥梁:我亲眼看见文字写在纸上,而从京城里回来就变成了印刷品。

----

〔1〕 这作品初次发表的时候(《俄罗斯财富》一九〇八年第十期),在这描写哥哥的地方还有这样的一段:"人们传述着关于他的逸话。他像真正的'学者'一样心不在焉。有一次,县警察局长的女儿结婚,请他去做傧相;他引导新娘走到祭坛前面,同她并排站着,他穿着燕尾服,钮扣孔里插着花,神气威严堂皇。神甫以为他是新郎,已经开始执行最初的仪式了。新郎的样子不很显著,他谦恭地站在后面,看到这情形就慌张起来,扯扯哥哥的后襟。哥哥这时候正在专心一志地考虑什么,只是懊恼地挥一挥手。新郎又扯一次。哥哥又挥一挥手。一连几次之后,神甫才注意到了他们的纠纷。他问:'你们究竟谁是新郎?耶稣,马利亚! 我差点让你跟别人的新娘结了婚……''哈! 凡是有名的人都是心不在焉的。'上尉这样解释。一般地来说,周围的人大都对哥哥感兴趣而赞许他,尤其是在家庭之外。"

　　还在很早以前,有时我读了一本书,拿书本里的情形来和实际生活印象比较一下,我心里就发生一个问题:为什么书本里所描写的情形仿佛是和实际生活"不同"的。哥哥写的也是这样。我对印刷物的最初的崇拜过去之后,又感觉到这是一个缺点,我就开始兴味津津地找求最接近生活现象的那些字句。我努力把使我吃惊的现象用言词表达出来,务使这言词能够抓住现象的内在特性。我们的大街上有一间小小的屋子,它下面的桁木已经腐烂而且陷落。它的墙壁比人头还低……我经过这间屋子的时候,就对自己说:这屋子愁眉苦脸……垂头丧气……睡眼蒙眬……满怀委屈……悲惨凄凉……当那个喝得醉醺醺的官吏克拉苏斯基弯着身子从这屋子里走出来的时候,我又开始找求描写这官吏的言词。

　　这变成了我的习惯。我读过屠格涅夫和其他俄罗斯作家之后,又读狄更斯的作品和谢德林的《一个城市的历史》,——这时候我觉得幽默的笔法必须又抓住环境生活的外表现象,又抓住它的内在特性。官吏们、教师们、鲁舍维奇、季佳特凯维奇这些人,我有时在狄更斯所描写的人物中体会到,有时在谢德林所描写的人物中体会到。

　　可是我自己想出来的总有点"不像样"……奇怪得很:有时我不会有意力求,心中却闪现出几句诗、几个韵脚、几段流畅美丽的文章……然而它们的出现不是出于本意,没有抓住生活中的任何事物……这形式仿佛是脱离内容而单独生出来的;当我企图用这形式来把握一定的事物的时候,它就消失了。

　　只是在梦里,我有时读到自己的诗或小说。它们都是已经刊印了的,其中包含我所要写的一切:我们的城市、关卡、街道、店铺、官吏、教师、商人、傍晚的散步。这一切都是活的,而且在这一切上面还有一种不是从这现实发生的东西,它用一种非日常的光来照明着这些日常的景象。我十分欢喜,一页一页地反复阅读。

然而……当我醒来的时候,这一切都飞走了,像一群鸟被走近来的猎人吓跑了一样。有时我能够记住末尾的几段,然而它们都是不好的:诗没有韵律,散文竟常常缺乏文法思想,用的字句也不是本意,而是另一种意义……

这又是在空虚中彷徨,毫无成果……给它推动力的是阿甫杰夫,一部分是哥哥的通讯稿。阿甫杰夫已经走了。通讯稿已经乏味了。

禁止中学生进俱乐部,似乎是这些通讯稿的唯一的实际结果。然而有一次,城中心桥边的一盏路灯修好了。为了对舆论表示敬意,有几次在黑夜里点起灯来……这毕竟也是一种胜利。凡是在深夜里走过这路灯旁边的人,都想:"啊! 这是特鲁勃尼科夫的通讯记者骂出来的。"

然而这孤零零的灯光不久也熄灭了……

30　加尔诺路格的时代精神

个别生活中的孤立的事实,其本身决不能决定并阐明精神生长。泛溢在周围的、用共通的调子来加入生活的多声部合唱中的那种气氛,不知不觉地侵入了每一个人的心中,浸润了它,接住了它,用自己的潮流来把它带走。向后面回顾一下,只有泛滥开端的地方可以用浮标来标记出……后来就变成了一片汪洋大水,最初的单独的溪流在这里早就消失了。

风气,或者像那时候所谓"时代精神",渗透在生活的每一个角落里,也光顾了加尔诺路格。

有一度,这里聚集了一群青年。其中首先有上尉的儿子,一个年轻的炮兵军官。我们记得他的时候,他还是一个中等军校学生,后来是炮兵学校的士官生。他两年没有回家,回来的时候已经是一个新任的中尉,穿着崭新的制服,戴着辉煌的肩章,精神焕发,得意地炫耀着自己的新职位和远大的前程。

其次是我的哥哥,他不久以前还是一个成绩不好的中学生,现在变成了一个"作家"。上尉不知是开玩笑呢,还是不了解文学界情况,把哥哥称为"编辑者",而且不无骄傲地就用这名称来介绍给他的邻居们。

然而他对一个基辅的大学生勃罗尼斯拉夫·杨科夫斯基[1]怀着更大的敬意。他的父亲不久以前迁居到加尔诺路格来,租赁了邻近的地皮。这是一个旧派人物,一个出色的当家人,在家庭里很有权威。那个大学生同他不很谈得来,比较亲近上尉的家庭。每天,他差不多一清早就戴着眼镜,夹着书和阳伞到我们这里来,一直坐到傍晚。他的态度严肃、专心而沉默,只有在跟人争论的时候才兴奋起来。

这一小群青年立刻在这庄园里占据了中心地位。现在我回想当时的印象,似乎觉得这些青年人不久以前还是很平凡的,现在忽然光明灿烂起来,仿佛是这些年头给他们涂上了一层闪亮的漆。

我的表兄不久以前还是一个穿短小而难看的士官生制服的活泼的孩子。现在他已经是一个炮兵军官,谈论着学术方面的书籍和富有才智的人士,称他们为"人物";他有一个随身的勤务兵,他打算跟他建立一种特殊的、非"官场习惯"的关系。

―――――――

〔1〕 这名字所指的是斯塔尼斯拉夫·格利果列维奇·弗兰科夫斯基,后来是柯罗连科的表妹若节芬娜·屠采维奇的丈夫。

　　杨科夫斯基的确曾经是我们中学里的优等生,然而……我们从来不崇拜优等生和得奖章的学生。现在他是一个"前途辉煌"的大学生了。上尉怀着敬意提到他:"是一个有头脑的人,至少是未来的皮罗果夫。"

　　上尉有三个女儿[1],其中两个年已及笄了。大女儿活泼、漂亮而善于巧笑,钢琴弹得很好,又喜欢跳舞。第二个女儿肤色浅黑,不漂亮,有一双沉郁而悲哀的大眼睛。女子中学在那时候差不多没有,这两个姑娘曾经在家庭教师那里胡乱学了些。现在这些青年就来帮她们进修。大女儿进步不很快;二女儿贪读新书,然而这个可怜的人缺乏修养,理解起来很困难,大学生特别注意她。他们两人常常单独在一起。大学生讲解,女孩子听。有时大学生在庭前的花坛旁边走来走去,手里拿着一枝新折下来的花,带着青年教授的郑重安详的态度说明花的构造。要是别人这样做,上尉一定大发雷霆。大学生毫不怜惜地把最好的花连根拔起,上尉只是眼看着它们,不由地叹息几声罢了。有一次,村子里一个刈谷的女人手上有一个久不收功的伤口,要替她绑扎。大学生替她洗干净,包扎好,那姑娘恭恭敬敬地供应绷带和纱布。看护生做这同样的工作,——也许做得更好,——一定远不及现在那样有趣味。大学生做这工作做得很有趣味,竟像执行一件神圣任务。

　　上尉一向酷爱"科学"和"文学"。现在他的庄园的草屋顶下面又有"文学"(我的哥哥),又有"科学"(大学生),总之,有聪明的新青年,他为此感到自豪。使他懊恼的,只是这些聪明的青年仿佛不承认他,而且他们的生活也另有一径,是他所难于参加的。

---

　　〔1〕　上尉有三个女儿,即:卡齐米拉·卡齐米罗夫娜(生于一八五二年),夫家姓是鲍格丹诺夫斯卡雅;若节芬娜·卡齐米罗夫娜(生于一八五四年),夫家姓是弗兰科夫斯卡雅;索菲亚·卡齐米罗夫娜(生于一八六○年),夫家姓是奥斯特林斯卡雅。

他所讲的关于加尔诺路格贵族的故事，的确脍炙人口，而且唤起了关于这"衰落阶层"的评论。可是有一次，他讲过了关于贵族的逸话之后，接着又讲了一个关于农人的有趣的故事。

这是农奴"解放"时代的故事。农人刚刚被解放。有一个节日，农人们穿着鲜丽的服装成群结队地从教堂里和市场上出来；有许多人已经喝醉了。上尉带着夫人和孩子们坐马车从天主堂里回来。马忽然站定了……怎么一回事？原来有一个新的"解放公民"横着身子毫无顾忌地躺在路上。马车夫喊他："让路，什么东西！老爷来了。"这个"解放公民"酒醉糊涂地抬起头来回答，说现在自由了，他高兴这样地躺在路上，管他什么老爷……接着他就说了些很粗鲁无礼的话……

这当然触怒了上尉，然而他的思想忽然走向了幽默的方向。啊！路是为大家造的，现在自由了！好！就让他这样吧。他叫夫人和女儿们转过头去，自己就站在这个醉汉旁边，做了从前葛里弗[1]对小人国里的人所做的那件事。[2]"老爷的玩笑"引起了欢度节日的民众的乐趣，他们正聚集在这场面的周围，在那里等候老爷怎样对付这个为难的局面。那个"解放公民"觉得困窘而懊恼，他只是把脸别转，吐着唾沫，带着责难的口气结结巴巴地说：

"唉！老爷，老爷！不要缺德……"

后来他忽然鼓起气力来，在众人的大笑声中迅速地从路上爬到了沟里。

---

　　〔1〕　葛里弗是约那坦·斯威夫特（1667—1745）的有名的讽刺小说《葛里弗游记》中的主人公。

　　〔2〕　葛里弗旅行到小人国，被许多小人围困。后来他小便，小人就都逃开。——译者注。

这故事我们听见过好几次了,每次我们都觉得很好笑。现在,上尉还没有讲完,就觉得不能博得听者的欢心。他结束这故事的时候,显然已经情绪涣散了。大家默不作声。他的儿子满面通红,抱歉地看看大学生,说:

"爸爸……这是……侮辱人格呢。"

"是——的,""编辑者"接着说,"这是侮辱人的尊严。"

大学生一声不响,照例带着严肃的神情,紧闭着嘴唇,眼睛在蓝眼镜里凝视着,一句话也不说,可是……站起身来走出房间去了。

这比任何非难更有力量。

房间里充满了困窘难堪的沉寂。上尉的妻子用恐怖的眼色向他看看。女儿们坐着,低着头,等候雷霆的发作。上尉也站起来,把门一碰,走出房间去,过了一会儿,院子里传来他的响亮的声音:他正在愤怒地骂第一个碰到的工役。

然而过了不久,这个聪明而狡狯的老人就想出了跟"新派"妥协的办法。宗教的争论开始了,上尉的庄院里显然地划分了两派。一派是女人们,即我的母亲和上尉的妻子;另一派是我的哥哥、军官和大学生。

我坚决地参加女人们的一派;弟妹们都做旁观者。

我特别清楚地记得的是这样的一次争论。所讲的是普谢和巴士德〔1〕之间的当时有名的论战。前者主张微生物自生,后者批评他,推翻

---

〔1〕 菲里克斯·普谢(1800—1872)是法国的医生兼自然科学家。一八五八年,普谢送交巴黎科学院一篇论文,证明着微生物自生的可能性。科学院用授奖金的办法规定一个题目:用成功的实验来对微生物自生问题作新的阐释。这时路易·巴士德(1822—1895)也在研究这问题,而且得到完全相反的结论。这引起了这两位自然科学家之间的长期的论战。

了他的实验。皮沙列夫[1]怀着青年的血性攻击巴士德。他认为自生说是必要的,因为它在有机世界和死的自然界之间架了一座桥梁,扩大了进化论的界限,因此,正如当时的看法,唯物论就获得胜利[2]。

我那时候还没有读过皮沙列夫的著作;关于达尔文,我所知道的几乎只是父亲的谈话中的回忆:这个古怪的老人不知为什么想要证明人是猴子变来的。现在这两个人都在向我心头敲门,这扇门是我童年时代就立誓紧闭的:我誓不放弃"宗教信仰"。我们的论争进行得喧嚣而热烈。好,就算这样:微生物是水里生出来的,或者照黑格尔[3]的说法,是从深不可测的海洋里生出来的。那么水和海洋是从哪里生出来的呢? 从云里生出来的? 那么云呢? 从氢气和氧气生出来的。那么氢气和氧气呢?

正在争论中,上尉从院子里走进来。他默默地听了一会儿,然后……出乎两派的意料之外,他参加了"唯物主义者"。

"哈! 他断然地说,"我早就说过,应该丢开这种无稽之谈。哲学和科学是有道理的……而圣书呢? 圣书是没有科学观念的人写的。喏,譬如说,约书亚说……'日头啊,你要停留,月亮啊,你要止住'……"

我突然回想起了我的遥远的童年时代的一天。现在上尉又站在房间中央,身材高大,头发斑白,由于精神兴奋而丰采焕发,他开始发挥同样的见解:关于宇宙、太阳、行星,关于"天体回旋"和微尘,关于不懂天文学而要阻止宇宙运行的约书亚……我又回想起了怀着信心笑谈着的父亲……

---

〔1〕 皮沙列夫(1840—1868)是优秀的俄罗斯批评家、唯物主义哲学家、革命民主主义者。——译者注

〔2〕 是指皮沙列夫的论文《欧洲权威者的功绩》。

〔3〕 爱伦斯特·黑格尔(1824—1899)是德国的学者、动物学家,达尔文的继承者。

青年们兴高采烈地欢迎这个新的盟友。炮兵军官补充说:如果回转不息的球体停止了运行,会发出极大的热量。地球停止运行的时候,连金刚石都会转瞬变成蒸汽……世界就会在布满行星的空间分崩裂灭……而这一切都是由于世界的不显著的角落里一个人的一句话……

这天晚上的争论就以"唯物主义"的胜利来结束。上尉触动了人们的想象。我们败了阵,默不作声;老头儿为了在哲学和科学中有了份,觉得很满意,就在讽刺谈和逸话中大显身手……

夜深了,大学生就起身告辞。青年们和姑娘们都去送他。他们结成了欢天喜地的一群,在小巷子里走远去了,你一句我一句地嘻嘻哈哈交谈着,交换着新的论见,兴高采烈地否认上帝和永生。这一群喧嚣的人长久地走在沉寂的街上,在乡村的狗吠声中一直远离去了。

我没有跟他们同去。我的自尊心受了委屈:他们当我一个小孩子,看不起我。此外,争论的要点又激动了我的心情,现在,我在隐约显出早秋的花的花坛旁边踱来踱去,回想着父亲的论证,又想到这些新的论调。

这晚上很静,星辰满天。月亮还没有从老仓库后面升起来,然而,尖顶的白杨树的轮廓线似乎已经浮现在清辉中。弟弟和萨尼亚已经在干草棚上睡觉了。我也走到那里,在黑暗中找到了梯子,爬到了他们睡觉的地方,我轻轻地踏着芬芳的干草,不使它发出太响的沙沙声。这里面暗得很,只有一个地方从草屋顶的洞里透进光线来。我就躺在这洞下面,凝视着布满星辰的夜天的这一小块。当我正在沉思的期间,有一颗最大的星从洞的这一边移到了那一边,仿佛在碧蓝的池塘里游泳一般。于是我清楚地想见了一个也在那里静悄悄地转动的巨大的苍穹……说得更正确些,这是地球在那里转动……单是制止一个地球,比制止整个苍穹要容易些……然而……毕竟很困难。上帝的确是万能的。他能够制止地球，不使它因此而发生不良的后果。甚至还可用别种方法：太阳下去了，可是在高空中还映照着它的光线……如果有一块明亮的云像映射幕一样把这些光线反照到地上，那么约书亚还可以有一两小时的明亮……这样，他的祈祷就达到目的了……

洞里又出现了一些新的星，又像在碧蓝的池塘里游泳一般移了过去……我回想起了我向上帝要求一对翅膀的那个星夜……又想起了父亲的坚定的信心……这天晚上，我的世界还留在自己的基础上，可是现在我所看见的星空已经和那天晚上所看见的不同了。现在我的想象对它取了另一种看法。而想象力的创造信仰和磨炼信仰，往往比理论有力得多……

然而到了第二天，我参加论战的时候已经怀着宇宙学的见解，这场论战就由于新的力量而活跃起来了……

这情况一直继续到假期末了。上尉始终是"唯物主义者"的忠实盟友，有时他的渎神的滑稽谈远远地超越常轨。然而夜越是长，越是黑，他的热情就越是冷却起来。

有一次，大家谈到了深夜。暗蒙蒙的夜天从开开的窗子里窥探着，窗外的树叶发出萧瑟的声音，天空中隐约地移行着模糊的云朵。房间里充满了惊慌，不知什么地方常常发出蟋蟀的叫声。

这天晚上，上尉的俏皮话说得过分了些。他的妻子对他不满意；他自己似乎也不满意。他的脸色消沉了，胡须向下垂。

"唔，好了，"姨母说，"该睡觉了。"

上尉慢腾腾地站起身来，向他的盟友们一看，突然说：

"咳！事情固然是这样的。科学和一切都是这样……可是你们知道,我一躺到床上,就要划十字以防万一。这样似乎安心些……实际上的确没有什么……可是忽然有点那个……"

讲到后来他忽然觉得不对,就装出半幽默的声调。可是他的妻子率直地说穿了:

"哈,老头子! 讲了一黄昏渎神的话,后来划十字,叹气,在黑暗里害怕起来,把我叫醒,要我替他划十字……"

"好了,好了!"她的丈夫不满意地拦阻了她。

这个小小的插话一时使我感到讥讽的胜利,我重新回想起了父亲的信仰和上尉的轻率的反对。然而我的世界观的基础还是动摇了。这并非完全由于直接的论战,却是由于新世界观所产生的特殊气氛的间接的影响。

我那时候既不知道皮沙列夫,也不知道达尔文,又不知道生理学,只是抓住年长的青年们的判断和争论里像火花一般飞出来的几个片段。爱尔兰人为自由而反对英吉利人的斗争不得成功,是因为爱尔兰人吃马铃薯,而英吉利人吃燔炙牛肉……这是鲍克尔的话。一袋马铃薯所增加的血液比一磅肉少。这似乎是彪希纳[1]的话。坦[2]说,莎士比亚作品中的主角之所以有强烈的热情、轩昂的独白和刻毒的谩骂,是因为莎士比亚的祖先——盎格鲁-撒克逊人——肚子里塞满半生不熟的燔炙牛肉和啤酒的缘故……福赫特[3]说:"思想是从脑髓分泌出来的,正像胆汁

---

〔1〕 路德维希·彪希纳(1824—1899)是德国的生理学家,自然科学方面的庸俗机械论唯物主义的代表者,《力和物质》的著者,该书出版于一八五五年。

〔2〕 伊波里特·坦(1828—1893)是法国的反动作家、历史家、艺术理论家。

〔3〕 卡尔·福赫特(1817—1895)是德国的自然科学家,自然科学方面的庸俗机械唯物主义代表者之一。

从肝脏里分泌出来一样。""物质"和"力"，极单纯的原子及其机械特性，这两种东西组合起来，就发生我们所谓精神过程的一切感觉。试分解灵感冲动的组成部分，除了一定数量的原子及其引力之外没有别的东西……人是一架机器，同时又是一种化学调合剂。我们就应该这样地研究人。谢琴诺夫在一篇短文里说："设有一神经质妇人"，他把这妇人看作一种简单的调合剂……

这一切给我的印象，就好比白皑皑、冷冰冰的雪花落在赤裸裸的身子上。我觉得这种偶然发生的热烈论战中偶然迸出的零零星星的闪光，有一种特殊的光辉，这种光辉是明晃晃的，冷冰冰的，然而出自共同的源泉……

31　消失了的论证

我们回到了罗夫诺；中学里早已开课，可是在我看来学校生活已经退避到第二位了。在首位上有两个主题：我爱上了一个人，我维护自己的信仰。每当我就寝而还没有睡着的时候，以前总是遨游在骑士和哥萨克人的幻想国土中，现在却回想可爱的相貌，或者在心中继续加尔诺路格的论战，找求有利于灵魂永生的论证。约书亚和宗教的形式方面不知不觉地在我心中失却了以前的意义……

最初迷惑我心的那个少女，每天跟弟妹们一起坐着一辆小马车去上课。我精确地研究他们经过的时间、车轮在公路上的轧轧声和铃子的叮当声。当他们就要回来的时候，我装作偶然的样子走出大门去或者走到桥上去。如果我能够看到帽子底下露出鬈曲的栗色鬓发来的那张粉红小脸，能够得到她的秋波一瞬、嫣然一笑，那么我这一天就充满了欢喜的光彩。

有一次,马车的铃子在非规定的时间响起来了。马车从我家门口迅速地闪过,我从远处竟看不出坐车的人,但是根据心中一阵习惯的、甜蜜的恍惚,我确信这是她经过。不久,这辆车子空着回来。由此可知,她们姐妹俩是到某处去参加晚会,要在十点钟光景回来了。

九点钟以后,我走出去散步。这正是深秋时候。池塘里的水停滞了,发黑了,仿佛在等候冻冰。夜色明朗而新鲜,凉爽的空气清彻透明。我沉浸在自己的感情和思想中。我的感情飞逝过去迎接那辆熟悉的小马车,我的思想正在找求上帝存在和灵魂永生的论证。

时间渐渐地过去;身体疲倦起来。最后几家店铺关门了,街上渐渐静息。那个瘦长的车夫早已驾着空马车开向城郊自由区,然而还没有回来。我沿着河岸散步,不远离那座桥,因为她会从这桥上经过。后来我站定了,开始凝视黑黝黝的河流。河面上有一些白色的水鸟静静地浮游着,不知是白鹅还是小天鹅,它们悄悄地发出含糊的叫声,我的思想就像这浮游着白色水鸟的黑黝黝的流水一般进行……我似乎就要找到我所需要的东西了……

突然我听到一种隐隐约约的声响,仿佛有人在远处用调羹敲玻璃杯。我熟悉这声音,这是那辆马车上的铃声。她已经动身回来了,可是还很远,那马车正在弯弯曲曲地穿过郊区的小巷子。我可以及时走到桥边,穿过桥去,站在拐角上一家店铺的影子里。而现在……不妨再继续思考一会儿。

我的思想仿佛受到了推动,突然进行得清楚、迅速而强烈起来。我停顿下来,倾听一下脑筋里的内部活动。无疑的,这里面正在形成灵魂永生的"反驳不倒的"证据。这些论证有条不紊地排成了一条连贯的链条。再过一会儿,唯物主义(我在我们的论战中所认识的唯物主义)就要崩溃了。我心中充满了初次独立创作和发现的欢喜。应该停止前进,走远去,走到那些白色的水鸟从柳荫中水湾里游去的那方面,然后结束我的思考。但是两条腿自然而然地把我沿着河岸带到公路那边的桥上。铃声已经在公路上响出,意外迅速地近起来,它的越来越响的叮当声充满在夜间的肃静的空气中……我来得及赶到吗?我加紧脚步,耳朵倾听着车轮的辚辚声,心里思考着我的论证……过了一会儿,我走到了桥上,可是那辆马车已经在铺板上轧轧地响了。姐妹俩惊奇地看看我这个孤单的、也许很笨拙的人,不知道我为什么呆立在月光之下的桥的中央。她们不会不认识我,然而我竟来不及向她们打招呼,因为这瞬间我正在热心地捕捉飞散了的三段论法的片段。近于完成的结论的一系列前提,像一群受惊的鸟一般分散,跟着那辆马车飞到沉睡的夜色中去了。铃声跑到了街的尽头,在离开关卡不远的地方停止了。两个人像影子一般在大门口闪现一下,于是一切都消失了。我眼前空空如也,心里空空如也,脑子里空空如也:"反驳不倒的论证"飞走了。我回到原来的地方,看看水面,找寻那些天鹅,可是它们也已经隐没在阴影里,同我的思想一样……我心里感觉到一种重大的损失、后悔和惋惜。我意气消沉,就像这条街一样,今天晚上在这里是等不到什么东西了……

这天夜里,我长久地找寻消失了的思想,但是它不再回来了……

大概就是在这时期,我曾经在广场上圣母像面前祈祷……我还是觉得我始终忠实于自己从前的誓言;然而往往有这样的情形:最有力的论证不是在论战中直接提出的反驳。见识的改变所起的作用要强烈得多,虽然是不知不觉的;它仿佛逐步地被中立的事实、形象和思想方式所占据了。后来发生了一种想象,笼罩了它们,于是我的精神世界的成分就改变了。对达尔文的幼稚的恐怖不知不觉地消散了,进化论的原理也不知不觉地侵入了我的概念中。正在这时候,我读了现在已经被人遗忘的小说家阿甫杰耶夫〔1〕的《暗礁》。不知为什么我没有把它读完,我记得它的内容很晦涩。然而有一段情节保留在我的记忆中。有一个善良的人的妻子对她丈夫的朋友——一个无神论者——感到了兴趣。她丈夫和她自己都是相信宗教的人。真挚诚朴的信仰照明着他们的生活之路,慰藉他们,勉励他们行善……可是那个无神论者也是个善良的人,富有自我牺牲精神。他走着严肃的斗争道路,并不希望在未来的生活中获得报酬,并不依靠最高力量的支持,并没有慰藉……骄傲地确信自己的正义……因此她不能否定这种具有独特的美丽和伟大的世界观……

小说中的这一段情节使我感到惊讶。这样看来,可以有另一种信仰,不像上尉那样晚上说亵渎神明的话、半夜里划十字"以防万一"……假使父亲碰到这样的人,不知道他怎么样。他是不是也会用那种谦逊而优越的笑声来嘲笑他?……

遇见阿甫杰耶夫的时候,我就怀着这样的心情。他从来不涉及宗教问题,但是和他交往一年之后,我的思想中立刻吸收了许多形象和观念……在《暗礁》的主人公之后,又来了屠格涅夫的巴扎洛夫〔2〕。在他的"否定"中,我也感觉到了父亲的信仰中所有的那种最稳定的真挚和信念……

〔1〕 米哈伊尔·瓦西列维奇·阿甫杰耶夫(1821—1876)是美文学家,他的观点和文学风格是在屠格涅夫作品影响之下形成的。他的小说《暗礁》最为脍炙人口,起初登载在《现代人》杂志上,后来出单行本。
〔2〕 屠格涅夫的《父与子》中的主人公。——译者注

又是一个新的"浮标"标明了潮水上涨的进程。

32　被拒绝的忏悔

如果不是记错的话,那时候我正在六年级里。学校里发生了一件淘气的事,记得是很下流的。这件事没有唤起任何人的同情,然而同学照例不肯说出犯过失的人。学校当局突然作出一种措施,要高级班的学生都到神学教师司祭长那里去忏悔。这使得许多人吃惊而且懊恼。校方通常邀请巴拉诺维奇神甫来帮助中学里的司祭长。巴拉诺维奇是一个信仰虔诚、心地纯洁的善良的人。学生大都喜欢到他那里去,因此司祭长的读经台旁边往往几乎空无一人,而巴拉诺维奇那里拥挤得很,大家挨次等候着……

现在不可以选择了。高级班的学生只得勉强地到司祭长那里去……后来,过了第一天忏悔之后,犯事的人立刻就被揭穿了。司祭长要他们担任赎罪的苦行,不给他们行圣餐式;然而在礼拜开始之前,已经有三个学生被关进禁闭室里。校方用开除学籍来威胁他们……

这件事在我们之间产生了强烈的印象。大家疑心神学教师泄露了忏悔的秘密。

第二天,轮到六年级和七年级学生忏悔。我到教堂里去的时候,在中学街上赶上了棕发的苏奇科夫。

"你听见消息了吗?"他问我。他的样子很愤慨,我立刻懂得了他所指的是什么。

"听见了,"我回答,"不过是否可以肯定这是司祭长呢?……"

"或许是吧。那么是否可以肯定这不是他呢?"

我想象一下这个拥护俄罗斯化的司祭长的没有魅力而聪明多智的脸……这件淘气的事是恶劣的……司祭长很像一个官僚、教师或政治家,却不像一个把保守圣礼的秘密看作高于一切的虔敬的牧师……这样看来,他可能做这种事。

"我……不能肯定。"我这样回答苏奇科夫的问话。

"我……也不能肯定。既然……连这点都不能肯定,是否可以说真心话呢? 我不能。"

"我也不能……可是又该怎么办呢?"

发生了一个困难的问题:我们对于这个司祭长已经没有神圣的感觉,我们不难把这种强迫的忏悔看作回答功课之类的简单的形式工作。但是行圣餐礼怎么办呢? 我们对于这个仪式虽然不无怀疑,却怀着敬意;如果用说谎来亵渎它,我们觉得是痛苦的。然而假使不跟别人同去,校长和舍监要注意我们。我们还是决定冒一次大险。这是对不久以前的圣地的一次特殊的贡礼……

我平生似乎从来没有这样激动地参加忏悔式。这忏悔式在晚祷以前举行。教堂里的蜡烛的黄色的火光,仿佛正在跟散布在神香的薄雾中的暮色相抗衡。读经台右面坐着司祭长克留科夫斯基。他有肝脏毛病,他那双小眼睛的神色里看得出肝火旺。有人走近他去,他就用心盯住他看。在不远的地方,坐着另一个神甫巴拉诺维奇,他身材高大,脸色苍白,颧骨隆起,相貌和善,显出一种纯朴的感伤神情。他替低年级生行仪式,用肩袈裟来盖住了他们,立刻带着庄严而慈祥的态度弯下身子去倾听。

这时候,我多么羡慕这些孩子,我真想走近这个善良的巨人去,向他倾吐这瞬间的全部心情,甚至把在忏悔中说谎的企图也说出来。

　　可是司祭长已经在那里等我。他放走了一个忏悔者，看看那群高年级学生，他们在他的眼光之下仿佛畏缩起来了。没有人走上前去。他的眼睛停留在我身上；我就从人群里走出去……

　　我脸上发热，声音颤抖，眼睛里几乎流下泪来。我这种神情使得司祭长吃惊，他似乎准备从我这里听到一些不平常的坦白……当他盖住了我的低垂的头的时候，我心中掠过忏悔时常有的一阵激动……"说了吧，承认了吧？"

　　但这是一刹那间的情况……我在袈裟底下看到了他的目光。他的目光里除了宗教"长官"的机警之外，一点都看不出什么……我机械地回答他的问话，可是我作这些简短答复时的激动使他感到为难。他详细地把各种罪过一一列举出来。我的回答大部分是否认的。结果"罪过"很少，于是他就断定：我的激动是由于尊重圣礼而精神震恐的缘故……

　　他念"赦罪词"的时候声音柔和下来了。"我不加罪于你。你要虔诚地祷告……也要为我这有罪的人祷告。"他突然附加这最后的一句，这一句重又使我脸上发红，由于痛苦地意识到我的被迫的伪善，我眼睛里流下泪来……

　　第二天，大家在学监和舍监的督促之下去举行圣餐式，这时候我和苏奇科夫混入人群，冒着受人注意的危险绕过了受圣餐的人们，走出教堂去了。

　　这一次仿佛是告别……从这时候起，宗教的热情就从心头离去，宗教问题逐渐让位给别的问题了。并不是我替自己解决了关于上帝存在和灵魂永生的基本问题。我并没有找到终极的定则，可是这问题本身已经失去了它的力量，我不再找求定则了。我的眼界里充满了现实世界的新事实、新概念和新问题。这一切都非常明朗，而且那么生动地、显然是无穷尽地汹涌而来……其中充满着生活力,富有深度,又有一种神秘莫测的诱惑力,因此就没有别的问题的余地了。这一切都蒙上了各种生活事实,仿佛青天蒙上了层层叠叠飞驰的白云,这些白云展出种种新的形象、新的配合和新的样式……而且这里面似乎也有充分的高度……

到了中学快要毕业的时候,我又考虑起关于自己和世界的问题来了。我又似乎觉得我的眼光抓住了我现在的整个世界,其中已经找不到"虔敬主义"的地盘了。我骄傲地对自己说:从此不会再有伪善和怯弱来强制我违反"坚定的真理",不会迫使我找求无用的慰藉,彷徨在虚幻而不得解决的问题的迷雾中了……

这情况继续了许多年,直到……辉煌的云彩推移开去,世界上又换了一次布景,云彩后面又显出一片无边的光景,这光景神秘、辽阔而动人,用斯芬克斯的新形式的旧谜语来逗引人心……那时候我才相信:这些问题不过是移开了而已,并没有在某种意义上获得解决。

……

33　做怎样的一个人?

我在最后一年级的时候,母亲所管理的宿舍里住着姓柯纳赫维奇的兄弟两人,哥哥名叫路德维希,弟弟名叫伊格纳齐。他们都是正教徒,虽然哥哥的名字不是正教徒名字。路德维希不管神甫克留科夫斯基的嘲笑,坚持用自己的名字;他在教室里回答问题的时候固执地说:"我叫路德维希。受洗礼的时候就起了这个名字。"

他是一个超过中学年龄的青年。他身材矮胖,额角陡峭,两条腿弯曲,像一个匈奴人,我们有时就称他为匈奴人。我很喜欢他那种特殊的优越态度,他常常用这种态度来对待低年级同学和同班同学。此外,他说话很含蓄,仿佛心里还保留着没有说完的话。

有一次,宿舍里的人都睡觉了,黑暗的房间里充满了轻轻的眠鼾声,我很久睡不着,躺在床里辗转反侧。我正在考虑,中学毕业之后到哪里去。大学在我面前是关门的;要获得正式的中学毕业文凭,我还需要学习一年〔1〕,可是母亲没有钱再来培养我。

"你没有睡着吗?"路德维希悄悄地问我。

"没有睡着。"

"你在想心事吗? 想什么?"

"我有一件事要考虑。"

"对了,你就要毕业……你在考虑你的前程吗? ……"

他的声音里听得出讥讽的意味。

"正是。"我回答。

他静默了半分钟,仿佛在倾听睡着的同学的眠鼾声,然后放低了声音说:

"你是个幸福的人……"

"为什么呢?"

"你的愿望小,任务轻。所以你能够实现一切:毕业,就职,结婚……你的生活会在平坦的道路上顺利地过去……"

"那么你的生活呢?"我不禁在黑暗中微笑着这样问。

---

〔1〕 当时实科中学毕业的人不能考大学。必须另行补习一年,获得正式的中学毕业文凭,然后可考大学。——译者注

"我的生活?"又从他的床上传来深深的叹息,声音激动而悲哀。

"我的命运跟你不同……有一种做不到的事在那里引诱我。我的生活一定是多风波的……我会毁灭我路上的一切,我会使命定和我有联系的一切人受苦,首先是我所爱的人。"

"我不懂,"我率直地说,"你为什么要选择这样不利的前程呢?……"

路德维希苦笑一下,在床里坐了起来。

"你的问话表示你是一个不知世事的幸福儿,你竟不能了解像我这样的性格。前程?……只有像你那样的幸福儿才有前程,就好比立着电线杆的平坦的公路一样……我的路怎么样呢?……荒凉的岩石……深渊……断崖……鬼火……一片乌云,里面什么也看不见,可是它会发出霹雳来……你相信上帝吗?"

有一种感觉妨碍我说真话,于是我简单地回答:

"嗯,我相信的。"

"可是我,"路德维希阴郁地说,"早已丧失儿童时代的信仰了……"

我很想知道在这没有信仰而有风暴和霹雳的阴郁的烟雾中隐藏着什么东西……可是这时候一张床里有人转动,响出他的弟弟伊格纳齐的声音。这个孩子并不特别有才能,可是用功而认真。他的哥哥以前是他所崇拜的偶像。现在他赶上了他,两个人在同一班里。

"唉,路德维希,路德维希,"他责备地说,"你又在说蠢话了,明天的代数大概没有预备好吧……现在说什么乌云、霹雳,明天得个一分。"

"胡说,"哥哥愤怒地回答,"我比你懂得多……"

"你懂?"伊格纳齐怀疑地反驳,"你什么时候预备好的?你的学期分数又会都是两分。我跟你回家去都不开心:你对老人家怎么说?"

路德维希故意打起眠鼾来,可是伊格纳齐老是在床里辗转反侧,咕噜着。

"还要乱讲上帝！……你昨天还跪着祈祷呢。你以为我没看见？……啊，天哪！斯洛伐茨基[1]的书你读得太多了。还是学学二项式吧。"

后来他也静下来了。这时候路德维希又从被窝里伸出头来，悄悄地对我说：

"你在笑我吗？……"

"有点儿。"我回答。

"你比我想象的更聪明。我本来想嘲笑你的……"

"谢谢你。"

第二天早晨，他稍微有点难为情，斜过眼睛去不看着我，可是后来立刻回复了原来的威严而神秘的拜伦风度……他仍旧和我亲近，我们常常三个人一起散步。第三个人叫做柯尔杰茨基。

这是一个很漂亮的青年，头发淡白，脸色沉静，一双灰色的眼睛很有表情。他不久以前从白教堂转到我们的中学里来，他在自己班上没有熟悉的朋友。课间休息的时候他独自沉思地散步。他的眉毛略微有点挺起，因此形成了悲哀的皱纹，而在漂亮的额角上显出一条忧郁的弧线……

我不记得我们是怎样认识的。他像路德维希一样使我感到兴趣，不久我们就常常三个人一起散步，虽然他们两人并不十分友爱……

不久，我从柯尔杰茨基那里也隐隐地听到些暗示的话。路德维希受暗淡的未来的压迫，柯尔杰茨基则为恐怖的过去感到痛苦……要是我知

---

〔1〕　尤里·斯洛伐茨基(1809—1849)是十九世纪波兰最大的诗人和小说家之一。

道了这一切,我就会嫌恶而恐怖地避开他。可是现在也还来得及。我应该不去睬他,虽然他所爱的只有我一个人……

"你知道,"有一次只有我们两人在一起的时候他对我说,"我是一个卑鄙的坏蛋……最下劣的恶棍……一个罪犯……"

他的眉毛挺起来,额角上的皱纹加深了;可是我觉得他说"坏蛋"和"罪犯"这两个名称的时候带着一种特别的趣味,仿佛他为这种称号感到兴味和骄傲……

有一次放假之后,他来到我这里,神气特别阴郁,他略微透露出隐藏在心中的罪行:在他的阴郁的忏悔的暗示中显现出一个年轻的人来……一个农家孩子……穷人家的姑娘。她崇拜他。他污辱了她……就在这一年夏天,半夜里……在很深的池塘里发现了她……诸如此类的话。

我听这些话的时候泰然自若,这主要是因为我一句话也不相信他;至于他声音里实际表出的那种忧闷,我认为是由于他即将补考法文的缘故……

"还有,如果我明天考试不及格,"他又阴郁地说,同时递给我一封封好的信,"那么请你……把这封信送给……"

"送给她吗?"我率直地问。他迅速而怀疑地对我一看,沮丧地说:

"她——在坟墓里。"

"你为什么不亲自送这封信去呢?"

"明天你就会知道这原因了。"

第二天早上,我到学校里去打听柯尔杰茨基的命运。啊呀!路德维希也在那里补考另一门功课。柯尔杰茨基先考,考得不及格。他从教室里跑出来,悲哀地握住了我的手。他脸上显出率直的真心忧伤的表情。我们走出走廊去,到了院子里,我终于忍不住了,拿出那封信来,问他:

"送去吗？……"

他从我手里把信拿了去,丢在一旁,略微红着脸说：

"昨天你觉得我是一个大傻瓜吗……你觉得可笑吗？"

"稍微有点儿,"我回答,"不过我不觉得你是一个傻瓜……"

"我自己知道……我并不愚笨。可是真见鬼：我是一个不堪救药的空谈家。"

我觉得他说"空谈家"这名称的时候,像昨天说"坏蛋"这名称的时候一样,怀着同样的兴趣和一种特殊的享乐……

这时候装滑车的大门砰的一声,铺板上就响出急速的脚步声。路德维希赶上了我们。这个阴郁的青年用脚跟死命地踩着,仿佛每一脚都要把一个人踩进地里去似的。柯尔杰茨基的眼睛里发出狡猾的闪光。

"怎么样,老兄？ 也不及格吗？"

"不及格,这些坏——蛋。"路德维希恨恨地说,"可是我要报复……狠狠地报复。"

柯尔杰茨基讥讽地向我看看,说：

"喂,路德维希,我是个空谈家,你还胜过我十倍。"

"空谈家？ 什么叫做空谈家？"路德维希很快地问。柯尔杰茨基冷笑一声,耸耸肩膀……他看见路德维希竟不懂得这个名称,觉得很骄傲……

"我比起你来有这个优点,"他说着,额上又显出那根忧郁的弧线,"就是,至少我认识自己是怎样的一个人……"

青年人往往有一种特殊的几乎是天生的心情,就是想避开常人惯走的道路和一定不易的形式。青年人仿佛是踏在生活的门槛上,踌躇地不肯跨上人们踏平了的道路,仿佛舍不得跟不能实现的愿望分手。文学作品常常煽动这种星星之火,仿佛风煽动煨着的篝火一样。世世代代的人体验着否定现实生活的热狂情绪,怕这种生活要蒙蔽他们而把他们一般化。

路德维希读过斯洛伐茨基的作品。柯尔杰茨基会背诵《当代英雄》,并且略微具有关于《唐璜》[1]的知识。他们两个人都是浪漫主义者。他们认为就算做了罪犯,总不是一个俗人;拜伦作品里的拉拉[2]也是一个罪犯。就算做空谈家,罗亭[3]也是一个空谈家。这不会妨碍他略微高出在他的环境中,这环境里的人竟不知道拉拉是谁,空谈家是什么意思。

但是实际上浪漫主义和毕乔林作风在当时的青年中都已经过时。支配当时青年的想象的,是当时的"新"文学所提出的形象,这种新文学力求用自己的见解来解释生活的现实问题。

社会往往有它自己的情调和预感。这种情调是模糊的,然而广泛地笼罩着所有的人,它产生了所谓"时代精神"。在六十年代初期,伟大的改革[4]激动了整个社会生活,然而这革新的浪潮不久就开始退却了。应该没落的没有完全没落,应该生长的没有充分生长。生活停滞在僵局上,这种不明确状态把它的影子投射在一般情调上。在这十年的初期国家兴高采烈地踏上的那条路,已经陷入不明确状态中。人们不由地感觉到前面存在着危机、不可避免的动荡和英勇的奋斗。

目前还没有力量来解决这危机。只有把希望寄托在未来,寄托在未

---

〔1〕　拜伦的诗体小说。

〔2〕　拜伦的同名诗篇中的主人公。——译者注

〔3〕　屠格涅夫的同名小说中的主人公。——译者注

〔4〕　指一八六一年的农奴解放。——译者注

来的新时代上,首先是"新人物"上,这种新人物是世代的青年人中间所应该产生的。

青年人就成了人们特别注意和希望的目标,因此近来的士官生、中学生和大学生都蒙上了那么鲜艳的光辉。穿新制服的中尉似乎比上校或将军有意思得多,而法律系的学生比现任的检察长更有意思。后者已经受过旧时代的熏陶,而前者还可能产生戈希[1]或丹统[2]之类的人。仿佛就在最近的未来的迷雾中,已经开始拥集着许多"新人物""进步人物""英雄"的形象。

在现实生活中,这种非凡的英雄还没有出现:要"感觉到"他们,要用创作想象来观察他们,是不可能的。文学中不能如实描写,而只能空想,只能用兴奋的期望和信念来代替生动的描写。因此,一流的艺术家不愿从事这种工作。占据着文学的前景的,还是拉夫列茨基[3]和罗亭之类的人,他们对现实都怀着悲观否定的态度,都有一种模糊的预感。屠格涅夫在《前夜》中英明地指出了这种期望,但是他还是把这《英雄》带到了外国。从俄罗斯现实中取出来的,照旧还是否定的形象;甚至杜勃罗留波夫也只是痛苦地问:"真正的日子什么时候来到呢?……"而在文学的次景上,从六十年代中叶起,就充满了英勇巨人的威严而迷离的形象……这种形象有两方面:进步的美文学中的主人公破坏旧世界;保守派的艺术家叫他的主人公来保护这旧世界。未来在它面前投射一个阴影,许多模糊的形象在空中长久地作战,直到现实生活中的斗争成熟了

---

　　[1]　拉扎尔·戈希(1768—1797)是一七八九至一七九四年法国资产阶级革命时代的统帅。

　　[2]　乔治·丹统(1759—1794)是法国革命中著名的事业家,他的职业是律师。

　　[3]　屠格涅夫的《贵族之家》中的主人公。——译者注

的时候。

在这些文学中突出的是莫尔陀夫采夫[1]的《时代现象》和奥穆列夫斯基[2]的《步步前进》(车尔尼雪夫斯基的《怎么办?》[3]我是直到后来才读到的)。莫尔陀夫采夫是一个不十分真挚而很有"腹脏"的作家。青年们极力称赞他的《俄罗斯人民的历史运动》[4],却没有注意到这本书的结局几乎是颂扬政府,政府好比一块巨大的岩石,它的脚下冲打着人民运动的无力的浪潮。他使得"分州拥护者"[5]和"乌克兰派"的人感到欢喜,他能够突然发表一篇鲜明有力的论文,在其中证明"集中制"是生活的规律,而地方文学是命该灭亡的。他的小说的开头是一个病人的有声有色的谵语。在这谵语中可以听出关于卡拉科佐夫的死刑的暗示。这使得整部小说蒙上了一层"革命精神"的色彩,这是检查员所捉摸不到的,但是可以明显地感觉到。不妨这样想:在作者和他的主人公们看来,目前这情况的出路是很明显的,要是没有检查机关,他们一定会明白地指出这出路……这部小说在那时大受欢迎。大家百读不厌,大家评论他,猜测其中的暗示,这些暗示恐怕在作者也还是哑谜。作为未来的革命力量,他隐约地描写着……似乎是乌拉尔的劳动组

---

〔1〕 达尼伊尔·卢基奇·莫尔陀夫采夫(1830—1905)是历史家、美文学家和政论家。他的小说《时代现象》取材于俄罗斯进步知识分子的生活,在七十年代初期广泛流行。

〔2〕 奥穆列夫斯基(英诺肯齐·瓦西列维奇·费陀罗夫的笔名)(1837—1883)是诗人、美文学家。

〔3〕 车尔尼雪夫斯基(1828—1889)的这部小说于一八六三年发表在《现代人》杂志上,大受青年一代的欢迎。

〔4〕 莫尔陀夫采夫这本历史记事的真实名称是《俄罗斯人民的政治运动》,出版于一八七一年。

〔5〕 "分州拥护者"是革命时期俄罗斯资产阶级自由主义的社会流派的拥护者,他们主张发展自己一州的文化经济的独立性。——译者注

合……

奥穆列夫斯基比他真挚纯朴得多。他的小说里有一种新生的信念和特殊的振奋。他性格柔弱,酷爱饮酒,生活颓唐,他在自己的作品中仿佛作二重表现:他把自己描写成一个阴郁而悲观的医生,患着酒病,已经绝望地被阴暗的环境条件所戕害,然而他祝福他的青年朋友斯威特洛夫去度新生活并从事斗争。在斯威特洛夫身上,就像他的姓氏所表明的[1],体现着对未来的信念。这个人勇武有力,光明正大。他万事成功,大家崇拜他的才智、性格和特殊的幸运。

他住在西伯利亚的荒僻地方(似乎是在流放中),在首都的杂志社里担任通讯工作,同时深入人民生活的隐秘之处。他的朋友是分离派信徒、聪明的农人和工人。他们都了解他,他也了解他们;这个联盟中产生一种秘密而伟大的活动。他的事业从外表上看来都只是一种手段。可是目的是什么呢?……

有一个"受了他的启发开始度自觉生活的"青年女子向他提出这个问题。他说,到时候自会把一切都告诉她……终于有一次,他为了一桩重要的社会事件要到首都去,动身前和她告别,他弯下身子去,在她耳朵边低声地说了两个字……她脸色发白了。她受不住这秘密的压迫。她生病了,在谵语中常常叫他的名字,称他为英雄和未来的受难者。

这两个字,莫尔陀夫采夫小说中的主人公是用寓言暗示和字谜来包蔽着的,而斯威特洛夫则在他的情人的耳朵边轻轻地说了出来,——这两个字当然是"革命"。是这两个字像一片乌云似的站在前面,在远

---

〔1〕 斯威特洛夫(Светдов)这姓氏的意义是光明。——译者注

处的社会地平线上发出闪电,这社会脱出了农奴制而滞留在全面解放的路上……这件事怎样实现? ……什么时候实现? 这是不清楚的了。会实现的……不久就会实现,"青年"中的新人物会做这件事。在他们后面,从不知名的乡村里,从宗派分裂和"公社"的深处,将要有哑谜一般的不知名的"人民"跟着前进……

这里面有许多是天真的;即使当时很认真的人的革命计划,现在看来也是极幼稚的。然而"时代精神"一贯地走着自己的路。文学中的两方面都指点着前面的谜一般的乌云:保守分子怀着恐怖,进步分子怀着希望。青年们的直觉越来越甚地拦阻他们去走寻常踏惯的道路,对"接受生活"的反抗性增长了。一代一代的青年从"托尔斯泰派的"中学里毕业出来,冲向汹涌澎湃的大学地带,正像冲向沸腾的潮流一般。谁能够通过这地带,他就或多或少地能和生活打成一片。从不久以前的抗议者中产生出检察官、工程师、主管人,他们常常微笑着回忆自己的"青年时代的热忱"。而在他们的原位子上已经蜂拥着另一批人,轮到这些人来负担这义务了……[1]

《时代现象》和《步步前进》这两个作品,我也是假期中在加尔诺路格时认识的。青年们高声朗读。连两个老年人——上尉和他的妻子——也怀着几分敬意恭听这些关于"新青年"的叙述。这里面有一部分和宗

——————————

〔1〕 在初版中(《俄罗斯财富》,一九〇八年第十期)这地方这样结束:"每过十年,这潮流增长一次,直到七十年代运动成熟的时候;这运动包含着当时还孤独的知识分子的斗争的插话,震撼了整个社会大厦。这就证实了模糊的先见:首先是'青年'。而现在,那乌云已经迫近,在近年来的各种事件中笼罩了我们的生活的整个地平线,这时候我们听到最初的凶恶的轰鸣声:这是'人民'跟着青年用沉重的步伐走上社会生活的舞台……六十年代和七十年代的'模糊的预感'原来决不是那么幼稚,像某种'清醒的'人所认为的那样……"

教论战相吻合，所以起初我对这种文学感到怀疑。我曾经向阿甫杰夫问起皮沙列夫，他说他是一个活泼的顽童。别林斯基，尤其是杜勃罗留波夫，在我看来是最高权威；而屠格涅夫我爱之若狂。他作品中的主人公都是活生生的人，莫尔陀夫采夫作品中的主人公和他们比较起来都是木头人。其中有一个人，绰号叫做"光头"，他端一张椅子给一位"小姐"。小姐生气了，认为不把她当作平等的人。那位主人公辩解，说他的行为是合理而利己的，因为万一小姐昏了过去，还是得由他来照顾她。有一个女主角自我介绍，说她胜过薇拉·巴夫洛芙娜[1]。我觉得这一切都是不自然的，做作的。奥穆列夫斯基作品中的主人公斯威特洛夫有抽象的幸运，他有时也像一个擦得很亮的铜面盆；作者常常赞赏他，这使人感觉到一种强烈的非艺术风味。一般地说，这些都不是像屠格涅夫、比辛姆斯基、冈察洛夫等作品中所表现的具体的人，而是各种人物类型，又加上流行的形容语："有名望的"人物类型。

因此他们没有吸引我的想象力，虽然渗透在这些文学作品中的一种特殊精神还是发生了影响。肯定的成分是牵强附会、模模糊糊的。否定的成分是生动活泼、实实在在的。

读过这些小说之后，我们又读勃拉果斯威特洛夫所翻译的登载在《事业》杂志上的《一个人在战场上不算战士》[2]，获得很深的印象。一般地说来，这个德国作家立刻掌握了当时青年的思想。他的主人公不再是"人物类型"，而是"具体人物"，而他们的斗争环境也的确取自现实。

---

[1] 车尔尼雪夫斯基的《怎么办？》中的女主人公。——译者注
[2] 《一个人在战场上不算战士》是德国作家弗利德利希·施比尔加根（1829—1911）的小说。

以前彷徨在俄罗斯的穷乡僻壤的,是查尔德·哈洛德[1]、阿玛拉特老爷[2]和毕乔林一类的人,而现在这些地方开始大批地出现施比尔加根的雷奥和车尔尼雪夫斯基的拉赫美托夫[3]一类的人。甚至也有"以拉赫美托夫为背景的雷奥"……

到了中学快毕业的时候,我从这种人的彷徨中得出了一个观念,虽然确是十分模糊的:我走出了中学和我们的城市之后应该做怎样的一个人。在这里,加入了现实主义文学的成分:由于对浪漫主义发生反感,我拒绝了一切夸大的英雄主义幻想。雷奥的形象我自认为不能胜任。我喜爱这种人,但是我的想象被施比尔加根的另一个主人公——《砧锤之间》中的主人公[4]——所吸引了。他在俄罗斯比较容易受人了解……倒如我这样想象:我们这里有一个地方发生了重要事件。一个二十五岁的青年人积极参加这些事件,他身材不高大,相貌聪明,目光坚定。他有一部分像我,然而只有一部分(我非常不满意自己的相貌,曾经在想象中加以修改)。由于初恋失败,他拒绝了"个人幸福"(他的命运固然不是没有突然转变为幸福的可能性)。他不是英雄,没有很大的声名,然而当他参加了献身于巨艰事业的人们的团体,不认识他的人问起他的时候,认识他的人回答说:"这是某君……是一个聪明人,可以信赖他。"……有时他的地位危险起来,或者由于工作艰苦而疲倦了。那时候他就隐避到荒僻的地方去。他像施比尔加根的主人公一样,在那里有一个工作室,他

---

〔1〕　查尔德·哈洛德是拜伦的同名诗篇中的主人公。
〔2〕　阿玛拉特老爷是玛尔林斯基(即亚·别斯土舍夫)的作品《阿玛拉特老爷(高加索史话)》中的主人公。
〔3〕　拉赫美托夫是车尔尼雪夫斯基的小说《怎么办?》中的主人公之一。
〔4〕　这主人公叫乔尔格·加尔特维格,这故事是用他的口吻来叙述的。

把这工作室给他的"民间朋友"应用。在这里,他和他们一同站在工作台前面,他们每天晚上读书,他告诉他们在遥远的京城里发生了些什么事。他们对这些事表示同情,也讲给他听:在人民智慧的深处成熟了什么东西。他们的脸相都很聪明,可是……他们没有民族性;无论我怎样努力地想象,他们有一部分像一八四八年的德国工人……

阿玛拉特老爷、查尔德·哈洛德、毕乔林和恶魔[1]这一类人的模糊的形象,实际上是毫无害处的:他们直接从神秘而阴暗的高处来就职。路德维希做了铁路局的官员;柯尔杰茨基顺利地在税务方面服务,由清白无辜的人的迫害者一变而为一个出色的,甚至有点多情善感的家主人。

俄罗斯的雷奥和拉赫美托夫的命运往往是不同的……但是我讲得太早了……关于这些事,在《我的同时代人的故事》以后的几章中当再详细叙述。

34　中学最后一年

这一年我在一种特殊的心情中度过。

假期就要结束了,这时候毕业生都离开学校,有的人到基辅去,有的人到彼得堡去。苏奇科夫也是其中的一人。在日托米尔的时候,我们两人是同班的。后来他比我高了一年;我想起了我本来应该也已经获得自由,心中就确实地感到一种特殊的懊丧。

我送他到关外。他穿着便服,坐在驿马车里,脚边放着一只皮箱,

---

[1]　莱蒙托夫的叙事诗《恶魔》中的主人公。——译者注

肩上背着新的旅行包;这马车就把他带到陌生的远方去了。我在监狱后面的公路上和他分手之后,又长久地目送一路飞扬的那团灰尘。我热情地盼望自己也获得自由……那时候就也可以像这样地向前迈进,到广大的世界里去过新生活了。那里有一种模糊而壮丽的气氛。而且很奇怪:在这壮丽的气氛中首先出现在我眼前的,是位在很高的地方的一个小房间……从窗子里可以看到下面的屋顶和上面的天空。地板上放着我的皮箱,墙上挂着一只新的旅行包,像苏奇科夫那只一样。这就是说,我已经来到目的地,就要到一个地方去。到什么地方去呢? 到新生活中去!

那团灰尘消失了。我回进城去。城市位在它的盆地里,沉寂、昏迷而且……讨厌。城市上空依旧蒙着薄薄的一层灰尘和烟雾,处处闪耀着长满浮萍的池塘;当我经过关卡的时候,那个老伤兵照旧装着原来的姿势在那里打瞌睡。而且,在池塘旁边狭小的铺板上,我面前突然出现鲁舍维奇的巨大的躯干,他现在已经升做校长了。他高高地向我俯视,厉声地说:

"你想尝尝禁闭室的滋味吗?"

我惊奇地看看他。这个人要做什么? 我对他早已不感到恐惧了。我觉得他一点也不凶恶,也许竟有他的善意。但是他为什么来打扰我呢?

一根粗大的手指伸向我的胸口。原来我的制服中央的两颗钮扣没有扣上。

"只是为了这个?"我想,就把钮子扣上,不禁耸了耸肩膀。他严肃地仔细看看我的脸。

"你从哪里来?"

“我……送苏奇科夫……”

“唔……怎么样呢?”他问的时候又似乎含有用意,大概他看到我的脸部表情,心中有些猜疑。

“没有什么,校长先生。”我呆板地回答。

校长看看我,仿佛要找个发火的口实,来惩戒我对权威的玩忽,但是他想不出什么来,就走他自己的路了。

我烦闷地向四周看看。苏奇科夫已经被载到远方去了……到了一个驿站。在册子上签字:“工艺专科学校学生!”……给驿马车夫一些酒钱。再坐上车,车铃子又唠叨地发出神秘的响声……可是我眼前还是这个长满萍藻的池塘……萍藻的缺处炎炎地、一动不动地反映着天空和阳光……有几个地方的萍藻动荡起来,这是蝌蚪和青蛙在底下游过……一只懒洋洋的天鹅费力地从芦苇里游出来。一个村妇正在用洗衣棍敲打湿淋淋的内衣……鲁舍维奇刚才拿禁闭室来威吓我……这种光景还要伴着我整整的一年! 苦痛,苦痛! ……

这一年我过得枯燥无味,我很了解我的哥哥,他一旦跳出了这轨道,就不能够也不希望重新走上去。我的毕业即将临近了。当然,我无论如何总会毕业的……

校长继续用怀疑而不大了解的眼光来观察我。有一次我从教堂里出来,他叫住了我。

“你为什么不祈祷?”他问,“从前你是祈祷的。现在却像柱子一样站着。”

我抬起眼睛来看看他,我的眼睛里大概又有了使他猜疑的表情。我怎样回答他呢? 难道就听了他的命令,让学校当局的目光盯住了我的背脊而祈祷吗?

"我不知道。"我简短地回答。

在父亲死后母亲所管理的那个学生宿舍里,我是"舍长",这一年,宿舍的一个房间里住着一个青年波德古尔斯基,他是一个富裕地主的儿子,预备来进高级班。有一次,校长来视察宿舍,走到波德古尔斯基的房间里,正好他不在那里,校长用鼻子在空中嗅嗅。

"他……吸烟吗?"他问我。

"不知道。"我回答。

"你是舍长吗?"

"是的,但是他还不是学生。"

"这没有关系……你应该知道。懂吗?"

"好,校长先生,让我问他吧。"我坦然地说。

校长的庄严的脸上迸发出怒气。他认为我既然当了宿舍的舍长,应该秘密地帮助他监视未来的学生:探察并搜查出香烟,然后向他报告。他看见我的答话含有讥讽的意思,然而我觉得这里面一点也没有讥讽。只是我不大考虑到我的话对他会起什么作用,因此我竟在威严的首长面前表示漫不经心的样子。这大概是一种本能的不恭敬,要是在现在,就会加以"危害思想"的罪名。然而那时候甚至在中学里也还没有通行"心理检查"的办法,校务会议要求"罪状",而我的心情是不能捉摸的。

我想,即使在现在,也还有许多即将毕业的学生体会到这种"最后一年"的心情。教育应该有它的主旨,把个别的知识提高到共通思想的高度上。而我们的学制仿佛在热心地敲打个别的键板。零星的音多得可厌,而共通的旋律没有……维持纪律的那种恐怖一年年地随着习惯而消散。对学校机构的内心的纪律和尊敬不存在了,生活已经从附近的境界上窥探并招引我们……

　　我的心情十分愤懑……有一次突然猛烈地爆发了。

　　有一天,两班正在合并上某一课。学生们都陷入半注意半不注意的紧张状态中,教室里充满了苦闷的沉寂,大家都在跟恼人的瞌睡作默默的斗争,这瞌睡状态便是教室纪律的标准。我挺起身子安静地坐着,照例在想别的事情;突然,坐在我旁边的同学用肘推我一下,指一指门。门上的玻璃框里看得见季佳特凯维奇的向上矗立的额发。可以猜测到好事的舍监的身体正蹲在门口向钥匙孔里探望。我心中忽然起了一个恶作剧的念头。我坐的地方,季佳特凯维奇从黑板旁边教室角里的门外望过来是看不见的;我就从座位里站起来,向教师告便。我获得准许以后,就沿着墙壁走到门口,非常迅速地把两扇门同时一起打开。门口出现蹲着的季佳特凯维奇,额发矗起,眼睛惊慌而突出,全班学生看见了都很开心。教室里发出一阵笑声。教师吃了一惊,回头一看,也笑起来。我只当没有这回事,管自到走廊里去了。

　　这是第五课。别班的学生和教师都早已散去;当我们这班学生也喧哗地走出门口去的时候,走廊里几乎空无一人……季佳特凯维奇急急忙忙一瘸一拐地向我们迎面走来。这个可怜的人受了嘲笑,十分懊恼:他的额发、漂亮的领带、吃力不讨好的照顾,都变成了笑话的材料,而青年们在这种时候是毫不留情而残酷的……现在这个可怜的舍监觉得自己处在异常可笑的情况中。他满面通红。一双小眼睛慌张地转动,闪闪发光。他推开了别的学生,走向我来,拉住了我的大衣。

　　“你留在这里不准回去吃饭。”

　　“这是谁的命令?”我泰然自若地问。

　　季佳特凯维奇昂然地挺起身子说:

　　“我自有权柄叫你留下来。”

"照规则你没有这权利，"我反驳，"你只能告诉学监，可是……你究竟有什么可告诉呢？……"

"这个我自知道……现在你得留下来。"

我耸一耸肩膀。

"我走出教室来是获得教师许可的，而且……我无从知道这对你不方便。"

学生们都笑起来。这就使得这可怜的舍监心情恼乱。他气得发昏，像马车夫一般骂起来，同时拉住了我的大衣，努力想把我从一群同学中拉出来。

我心中忽然发生了一种意外的、激动的感情。我猛烈地推开他的手，骂他奸细和白痴。同学们连忙把我们劝解开，否则这一场的结局还要不成样子。我有生以来第一次显示了父亲的急躁脾气，以前我一直不知道自己有这种脾气。我仿佛看见，这个有一双绿眼睛的小个子家伙，是这几年来压迫我们所有的人的一切力量的化身；我觉得我们互相对立，公然挑战，倒是非常快意的事……

这一场冲突立刻变成了学校里的一个重要事件。我对母亲绝不谈起这件事，免得她担忧，然而我觉得事情可能严重起来。晚上有一个同学到我家里来，他比我大几岁，我们是很亲近的。他是一个优秀的青年，在学业上不大聪明，然而深通世故。他坐在床上了，悲哀地摇摇头，说：

"唉，卡拉，卡拉(这是我在学校里的绰号)！你的机巧行为弄到了这地步……我去访问了几个教师，想要预先探听他们的口气……他们都说，你这件事不大好。"

"管它的。"我倔强地回答，虽然我想起了母亲，心里郁结起来。可是我觉得，假使季佳特凯维奇再来抓住我的大衣，我将用同样的态度来对付他。

这件事顺利地结束了。学生们的证明对我有利,然而特别支援我的是校工萨威里,他当时胳肢窝里夹着一只铃,冷眼旁观这全部情景。其实他也只是报告了实际情况,说季佳特凯维奇先骂我,并且抓住了我的大衣。结果我被关进禁闭室,季佳特凯维奇受到了批评。在那时候,学生还能被认为比"学校当局"有理……

35　最后的考试。获得自由

一八七〇年六月底[1]一个晴朗的夏天的早晨,五点钟光景,我带着菲拉列特的教义问答和教会史走到城郊的园林去。这一天要考"神学"。这已经是最后一次考试了。

我心里烦恼、不快。我已经考得疲倦了。昨天晚上睡得很迟,今天起得很早,太阳还没有出。眼睛不知不觉地想合拢来,头脑昏昏沉沉,我到这里来,希望这个小丘上的清凉的晨风吹散我的睡意。我爬上高处,开始欣赏辽阔的远景。城市躺在下面,了如指掌。在早晨,城市上面常常蒙着池塘里升起来的烟雾,现在雾障逐渐散裂,一会儿显出屋顶,一会儿显出绿色的树丛,一会儿显出白色的墙壁来……那个圣母像仿佛飘浮在空中,城郊远处隐约看见田地、村庄、树林……我有好几分钟不能离开这片景色,烟雾的没有痕迹的推移,使这片景色有了特殊的生气……我觉得我还是初次真实地看到自然的面貌,初次捉摸到自然的内在意义,然而……我没有工夫观赏。我必须记住各种枯燥的教

---

〔1〕　这里作者把年代写错了,他在罗夫诺中学毕业是一八七一年。

条、宗教会议和异教,它们跟这个不可思议的世界的美毫无一点关系。这使我感到不幸。我认为这时候的幸福,是能够站在这里,站在这小丘上,怀着自由的心情眺望这美妙的世界,捉摸它的奇异的表情,这种表情好像自然界的诱人的秘密,闪现在它的光明和阴影的微妙的动态中。

我在心中许下誓愿:考试一完毕,立刻再到这里来,就站在这地方,眺望这片风景,并且捉摸它的表情……然后……在旁边那棵萧萧的浓阴绿树底下酣睡。

我还在背诵"神学"的时候,传来了中学里的悠扬的钟声,这是最后一次召唤我到学校里去。好,听天由命吧!我合上了书本,过了一刻钟,我已经走进中学的院子里去了。

过了一小时,我从那里跑出来,心中怀着一种轻松、自由、幸福的新鲜感觉!我对这科目实际上并不理解,可是我竟考试及格,并且考得"优良",这是怎么一回事,我现在已经记不起了。我只记得考试及格之后,就发疯似的跑回家去,跑到母亲那里,欢天喜地地拥抱了她,然后丢开了那些无用的书,跑到城郊去了。

清晨过去了,新鲜之气已经消失,雾也没有了,只有池塘上面还横着几缕隐约的青烟。屠格涅夫说:他出国以后在柏林近郊第一次有意识地享受自然美和云雀的歌声。这句话很奇怪,然而是真实的。这并不是说他以前没有感觉到自然美。然而一个人会碰到这样的瞬间,这时候他把自己的感觉有意识地看作一种特殊的精神现象。这瞬间往往来得很迟,有些人可能从来不会碰到。我那时候大概也是第一次这样地观赏自然,而且那么充分地明确意识到自己的感觉。我第一次感觉到这个即将告终的清晨交响曲和谐、生动而完整。似乎有一种东西"告终"了,就像唱

《静静的世界》时晚祷即将告终一样。我在自然中所感觉到的,正是充满着和谐和意味的"神圣仪式"。

我现在一点也不想在树底下睡觉。我又发狂似的奔下小丘,跑向学校去;考试完毕的同学正在一个一个地从学校里走出来。在"神学"考试上——更何况是最后一次考试——是不会给学生落第的。所有的学生都及格了,于是这个小城市里仿佛充满了我们的如醉如狂的欢乐。自由了! 自由了!

这种感情非常强烈,非常奇特,我们竟不知道怎样排遣它,怎样安顿它。我们一大群人决定到"捷克人那里",到新开的啤酒店里去发泄这种感情……我们大家都觉得浓烈的捷克啤酒味苦难当,可是……昨天我们还没有权利到这里来,所以今天要来。我们坐在桌子旁边,一本正经地从杯子里喝着酒,努力抑制禁不住的愁眉苦脸……

过了几天,我们得到了文凭,决定一起庆祝一下我们的获得自由。这庆祝会又像苦味的啤酒一样。我们聚集在温特劳勃的酒店的大房间里,这地方以前是禁止学生来的,来了要被开除;我们也邀请教师参加。教师们"友爱平等地"和我们一起喝酒,拼制甜酒,喝得大醉,互相亲吻。甜酒浓烈难当,可是……我们和教师们一起喝着,亲热地拍他们的肩膀,这种况味是新鲜的,不平常的,仿佛是有此需要,而且是愉快的……到了深夜,有人要求奏乐。那个机敏的犹太经纪人就叫起乐师来;黎明时候,我们在单簧管、长笛、两三个小提琴和土耳其鼓声中走在沉睡的、还黑暗的市街上。音乐惊扰了睡着的街道的沉寂。我们喊"万岁",把教师们抬起来,同时……觉得这一切似乎都没有意思,不是真诚的,是虚伪的。

可是,应该怎样来排遣这种不得安顿的新的自由感情呢?

下一天,我头目晕眩、精神懊丧地出去洗澡,先到一个同学那里去弯一弯,他住在中学隔壁的一所公家房屋里。当我走上扶梯去的时候,楼上的一扇门开开了,迎面走下一个相貌聪明而有浓密的小胡须的青年人来……他的十分突出的额角和严肃而顽强的眼光给我很深的印象。这个人是陌生的,显然不是罗夫诺人。他走下楼梯之后,楼上的门又开开了,历史教师安德路斯基出现在平台上。他把身子伏在栏杆上,向那个人叫喊:

"德拉果玛诺夫[1]! 等一等,还有两句话!"

这个不相识的先生又走上扶梯来;当我走下去的时候,他已经不在那里了。

德拉果玛诺夫,德拉果玛诺夫! 我记起了杜勃罗留波夫的作品里有这个姓氏。在关于皮罗果夫事件的论战[2]中,有大学生德拉果玛诺夫参加着;而且他在反对杜勃罗留波夫的论文中,毫不客气地揭穿他的笔名。难道这位额角突出而眼色聪明的先生就是那个"大学生德拉果玛诺夫"吗?

在通向河边的田间小路上,安德路斯基赶上了我。关于这个教师我曾经说过:他教得枯燥乏味,然而大家尊敬他,把他看作一个聪明、坚毅而公正的人。昨天他只是在我们晚会开始的时候来了一下,一点酒也不喝,很早就走了。现在他肩上搭着一条毛巾,精神抖擞,衣衫鲜明,神气

---

[1] 德拉果玛诺夫(1841—1895)是乌克兰资产阶级民族主义思想家、历史家、政论家、民俗学者。

[2] 指五十年代末杂志上的论战。皮罗果夫主张废除学校里的体罚,但后来他对反动教师们让步,同意有限制地应用体罚。杜勃罗留波夫在《被体罚所毁灭的全俄罗斯的幻想》一文(用笔名 H-бов 发表)中指责皮罗果夫叛变。——译者注

也很鲜明。我站定了,以学生的身分在教师面前脱帽,但是他走近我面前,向我伸出手来。这时候我又感觉到了我的新地位的新特征。

"你去洗澡吗?"他问。

"是的。"

"我们一同去吧。"

我们走到季佳特凯维奇侦察学生时埋伏的地方去。这光景也自有一种新的魅力。

"刚才你在楼梯上跟谁讲话?"我终于在路上问他。

"跟德拉果玛诺夫。"

"这……就是那个人吗?"

"是的,他是作家、教授。我和他在大学里同学。"

他不知道我所谓"就是那个人"是指杜勃罗留波夫的反对者。我以前对这个人的想象不是这样。现在这个人的样子显得聪明可亲。而杜勃罗留波夫所评论(虽然并不特别赞许)的那个人现在出现在我们眼前,这情况现在我看来是我所即将进入的新世界中的一个奇迹。洗好澡回去的时候,安德路斯基在自己门口拉住了我的手,对我说:

"我家里有茶炊,还有登载有趣的新闻的报纸。你高兴去坐一会儿吗?"

我乐愿地来到这个单身教师的屋子里。桌子上放着一个茶炊。安德路斯基煮起茶来,用一块干净的餐巾来盖住了茶壶,然后递给我一份《呼声》报。

"你念得大声些好吗? 就是这一段。"

这是关于涅恰耶夫[1]事件的记载。

关于这事件我那时候一点也不知道,我就十分淡然地开始诵读。然而一种不可名状的兴奋渐渐地笼罩了我。报纸上谈到特卡乔夫[2]和杰敏捷娃[3]的印刷所,又刊印着涅恰耶夫对大学生的宣言……"那时候我们坐在角落里,垂头丧气,怨恨满面……""我们用人民的钱来发展了自己的脑力,用人民田里取来的粮食来养活了自己,——难道我们会参加人民压迫者之列吗?……"宣言里发挥着一种论见,说青年学生的利益和人民的利益是一致的。"我们有一班同志,他们没有权利,他们的地位在欧洲是最坏的,他们的愤恨由于无处发泄而越来越深了……"

我读完之后,安德路斯基的明慧的眼睛隔着桌子对我看看。他看见我读了这篇东西之后几乎如醉如狂,就简单地、很客观地对我叙述了这事件的要点、涅恰耶夫的论旨、他在彼得公园刺杀伊凡诺夫的情况……然后对我说:在我即将进入的大学生世界里,我会碰到同样的骚扰情况,对一切都应该仔细辨别……

──────────────

〔1〕　谢尔盖·根纳季耶维奇·涅恰耶夫(1847—1882)是一个巴枯宁无政府主义者,冒险阴谋策略的拥护者,这策略认为组织群众去跟沙皇制度作斗争是不可能的。一八六九年,他是学生运动的领导者之一。他在莫斯科,主要的是在彼得农林学院里,组织了许多阴谋集团。他碰到了反对他的斗争策略的大学生伊凡诺夫,就把他刺杀,自己到彼得堡去了。后来,涅恰耶夫得知,为了伊凡诺夫被刺的事件,莫斯科已在通缉他,他就逃到瑞士。一八七二年,涅恰耶夫被人出卖给俄国政府,就在一八七三年被判二十年苦役刑。他死在彼得保罗要塞。

〔2〕　彼得·尼基齐奇·特卡乔夫(1844—1885)是民粹派理论家之一,空想的"农民"社会主义的拥护者,政论家和文学批评家。一八六九年,特卡乔夫为了涅恰耶夫事件被捕;一八七一年,被判一年四个月的徒刑。一八七三年,他逃到外国;从一八七五年到一八八〇年,他在那里出版《警钟》杂志。

〔3〕　亚历山德拉·德米特利耶夫娜·杰敏捷娃(1850—1922)是特卡乔夫的妻子。一八七一年,为了涅恰耶夫分子事件,被判四个月徒刑。后来侨居外国,和特卡乔夫一起办《警钟》杂志。

　　这一切又像冷冰冰的雪片落在赤裸裸的身上一般印入我的纯洁的心中……伊凡诺夫的被刺在我觉得是异常不调和的。"也许是假的吧？……"然而有一个主要的思想支配着这一切,这就是说:我们也已经有了这种……这种什么呢？……聪明而严正的大学生,"怨恨满面",痛苦地关怀着全体人民的无权地位……在提到"季玛舍夫[1]和特列波夫[2]类型的将军"的时候,我回想起了贝扎克。

　　……

　　最后几天的傍晚,我常常怀着一种新鲜的自由感觉在公路上散步;有一次,在居民们散步的地方,烟尘弥漫的暮色中,有两个人出现在我眼前:有一个是我的同学列昂托维奇,他挽着一个高个子的青年在那里散步,这青年戴着一副蓝眼镜,阔边的软帽底下露出长头发来。这个人显然不是罗夫诺人。

　　"这位是基辅来的大学生彼得罗夫斯基,"我的同学把这个陌生人介绍给我,"这位也是未来的大学生某某。"

　　彼得罗夫斯基热烈地和我握手,并且邀我们两人到他的旅馆里去。在他的房间的角落里,放着用报纸包好用绳子扎好的两捆纸。列昂托维奇怀着敬意看看这两捆纸,放低了声音说:

　　"就是……这些吗?"

　　"是的。"大学生郑重地点点头。

　　"你知道……放在角落里的是禁书。"我们到了街上之后,列昂托维奇对我说,"他们派彼得罗夫斯基来……你知道……这是一个很危险的

---

　　〔1〕　季玛舍夫是一八六八至一八七八年的内务部长。

　　〔2〕　特列波夫是彼得堡的市长。为了他曾经发布鞭打政治犯鲍果留波夫的命令,薇拉·扎苏里奇在一八七八年行刺于他。

任务……"

这是我生平看到的第一个"宣传员"。他在城里住了几天,每天傍晚在公路上散步,他的大学生模样、眼镜、巴拿马草帽、长头发和呢绒披肩引起大家的注意。我有时和他一起散步,希望他向我吐露真情。可是他默默无言,或者说些含意深刻的闲话……

他走了之后,城里留下了一些秘密分发的、毫无危险性的乌克兰文小册子,而在我心中留下了两重的感觉。我觉得彼得罗夫斯基这个人很浅薄,故意装出严重的态度。然而这种感觉潜隐在我的意识深处,不敢表露出来,我表面上还是保持着天真的敬意:那么重要的人,戴着眼镜,负着那么危险的任务……

终于来到了一个幸福的瞬间,我撇下了这个沉寂的城市,让它留在后面的盆地里了。我面前伸展着一条漫长的公路,远处地平线上纷呈着模糊的景象:一片片的树林、新的道路、遥远的城市、不可知的新生活……

附　　录

童年时代的恋爱[1]

在我的童年时代和少年时代,梦占据着我的心境的大部分。据说,健康人睡着了大都不做梦。我却相反,健康的时候常常做最清楚的梦,而且记得很牢。这些梦和现实事件交织着,有时剧烈地加深现实事件的印象,而有时这些梦本身对我发生那么强烈的作用,仿佛这些竟是现实。

为了要使下面的叙述更加清楚易解,我必须回过去谈一谈早期童年时代的事。

在日托米尔,我还没有进中学的时候,父亲正在当预审推事,他有一个"文牍员"叫做亚历山大·勃罗茨基老爷。父亲的文牍员常常调换。这些人大都是生活潦倒、脱离常规的不得志的人。有时会碰到真正的"才子",有一个叫做柯尔尼洛维奇老爷的,能够十分清楚地记住各种条文、注释和参议员决议,连精通法律的父亲也吃惊。父亲对他这个文牍员极口称道,有时他们作小小的记忆力比赛,这时候柯尔尼洛维奇常常

---

〔1〕 这一篇按照作者原定计划,应该是《我的同时代人的故事》第一卷中的一节(第二十三节),关于这一点,柯罗连科在一九○五年九月二十三日给他夫人的信里曾经提到过。

获得胜利。然而他的相貌和举止行为使人看了不很愉快：他的脸有点浮肿，眼睛不看前面，似乎怕难为情而下垂。过了一个时期，他开始耽好饮酒了，到我家来的时候样子阴郁而愁苦；他不能工作，常常把公文弄错，后来他就无影无踪了。

在他之后，又调换了两三个人，这些人出现以后，不久就为了"酗酒事件"上或多或少惹人注目的悲剧而消失了。

最后来了勃罗茨基老爷。他立刻给所有的人很好的印象。他穿得很朴素，然而有一种特殊的趣味，使人觉得整齐大方。他年纪将近三十。他有一张明朗的波兰风面孔、一双很和蔼的淡蓝色眼睛和一绺略微鬈曲的淡黄色的丰髯。总而言之，他完全不像一个"私人文牍员"，我们孩子们起初对他害怕，不敢接近这个胡须像恰尔涅茨基将军的庄重的人。

然而，这个庄重的人原来怀着纯洁的童心，不久我们都很喜欢他了；我和他建立了真挚牢固的友谊。这友谊完全平等，仿佛我们两个都是大人，或者相反，两个都是儿童。我那时还在学馆里念书，刚刚开始学习俄文文法(波兰文我那时候说和写都较好)。有时他帮助我准备功课，热心地和我一起背诵德文生字和文法规则。我有时也帮助他。他是波兰人，学会字母 ъ 的发音比我困难。有时为了公文里的某一个字，我们就认真地开会讨论，勃罗茨基对我十分信任，要不是相信我关于字母 ять[1] 的知识的巩固，就是相信我的直觉，我的直觉的确是不大会错的。每天晚上，我们两人都空闲的时候，他从他的皮箱里拿出一本波兰文的书来，诵读绥罗科姆略[2]的诗篇。直到现

---

〔1〕　是古代的俄文字母，即 ять。——译者注
〔2〕　符拉季斯拉夫·绥罗科姆略(1823—1862)是波兰诗人康德拉托维奇的笔名。

在,我还记得他的颇为嘹亮的胸声,其中充满着一种特殊的动人的声
调。我特别清楚地记得一首诗,诗里描写着耶稣会教士学校里的童
年时代。在这学校的墙壁上有许多各种各样的题词,其中有某一个
孤儿的手笔:

　　　上帝啊,我的上帝!
　　　我孤苦伶仃有谁怜![1]

　　勃罗茨基是一个庄重的成年人,然而我觉得这两行诗在他的嘴上仿
佛特别富有表情。有一次他到某一个地方去了,回来得很迟。这时候我
觉得他的脸跟平常有些不同,略微有点浮肿,像柯尔尼洛维奇一样,鼻子
有点发红。他突然地拥抱了我,对我说:
　　"这是不要紧的。不要紧的……唔……讲都不要讲起它……"
　　我当然不对任何人说;可是我不说,父亲和母亲也看出了一点。他
们悄悄地谈论"勃罗茨基老爷",在他们的语气里听得出一种真心的惋惜
和担忧。可是这一次勃罗茨基似乎及时矫正了自己的毛病,我没有看见
他像别的文牍员那么酩酊大醉。然而,我虽然是一个无思无虑的小孩
子,总觉得有一种痛苦而危险的悲剧在那里等候我的新朋友。
　　我们的友谊继续了整整一个秋天和一个冬天。到了早春,他不知为
什么要离开我们回到他的故乡去。他和另外一个人同去,这个人黎明时
候就要来接他。上一天晚上,他就很诚恳地和我家的人告别;我是和他
睡在一个房间里的,我们谈得很长久。我非常悲哀,然而很奇怪:我仿佛

---

　　[1]　O Bożeź moj,Boże! Jakim jabiedny! Kto-ź mi dopomoże. ——原注

还没有完全意识到离别的意义。我的眼睛开始合拢来了。勃罗茨基坐在我的床沿上,用他的有力的手来轻轻地抚摸我的头,然后弯下身子来吻我一下,吹熄了蜡烛。我睡着了。

将近早晨的时候,我做了一个梦,梦里有勃罗茨基。我和他在一个美妙的地方散步,那地方有小丘和树林,蒙着雪白的霜;我们看见几只兔子在柔软的雪地里跳来跳去,像有一次在现实中所看到的一样。勃罗茨基非常高兴,说他根本不离开这里,而且从此不离开这里。

我突然醒了。天色渐明。这时候是早春,雪还没有完全融化,天气阴暗,雨雪交加,倒很像秋天。模糊的晨光朦胧地、仿佛怀敌意似的从窗子里照进来;我习惯于这微光之后,望望勃罗茨基的床铺。床上空空如也。昨天我和他一起整理的皮箱也不见了。我心头还保留着刚才那个幸福的梦的温暖情味。在这个梦的对比之下,我的满怀离情立刻显著起来了。

我从床上跳起来,跑到窗边。窗玻璃上流下雨滴来,如烟如雾的细雨笼罩了荒野,远处的一带房屋若隐若现,模糊不清,整个世界似乎都弥漫了这种雨雪绵绵的阴沉之气,我这位成年的朋友就潜隐在这里面……一去不复返了!

况且,我没有准备好德文课。学馆里的德国人是一个冷酷的人,长着棕色的连鬓胡子,髭须和下巴都剃光,上面经常撒着鼻烟屑,他是一个严厉、乏味而迂腐的人。我的朋友已经消失在这迷离的烟雾中了,而我必须收拾书本,通过这片处处堆着惨白的残雪的荒地到学馆里去,带着没有准备好的功课去见那个严厉的德国人,童年时代最初的剧烈的悲哀充塞在我的心中。要是没有这个梦倒还好……可是这个梦那么清楚,在我看来竟是另一种现实,是可以任我选择的。只要躺下去,睡着了,就不会有这种雨雪,也不会有别离……但求不要醒来……然而天亮起来了,房间里所有的东西依旧如故……枯燥的情况显然暴露:勃罗茨基一去不复返了,而德国人那里非去不可。

我和勃罗茨基从此不再见面。生活把我们远远地分开;而现在,当我清楚地回想起他的可爱的姿态来,希望再握一握他那只有力而亲切的手的时候,他早就不在世间了……生活中充满了离合悲欢,想起有些事当时忘记做了而过后欲做不能,往往后悔莫及……

这种感觉被梦境强调起来,然而是现实事件——跟活生生的亲爱的人离别——所引起的。这虽然很奇怪,可是有一次我做了一个完全幻想的梦,也体验到了这种清楚强烈的感觉。

这也还是在日托米尔时候的事。我从二年级升到三年级,这时候我正是十二岁。我升级不须通过考试,我很空闲,因此非常高兴;尤其是因为中学里还在照常进行考试,共同的假期还没有开始,我就更加显得空闲。春光明媚而灿烂。我的时间完全空闲,有时我故意从中学旁边走过。现在我觉得这个中学很特别:考试的时候照样规矩森严、肃静无声,然而它现在对我没有权势,正是这一点使我感到特殊、有趣而欢喜。有时走出一群考试完毕的中学生来,他们高兴地谈论考试的得意,或者担忧考试不及格。我走近熟悉的同学,问他们些话,然而我不敢向学校的院子里面窥探。这所庄严的建筑物使我感到一种敬而远之的恐怖。我似乎觉得,我只要走进走廊里,又会落到中学当局的势力范围内。我特别害怕的数学教师谢尔比诺维奇就会抓住我,不管三七二十一要我考试。后来,某一课考完之后,门里出现了几个穿蓝制服的教师,我就逃走,想起了一会儿我就会远离他们,完全自由,心里很高兴。这种自由的意识使我充满了极度的欢喜,这欢喜要找求一种特殊的表现。我觉得自己幸福,优越,慷慨大方。这时候我愿意做任何事情,什么事都肯对别人让步,愿意作任何效劳。

我怀着这种心情,在某一天夜里,更正确地说,在黎明之前,做了一个梦,仿佛我来到了一个僻静的小胡同里。这胡同里没有房屋,只有高高的围墙。围墙上面挂着朦胧的云,下面铺着柔软的冷冰冰的白雪。雪地上有一个女孩子,穿着一件有雪白的兔皮领的灰色呢面皮大衣。她好像在那里哭。

我完全不认识她,而且这时候我连她的脸都没有看见。但是,对这个不相识的女孩子的热烈同情的浪潮涌上我的心头,使我仿佛感到一种肉体的温暖,好像热水浇进我的胸中。我走近这女孩子去,想要对她说些话,为她效些劳……正像梦里所常有的情况,我不知为什么不能做到。女孩子把脸埋在她的白衣领里,扭向一旁。我只看见她的粉红色的面颊的一部分和一只小小的耳朵。但是主要的不在于外貌,而在于一种特殊的、立刻牵惹我心意的热烈的同情。我似乎可以而且应该作什么行动,使这个女孩子不坐在这荒凉的雪地里哭泣……但是我还没有想好应该说什么和做什么,梦就醒了……我醒来的时候,心里充满了一种感觉,就同那天清晨梦见半夜动身的勃罗茨基时的感觉一样。这时候我没有想起勃罗茨基,然而心中怀着同样的温情和同样的一种特殊的苦痛。同那时候一样,我有一会儿认不出自己的房间了:百叶窗缝里射进春天的明亮温暖的太阳光来,这在我觉得很不相称,我以为现在窗外应该是下着鹅毛大雪的冬天,要是不然……要是不然,就可见世界上并没有那个穿白领子灰色皮大衣的女孩子。如果没有她……想到这里,我的心郁结起来,我胸中一直保留着那种温暖的感觉,心里意识到别离的苦痛,苦痛得很,仿佛我又和一个活生生的亲近的人分手了。

　　这天早晨我起来的时候,觉得一切日常光景都显得特别异样;我一直认为现在虽然不是冬天而是春天,然而我还是可以挽回过来,设法找寻那个孤苦伶仃地出现在陌生的荒凉的雪地上的女孩子。我们城里有没有这样的一个胡同呢?我要不要到那地方去,我能不能在那里找到这个女孩子呢?这种奇怪的幻象曾经那么清楚而强烈地、竟像现实一般地反映在我的全部身心中,难道永远消失了吗?

　　这一天是星期日。学生应该到老教堂的楼廊里去做弥撒。我获得学校当局的许可,通常是到另一个教堂里去的,然而这一次我到老教堂里去了,希望在那里遇见我邻座的好朋友克雷希塔诺维奇,关于这个人,我在前面几章中描写过一部分,读者已经熟悉了。他是一个老练而有威望的青年,我很想在他面前倾吐我的衷情。

　　礼拜做完之后,我们两人一同走出来。我的朋友和我一样空闲。我是免考,他是不准考,他打算去当电报员。现在他逍遥自在,无牵无挂地享受春光。

　　"你今天为什么有点……奇怪?"他问,"好像把醋当茶喝了。我们到什么地方去玩好吗?"

　　"去吧。"

　　"到符兰格列夫卡去,好不好?"

　　"不——你知道,我想在城里走走……"

　　"为什么?"

　　"老兄,我自己也不知道为什么。可是……不过你不要笑,那么我会讲给你听……"

　　我就在一路上把我的梦讲给他听了。

　　我的朋友听我讲的时候不但不笑,而且一本正经地集中注意。

"你相信梦吗?"他问。

"不——……不相信。"

我的确不相信梦。父亲的沉着的讥讽在我心中消除了世俗的成见。可是这个梦来得特别,谈不到相信不相信,因为我切实地感觉到它……我在想象中一直看见白雪上有一个灰色的人形,我的心还是惘然,一想起这光景,胸中就涌起热潮来。问题不在于相信不相信,而在于我不能又不愿承认世界上并没有这个女孩子。

"我却相信,"克雷希塔诺维奇确信地说,"梦里的事往往会实现。我的父亲在认识我母亲之前,也早就梦见过她……虽然他们现在一直吵架,可是总归……慢来。"

他站定了,想一想,额上显出皱纹,然后断然地说:

"我知道这样的一个胡同,在那里有一个我所认识的女孩子。可能就是她,我们去吧。"

我的朋友在学业上并没有花许多时间,城里的偏僻里弄他条条都熟悉。他引导我经过我所完全陌生的地方,来到了城郊的一条狭长的胡同里。这条胡同奇妙地拐几个弯,两旁夹着古老的围墙。然而这些围墙比我梦中看见的低些,从里面的荒芜的花园里挂出茂密的树枝来。

"这里像不像?"我的朋友得意地说。

"有点像,可是……不对,不是那个。那里只有围墙和天空。而这里有花园。"

"傻瓜。要知道那是冬天啊……怎么会有花园呢!可是现在是春天。"

有一个地方,连续的围墙变成了栅栏,栅栏里面可以望见一个广大的院子,其中有一个圆形的花坛,花坛中央矗立着一个铝球。院子深处望得见一所有柱列的贵族邸宅,左面有一个茂盛的花园,和院子没有隔离。几条小径通向绿荫深处,在这背景上显出两个穿短衣服的女孩子来。一个正在跳绳,另一个在滚铁环。树底下的凳子上坐着家庭教师,她膝上放着一本书,显然在那里打瞌睡。

"爬到这里来看。"克雷希塔诺维奇说。我们两人用手攀住了栅栏柱子,于是两个小流氓就从胡同里向这个绿树成荫的小小的乐园眺望了一会儿。

"怎么样,像不像?"克雷希塔诺维奇问。

"不——像。"我回答。我自己很想找到我所不认识的那个女孩子,照理我应该乐意地略微让步……然而……我不能说出这里有什么不同之处:所不同的是我的梦所给我的一种感觉。现在没有这种感觉,我心里发生了对任何妥协的嫌恶。"不是这个!"我叹一口气说。

"傻瓜!"我的朋友又断然地说,"你还没有看清楚她们哩。"

他从围墙的踏磴上走下来,把手指放进嘴巴里,小心地吹出轻微的口哨。两个女孩子耸耳倾听一下,轻轻地说了些什么,大的一个就装作追铁环,飞速地跑到我们站着的地方的围墙旁边,也攀住了栅栏柱子爬起来。她看见了我,突然低下头。

"卓雅,你好,"克雷希塔诺维奇亲切地说,"我们可以到你们花园里去玩玩吗?"

"不,不可以。"女孩子回答,又迅速地向我一看。

"为什么?"

"祖母不允许。你同来的是谁?"

"这是我的同学……为什么不允许?"

"她说你是个顽皮孩子,没有教养的。她说只有丫头听见口哨才跑出来。"

"一定是你这傻瓜告诉了她。"

"不是我。是薇拉告诉她的。祖母问我:真的吗? 我说:真的。"

"你们两个都是傻瓜! 既然这样,我以后就不来了。"

女孩子向我们看看,想了一想。

"等一会儿! 让我去请求祖母。我跟她说来了两个人。要是你们能进来,该多么高兴啊。"她遗憾地说出最后一句话。

"不要。你去跟你祖母说……她自己才是没有教养的。正是这样!你会说吗?"

"不,我不说。你的同学叫什么名字呢?"

"不关你事。你去,跟你的祖母亲吻去吧。我们走!"

"怎么样,像不像?"我们走了一段路之后,他问。那女孩子还在后面攀住了栅栏向我们看。

"一点也不像。"

"那么是那个小的。如果你要看,我喊她出来。嘿,一个伶俐的女孩子!"

"不,不,请你不要喊。不是她。"

"你为什么知道? 慢来,你那个女孩子相貌是怎样的?"

"相貌? ……"

我觉得十分为难,因为我完全没有看清梦里那个女孩子的脸……我只记得她的脸庞的一部分和隐在兔皮领里的一只粉红色小耳朵。虽然如此,我极清楚地感觉到,她并不像刚才看见的那个女孩子,也并不像她的妹妹那样"伶俐"。

"可能她们也有灰色皮大衣吧?"克雷希塔诺维奇又作这样的推测,

可是我断然地走出了胡同……克雷希塔诺维奇只得跟着我走,心里有点失望,因为他原来已经完全相信我的梦的预言性了,而这种神秘现象的证实,往往是有趣而愉快的。

我心中有好几天怀着对于我的梦境的苦痛而珍贵的印象。我爱惜这印象,怕它消失。我睡的时候,故意想想这个女孩子,回忆一下梦中的模糊的细节,使做梦时的感觉复活起来,然后等待这女孩子重新出现。然而梦同灵感一样,有意召唤它,它不一定会来。

后来发生了我所害怕的情况:穿灰色衣服的女孩子的形象渐渐地模糊起来了。我似乎痛惜它的消失,这有时近于良心责备,仿佛我遗忘了一个对我有所期望的活的朋友。可是日子一天天地过去,这形象逐渐地消失在各种新印象中,远离而消逝了……

这时候我眼前闪现出我同辈的女孩子们的活的形象来,我已经把我所认识的男孩子和女孩子分别看待。

一般说来,这情况是很早就开始的。记得我七八岁的时候,在奥克拉舍夫斯卡雅太太的学馆里,有一个女孩子和我同学,她是当地一个糖果商的女儿。大概他们给她吃了许多甜品,她这人就像一个热面包,容易脸红,喜欢笑,又容易哭。有时她在上课的时候问我些问题,我总是乐愿地率直地回答她,课间休息中开始做游戏的时候,她总是尽量设法和我坐在一起,挽住我的脖子,或者握住我的手。我那时候不喜欢这样。有一次她坐在我旁边了,我立刻坐到别的地方去。她也立刻跟着我来,我又坐到别的地方去。其他的女孩子都笑起来,她就满面通红,哭起来了。我知道我使她大受委屈了。但是我不大懂得为什么发生这样的情形……

后来我不再有这种粗暴的行为,甚至装出有情人的态度。在隔壁柯良诺夫斯基家的屋子里,常常有许多女孩子和姑娘,我已经能够在她们之中辨别出漂亮的,或者更正确地说,我所认为可亲的人物。其中我特别清楚地记得一个人:她的腰身微微倾侧,她的脚略微有些跛。可是她那双蓝眼睛充满着善良和忧郁的神情,使我常常极愿意对她表示好意。她注意到了我的默默的忠忱,有一次受了我这种表现的感动,吻了我一下。这在我觉得很高兴。

父亲从日托米尔调迁到杜布诺之后,我们到他那里去过假期。妹妹和母亲比我们早到那边,妹妹在这里跟一个比她年纪稍长的女孩子交了朋友。这女孩子的小名很好听,叫做柳娘,她有一双平正的黑眉毛和天鹅绒似的含情脉脉的眼睛。有一次傍晚时候我送她回家。路上有几条狗来侵袭我们。我在这时候表现得出奇地勇敢,当我平安地把我这位小姐送到家里以后,她娇媚地、欢天喜地地把这情况讲给她母亲听。临别的时候,她那双天鹅绒似的眼睛担心地望着我,对我说:"你不怕那些狗再来侵袭你吗?可能更多呢!……"——这时候我觉得骄傲而幸福。

她说的是波兰话:A pan sie nie boi? ——这句话在我听来觉得更加富有敬爱之情。

我当然不怕狗。相反地,我走在广阔而黑暗的街道和空地上,希望碰到什么危险的东西。我想起了柳娘还没有睡着,躺在她的百叶窗关好的房间里,正在担心而同情地惦记着我,我心中就非常愉快。我一点也不怕,手里拿着一根棍子,独自前进,从有名的杜布诺古堡的长满常春藤的墙壁旁边经过。我想起我也许是在"恋爱"了,心中就感到骄傲。

然而实际上没有这回事。我从杜布诺回到日托米尔之后,差不多整整一年在郊外游荡,似乎老早就忘记了柳娘,忘记了她那双黑眼睛,甚至忘记了自己的非凡的勇敢……

在罗夫诺的时候，我妹妹也有几个女朋友，我常常和她们见面。

有一次，我躺在我们花园里一个荒僻的角落里的草地上，怀着特殊的心情，这种心情是我在这个沉寂的城市里常常体验到的。我想做什么事，似乎觉得这是应该做而且可以做的，然而难以确定这究竟是什么事。我心里所想到的和着手去做的事，不能使我满足，因为我一点也不会做。我躺着，心中怀着一些模糊而疏懒的念头，仰望着渐渐消逝的白云在绿叶中间的青空中徐徐地移行。

突然听见附近有轻微的沙沙声。我回过头去，看见离开我两三步的地方，疏朗朗的栅栏外面，有一个比我年纪稍长的穿花衣服的少女。一双乌黑的眼睛从宽广的栅栏缝里向我注视。这是一个犹太女子，名字叫做伊塔；然而城里的人大都称她为"巴西亚的孙女"〔1〕。

巴西亚是一个上了年纪的犹太女人，是卖花边和亚麻布的。有时她也带着一只小小的箱子到我们家里来，然而这时候往往有这样的情况：仿佛巴西亚不是来做生意，而是来访问她的好朋友。母亲常常叫她坐在桌子旁边，请她喝茶，这时候巴西亚的态度很自然，仿佛"可敬"的样子，她意识到自己的尊严。她的脸上保留着娇美的痕迹，有一种清秀的、几乎是贵族的神情。她的孙女伊塔是一个皮肤黑的东方型女子，祖母把她打扮得好像一个奇怪的洋娃娃，穿着颜色鲜明的外衣和连衫裙，上面绣着奇妙的纹样，镶着闪闪发光的金片；脖子上和胸前挂着珊瑚珠、珍珠、银元和坠子，发出叮当的声音。据说巴西亚很有钱，是犹太名门出身，她准备为孙女安排一种迥于寻常犹太女孩子的命运。有时巴西亚带了她

---

〔1〕　巴西亚和她的孙女被记述在未完成的中篇小说《敏杰尔兄弟》中（见俄文本《柯罗连科全集》第二卷）。

来到买主家里。这时候买主家里的人就抚爱这个犹太小姑娘,拿糖果请她吃。

现在我这样接近地看到她,就很快地从草地上站起来。

"我吵醒了你吧? 你在睡觉吗?"她安闲地问。

"不,我没有睡觉。"我略微有点狼狈地回答。

"我想看看你的妹妹是不是在花园里。你知道,你还没有到这里来的时候,我就跟她认识了。"

我回答说我已经从妹妹那里知道她们相识,就自动提出去找她。

"好,请你去叫她来吧。我很想见她。请你马上去,告诉她说:巴西亚家的伊塔要告诉她一个大秘密。"

她说得很有决断,这个穿得绚焕灿烂的特殊人物在我看来好像东方神话中惯发命令的公主。的确,巴西亚和她的孙女在她们的同宗人里面都享有特殊的尊荣。后来,我读了《撒克逊劫后英雄略》[1],其中雷维卡的形象立刻使我联想起巴西亚家的伊塔。那时候我还没有读过《撒克逊劫后英雄略》,然而还是有礼貌地鞠一个躬,立刻出发去执行她的命令……此后,我不止一次地在街上碰见她,每次都恭敬地向她鞠躬,她谦逊地点点头回答我,有时用乌黑的眼睛向我一看,眼光里表出一种好感。

我不知道她告诉我妹妹的是什么"大秘密",可是过了不久,城里传述一个消息,说巴西亚的孙女要出嫁了。她比我年纪大些,东方类型使她显得更加年长。可是她毕竟还差不多是一个孩子。此后巴西亚第一次带着她的货物到我家来的时候,我母亲带着愤慨的同情对她说:

──────────

〔1〕 《撒克逊劫后英雄略》是瓦尔特·司各特的小说。

"巴西亚,巴西亚！你发疯了！难道可以把这样的小孩子嫁出去?"

这个犹太老妇人断然而沉着地向母亲反攻。

"我们犹太人常常是这样的……唔,当然得问问:她嫁给谁。啊！总不能把她嫁给第一个碰到的人……可是像现在这样的未婚夫也不是每天能在街上看到的。他的祖父是一个哈西特派[1]教徒,当他来到一个城里的时候,房子旁边简直就挤得水泄不通……要见他的人甚至架起梯子来,爬进窗里去,把病人抬去请他祝福,人都像苍蝇一样粘满了墙壁。还爬到屋顶上去……而他的孙儿呢……嘿！他现在已经是一个伟大的学者了,他还只有十五岁哩……"

巴西亚的住屋离我家不远,里面开着一个上等的旅馆。有一次,我在午间休息之后来到中学里,看见一辆马车开到这屋子门前,里面走出四个犹太人来。他们的服装都有点特别:他们穿着老式的绸外套,头上戴的帽子像便帽,鬓边挂着特别长而鬈曲的垂发。其中有两个人尤其惹人注目:一个是相貌板滞而端正的中年男子,另一个是金发青年。其余两个人恭恭敬敬地扶他们下车,对他们表示出特别敬意。屋子旁边站着一群犹太人,他们肃静无声地注视着这几位来客。我从他们的谈话中知道载来的是伊塔的未婚夫。

我心中突然感到一种剧烈的怜惜。怎么！这个鬓发稀疏而变色的、面孔浮肿而憔悴的、眼睛黯淡无光的、病态的青年,难道是美人伊塔的未婚夫！……我明白了我母亲的愤慨的叫声,觉得这是一种不可挽救的命定的残忍。这未婚夫显然是一个哈西特派教徒,由于毫无意义地死背犹太传经而毁灭了他的青春,这种研究使他几乎变成了白痴。他从马车的

---

〔1〕 哈西特派是十八世纪流行在乌克兰的一种宗教流派。——译者注

踏步上走下来,绊了一跤。旁边的人扶住了他,但是后来他走到台阶上去的时候,他那双瘦弱的脚又绊住了外套的长襟。

旁观者里面发出轻轻的赞叹声。据我所能了解,这些犹太人都在称颂这个青年学者,他为了研究这种伟大的学问,竟站不住脚,像小草一般摇晃。大家羡慕巴西亚,因为她家里将有一个圣徒。毫不足怪:富贵之人总是幸福的……

我怀着怜惜之情到学校里去。还有一种像模糊而遥远的回忆一般的特殊的东西,在我心中蠢动着,仿佛在呼吁什么,要求什么,提醒什么。

这是一种空洞的、徒劳的、模糊的感觉,不是明确的心情,而是一种暗示。巴西亚家里所发生的事,是发生在我所不能了解而和我漠不相关的另一个世界里。又过了一些时候,我们城里的街上响出犹太乐队的特殊的音乐,这乐队里大都是长笛和单簧管。这乐队很出色,是从别的城里请来的。他们演奏一个特殊的进行曲——徐缓、流畅、和谐、庄严而悲哀。乐队两旁围着密密的人群,后面走着伊塔和她的博学的新郎。我没有看见她的脸,只是一刹那间仿佛瞥见她的黧黑的脸庞的一部分,密密层层地蠢动着的人群立刻把她遮住了。

这是完全依照旧习惯举行的婚礼。他们黄昏时候在犹太教堂面前的广场上结婚。新郎和新娘上面罩着一个富丽堂皇的华盖……念祈祷文,喝啤酒,然后新郎把酒杯丢在地上,用脚来踩它……

后来,在沉静的夏夜里,朦胧的月光之下,街上又响出长笛和单簧管的庄严而悲哀的声音和一大群人的匀称的脚步声,巴西亚家的伊塔和她的博学的丈夫走在人群中央。

在我当时的无思无虑的心中,一时留下了一种轻微而模糊的悲哀。我想起来觉得很奇怪:所有这些仪式、音乐、一大群人的匀称的脚步声,都是以这个小小的人物为中心的；在人海上面摇晃着的华盖底下走着的那个人，正是巴西亚的孙女，她曾经在栅栏缝里和我谈话，准备把她的幼稚的秘密告诉我妹妹。现在她带走了这些秘密，或者，更正确地说，这些匀称而不可抵抗的浪潮把她和她的秘密一起带走了，而在这浪潮里含有一种不可挽回的威胁的意义……虽然这一切都是在和平、温柔、庄严、悲哀的音乐声中进行的……

不久，巴西亚的孙女永远离开了我们这个城市，到她的博学的丈夫的名门世家去了；巴西亚自己还留在这里。有时母亲问起她伊塔过得怎样，这个犹太老妇人一本正经地回答：

"啊，还要怎么样呢！这样的名门世家！圣徒！"

我并不想说这件事所给我的印象牢固地保留在我的心中；这仿佛是在晴朗的日子里迅速地消散着的云朵所投射下来的淡淡的影子。不过我还是在这里提到了这种感觉，这却并不是为了这感觉强烈的缘故。然而这感觉有一定的调子，这种精神的音调命定着到后来会发出更加深沉有力的声音。不久，别的人物和别的印象完全遮没了关于这个小小的犹太公主的回忆。

我们的院子隔壁，是"知县"金比茨基[1]的住宅，和我家只隔一个短垣。在我的记忆中，这是最后一个顶戴知县职衔的人，因为这职衔不久就完全废除了。金比茨基是一个特别肥胖的人，在节庆的日子，他身穿燕尾服，这种服装现在只有在演《钦差大臣》的舞台上可以看到；他脚上穿一双黑漆的长统靴，头上戴一个三角帽。这个大胖子有一个女儿，和我同年，性情愉快活泼。她有一双美丽的灰色大眼睛、一个小小的狮子

---

〔1〕 这里的金比茨基大约就是前面提过的知县金勃斯基。——译者注

鼻和厚了一点的嘴唇,这嘴唇好像随时准备着微笑。她其实并不漂亮,这一点我清楚地看到。然而她的脸上有一种明朗、善良、愉快而动人的神情。她常常跳跳蹦蹦地来到我家,拉住了我的妹妹,把她带到一旁,她们就在那里谈笑,讲"秘密",做一种暗号,讲隐语,其目的显然是要引起我们"男孩子"的兴趣,假使我们就在近旁的话。我喜欢她,有一部分原因是为了她第一个像姑娘对少年郎那样用名字和父称来称呼我。她对我也有好感,在"执行表演"的时候,轮到她亲吻,她绝不装腔作势,比通常做"判决"游戏时要乐愿些。这一切比和伊塔的会面更加强烈地打动我的心,然而情调不同:愉快、明朗、凉爽,好像热天吃柠檬冰淇淋。我又觉得我似乎在恋爱了,可是我又立刻看到这是错误的。

有一次,我一面想心思,一面在院子里走,忽然听见金比茨基家的玛娘叫我的名字和父称:

"您倒好,只管走着,不打招呼。"

我想照往常一样开玩笑地回答她,然而我看见她不止一个人。短垣外面看得见另外两个女孩子的头。一个和玛娘同年,另一个比她小些。后者天真而好奇地向我看看。年纪较大的那个,我觉得她骄傲地把头别了过去。

"让我给您介绍,"玛娘半开玩笑半认真地继续说,"她们是我的女朋友,姓林果尔斯特。"

我恭敬地扬一扬制帽。我喜欢这种介绍的礼仪,这似乎也是我平生第一次碰到。我在短垣旁边站了一会儿,和玛娘互相说了几句笑话。林果尔斯特家年轻的一个天真烂漫地笑笑。年长的一个照旧站在一旁,又好像骄傲的样子。当她回过头来的时候,我觉得她的美丽的侧影有点熟悉。鼻子正直,下嘴唇略微突出……这不是像巴西亚家的伊塔吗?不,伊塔肤色比她黑得多,然而比她漂亮、可爱……

"您喜欢莲娜吗?"后来我第一次碰到玛娘的时候她狡狯地问我。

"莲娜是哪一个?"我问。

"喏,当然是大的一个。"

"不很喜欢。"

"算了,算了,不要装假。"

我说的完全是真心话。我觉得她冷淡而骄傲,她没有那种天真的愉快,就像我现在在知县的女儿身上所看到而喜爱的那样。我就把这意思告诉了她。

"可是相反地,她倒很喜欢您。"她狡狯地告诉我,同时她那双灰色眼睛斜过来看着我,"莲娜说,她看见我们城里有这样有教养的年轻人,觉得很高兴……还用说吗。您是'省城里来的'呀。"

我又是第一次听到人家说我是"有教养的年轻人",外加是"省城里来的",这在我觉得是一个可喜的消息。这时候我们听见车铃的响声。一辆小型马车驾着一匹肥壮的马开过桥上,然后从我们旁边经过;马车里坐着林果尔斯特家两姐妹,在驾车台上,在一个瘦长的车夫旁边,坐着她们的小兄弟。年轻的一个把脸转向我们,亲切地打招呼。年长的一个又骄傲地点点头……

"她长得很漂亮,而且自己知道这一点。"玛娘说。

"也许是的。"我冷淡地回答。

秋天来了。初次降雪。我的母亲和妹妹到林果尔斯特家去,和他们结识了。我们等他们来回访。两家的母亲互相约定,这访问不必拘泥礼节,他们可以在晚上来访。

果然,在星期六的傍晚,我为了某事走到穿堂里,看见通院子的门开开了,飘进初雪的寒气来,门里走进来一个丰满的夫人和她的两个女儿、一个儿子。两个女儿都穿着白领子灰呢面子的皮大衣,头上戴着天鹅毛的白帽子。我就像一个"有教养的年轻人"一样,连忙上前去帮她们脱衣服。当大女儿弯下身子去解高统套鞋的时候,我在灯光之下瞥见她的冻红了的面颊和戴耳环的粉红色的耳朵。当她抬起头来亲切地说"谢谢您"的时候,我觉得这并不是我在玛娘那里看到的那个小姐,她完全没有冷淡和骄傲的样子。却另有一种神情,仿佛使人发生某种模糊的感觉……

这一晚像往常这种晚上一样过去了。我们的狭窄的客堂里有一架旧钢琴,就是屠格涅夫所谓声音"破碎"的那种钢琴。这是一种廉价的设备,声音颤抖,可是我们还是在这钢琴声中兴致勃勃地跳了波兰舞、圆舞、加洛巴德舞和四组舞。后来当然又玩捉迷藏、"邻人"和"小鸟"的游戏。我们手牵着手兜圈子,唱着多少有点傻里傻气的歌曲,例如:

> 小鸟在街上飞,
> 见人就把数记。
> 我在这田野里,
> 乐愿地选中你……

圈子解散了,站在圈子中央的人向某一个人伸出手去,其余的人就赶快替自己找对象。参加这游戏的人必须是奇数,这就是说,一定有一个人找不到对象。这个人就得"执行表演",然后站到圈子中央去。

这些小小的天真烂漫的游戏的用意是这样:它们的主要内容是显露相互的好感,在这基础上表现出各种情景,有时半开玩笑地、有时"认真地"互相表白,揶揄,嫉妒,争吵,"背叛",伤害少年和少女的自尊心。大人们看我们游戏,笑着,鼓励着。

我第一次找不到对象而站在圈子中央的时候,歌曲一唱完,我就伸手给玛娘。第二次,莲娜找不到对象,我在她选定对象以前就伸手给她的妹妹了;我和素娘笑着转圈子的时候,我的记忆中保留着亲切地把一双手伸给我的莲娜的脸。她看见迟了一步,脸上微微泛红,又没有找到对象。我懊悔自己太性急了……现在我觉得她的妹妹不比她可爱了。

当我在执行表演中受"品评"的时候,在各种意见之中,有一张条子上用法语写着对我的意见:en bon point〔1〕。玛娘以"秘书"的身分把这张字条高声朗读,然后笑起来。我立刻猜到这是"莲娜小姐"的意见。

这一晚过得热闹愉快,在我的记忆中留下了几个琐屑的、几乎不足道的插话,这些插话的意义甚至不立刻显明,然而永远保留在我心中。例如,在玩捉迷藏的时候,我在父亲书房门背后的暗角落里找到了一个躲藏着的人。我拉开门来,看见我面前地板上坐着一个别转头的小小的人。我还得猜测这是谁。

"莲娜小姐。"我疑惑不决地说,等她抬起头来。她站起身来,掸掸衣服,把手伸给我。我觉得她的脸又换了一个样子,仿佛特别娇媚可爱……

晚会结束的时候,听见院子里响出车铃。这是来接林果尔斯特一家人的马车。小女儿请求母亲,要在这里再留一会儿。母亲不答应,但是后来莲娜走过去,把两只手搭在母亲的肩膀上,撒娇地说:"好妈妈……

---

〔1〕　法语:恰到好处。——译者注

这里真有趣!"妈妈立刻让步,带着男孩子先回去了,约定再过半个钟头派马车来接。

这"晚会"终于结束了。我和哥哥送两位小姐上马车的时候,早已过了半夜。夜色很黑,天上一片模糊,地上和屋顶上的初雪皎洁地发白。我不戴帽子,不穿套鞋,走到大门口去目送这辆马车,直到铃声听不见了为止。

后来我倒身在床里,就像死人一般睡着了。

第二天我醒得特别早,而且怀着一种特殊的心情,仿佛超乎时间和空间之外,至少超乎熟悉的时间和熟悉的空间之外。我不认识自己的房间、墙壁、门、窗……我记不起我是在哪里,我是什么时候醒来的。个人生活中的种种特点,仿佛在浓重的昏暗中疾驰而过,忽而闪现,忽而变化,忽而消失,于是又把我撇下在空洞的模糊状态中。我记得我甚至问我自己:我在哪里? 我是谁? 我和谁住在一起? 我发生了什么事? ……有一瞬间我似乎觉得我还在日托米尔……一个烟霭弥漫的早晨……勃罗茨基刚刚离去吗? 或者还有什么事? ……愉快的? 欢乐的? 或者是艰难痛苦的?

我终于渐渐清醒过来,首先认出了我眼前交叉着黑条子的朦胧的长方形是窗子;窗子对面白背景上那个高而黑的东西是铁炉子。然后出现这房间里其他熟悉的家具设备,于是我记起了我身在何处。我不是在日托米尔,而是在罗夫诺;隔壁是哥哥弟弟睡的房间。再过去是客堂,然后是父亲和母亲的卧室……可是发生了什么重要事件呢? 梦耶真耶? 我刚才做了一个什么梦? 为什么我胸中和心头仿佛充满了热潮……

我从床里坐起身来,悄悄地穿了衣服,打开了通穿堂的门,从那里走到客堂里……天色渐渐明亮,也许是我的眼睛习惯了薄暗的缘故,总之,我立刻就看清楚了客堂里一切大小物件。昨天没有收拾过，现在仆人还没有起身，房间里一切都和昨天晚上一样。我站定在昨天我和莲娜并坐时她所坐的那把椅子面前了，旁边的桌子上放着她的手拿过的橘子。

我在这把椅子面前一动不动地站了几分钟，感到一种异样的幸福和异样的悲哀。原来这就是那个重要事件，因这关系，我胸中到现在还充满着一种战栗的热潮，心头怀着那么异样而深沉的恍惚之感。我用手拿了那个橘子，以前我从来没有想到一个普通的橘子会具有这样特殊的意义。我的想象力突然像鸟一般奋翅高飞，我想起了早已忘记了的小时候的梦：雪，黑暗的胡同，穿灰色皮大衣的哭泣的女孩子。我走到门边，昨天我就是在这门背后找到莲娜的。这角落里比较暗，我容易在这薄暗中想象出黑黑的一团，在我没有叫出她的名字以前，她一直低着头坐在那里……

我觉得我小时候梦中的那个女孩子，我在冬天的雪地上看见而夏天的明朗的早晨把她消灭了的那个女孩子，现在又被我找到了；她穿着灰色皮大衣在初雪的时候走进来，后来在逐渐消逝的车铃声中隐没在黑暗的夜色中了……

是的，这就是她。在最初一瞬间我甚至觉得：梦里的女孩子也有这样的相貌、这样美丽的侧影，她那双蓝眼睛的表情也同昨天带着亲切之感向我看过几次的那双眼睛一样。又想起了她在游戏中向我伸出两手的情况，而我……我怎么可以拒绝她，而没有预先感到这一点呢……是的，这无疑地是她……不过过了些时候，我想起了梦中的一切详细情况，又想起了我没有看见那个女孩子的脸，而且我还把这一点告诉克雷希塔诺维奇。真奇怪：莲娜的脸也立刻从我的记忆中消失了，我不能使它清楚地再现出来，像回想起其他任何人——玛娘、柳娘、巴西亚家的伊塔、素娘——的脸一样。这一点使我感到苦痛。后来这张脸不止一次地十分明显地突然出现在我眼前;美丽的侧影、蓝色的眼睛、波浪形的鬈发、娴雅的微笑。但是这往往是突如其来的,仿佛是随兴所至的。后来它消失了,像小时候那个梦一样不再回到记忆中来……而在我和她别后的这第一个早晨,我就已经体验到这种异样的感觉,同时又痛心地想起我那时候已经失去了她。而现在……

我就这样地站在客堂里的椅子和橘子前面,直到天色大明、母亲和女仆进来收拾房间的时候。母亲看见我已经穿好衣服,而且异样地出神,觉得很奇怪。

"你在这里做什么?"她惊奇地问。

"唔……没有什么。"我回答了,难为情起来,连忙跑出去,觉得母亲正在注意地目送我。

我那时候很能干,中学读书不能使我用尽正在生长起来的智慧的全部力量。我很好动,很有力量,光是游戏不能发泄我的活动要求。我需要做一些事,我能够做一些事,做一些美好的、有趣的、动人的、必要的事,——这种感觉有时在我心中几乎达到痛苦的紧张状态。大概是由于这种未被利用的过剩力量的缘故,我的想象力翱翔在各种引人入胜而毫无成果的幻想境界中。现在这问题仿佛已经解决:回旋在死气沉沉的生活环境中的早熟的想象力以及过早而杂乱无章的阅读发生了它们的作用——我恋爱了,在十四岁上突如其来地、痴心地、热情地恋爱了。

我明确地体验到这种新的情绪,这仿佛是身体上的感觉。这种情绪的特殊色彩染遍了其余一切感觉,它仿佛只是一块十字布,正在等待绣上花纹去。到了现在,我才觉得它获得了意义和色彩,我就问自己:我没有它怎么会活到了现在? 假使……假使这第二个穿灰色皮大衣的女孩子又从我的生活中永远离去，而这块空白的十字布上仍旧没有花纹，叫我怎么能够再活下去呢？不，不会再有这种情况发生，因为……我不知道因为什么，然而我全心地反对这个思想。那是梦中的事；现在却是真实的事，我不会失去她……我回想起昨天在游戏中她首先向我伸出双手时的情况……我觉得她的眼光中有一种异常可爱的表情。那时候这仿佛的确是她……而且她知道我们那时候分手，这在我觉得很苦痛。而现在她回来了。她以为我不会看破她。

　　我又落在新的幻想的势力范围中了。在这以前，我早就梦想自己是一个波兰骑士、哥萨克将领、盖达玛克党徒，在荒凉的广漠中为了不可知的目的而建立功勋。现在这些幻想人物似乎有了一个中心：她处身在危急之中，有人劫掠了她，而我追上去，战胜了他们，解救了她，总之，做了一些像后来显克微支[1]先生作品中各个主人公所做的事，不过历史知识当然较少，天才缺乏得多。然而，现在想象力常常把我带到历史浪漫主义范围之外。我在目前的现实中设想自己和她，努力估量和评价我们之间的关系。她认为我是一个"有教养的年轻人"，en bon point。因此她看中我，因此她昨天把双手伸给我……我希望她永远向我伸手，希望这一双蓝眼睛永远带着同样的那种表情看着我。这就是说，我应该做一个"有教养的年轻人"，聪明伶俐，容貌映丽，仪表万方。在这以前我从来不曾照过镜子。现在我仔细地照看自己的面貌，感到极度的不满意。我不满意自己的额角、眉毛、鼻子、矗乱蓬松的头发、整个相貌……这一切都应该是另一种模样，于是在想象中就出现了另一种模样。我所看到的那个走近她去跟她谈话的、解救她的、用有趣的故事

---

〔1〕　亨利·显克微支(1846—1916)是有名的波兰小说家。

来娱乐她的年轻人,是聪颖敏慧、文雅秀丽的,完全不像镜子里的我,可是这年轻人毕竟是我……这里具有我的成分,而且这成分是中心点;只是我仿佛以改良的版本出现。我有时对她讲些富有趣味而机敏的话,——也是在想象中,——自己都要笑出来;而有时那么多情善感,我的眼睛里竟迸出眼泪来。然而,呜呼哀哉!清醒时的情形完全不是那样。清醒的时候,我觉得我实际上不是那个聪明伶俐、温文尔雅的青年,我没有仪表,我完全不是她所说的那种"有教养的年轻人"。这时候我就狼狈起来,失却了机敏……

我不想再详细描写我的一切琐屑的欢喜、希望、失望和悲哀了。这些事早已过去,虽然……这永远是新鲜的故事……真是幸运得很,或者不幸得很:在这时候,我们城里来了一位舞蹈教师,我母亲和林果尔斯特夫人商量好请他来教两家的孩子共学舞蹈。另外有几家人家也来参加。需要一个大房间。后来在一个善于办事的小官员家里找到了,从那时候起,我们就每星期到这房子里去两次。那个官员的妻子弹钢琴,奥里维先生——也许是奥迪弗雷先生,我记不清楚了,总之是一个波兰风相貌的有法国姓氏的先生——教我们装姿势,教我们在房间里学步、就座、鞠躬、邀请、致谢。我和哥哥在文雅的舞蹈艺术方面获得了很大的成就,我有时候发生一种幻想,仿佛觉得那个想象的我,现在开始和现实的我融合起来了……只是那面可恶的镜子有时破灭了这幻想……可是那双蓝眼睛的鼓励的目光支持着它,她那双纤手在跳四班舞和四组舞的时候温柔亲切地伸给我。

在这期间,我似乎变得很愚蠢了,总之,失却了本性,把自己想象作不是现实中的情况。实际上我似乎比我努力想象出来的那个爱修饰的纨袴子弟好些。但是我经常回顾自己,和别人作比较。我喜欢某一个朋友的嘴唇形状、某一个朋友的步态、某一个朋友的颦眉。于是我努力照样地看人，照样地走步，照样地颦眉……她读法文书，问我喜欢不喜欢法国文学。我脸红了，可是我当然不说谎：我不会读法文书。然而我真高兴，不久我在一个书橱底上的一堆无用的旧书中找到了一本有插图的法文书。我连忙把它拿出来。这是保罗·德·柯克[1]的作品。我决心试读一下。结果不很困难，我和弟弟读到三个淘气的年轻人和一个教师所发生的种种事件，都笑个不休。然而，这本小说对我的"教养"却很少裨益，因为其中谈到过多的种种滑稽事件，例如……关于洗肠器的。

记得这期间有一次，我的想象在短期内仿佛清醒起来，其中迸发出我的一种真相，仿佛我抗议"富有教养"和"仪表万方"这种强制的表现。在我们的舞伴中有一个比我年轻的中学生。他在他班上是优等生，似乎智力很发达，读过些东西，很有才能，然而他的样子完全像一只小熊，常常皱着眉头看人。他的姐姐和我们一起学习舞蹈，他母亲坚决请求要叫她的儿子也参加这种文雅的艺术活动。他自己只管反对，可是最后只得答应了。奥迪弗雷先生，或者奥里维先生，费很多工夫矫正他的腿，弯他的腰，教他装姿势，然而他的努力完全白费。这个孩子还是像一只小熊，还是斜转了眼睛又像忧郁又像讥讽似的看人，他显然是听凭奥迪弗雷先生任意处置自己，对于教师矫正姿势的一番努力毫不打算给予任何协助……这光景引起了我们旁观者的讥讽的眼色和冷笑，这显然使得他那个爱好优雅和仪表的姐姐感到苦痛。

---

〔1〕　保罗·德·柯克(1794—1871)是法国小说家，当时曾经受到要求不高的读者的欢迎。

　　大概这个可怜的人为此大受家里人的责备,有一天他就毅然决然地发起脾气来。这一天,奥迪弗雷先生带着勉强忍住而隐约可见的讥讽的微笑要求他参加四组舞或四班舞,而我们大家怀着兴味等待他单独表演,这时候这个闷闷不乐的少年突然像摆脱锁链一般冲向大厅的中央,英勇果敢地表演出最不可能有的步法来:踩着脚跟,向右踢,向左踢,向后踢,滑稽万状地摇头,挥动着双手。这屋子里的女主人坐在钢琴前面笑不可抑,还是继续弹奏,速度越来越快,这个舞手就在全场哄笑中继续跳野蛮的舞……后来他突然停止,苦闷地摇摇头,对奥迪弗雷先生说:"喂,怎么样,你满意了吗?"然后到穿堂里去戴上帽子,穿上大衣,就走出去了。

　　我们大家都觉得十分尴尬。课毕之后,我们通常总是由大人陪着一同回家去。大人们走在后面,我们彬彬有礼地一对一对地走在前面。我斜过眼睛去欣赏莲娜的美丽的侧影、她的略微仰起的高傲的头和坚定而平稳的步态。这一次的谈话当然是关于那个没有教养的少年。

　　"天哪,他跳的算什么舞?"林果尔斯特家的小女儿真心地笑着说。

　　"野蛮人在篝火旁边的舞蹈。"我说。

　　莲娜笑起来,向我递个眼色,她往往用这种眼色来鼓励我的成功的言行。然而我的良心深处略微有点刺痛。我本能地感觉到我所说的不是真心话,实际上,这个小熊一般的孩子用那么特殊的方式来摆脱对他所不擅长的舞蹈的无理强制,并且毫不顾虑我们的议论(也包括莲娜的议论),这在我觉得很是可爱,甚至不由地引起我的尊敬……

　　我早就养成了一种特殊的习惯:晚上,当家里一切都静息了,我躺在床上的时候,在入睡之前,在半睡半醒的交界上,在清醒和瞌睡之间的蒙眬状态中,我任情地想象,在各种离奇的幻想中睡去。起初我有意识地编造这些离奇情节,后来它们蜂拥地包围了我,模糊了,暗淡了,后来又明显起来,已经是在梦中了,——或者梦见同样的情节,或者梦见更有趣更生动的别的情节。从某一个时期起,我常常在这种时候和莲娜作想象的谈话,大部分是很愚蠢的、幼稚的感伤话。但是这一次我的想象走上了比较正确的道路。关于"野蛮人舞蹈"的事件,印入我的脑筋深处,触动了隐藏在做作的富有教养的态度下面的某种东西。我想起了自己的尖刻,觉得难为情起来,不禁满面通红。关于这一点,我仿佛就在这晚上和莲娜谈起了,我的话讲得真诚率直。我们两人不知不觉地像朋友一般握住了手,我就对她说,我们大家不应该幸灾乐祸地看我们这只小狼的可笑的失败,不应该笑他的狂妄行为,这种狂妄行为可能是由于怕羞,由于希望摆脱无益的苦痛而来的……我说,奥迪弗雷先生的无言的轻蔑和讥讽使我们都很感服,而实际上这是可恶的;还有,我的尖刻话徒然地受到她的赞许,我觉得很难为情……

大概我在梦里还继续谈了许多这一类的话,披沥我自己的胸怀,又努力窥察她的心境,但是这些我已经记不得了。只记得我醒来的时候怀着一种熟悉的温暖柔和的感觉,仿佛又一次看到了那个穿灰色皮大衣的女孩子……

然而这种情况不再继续下去。我们的会面、互相访问、游戏和谈话的全部情况进了"恋爱"的发展,然而不是友谊和坦白的发展,也不是倾吐胸怀的发展。况且在下一次上舞蹈课(这该是最后一课)之后,莲娜患了重病。

在上课的时候,她就已经觉得头痛;下课后,我们照例送她们回家的时候,她说她身体很不舒服,而且恐怕是有点严重。我惊慌地看看她。她的脸色发红,目光悲哀,说话像大人一般认真。走到了她家门口,她回过身来,把手伸给我,说:"再见……可是看样子不会马上就见面……"她的手很热,一双发红的眼睛亲切地看看我的沮丧的脸。这时候我觉得她非常亲切可爱,像在梦里和我谈话的时候一样……

下一天才知道莲娜患了猩红热,而且还伤风,因为她从最后一次舞蹈课回来的时候已经生病了。

我们两家停止往来了。我有时在街上碰见莲娜的弟弟或父亲,就探问她的病况。据说现在还很难判断,恐怕还有危机。晚上,街上静息了的时候,我常常走出门去,沿着公路走向关卡,经过林果尔斯特家门口。拉上了窗帘的窗子向着黑暗的街道。有时在病人的房间的窗子里,在没有拉密的窗帘缝里,透露出灯光来;我觉得这灯光使站在黑暗的街道上的我和病人的房间之间发生了联系,这房间里一定充满着药的气味,白枕头上显出一张可爱的脸,脸上泛着病态的红晕,眼睛闭着。我在街上走来走去,有时站定了,抬起眼睛来祷告,努力用和上帝"单独会晤"的热烈意识来凿穿这融冰时期的冬夜的浑沌的天幕。

这样地过了几晚。天气变化了。冬天的模糊的雨雪变成了薄薄的冰霜,晚上比较明亮,天上闪现出星星,一弯眉月把它的玄秘而动摇不定的光线照在沉睡的街道上、古旧的围墙上、林果尔斯特家的绿色的铁皮屋顶上、关卡的木条上和向黑暗中消失的那条公路上。据说这种天气变化,对于疾病的好转是有利的。我不敢相信这是我的祷告的效果,但是有一次,在静静的晚上,在空无一人的街道上,一种温暖的感觉猛烈地抓住了我,使得我有一时在祈祷中完全失神了。当我清醒过来的时候,看见离开我五六步的地方有两个女人。这是两个可怜的姑娘,大概是用街头临时职业来补充她们的微薄工资的。她们长久地徘徊着,大概是看见我显然没有目的而在街上走来走去,觉得奇怪。她们的絮语声使我清醒过来。

"在祈祷。"其中一个人惊奇地说。她们又站了一会儿,就走自己的路,一面谈论着什么。而我怀着一种特别的欢喜的预感,站在街上。这似乎是我最后一次充满着活泼、真诚和完整心情的祈祷。我回想起了小时候关于翅膀的祈祷。我那时候多么愚蠢……实际上是要求一种玩具……现在我知道我祈求的是什么,欢喜的预感在我看来就是答复……

莲娜的确恢复健康了,这证实了我的预感,可是在我的一向平安无事的小小的艳史中,来了一个对我很不利的危机。我第一次听到熟悉的车铃的叮当声,跑到门口去,看见马车里又坐着林果尔斯特家两姐妹的时候,我觉得异常幸福。那个妹妹又欢欢喜喜地跟我打招呼,然而当莲娜转过脸来向我彬彬有礼地点头的时候,我觉得她的脸大变了:她的波浪形的头发长得长了,显得更加美丽;面貌还是照旧,然而其中显出一种新的特点,她仿佛比以前更年长了,更严肃了。

这时候已经是春天,就要举行考试,我们的晚会和舞蹈停止了,后来我们就到乡下去过暑假。转瞬又到秋天,我们重新会面了,我这才看到我们的脆弱的"相互恋慕"原来是片面的。这悲剧的预兆已经先表出了。我们两人同年。我升到五年级,依然是一个"顽童",而她已经长成了一个盈盈十五的美貌少女,高级班的学生——甚至成年的多情郎——都开始注意她了。

我深深地感到自己的不幸……有一次,我们的晚会上来了我的同学柯洛特科夫斯基。这个小伙子心地很善良,但是肤浅而轻率,我和他非常亲近。然而当他初次跳玛佐卡舞的时候,我们才知道这个狡黠的小家伙立刻胜过了我们所有的人——奥迪弗雷先生的学生。他的一双脚表演出可惊的伎俩,而且态度非常堂皇、优雅而自然,连大人们都聚集在墙边欣赏这个年轻的舞手。起初我也真心叹赏地观看我这个敏捷的同学;

可是后来莲娜装着某一个姿势,红着脸,眼睛闪闪发光,拉住我的手作一种短时间的舞蹈表演的时候,对我说:

"啊,他跳得多好！为什么你不会跳得像他一样好呢……"

这短短的一句话仿佛尖刀一般刺入我的心中。我立刻觉得我的希望多么肤浅而不足道:我既不会这样地跳舞,也不会这样地鞠躬,又不会这样地伸出手来。这些都是天赋的才能,而我只有可怜的庸才的努力。这样看来……我必然会辜负她的期望,说得更正确些,她已经看到她错认了我。

然而柯洛特科夫斯基毕竟只是一个善良的小伙子,他的追求机会只限于跳玛佐卡舞。引起我真正的嫉妒的,是我的另一个同班同学莫欣斯基。他是一个富裕的波兰地主的儿子,比我年纪大两岁,是一个金发美少年,脸色温和而苍白,一双深沉的蓝眼睛特别显著,好像两朵灼灼欲燃的花,眼光安详、悲哀而亲切。这个中学生的一切举止态度充满了一种柔和的、几近于病态的优雅。他根本不跳舞,然而第一次我在俱乐部的学生晚会上看见他和莲娜在一起,我立刻觉得我们城里难得看到的特别"有教养的年轻人"正是他,正是这个文弱端庄的青年,他带着多么疏懒自然的优雅神情坐在莲娜的旁边了。我想用这样的想法来安慰自己:莫欣斯基功课很不好,实际上只是一个懦弱无能的纨袴儿。但是我立刻觉得这是不正确的:实际上我完全不了解他,他的神秘莫测已经使得他变成富有趣味而独具一格。我立刻对自己说:我自己也确实喜欢他,他有一种天生的真正的优点;我曾经徒劳地追求这种优点,像徒劳地想象自己是波兰骑士或盖达玛克英雄一样……有一时我竟同他很亲近,极真心地欣赏他的眼神、言语和一切举止的不可捉摸的优雅……他对我像对别人一样地纯朴而亲切,但是在这亲切里面可以感觉到一种又像好意的淡漠、又像无暇及此的神情。他并不知道我把他当作一个危险的情敌，但是不久，他获得了一个机会，使得过去的一切竞争都变得可笑：他患了急性肺病，过了两个月就死了。

城里的人说，他曾经爱上了莲娜，起初他父亲不赞成他的恋爱，但是后来同意了：两年之后莫欣斯基读完了中学就结婚。然而这似乎都是谣言，一部分是莲娜的父亲促成的，这个人有点浅薄，喜欢拿女儿来吹牛……

莫欣斯基的葬仪在一个晴朗的冬天举行。送葬的有他的老父亲、几个贵族的绅士和夫人、中学当局以及许多市民和学生。林果尔斯特家两姐妹和父母亲也参加在行列中。两个天主教僧侣穿着黑的法衣，外面罩着白的袈裟，唱着拉丁文的送葬歌，寒风飘送他们的尖锐的歌声，吹动旗幡；同学们把棺材高高地抬起在人群上面，棺材里看得见一张苍白的脸，两眼紧闭，相貌端正、神秘而庄严。

我也在送丧，深深地感到自己的不幸。我真心地痛惜莫欣斯基，此外心中又感到一种空虚，觉得自己在这种死生人事面前毫不足道。我不能像他一样抛弃了恋爱而死去，而且说老实话，也不愿意如此。有时我甚至在想象中由于事情的演变而死去，然而每次都用一种方法来使自己复活……我体格结实健康，一切事都容易做到；然而我本能地感觉到：我的心纠缠在无路可通的迷津中、幻觉和梦想的追求中了。这些幻觉中最可爱的，是那个穿灰色皮大衣的女孩子，我以前曾经在梦中失去她，现在却是在现实中失去她了。此刻她就在离开我不远的地方走着，那张熟悉的脸曾经有一度对我表现出那么亲切的好感，而现在她又几乎是跟我素不相识的了。我不再把自己想象成一个文雅的青年，我仍旧是一个……我究竟是怎样的一个人呢？我能够做出些什么事来呢？我抱着什么志望，要做怎样的一个人呢？……

　　这一切只能说是在我心灵深处作为一团混乱的情绪而被感觉到,却不能说是作为一种定型而被意识到。我的小小的悲剧继续下去:我读书(成绩平常),从一级升到另一级,我溜冰,热中于体育,访问同学;当炎热而沉闷的街上传来熟悉的车铃的绵延不绝的叮当声的时候,我就心惊胆战。在这整个时期中,我觉得那个穿灰色皮大衣的女孩子越去越远了……这种感觉显然是顽强而深刻的,它继续了三年,才逐渐地消失。然而它又变成了一种特殊的纠缠不清的意念,长久地把我掌握在一种顺从的奴隶状态中。

　　我怎样摆脱这种感觉,我怎样逐渐地回复故我,俄罗斯文学在这过程中发生了怎样可感谢的作用,——这一切我将在我少年时代的最后几章中叙述。

　　现在我要邀请读者到乡村去,这乡村在这混乱的精神过程中也起着重大的作用。

我初读狄更斯的作品[1]

1

　　我起初按照拼音死读而后来终于能够流畅阅读的第一本书,是波兰

---

　　〔1〕　这篇笔记是补充《我的同时代人的故事》第一卷第二十九节的,起初发表在《现代语周报》(一九一二年一月三十日,第一九九期),后来作者把它收入马尔克斯出版的集子里。

作家柯瑞涅夫斯基的小说——这是一个富有文学风格的天才作品。此后没有一个人指导我选择读物,有一阵我所读的是形形色色的、偶然碰到的,甚至可说是猎奇性质的东西。

在这方面我追随我的哥哥。

他比我年纪大两岁半。在童年时代,这差别很显著,而哥哥在这点上是很自负的。他为了要用种种方法来隔离"孩子们",就赋给自己各种特权。首先,他置备一根手杖,拿了这手杖在街上走来走去,异样地挥动着。我们都承认他有这特权。大人们笑他,但是不去夺掉他的手杖。还有一件不大好的事,就是他也置备了些烟,开始学习吸烟,背着父亲母亲,然而当着我们小孩子面前。这件事其实他学不会,因为他吸了烟要呕吐;他置备烟多半是为了虚荣。但是有一次父亲得知了这件事,起初他很生气,后来他决定:"还是让这小孩子读些书吧。"哥哥得到了"两个兹罗提"(合三十戈比),在布特凯维奇老爷的书铺里定了一个月的租书权,布特凯维奇老爷是在基辅街上卖纸张、画片、乐谱、教科书和练习本的,他也出租书籍。他的书不很多,大多数是当时流行的作品:仲马的、尤金尼·许的、库柏尔的,以及各种宫闱秘密,似乎还有当时已经出名的《罗康波尔传奇》……

哥哥认为这种新权利也是他所独占的。有一次我想看看他放在桌子上的一本书,他把书从我手里夺去,说:

"走开！你读小说还早。"

此后我只是当他不在的时候偷偷地拿起书来,提心吊胆地贪婪地一页一页读下去。

　　这是一种奇怪的、形形色色的、很紧张的阅读。我没有时间连续地
读下去,只得先看情节,然后不拘次序地仔细阅读。我那时所读的书,现
在有许多像烟雾中的风景一样呈现在我眼前。这就仿佛明晃晃的岛子
出现在一片汪洋中,后来又消失了……骑着一匹可笑的驽马从小城市里
跑出去的达尔丹年[1],他的侠客朋友的形象、马各女王的被害、许多作
品中的耶稣会教士的某些残暴行为……这一切人物忽而出现,忽而被哥
哥的脚步声所吓跑,后来我再看到的时候已经在别的地方(在下一卷
里),行动没有联系,也没有一定的性格了。决斗,袭击,埋伏,色情事件,
残暴行为及其不可避免的惩罚。有时我看到一个主角被人用宝剑刺入
胸中,正在这紧急关头上,我只得和他分手;然而小说还没有结束,于是
我只得在心中作苦闷的猜想。我胆怯地问哥哥:这主角有没有活转来?
当他胸中带着宝剑苦痛地挣扎的时候,他的情人怎么样? 哥哥神气活现
地回答:

　　"不要碰我的书! 你读小说还早。"

　　他就把书藏在别的地方了。

　　然而过了几时,他懒得跑图书馆了,就利用做哥哥的另一种特权:派
我去替他换书……

　　我很喜欢做这件事。图书馆离开我家很远,一路上这本书完全归我
掌握。我就一边走一边读……

　　这种办法使我的阅读过程有了特殊的,即所谓热狂的性质。起初我
不善于适应街上的纷纭往来,有时几乎被马车碰倒,有时冲撞了走路的
人。直到现在我还记得一个脸庞宽阔而长着灰色短胡子的波兰人,我冲

---

　　〔1〕　大仲马的小说《三侠客》中的主角。

撞了他,他就抓住我的衣领,带着嘲笑的好奇的神情向我注视了一会儿,然后说一句恰当的警告的话,把我放走。然而我渐渐地学会了在危险地带迂回曲折地走路的方法,能够通过书的一端注意到远处迎面走来的人的脚……我走得很慢,有时在街角上站定了,趁还没有走到书铺的时候,贪婪地探究书中的情节。我在这里草草地看到了事情的结局,透一口气,走进布特凯维奇的书铺里。脱漏的地方当然很多。骑士、强盗、正直行为的保护者、美貌女子——这一切都好像发生在妖魔夜宴上,在街头的骚扰声中旋风一般地飞驰在我的脑筋里,散乱地、奇怪地、神秘地忽断忽续,煽动我,刺激我,然而不能满足我的想象。在整部《红房子里的骑士》[1]中,我只记得这样的情况:他改扮做雅可宾党人,在一个大厅里一块块的石板上跨步,最后他从曾经绞死一个最美丽的王妃的绞首台下走出来,带着王妃的血所染红的手帕。这个骑士的目的是什么,他怎么会来到绞首台下面,这些情节我在一个很长的时期中没有明白。

我想,这种阅读给我带来了许多害处:在我头脑里装满了奇怪的、全不相称的曲折情节,蒙蔽了人物和性格的真相,使我习惯了表面的猎涉……

2

有一次,我给哥哥带来一本书[2],似乎是从杂志里纂集拢来的;我在路上翻阅这本书,不能照例在其中找到情节的一般线索,这里描写着

---

〔1〕 《红房子里的骑士》是大仲马的小说。
〔2〕 是指狄更斯的小说《董贝父子》。

一个严肃而乏味的高个子的人。他是一个商人。他有一个办事处,在这里面"经常买卖皮革,然而从来不和女人交易⋯⋯"去他的吧!我才不要看这种毫无趣味的人!后来有一个斯莫尔叔叔同他的侄儿在航海用品商店里作奇怪的谈话。最后⋯⋯一个老妇人拐骗了一个姑娘,就是那商人的女儿。但是这个女乞丐只是剥下了她的衣服,给她换上一身褴褛。她回家来,他们给她喝些热汤,叫她躺在床上了。这是一种可怜而乏味的情节,我很看不起它,世界上哪里会有这样贫乏的情节呢?这本书使我发生一种断然的成见:后来当哥哥不看的时候,我也不利用机会去看它。

但是有一次,我看见哥哥读这本书的时候,忽然像发疯一般哈哈大笑起来,后来又常常一面笑着,一面仰靠在椅子背上摇摇摆摆。当朋友们来访问哥哥的时候,我就占有了这本书,想要知道这个买卖皮革的商人会发生什么可笑的事。

我在这本书里彷徨摸索了好一会儿,像在街上一样碰到了一连串的人物,看到了他们的谈话,但是还没有掌握要点——狄更斯的幽默精神。我眼前闪现出小保罗、他的姐姐弗洛棱萨、叔叔斯莫尔和用铁钩代手的屠德尔船长的形象⋯⋯不,还是没有趣味⋯⋯屠茨和他对背心的爱好⋯⋯无聊的家伙!⋯⋯这种傻瓜难道值得描写?⋯⋯

然而我翻到保罗死的地方(我通常不喜欢关于死的描写),突然停止了急速的翻阅,像着迷一般呆住了:

"'弗洛小姐,明天早晨爸爸要动身了⋯⋯'

"苏珊娜,你不知道他要到哪里去吧?'弗洛棱萨这样问,眼睛看着地上。"

以后的情节读者大概都记得。弗洛棱萨在悲伤她弟弟的死。董贝先生在悲伤他的儿子……一个下雨的晚上。细雨悲哀地敲打窗子,发出如泣如诉的声音。险恶的风发出尖锐的啸声,在屋子周围呻吟,仿佛夜的苦闷侵袭了它。弗洛棱萨独自坐在她的凄凉的寝室里淌眼泪。钟楼上的钟敲十二点钟……

我不知道怎么会有这样的情形,只觉得从最初的几行文字起,这情景就全部活生生地出现在我眼前,给以前断断续续地读过的那些情节蒙上了一层辉煌的光彩。

我突然生动地体会到那个不相识的男孩子的死,体会到这一夜的情景、这孤独而阴郁的苦闷以及笼罩着最近死亡的悲哀的那个地方的孤寂……还有沉闷的雨滴、风的呻吟声和怒号声、病态的树木的虚弱的颤抖……还有可怜的女孩子和严肃的父亲的孤苦伶仃。还有她对这个枯燥残酷的人的爱,以及他的异常的冷淡……

书房的门开开了……开得没有比一根头发更阔,然而总算是开开了……以前书房常常是关着门的。女儿屏息静气地走到门缝边。房间的深处点着一盏灯,幽暗的光线投射在四周的器物上。这女孩子站在门边了。走进去还是不走进去呢? 她悄悄地走开了。但是照在大理石地面上的一条纤细的灯光,在她看来是含有天堂希望的光线。她回转身来,几乎不知道自己是在做什么,双手抓住了略微开开的一对门……走了进去。

我哥哥不知为什么回到房间里来了,我正好在他进来以前走了出去。我站在那里等候。哥哥是不是来拿书呢? 如果他把书拿去,我就不能马上知道以后的情节了。这个严肃的人对于走进来向他祈求一点父爱的那个女孩子将有什么表示? 会拒绝她吗? 不,不会。我的心怯弱地怦怦跳动。一定不会。世界上没有这样残酷的人。这到底是由作者来决定的呀,他不至于把这个可怜的女孩子再推进这异常可怕的夜间的孤寂中……我体会到一种强烈的要求,希望她终于得到慈爱和亲切。那该多么好啊……要是不然……

哥哥戴着帽子跑出去,不久他和他的朋友们走出院子去了。他们大概是到一个地方去,要很久才回来。我又跑进房间去抓住了那本书。

"……她的父亲坐在书房深处的一张桌子面前,正在整理文件……刺耳的风声在屋子周围咆哮……然而董贝先生一点也不听见。他坐着,全神贯注在思考中,这思考比那个胆怯的女孩子的轻微的脚步声沉重得多。然而他的脸转向了她,这张脸严肃而阴森,残灯的光给它蒙上了一种粗野的痕迹。他的阴郁的目光显出一种疑问的表情。

"'爸爸!爸爸!请你和我谈谈……'

"他哆嗦一下,立刻从椅子上跳起来。

"'你要什么?你到这里来做什么?……'

"弗洛棱萨看得出:他是知道她为什么而来的。他的粗野的脸上赫然地流露出他的思想……这思想像一支锋利的箭射进了她的苦闷的胸中,就从这胸中迸出一阵绝望的、延长而迷惘的叫声来。

"但愿董贝先生在以后的几年内记得这情况。他女儿的叫声消失在空中了,然而在他的心灵深处不会消失。但愿董贝先生在以后的几年内记得这情况!……"

我手里拿着书站着,茫然若失,为了这女孩子的迷惘的叫声、为了作者本人的愤慨和绝望而感到震惊……为什么呢,他为什么这样写呢?……那么可怕,那么残酷。他很可以写成另一种样子……然而他没有这样做。我觉得他不能这样做,事实确是如此,他只是看到这种恐怖,而自己也同我一样震惊……在这里,这个孤苦伶仃的女孩子的迷惘的叫声中加入了作者自己的绝望、苦痛和愤怒……

我也跟着他感到痛恨和复仇的渴望。对，对，对！他在以后的几年内一定会记得，一定会记得这情景……

这情景立刻像闪电一样给我照亮了以前肤浅浏览时漠然地出现的一切片段。我伤心地回想起我以前错过了许多时间……现在我决心要利用其余的时间：我又贪婪地读了两小时，在哥哥回来以前没有间断过……我认识了抚慰可怜的弗洛棱萨的慈爱的乳母保里；认识了那个生病的男孩子。他怀着儿童时代早熟的病态的智慧在岸上向海说些什么话……连那个坠入情网的屠茨在我看来也不再是傻瓜……我想起哥哥就要回来了，就拼命地一页一页读下去，更清楚地认识了弗洛棱萨的友人和敌人……而在后景上一直站着董贝先生的形象，这形象由于注定要受可怕的惩罚而显著起来了。明天我将要在路上读到他终于怎样"在以后的几年内记起这情况"……他会记起的，可是当然已经迟了……活该！……

哥哥在夜里读完了这部小说，我又听见他有时哈哈大笑，有时怒气冲冲，用拳头敲桌子……

3

早晨他对我说：

"喏，你送去吧。留神点儿，不要去得太长久。"

"告诉我，"我终于问他，"你昨天笑什么？……"

"你还傻，反正是不懂得……你不知道什么叫做幽默……不过，你看这一段……屠茨先生向弗洛棱萨表明心迹，常常哑口无言……"

于是他又动人地响亮地哈哈大笑起来。

"好,你去吧。我知道你在街上读书,犹太人把你称为疯子。况且你读小说还早。不过这本小说,如果你看得懂,可以读读。只是留神着不要去得太长久。半个钟点之后一定要回来!小心点儿,我会记录时间的……"

哥哥对我有很大的权威,然而我还是可以断定:我非但在半个钟头之后,就是在一个钟头之后也不会回来。不过我没有预料到:这回我演出了平生第一次近于当众出丑的情状……

我跨着我所习惯的但比平常稍慢的脚步沿着街道走去,全神贯注在阅读中,然而还是照例巧妙地迂曲折折地避开迎面走来的人。我在街角上站定了,在人家大门口的凳子上坐一下,机械地站起来,再慢慢地向前走,一面埋头读书。我以前只根据一根线索来探究情节的发展,而不顾到旁的方面,也不留意次要人物,现在却很难照从前一样。一切都显得特别富有趣味,每一个人物都有他自己的生命,每一个动作、每一句话、每一个姿势都印入我的记忆中。优雅的弗洛棱萨来参观贤明的船长本斯贝的船,本斯贝问屠德尔船长:"朋友,这位女士是不是想大喝一顿?给她喝什么呢?"——我看到这地方,不禁哈哈大笑起来。后来我又找到了坠入情网的屠茨的表白,他滔滔不绝地说:"您好,董贝小姐,您好。您身体健康吗,董贝小姐?我很健康,谢谢上帝。董贝小姐,您身体健康吗?……"

说过这些话之后,这个青年绅士装出一个笑脸,然而他觉得没有什么可欢喜,就深深地叹一口气;后来又认为不应该悲哀,就又装出个笑脸,最后终于哑口无言了……

我像哥哥一样,看到这个可怜的屠茨就哈哈大笑,引起了过路人的注意。我在行人拥挤的街道上信步走去，不知不觉地将近目的地了。前面已经望得见基辅街，书铺就在这条街上。我因为热中于个别的场面，还要很久才能读到董贝先生记起自己对女儿的残酷的那"以后的几年"……

在日托米尔城里，离基辅街不远的地方，大概至今还存在着圣潘泰雷蒙教堂（名称大致如此）。那时候，在这教堂的凸出的地方和隔壁的房子之间有一个像壁龛一样的凹处。我看到了这个僻静的角落，就走进去，把身体靠在墙壁上，于是……时间就在我头上飞驰而过……我既不注意街上的嘈杂声，也不注意时间的悄悄的飞驰。我着迷一般贪看一场一场的情景，可是很难一口气看完，同时又不肯放弃。教堂里响出晚祷的钟声。过路的人有时站定了，惊奇地看看躲着的我……他们在我的视界里显示出讨厌的模糊斑驳的形状，使我想起这是街上。年轻的犹太人——一群活泼、灵敏而狡狯的人——说着讥讽的话，纠缠不清地问长问短。有的人走过去了，有的人站定下来……人越聚越多。

有一次我吃了一惊。我似乎觉得哥哥挥着手杖匆忙地走过……"不会的。"我安慰自己，然而还是加快了阅读的速度……董贝先生的第二次结婚……骄傲的爱迪弗……她爱弗洛棱萨，看轻董贝先生。喏，喏，就要看到了……"但愿董贝先生记起……"

然而这时候，我的迷梦突然被惊醒了：哥哥已经到书铺里去过，没有找到我，疑惑地从那里回来，注意到了聚集在我的隐避所旁边的那群犹太青年。他还不知道他们在欣赏什么东西，就挤进去看……哥哥动怒了，认为这是破坏他的特权。因此他迅速地跑进我的隐避处来，要夺我的书。我本能地拼命抓住它，不肯放手，眼睛也不离开书本……旁观者喧哗地大笑大叫起来，湮没了街上的声音……

"傻瓜！书铺马上就要关门了。"哥哥叫着,夺去了那册书,向街上跑去了。我狼狈而含羞地跟着他走,还全心沉湎在读过的情节中,后面跟着一群犹太孩子。在匆匆读过的最后几页上,我眼前闪现出一种牧歌的情景:弗洛棱萨结婚了。她生了一个儿子、一个女儿……一个头发斑白的老人带着两个孩子去散步,他亲切而悲哀地看看他的外孙女……

"难道……他们和解了?"哥哥从书铺里回来,我碰见他的时候这样问他;他还来得及借一本新小说,觉得很满意,这样他在休假日不会没有书读了。他容易息怒,现在只是取笑我而已。

"现在你已经完全是个疯子……已经大名鼎鼎了……你问我弗洛棱萨是不是原谅了她父亲。是的,是的……她原谅了。狄更斯的作品大都是用善行的胜利和和解来结束的。

狄更斯……童年时代的人往往不知道感谢:我从来不看使我满足的那些书的作者的姓氏,然而这个姓氏像银铃一般响亮可爱,立刻印入我的记忆中……

这就是我初次——可说是在路上——认识了狄更斯的作品……

俄文版编者说明[*]

　　《我的同时代人的故事》是柯罗连科的一部最巨大的作品,他写这部作品是在一九〇五年到一九二一年。这部作品的写作常常间歇,而且终于没有完成,因为每次都有某种政治事件阻碍柯罗连科的工作。他在一九二〇年六月十六日写给普罗托波波夫的信中说:"如果我不分心于纯粹的美文学、社论作品,以及像谋尔坦事件或帮助饥民之类的实际事务,那么我一定可以写出更多的作品来……但是关于我这一点也不可惜……我非如此不可……况且我们这时代的文学是必须参加生活的。"

　　这位作家赋予这部作品多么重大的意义,可以从下面的事实中看出:他在病重的时候,还紧张地继续写作《我的同时代人的故事》第四卷,力求他的记述尽量地增多。柯罗连科记述自己的回忆直到他从西伯利亚流放回到下诺夫戈罗德为止,即记述到一八八五年为止;这些回忆包括前世纪的六十年代、七十年代和八十年代初期。

　　把《我的同时代人的故事》第一卷译成德文的罗莎·卢森堡曾经这样说:"这是柯罗连科的自传,是一部高度艺术性的作品,同时又是历史文化的第一流文献。其中包含着亚历山大二世的自由主义改革时代、波兰起义,以及俄罗斯反对派运动和革命运动的初期表现;因此,其中

---

　　[*] 这是本书俄文版编者 С. В. Короленко 所写的说明。——译者注

反映着从旧时农奴制俄罗斯到现代资本主义俄罗斯的过渡时期。其活动地点则为沃伦,即在西区边境,俄罗斯人、波兰人和乌克兰人交互杂处的地方。"(一九一六年九月十三日从狱中写给路易莎·卡乌茨卡雅的信。)

柯罗连科在《我的同时代人的故事》第一卷的自序中指出:不可把这部书看作传记,因为他"并不特别注重传记材料的完整"。

《我的同时代人的故事》第一卷的初稿没有被保存下来。这初稿从一九〇六年一月到一九〇八年十一月陆续地发表在三个杂志上,即:《现代纪事》(一九〇六年一月),《现代》(一九〇六年三月和四月),以及《俄罗斯财富》(一九〇六年五月,一九〇七年一月,一九〇八年二月、三月、八月及十一月)。出单行本的时候(一九〇九年《俄罗斯财富》印行),作者曾经把这作品加以根本的修改。作者在《俄罗斯财富》的版样上作修改的那个本子是被保存下来的。这版样加工的时候,换了许多页新写的文字,有时换了整整的好几章,所以付印的本子中修改的地方极多。在后来的几版中——一九一一年(《俄罗斯财富》印行)和一九一四年(马尔克斯出版的七卷全集)——作者仅删节了某些地方,在文体上作了不重要的修改。在一九一四年的版本中没有加入柯罗连科所作的最后修改。一九一四年柯罗连科在法国的图卢兹,马尔克斯所印行的他的作品的校样寄到那地方去给他看。可是因为在战时的关系,作者不能把他所校改过的《我的同时代人的故事》第一卷的校样及时地寄还,因此没有照样本印出来。收到从图卢兹寄来的这校本,已经在柯罗连科逝世之后,即在一九二三年;同时又收到作者于一九一五年五月回国时遗留在那里的其他材料。这些修改在一九三〇至一九三一年《学院》所刊印的版本中方始加入。

　　《我的同时代人的故事》四卷最初全部出版，是在一九二二年（逝世后印行的《柯罗连科文集》，乌克兰国家出版社版）。

　　在本卷的附录中有《童年时代的恋爱》和《我初读狄更斯的作品》两篇，是补充正文的。这两篇十分完整，并且已经修改完成，但是作者没有把它们加入在作品的正文中。